KB056900

대회화전

DAIKAIGATEN

by Ryoko Mochizuki

Original Japanese edition published by KOBUNSHA Co., Ltd.

Korean publishing rights arranged with KOBUNSHA Co., Ltd. through

KODANSHA LTD., Tokyo and Tony International., Seoul.

이 책의 한국어판 저작권은 KODANSHA LTD.와 토니 인터내셔널을

통해 KOBUNSHA Co., Ltd.와 독점 계약한 ㈜민음인에 있습니다.

지상 최대의 미술 사기극
대회화전
大繪畫展
모치즈키 료코
엄정윤 옮김
황금가지

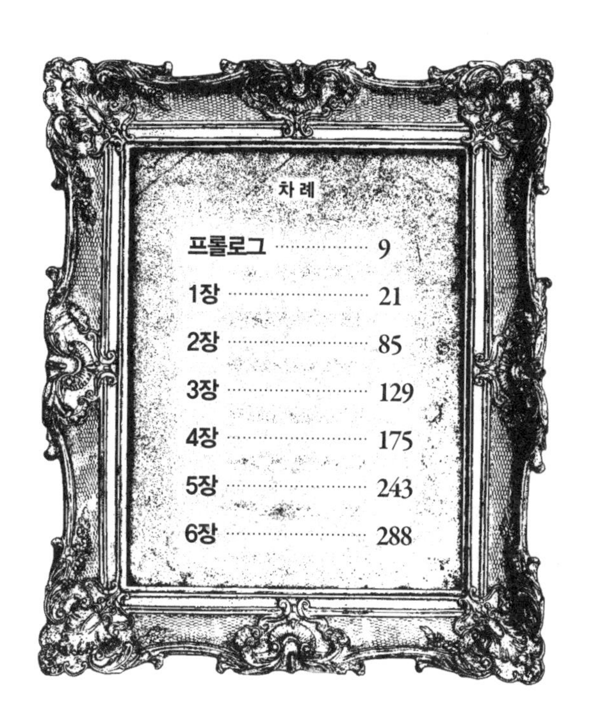

차 례

폴 뉴먼과 로버트 레드포드에게 바칩니다.

일러두기

- 이 이야기는 픽션으로, 실재 인물·지명 및 단체와 일절 관계없습니다.
- 이 책에 쓰인 본문 종이 E-light는 국내 기술로 개발된 최신 종이로, 기존에 쓰이던 모조지나 서적지보다 더욱 가볍고 안전하며 눈의 피로를 덜게끔 한 단계 품질을 높인 고급지입니다.

프롤로그

1890년 6월, 화가는 편지 한 통을 썼다.

나는 우울한 표정을 한 가셰 씨의 초상화를 그렸어. 어쩌면 보는 이에게는 찡그린 얼굴로 보일지도 몰라. 하지만 나는 옛날 시대에 그려진 온화한 표정의 초상화들과는 달리 지금 사람들의 얼굴에 얼마나 많은 표정과 정념이 담겨 있는지, 얼마나 많은 절망과 절규를 품고 있는지를 표현하기 위해 그렇게 그릴 수밖에 없었어. 슬프지만 온화하게, 그러면서도 명석하고 지적으로 말이야. 대부분의 초상화는 이렇게 그려야 하는 법이지.

그로부터 한 달 뒤, 파리 교외의 한 시골 마을인 오베르 쉬르 우아즈 관청에 신고서 한 장이 제출되었다.

29일 오전 10시 접수

빈센트 빌렘 반 고흐 사망 신고

화가, 독신, 37세. 1853년 3월 30일, 네덜란드 쥔데르트 출생.

오늘 오전 1시 30분, 임시로 체류하고 있던 라부 씨네 여관에서 사망하였음. 고정 주소 없음.

화가 빈센트 빌렘 반 고흐는 7월 27일, 스스로를 향해 권총을 쏘았고 그로 인해 이틀 후 사망했다.

라부 여관에는 600점에 달하는 그림이 남았다.

그중에 「가셰 박사의 초상」이 있었다.

100년 전 고흐가 '학자이며 의사이자 아마추어 화가'였던 주치의, 폴 페르디낭 가셰를 위해 그린 한 점의 그림. 화가의 좁은 다락방에 산더미처럼 쌓여 있던 그림 중 하나로 걸작이라고는 할 수 없고, 그저 주인의 변덕에 의해 난로의 장작 신세를 면한 것뿐일지도 모르는 이 자그마한 유화는 이후 열세 명의 주인을 거쳐 파리, 암스테르담, 코펜하겐, 베를린, 바이마르, 파리, 프랑크푸르트, 암스테르담, 뉴욕을 전전한 끝에 1990년 봄, 영국의 미술품 경매 회사에 와 있었다.

* * *

런던.

미술품 경매 회사 루비는 웨스트민스터의 세인트제임스 구 킹 스트리트 12번지에 있었다.

창립 이래 160여 년, 재계 및 사교계의 전당 역할을 맡아 온 오랜 역사를 지닌 경매 회사였다. 때문에 세속의 때가 묻은 면도 없지 않으나 지금은 큐레이터, 미술상, 미술 평론가를 배출하는 유일한 국제기관 '루비 에듀케이션'을 소유하여, 미술계의 세계적 권위라 할 수 있는 곳이기도 했다. 사옥은 낡고 장엄한 분위기를 풍기는 석조 건물로 2층 창문에 내걸린 붉은색 깃발은 날씨에 관계없이 항상 길게 축 늘어뜨려져 있었다.

그날의 경매에서 시슬레, 피사로, 세잔은 최저 가격에 미치지 못했다.

르누아르의 「나부(裸婦)」가 600만 달러에 팔렸을 때, 경매 단상에서 아서 그림웨이드는 한숨을 내쉬었다.

그 후 마네의 그림 역시 예상 가격에 도달하지 못하고 1600만 달러에 머물렀다. 르누아르의 작은 초상화 두 점은 구매자를 찾지 못했다. 경매인 그림웨이드는 모든 것이 예상대로라는 표정으로 일을 계속했다. 그리고 단상 위에 고흐의 「가셰 박사의 초상」이 올랐다.

큰 그림은 아니었다. 단상이 커서 그림이 더욱 작게 보였다.

이안 노스윅은 그림을 보며 생각했다.

'이 그림이 그렇게 좋은 그림인가? 그저 얼굴 찌푸린 아저씨 아닌가. 이런 그림을 침실에 걸고 싶어 하는 건 사치에 질린 여자들이나 할 법한 생각이지.'

그림웨이드에게는 무사히 일이 진척되도록 이야기해 두었다.

이안은 경매장 가장자리에 앉았다. 단상 위에 있던 그림웨이드가 이안과 눈을 맞추었다. 그리고 높게 고개를 들었다.

"그럼 다음 작품, 반 고흐의 「가셰 박사의 초상」입니다. 팸플릿에 기재된 대로 2000만 달러부터 가겠습니다."

달러로 제시된 가격은 즉시 파운드, 프랑스 프랑, 스위스 프랑, 마르크, 엔, 리라로 환산되어 전방 오른쪽에 있는 커다란 게시판에 나타났다.

손은 마지막에나 들 생각이었다. 귀찮은 경쟁에 참여할 생각은 없었다.

취리히의 화상(畫商)과 어딘가의 수집가가 값을 부르기 시작했다. 두 사람은 점점 가격을 올려 갔고 경매가 시작된 지 2분 만에 3500만 달러에 도달했다.

그림웨이드가 이안을 쳐다보았다. 이안은 그에게 4000만 달러부터 입찰하겠다고 전해 두었다.

비스듬히 건너편에는 수화기를 귀에 대고 있는 여자 화상이 있었다. 계속 그 자세로 있었지만 사실 전화는 어디에도 연결되어 있지 않았다. 그녀는 수화기를 귀에 댄 채 이안만을 응시하고 있었다. 이안 노스윅은 직접 입찰에 나서지 않는다. 그는 전화대에 있는 그 화상에게 손가락으로 지시를 내렸다. 그러면 그녀는 이안의 손가락을 본 뒤, 마치 전화로 지시를 받은 대리인처럼 입찰하는 것이었다. 이안이 여자에게 지시하는 입찰 가격은 바로 3미터 앞에 있는 그림웨이드에게도 보였다. 그런데도 그림웨이드는 여자 화상의 의사 표시를 기다렸다. 이안도 속이 빤히 들여다보이는 연극이라는 것은 알고 있었다. 그러나 가벼운 물건이라면 모르나 고가의 물품을 경매하는데 직접 손을 들다니, '촌스러워' 견딜 수 없었다. 그림웨이드는 이러한 연극에 즐겁게 어울려 주었다.

이안은 슬슬 경매에 참여할 생각으로 자기가 고용한 화상을 보도록 그림웨이드를 재촉했다. 그림웨이드가 이안의 화상을 보려는 그 순간, 검은 만년필이 올라왔다.

그림웨이드는 차분하게 만년필로 시선을 옮겼다.

만년필을 들어 올린 것은 맨 앞줄에 앉아 있던 키 작은 아시아인이었다.

"새로운 참가자께서 4100만 신청하셨습니다."

이안은 침착한 태도로 여자 화상을 향해 집게손가락을 들어 시작 신호를 보냈다. 그녀는 수화기를 쥔 채, 이안의 손가락을 보고 그림웨이드에게 입찰 가격을 알렸다. 그녀를 본 뒤 그림웨이드가 말했다.

"전화 중이신 분이 4200만."

그 시점에서 이미 예상 낙찰 가격을 돌파했다.

남자의 일그러진 얼굴 그림. 이런 것을 몇 천만 달러나 내고 사서는 저기 어디 인테리어 숍에서 파는 액자 아트마냥 침실 벽에 걸어 놓는 것인가. 그리고 이 남자는 우리들이 자는 모습을 귀찮다는 듯이 내려다보게 되는 것인가.

이안의 여자 친구는 일단 말을 꺼내고 나면 듣질 않았다. 의미 없는 일일수록 더욱 고집을 부렸다. 애초에 특별한 이유가 있어서 고집을 부리는 것이 아니기 때문에 포기할 만한 계기도 없는 셈이었다.

경매는 과열되기 시작했다. 100만 달러 단위로 입찰가가 올라갔다.

"그쪽 통로에서 4300만."

"실내에서 4400만."

"다른 분이 4500만."

4600만, 4700만, 4800만, 4900만, 5000만.

기자 한 명이 작게 비명을 질렀다. 화상 한 명은 박수를 쳤다.

"5100만 달러."

그리고 곧이어 그림웨이드가 5200만 달러로 가격을 갱신했다.

아시아인 화상은 자세를 바꾸지 않았다. 이안은 한숨을 쉬고 나서 여성 화상을 향해 천천히 손가락을 두 개 세워 신호를 했다. 여성 화상은 수화기에 귀를 바짝 붙인 채로 그의 손가락 수를 확인한 뒤, 입찰했다.

"전화로 5400만."

그리고 그림웨이드는 앞줄로 시선을 돌렸다.

그림웨이드의 목소리가 또 났다.

"앞줄 분, 5500만 달러."

이안은 조금 놀랐다.

입찰에 참가하고 있던 한 사람이 고개를 좌우로 저었다.

이것으로 경쟁하고 있는 사람은 몇 명으로 좁혀졌다. 아마 이안과 맨 앞줄의 아시아인, 스위스 은행가, 프랑스인 화상 정도일 것이다. 프랑스인 투자자의 대리로 와 있는 것으로 추정되는 프랑스인 화상이 머뭇거리며 손을 들어, 입찰 의사를 보였다. 그림웨이드가 그것을 보고 고개를 끄덕인 뒤 말했다.

"5600만."

검은 만년필이 올라왔다. 그림웨이드는 맨 앞줄의 아시아인을 바라보며 말했다.

"6000만 달러. 6000만 달러가 나왔습니다."

회장이 조금 소란스러워졌다. 프랑스인 화상이 고개를 저었다. 스위스 은행가는 명백하게 의욕을 잃은 듯했다.

"또 없으십니까?"

그렇게 말하고 그림웨이드는 더 이상 수화기를 든 여성 화상을 보지 않았다. 이안은 드디어 손을 들고, 그림웨이드에게 직접 의사를 표시했다. 그림웨이드는 그것을 본 뒤 입을 열었다.

"6200만 달러."

매우 침착한 표정을 하고 있지만 내심 흥분으로 떨리고 있었다. 내일 신문의 헤드라인, 그리고 들어올 수수료. 이 경매의 소식은 유럽 전역에 퍼질 것이다. 그렇다고 해도 어디의 누구일까. 이런 상대가 있다는 얘기는 듣지 못했는데.

맨 앞줄의 남자가 만년필을 들었다. 다른 사람들의 머리에 가려 그 손가락 개수가 보이지 않았다. 그림웨이드가 신중한 표정을 하고 이안을 보았다.

"맨 앞줄의 남성분, 6300만 달러."

이안은 화가 치밀었다. 오늘은 반드시 그림을 손에 넣어 돌아가기로 했다. 지금 놓치면 언제 시장에 나올지 알 수가 없었다. 애당초 60년 만에 나온 그림이었다. 이안의 손을 보고 그림웨이드가 말했다.

"6500만."

이 정도면 기가 죽었으리라. 애초에 6000만 달러라니 너무 무모했다.

그러나 맨 앞줄의 남자는 전혀 주저함이 없었다.

"6600만."

어디의 누구인지 몰라도, 대체 무슨 생각을 하는 것일까.

"6800만."

오늘 이 그림을 손에 넣어 돌아가지 않으면……. 맨 앞줄의 남자가 만년필을 들었다. 그것을 보고 그림웨이드가 심상치 않은 얼굴로 이안을 바라보며 엄숙하게 말했다.

"7500만."

이야기가 달라도 너무 달랐다.

'이봐, 그림웨이드, 어윈은 끽해야 5200만 달러 정도일 것이라고 했었다고.'

이안은 화가 났다.

"8000만."

웅성거림 같은 한숨이 경매장에 흘렀다. 8000만 달러를 제시한 그 남자, 이안을 보기 위해 어떤 사람을 고개를 크게 돌렸고 어떤 사람은 엉덩이를 살짝 들었다. 그리고 사람들은 다시 걱정스러운 표정으로 앞을 보고 그림웨이드의 시선이 맨 앞줄로 향하는 것을 마른침을 삼키며 지켜보았다. 그사이 앞줄에 앉은 조그마한 남자가 또 다시 만년필을 들었다.

그림웨이드의 얼굴이 순간 불안으로 초조해졌다.

"맨 앞줄의 일본인 남성분, 8200만."

최근 일본인 바이어가 부쩍 늘었다. 정체 모를 일본인이 경매장에서 닥치는 대로 그림을 사들이는 현상에도 익숙해졌다. 불쾌하고 우려할 만한 일이긴 하지만 그것이 시장 원리였다. 절대로 일본인에게만은 팔지 말아 달라는 위탁자가 있다고 그림웨이드가 투덜거린 적이 있었다. 그림웨이드도 내심 유럽의 명품들이 과연 그 가치를 이해하고 있는지 어떤지도 알 수 없는 사람의 손에 넘어가는 것에 분개하고 있었다. 그러나 물건을 팔면서 사는 사람에게 조건을 붙인다는 건 어리석은 생각이었다. 경매란 그런 것임을 그림웨이드 자신이 가장 잘 알고 있었다.

그러나 그렇다고 해도 맨 앞줄에 앉은 작은 남자가 정말로 이 작은 그림 한 점에 8200만 달러나 되는 돈을 지불할 생각이 있는지 이안은 의심스러웠다. 그림웨이드 역시 마찬가지였다. 지불할 돈도 없으면서 값만 올려 매기는 모양새가 되면 모처럼 나온 상품에 흠이 된다. 루비 역시 신용을 잃으리라. 하지만 위탁자인 크라마르스키는 상대가 누구이건 상관없이 가능한 높은 가격으로 팔고 싶어 할 터였다. 요즘 인상파 작품의 가치가 높아지는 바람에 보험료도 올라, 그것을 지불하기에도 급급한 형편이었으니 말이다. 고흐의 그림을 보존해 온 편벽한 성격의 크라마르스키 부인이 죽고 난 후, 아들들은 이 애물단지를 처리하고 싶어 했다.

꼭 낙찰 받아 달라고 그림웨이드가 자신에게 울며 애원하는 것처럼 보였다.

"8500만."

이안은 눈이 돌아가도록 돈을 마련할 궁리를 하고 있었다. 반 정도는 나중에 지불해도 되리라. 안면이 있는 화상이 로트레크의 작품을 노리고 있었다. 하지만 이런 시들어 빠진 표정을 한 남자 그림을 위해 그것을 처분해야 하다니 참을 수가 없었다. 위트릴로를 두 점 정도 처분하면…….

"일본인 남성분, 9200만."

그때 처음으로 정신이 들었다.

'뭐라고?'

경매에서 졌어. 이안의 머릿속에는 그렇게 말했을 때 그녀가 보일 반응이 떠올랐다. 틀림없이 화를 내며 이안을 내쫓아 버리리라.

로트레크, 호텔 몇 개와 가스전의 공동 개발 권리. 돈을 만들 수단이라면, 없지는 않았다. 은행도 빌려 줄 터였다. 여차할 때는 내셔널 갤러리가 애가 타도록 원하고 있는 벨라스케스가 있으니까. 다만 이 시들어 빠진 남자 그림을 위해 그래야 한단 말인가.

경매장에서는 더 이상 찍 소리 하나 나지 않았다. 이안은 그림웨이드를 보고 신호를 보냈다. 그림웨이드의 입은 군더더기 없이 용건에만 반응하여 움직였다.

"1억 달러."

터무니없는 웃음거리가 되리라. 하지만 어쩔 수가 없었다. 정체 모를 일본인에게서 이 그림을 지키는 것도 자신에게 주어진 임무 중 하나이리라고 이안이 생각한 순간이었다.

앞자리의 남자가 만년필을 들었다.

대체 뭐하는 작자기에…….

작고 살짝 뚱뚱한 남자였다. 만년필을 든 손가락은 이상할 정도로 살이 많았고 관절마다 보조개처럼 패어 있었다. 입고 있는 옷은 센스라곤 찾아볼 수 없었고 아무런 개성도 없는 정장이었다. 어쩌면 맞춤 양복마저 아닐지도 몰랐다. 옅은 검은 머리칼이 벗어지기 시작한 뒷머리를 덮고 있었다. 옷깃 부근에는 목살이 묵직하게 삐져나와 있었다.

그림웨이드는 안색이 창백해져 있었다. 경매장은 물을 끼얹은 것처럼 고요했다. 그림웨이드의 목소리가 조용히 울렸다.

"앞줄 분으로부터 1억 1000만 달러가 나왔습니다."

그리고 이어 말했다.

"……이안 님, 올리시겠습니까?"

'시세는 4000만 달러. 눈앞의 이 남자는 의뢰를 받은 화상이 분명해. 본 적 없는 얼굴인 걸 보니 이자의 고용주도 수집가는 아닐 거야. 벼락부자가 된 일본인임에 틀림없어. 아, 이 녀석의 의뢰인이 누구이든 상관없지. 인상파라는 이름만 붙어 있으면 뭐든 상관없을 텐데 대체 왜 이 그림이지? 왜 하필이면 우리 허니가 생일 선물로 받고 싶다고 고른 「가셰 박사의 초상」이냐고!'

루비의 인상파 부장인 어윈이 이 그림의 경매 소식을 가지고 찾아온 게 반년 전의 일이었다. 어윈은 그녀가 침실에 걸 만큼 작으면서도 아무도 손에 넣을 수 없을 만한 그림을 원하고 있다는 사실을 알고 있었다. 부족함이 없는 생활에 질린 그녀는 최근 어떻게 하면 돈을 흥청망청 쓸 수 있을까 하는 궁리에 빠져 있었다. 이안에게는 그렇게밖에 보이지 않았다. 그녀는 이안에게 팸플릿을 보여 주었다. "이거 봐봐." 조금 들떠 있었던 그 목소리.

하지만 그것뿐이었다. 지금에 와서 가셰를 침실에 걸 수 있는가 없는가는 문제가 아니었다. '경매에서 졌다'는 것 자체가 문제였다. 그리고 '손에 넣지 못했다'는 사실. 그녀는 히스테리를 부릴 것이다. 굴욕을 느끼고 무슨 연유인지, 이러한 창피를 준 상대가 과연 누구인지를 물을 터였다. 모든 원망은 이안에게 쏟아지고 그는 틀림없이 침실에서 난폭하게 내쫓기리라…….

"1억 1500만."

그 즉시 아시아인 꼬맹이가 손을 올렸다.

"1억 2000만."

그때 이안은 깨달았다. 이 화상은 돈을 지불할 당사자가 아니었다. 그림을 손에 넣는 것만이 임무이기 때문에 그걸 위해서라면 얼마까지든 가격을 올릴 터였다.

이윽고 이안은 그림웨이드를 바라보고 고개를 저었고, 그림웨이드는 천천히 고개를 끄덕였다.

그림웨이드는 얼굴을 들고 오른손을 경매대에 올린 뒤 왼손으로 의사봉을 내려쳤다.

"매각."

전광판의 금액이 멈췄다.

제21조	120000000달러
최종 가격	
영국 파운드	71508736파운드
프랑스 프랑	666240205프랑
스위스 프랑	167520000프랑
독일 마르크	197400064마르크
엔	18096000000엔
리라	145320064000리라

이 순간, 루비는 수수료로 1200만 달러를 얻었고 가셰는 지상에서 홀연히 사라졌다. 1897년 여성 화가 앨리스 루벤이 처음 300프랑에 샀던 것으로부터 100년 후의 일이었다.

1장

2002년.

군마 현 남부, 산기슭에 위치한 낡은 저택 한 채. 조성지와 밭 사이에 여기저기 들어선 집들 중에서 유달리 눈길을 끌었다. 그 저택으로 가기 위해서는 경사가 가파른 외길을 한참 올라가야 했다. 집 앞은 깨끗하게 청소되어 있었고 넓은 부지에는 안채 외에도 별채가 있었다. 마당에는 멋진 소나무와 벽을 하얗게 칠한 창고가 있었다.

'오우라'라는 집안으로, 대대로 이어져 온 지주 가문이었다.

장남이 난봉꾼이었던 탓에 차남인 오우라 신조가 대를 이었다. 30년 전의 일이었다. 신조는 시의원을 몇 번 지낸 뒤 지금은 임업 활성화를 위해 활동하고 있었다. 온후한 성품의 덕망 높은 사람으로 평판이 좋은 인물이었다.

오우라 집안에는 아들이 두 명 있었다.

한 아들은 의사로 대학병원에서 근무한 뒤 고향에서 개업했다. 나이는 40세이며 아이가 둘이었다. 이름은 다케하루였다. 두 살 위의 형은 그저 그런 미술대학을 졸업하고 도쿄에서 작은 디자인 사무소를 경영하고 있었다. 큰아들의 이름은 소스케였다.

신조의 아내의 이름은 사다코라 하며 나이는 72세가 되었다.

두 아들을 잘 키우는 것. 오우라 집안의 체면을 손상시키지 않도록 모든 일을 무사히 치르는 것. 그리고 대를 잇는 것. 사다코는 오우라 집안의 며느리로서 자신은 이 세 가지 과업을 무사히 완수하기 위해 존재한다고 믿으며 지난 50년간 남편과 아들들에게 최선을 다해 왔다.

아직 모두가 잠들어 있는 시간, 사다코가 조용히 자리에서 일어났다.

정원 구석으로 걸어가 창고의 문을 천천히 밀어서 열었다.

흙벽으로 만든 무거운 문짝이 삐걱거리는 소리를 내며 열렸다.

창고 안에는 크고 작은 나무 상자가 쌓여 있었고 요즈음에는 보기 힘든 촘촘하게 짜인 고리짝이 내버려진 짐 더미마냥 엷게 먼지를 뒤집어쓰고 있었다.

낡은 농기구나 생활 잡화 따위는 없었다. 있는 거라면 전통식 오동나무 옷장으로, 세밀하게 조각된 무늬와 장식이 달린 손잡이가 어둑한 방 한구석에서 먼지를 뒤집어쓰고 있었다.

사다코는 싸늘해진 창고에 들어가 조심스레 고리짝을 열었다.

이렇게 그녀가 다른 사람의 눈을 피해 창고의 무거운 미닫이문을 열고 높은 문턱을 밟고 올라가 숨을 죽인 채 먼지 하나 일으키지 않고 조용히 마치 남의 물건이라도 훔치듯 고리짝이며 나무 상자를 열어 대기 시작한 지 벌써 2년째였다.

고리짝과 나무 상자 안에는 유명 작가의 조잡한 산수화나 칠기, 도자기, 그릇, 향로, 화로에 탈에 비파에 어느 나라의 신으로 추정되는 조각부터 선조 대대로 내려오는 족자나 다기, 조선 회화, 외국산 낡은 도기, 집안이 망하면 미술관에 기증해야 할 것 같은 조청색의 손거울, 나전 세공으로 만든 화장대, 연대는 알 수 없지만 훌륭하게 세공된 불상까지 잡다한 종류의 물건들이 비단이나 얇은 종이에 싸여 있었다.

종전 직후의 혼란기에는 이러한 물건들을 쌀로 바꾸고 싶어 하는 사람이 많았기 때문에 여러 가지를 모을 수 있었다. 전후에는 미술품을 모아 파는 명인, 거상이 잇달아 찾아왔다. 위가 움직이면 장도 같이 움직이듯이, 그전까지는 시골 지주 따위가 아무리 해도 손에 넣을 수 없었을 물건들이 돌고 돌아 단골 고물상을 통해 들어왔다.

금전적인 가치가 있는 물건, 없는 물건이 한데 모여 오랫동안 아련한 꿈속에 잠겨 있었다.

사다코는 창고 안에서 족자를 펼쳐 보고 다기를 하나하나 손에 쥐어 보기도 했다. 무게를 확인하고 진품 증명서를 보았다. 이윽고 조상에게 합장을 한 뒤 족자를 들고 조용히 창고를 나왔다.

오우라 집안에는 대대로 드나드는 단골 골동품상이 있었는데, 지금은 '고미술상'으로 이름을 바꾸었다. 항상 정직하지는 않았고 대대로 위조품도 꽤 들여왔으리라. 그러나 대단한 가치가 없는 물건도 별말 없이 높은 가격에 사 주곤 했다. 사다코는 몰래 들고 나온 물건을 그러한 '단골'에게는 가지고 가지 않았다. 물건을 소중히 싸맨 뒤 가방에 넣고 전차를 탔다. 흔들리는 전차를 2시간 동안 타고 두 번 갈아타 긴자 선 긴자 역에서 내렸다.

사다코는 긴자의 혼잡 속을 걸었다.

긴자는 완전히 변해서 옛날의 익숙한 모습은 온데간데없이 떠들썩하고 어지러웠다. 그러나 젊을 때와는 달리 약간 구부정한 자세로 걸으니 화려한 간판도 현란한 쇼윈도 장식도 모두 사다코의 머리 위에 있을 뿐이라 이제 와서 긴자가 어찌 되었든 신경 쓰이지 않았다. 사다코는 기억하고 있는 길을 기억나는 대로 걸어갔다.

그렇게 하여 한 화랑에 당도했다.

이 화랑과 인연을 트게 된 것은 2년 전이었다. 고상한 분위기를 풍기는 가게 외관이 젊은 시절에 봤던 것과 닮아서 사다코의 눈길을 끌었다. 잠시 가게 앞에 멈춰 섰는데 마침 그때 화랑 주인과 눈이 마주친 것이 바로 그 계기였다.

유리창 건너에서 가게 주인이 홀로 의자에 앉아 신문을 보며 커피를 홀짝거리고 있었다. 그 모습은 마치 볕이 잘 드는 곳에 앉아 있는 고양이를 떠올리게 했다.

물건을 고미술상에게 가져가지 않는 이유는 오우라 가의 늙은 안주인이 남편 몰래 창고의 물건들을 빼돌리고 있다는 소문이 나면 안 되기 때문이었다. 이쪽 업계는 좁았고 정보는 금방 새어 나가기 때문에 긴자에서든 군마에서든 위험한 건 마찬가지였다. 사다코는 화랑 주인에게 미안하지만 중개 역할을 해 줄 수 없느냐고 부탁했다. 주인은 곤란한 표정이었지만 일주일 후에 찾아가자 말없이 대금이 들어 있는 봉투를 테이블 위에 올려놓았다. 그때부터 시작된 관계였다.

화랑에 가면 주인은 근처 가게에서 커피를 가져다주었다. 화랑 주인이 물건을 살펴보고 '보관증'을 쓰는 동안 사다코는 대접받은 음료를 마시며 전시된 작품들을 둘러보곤 했다.

화랑 주인은 서양화를 전문으로 취급하는 모양으로 모던풍 회화나 섬세한 그림들이 전시되어 있었다. 사다코는 이 그림들이 뭐가 좋은 것인지 알 수 없었다. 오우라 집안은 토지나 주식, 국채 증권, 아파트와 주차장, 게다가 역 앞에 빌딩도 갖고 있었지만 정작 사다코가 살고 있는 저택은 낡아서 서양화 같은 것은 걸 만한 데가 없었다. 족자, 항아리, 화병, 글씨. 저택에 있는 장식품은 아직도 이런 것들뿐이었다. 덧문과 장지문을 활짝 열면 툇마루 건너편에 작은 안뜰이 있었다. 나무의 푸르름과 돌의 냉기, 빛과 그림자. 비 오는 날에는 비 오는 날 나름의 정취가 있고 맑은 날에도 맑은 날 나름대로의 풍취가 있고 그리고 눈 오는 날에도 역시 그 나름의 멋이 있는 이 안뜰의 광경이 유일한 그림이었다.

어느 날 사다코가 물어보았다.

"그래픽 디자이너란 어떤 일인가요?"

디자인을 하는 일이며 책의 표지, 광고, 팸플릿, 포스터 등을 디자인한다고 화랑 주인이 설명해 주었다.

"돈 벌기는 힘든 직업인가요?"

물건을 팔고 받은 돈이 적으면 화랑으로 물건을 가져오는 간격이 짧아졌다. 화랑에 가면 잠시 세상 사는 이야기를 하곤 했다. 전시된 그림들에 대한 이야기, 날씨 이야기. 차남은 우수한 내과 의사로 당뇨와 심장 전문의인데 지금은 소아과도 하고 있다는 이야기. 차남의 아들은 아직 세 살인데 벌써 자신에게 그림책을 읽어 준다는 이야기. 사다코는 별것 아닌 이야기들을 늘어놓은 뒤 마지막으로 장남 이야기를 잠깐 했다.

조금씩 큰아들에 대한 이야기가 많아졌다. 이야기를 하면 할수록 속으로 담아 두었던 말들이 흘러나왔다.

"이 돈은 말이죠."

사다코가 그 말을 꺼낸 것은 2002년의 늦여름이었다.

푸념은 아니었다.

아들이 고생한다는 이야기였다.

"아들의 생활비랍니다."

커피 잔이 비어 있었다. 화랑 주인은 직접 녹차를 탔다. 그 모습이 어딘지 모르게 들떠 보였으나 사다코는 신경 쓰지 않았다. 이야기꾼은 상대를 가리지 않는 법이었다.

긴자의 거리가 아주 조금 더위에 지친 기색을 띠고 있었다.

오우라 집안의 장남, 오우라 소스케는 아키하바라의 대형 가전제품 가게 3층 구석에 서 있었다.

가게 내부는 우주선의 선내를 연상시킬 정도로 그늘 한 점 없이 밝았다. 배경 음악은 소리가 조잡한 데다가 템포가 빨라서 거의 불협화음 수준이었다. 상품들에는 가격이 대개 두 개씩 붙어 있었다. 첫 번째가 '우리 가게 한정'의 할인 가격이고 그걸 선으로 그은 뒤 아래에 또 한 단계 할인된 가격을 적어 놓았다. 상품에 따라서는 그 두 번째 가격도 선으로 지우고 세 번째 가격을 붙여

놓은 것들도 있었다. 호들갑을 떨며 붙여 놓은 가격표 중에서 맨 위에 적힌 것이 그 상품의 가격이어야 할 테지만 그 옆에 '한 번 더 할인'이라고 붉은 글씨로 적혀 있어 결국 점원에게 물어봐야 진짜 가격을 알 수 있었다. 그래서 점원이 전자 계산기를 한 손에 들고 항시 대기하고 있었다. 전시회라도 보는 것처럼 살 생각이 있는 듯 없는 듯한 얼굴로 구경하며 지나치는 사람들 속에서, 오우라 소스케는 '세일 특가품'이라고 인쇄된 종이가 붙어 있는 대형 복사기 앞에 벌써 20분이나 서 있었다.

허리 높이까지 오는 최신형 복합기였다. 보기만 해도 얼마나 우아하면서도 노련하게 작업을 처리해 낼지, 스윽스윽 하는 소리와 함께 종이가 가볍게 미끄러져 나와 한 치의 오차도 없이 정위치에 딱 멈추는 장면이 눈앞에 그려졌다.

소스케는 앞으로 가격이 얼마나 내려갈지 물어볼까 하다가 정신을 차리고는 한숨을 쉬었다.

제대로 된 일거리도 들어오는 게 없는데 장비만 좋은 걸 써 봤자 무슨 소용이 있을까.

JR 야마노테 선을 타고 유라쿠초 역에 내려 긴자까지 걸어갔다. 자주 다녀 이제는 익숙한 호텔 로비에 들어섰다. 머리가 하얗게 센 어머니는 언제나 같은 카페, 같은 자리에 앉아 있었다.

소스케가 앞자리에 앉자 어머니는 테이블 위에 봉투를 꺼내 놓았다. 소스케는 엄숙한 표정으로 고개를 까딱하고는 봉투를 품 안에 넣었다. 언제나 그렇듯 이럴 때에는 마음에도 없는 말들이 입에서 튀어나오곤 했다.

"아버지는 여전하세요?"

"그래, 아무 일 없단다."

어머니는 딱딱한 태도로 눈길 한 번 맞춰 주지 않았다.

이야기할 거리도 없었다. 어쩔 수도 없어서 집으로 돌아왔다.

소스케가 사는 맨션은 거실 하나에 부엌 하나, 방 하나가 딸려 있었다. 침실은 사무실로 쓰기 때문에 거실 하나로 사는 셈이었다.

모든 생활을 방 한 군데서 하려고 하니 자연히 바닥은 물건들로 넘쳤다. 누워 뒹굴 수 있는 장소는 소파 위뿐이었으나 거기에도 빨래 걸어 놓은 것들이나 읽다 만 잡지, 아무렇게나 벗어 놓은 옷가지 등의 물건이 내팽개쳐져 있었다. 밤에는 소파 위의 물건들을 바닥으로 밀어 버리고 잠잘 자리를 만들었다. 아침에 눈을 뜨면 바닥의 물건들을 소파 위에 올려 앉을 자리를 만들곤 했다. 소스케는 소파 위의 물건들을 바닥에 떨어뜨리고 드러누웠다.

텔레비전을 켰다. 텔레비전에서는 날씨를 알리는 목소리, 버라이어티쇼의 웃음소리 같은 건조한 음성만이 흐르고 있었다.

오늘 어머니가 기묘한 이야기를 했다.

"쌀은 아무리 썩어도 그렇게 해가 되지는 않는다고 하더구나."

그러고는 담담하게 말을 이었다.

"쌀은 곡물로 일본인의 주식이지. 그런 것은 실수로 썩은 것을 먹더라도 신기하게도 큰 탈은 나지 않는다는구나."

"그게 무슨 말씀이세요?"

"흰 밥만을 믿는 한, 큰 탈은 없다는 말이다."

그렇게 말하고 소스케의 얼굴을 지그시 바라보는 것이었다.

쏘아보듯이, 지그시.

34세 때, 시부야에 사무실을 차렸다.

아버지가 쓰고도 남을 정도로 큰돈을 준 덕분이었다.

정말로 그것은 청천벽력과도 같은 사건이었다. 미대를 졸업한 후 프랑스에 유학도 다녀왔고 유명한 디자인 사무소에서 일하기도 했다. 그러나 대체로는 집에서 빈둥거리며 지냈다. 그사이에 대학 병원에서 의사로 근무하던 남동생이 개업을 하게 되었다.

아버지는 착실하게 사는 남동생을 보면서 형인 자신은 그에 비해 모자라다고 생각했으리라. 아니, 욱하는 마음에 "나도 제대로 된 사무실만 있으면 할 수 있다고." 같은 말 정도는 내뱉은 적이 있을지도 몰랐다. 기억은 나지 않았지만.

어릴 적부터 동생은 얌전했고 성적이 좋았고 평판도 좋았고 성실하고 착했다. 하지만 자신과 다른 점은 아마도 머리가 좋다는 것뿐이리라. 소스케 역시 얌전했고 평판도 좋았다. 스스로 성실하다는 사실에 의심을 품어 본 적도 없었다.

그런데도 해가 갈수록 가족들과 어긋나는 것을 느꼈다. 잘 맞지 않았고 자신만 겉도는 느낌이 들었다. 친척들은 소스케가 미대에 들어갔을 때는 별말을 하지 않았으나 동생이 의대에 합격했을 때는 다들 올 때마다 동생을 불러 칭찬하곤 했다. 무슨 의사가 될 생각이냐, 어디 병원에서 일할 거니. 친척 놈들은 동생에게는 질문이 참 많았다. 소스케가 프랑스에 유학 갈 때도 아버지가 "파란 눈의 며느리는 데려오는 거 아니다."라고 웃으며 등을 두드려 준 게 전부였다. 미대를 졸업하고 나서는 도쿄의 디자인 사무실에서 일했다. 그리고 다시 본가로 돌아와 얼마쯤 지난 어느 날, 아버지가 불렀다.

앞에 앉으라고 하면서.

아버지는 엄격했지만 온화한 사람이었고, 불편하긴 해도 싫지는 않았다. 한 번도 혼난 적이 없었다. 소스케는 기어이 설교를 듣는구나 싶어서 각오를 하고 갔다.

"이미 들었겠지만 다케하루가 동네에서 내과 병원을 열기로 했단다."

고개를 숙인 채 들었다. 들으면서 생각을 했다.

'동생을 도와주라고 하셔도 그런 걸 하려면 자격이 필요할 거야. 접수야 여자 직원이 받는 편이 나을 테고…… 그렇구나. 의료사무직 자격증을 따라는 말씀이신가.'

그렇다면 묘안이라고 생각했다.

"그래서 다케하루에게 개업 지금을 내주기로 했다."

생각해 보면 동생에게 여러 모로 신세를 졌다. 어린 시절에는 곤란한 일이 생기면 둘이 힘을 합쳐 극복하곤 했다. 까불다가 아버지가 아끼던 족자를 찢었을 때에는 밤늦게 둘이서 열심히 풀로 붙였다. 도쿄에서 돌아온 뒤부터는 많지도 않은 근무 의사 월급에서 떼어 내 아버지 몰래 용돈을 주기도 했다. 동생 차를 빌려 탄 뒤 기름 한 방울 넣어서 돌려준 적이 없었다.

자격증은 통신 교육으로 딸까.

"그래서 너에게도 얼마쯤 내주려고 한다."

통신 교육으로 하면 그렇게 오래 걸리지 않으리라. 뭐, 수강료도 내준다면 고마운 일이지만.

"하고 싶은 일은 없냐?"

반질반질하게 닦은 마루 끝에는 잘 손질된 안뜰이 있었다. 봄날의 햇살이 비쳐 들어와 벚꽃 잎에 내리쬐었고 돌에는 검푸른

광택이 나는 그림자가…….

하고 싶은 일.

아버지의 얼굴을 쳐다보았다.

"둘째에게 내준 금액의 절반 정도 되는 돈을 네게도 주려고 한다 이 말이다."

무슨 말씀이신가 하고 소스케는 어리둥절했다. 그런데 그때 아버지는 어쩐지 안타까운 표정을 짓고 있었다.

"하고 싶은 일이 없냐?"

"뭘 하면 좋을까요?"

"네 일이 뭔데?"

"디자이너인데요."

"그럼 디자이너 사무실을 하면 되잖아."

7년 전의 어느 봄날.

"한 회사의 주인이 되어 보면 배우는 것도 많을 거다."

배웠다. 많은 일을 겪기도 했다.

강제 징수, 벽보, 도산, 사무실 직원의 공금 횡령. 은행 직원에게 머리 숙이기, 클라이언트에게 트집 잡히기, 대금 떼어먹기.

사무실은 시부야의 금싸라기 땅에 열었다. 인테리어는 북유럽의 고급 브랜드 물건으로 통일하고 레이아웃은 프로에게 의뢰했다. 문방구부터 조명에 이르기까지 공을 들이고 들였으며 젊은 남녀 두 명을 조수로 고용했다.

사무실 운영이 어려워지자 처음에는 운영이 잘 안 되는 이유를 고민하는 대신 전에는 왜 잘 굴러갔었는지를 분석했다. 휘황찬란한 인테리어와 센스 있는 조수. 고가의 장비. 고액 접대, 사무소 앞에 주차된 고급차. 이런 것들이 일거리를 끌어온 것이라고 결론을 내렸다. 돈 들여서 장사를 하니까 돈이 돈을 불러 일거리가 굴러 들어왔던 셈이니, 더 돈을 들이면 다시 예전처럼 잘 굴러가리라. 그래서 청소부 아주머니는 이틀에 한 번씩 정기적으로 나오게 했고 차분한 색상의 수입차도 처분하지 않았다. 매달 사무실 월세 때문에 쪼들리게 생겼는데도, 아니 이미 쪼들리는 형편이었는데도 직원들을 데리고 식사하러 가곤 했다. 몇 번이나 스스로를 타일렀다. 성공하는 데에 필요한 것은 실력이 아니라 박력이라고 말이다. 모양새만 갖추면 내용물은 알아서 따라붙는 법이라고 생각했다.

나중에 깨달은 사실이지만, 왜 처음에는 운영이 잘되는 것처럼 보였는가 하면 사무실을 연 다음에도 아버지에게 받은 돈이 남아 있었기 때문이었다. 자금은 돌고 있었던 게 아니라 그저 계속 나가기만 하고 있을 뿐이었고 흑자인 달은 거의 없었다.

사무실에 필요했던 건 귀엽게 생긴 조수가 아니라 검은 뿔테 안경을 쓴 회계였다. 하지만 미처 깨닫지 못해서 저지른 일들도 개인의 책임이라 할 수 있는가.

처음으로 아버지께 돈을 빌리러 간 것은 사무실을 연 지 8개월째의 일이었다. 그 이후 본가에 몇 번이나 찾아갔었는지 모른다. 동생에게도 빌렸다. 그러고 나서 얼마쯤 지난 어느 날, 아버지에게서 "이제 일절 자금 지원은 없다."라는 말을 선고받았다. 알아서 어떻게든 해 보라는 말이었다.

알아서 어떻게든 해 볼 수 있는 일이었다면 애초에 빌리러 가지도 않았을 터였다.

직원들이 퇴근한 늦은 밤 사무실에서 소스케는 처음으로 생각에 잠겼다.

평소에 조카가 삼촌은 무슨 일 하냐고 물어보면 도쿄에서 디자인 일을 하고 있다고 대답하곤 했다. 술 마실 때 호스티스가 무슨 일을 하냐고 물어보면 "응, 시부야에서 디자인 사무실을 해."라고 대답하곤 했다. 친구가 요즘 어떻게 지내냐고 물으면 "그럭저럭."이라고만 대답해도 상대방은 알아서 해석했다. "그냥 그렇지, 뭐." 이 한마디면 통과였다. 모두 이 간판이 있기에 가능한 일이었다.

이 간판을 떼고 나면 대체 스스로를 뭐하는 사람이라고 할 것인가. 아니, 이 간판이 없어지면 앞으로 어떻게 살아갈 것인가.

그 집 큰아들, 사업 실패하고 집으로 돌아왔다던데. 그런 말을 듣게 되느니……. 소스케는 자신의 사무실을 둘러보았다.

'여기서 찍은 사진을 누가 보면 뉴욕에서 찍은 줄 알겠지.'

설령 일용직 노동자를 하는 한이 있더라도 도쿄에 남아 있고 싶었다.

그리고 일용직보다는 이 간판을 그대로 가지고 가는 편이 당연히 더 좋을 터였다.

그러니 돈을 빌릴 곳을 바꾸기로 했다.

처음으로 소비자 금융에 발을 들여 놓았다.

소비자 금융은 응대나 규모 면에서 은행과 전혀 차이가 없었다. 거기서 일단은 생활비와 직원 두 명의 퇴직금을 빌렸다.

은행 계좌에서 나가야 할 임대료가 결제가 되질 않았다. 그 돈도 소비자 금융에서 빌렸다. 갚을 수 있을 리가 없었고 빚 독촉에 시달리다 결국 오랜만에 부모님 앞에서 울며 매달렸다. 부모님은 소비자 금융이란 말을 듣자 얼굴이 하얗게 질려서는 빚을 대신 갚아 주었다. 대신 한나절 동안 설교를 들어야 했다.

결코 성실하지 않아서가 아니었다. 실력이 없는 것도 아니었다. 그럼에도 이윤이 나질 않았던 이유는 사무실 경비가 너무 많이 들기 때문이었다. 직원을 또 새로 두 명 썼다. 언제나 돈 계산을 하고 있었기 때문일까, 가끔씩 돈이 남으면 직원을 데리고 노느라 그만 다 써 버리고 말았다. 신용카드로 옷을 사고 구두를 샀다. 그 금액을 청구받고 나서야 겨우 통장 잔고에 생각이 미쳤다. 돈을 쓰기 전에 빚을 먼저 갚아야 한다는 걸 깨달았을 무렵에는 이미 빚 독촉 전화가 울리고 있었다.

이렇게 빚을 지고 부모님이 대신 다 갚아 주는 일이 두 번 정도 반복됐을 무렵이었을까.

소스케는 시부야 사무실의 문을 닫았다.

자동차를 팔고 일등지에 빌린 맨션을 해약했다. 해외 고급 브랜드로 꾸민 인테리어도, 거의 쓴 적 없는 고급 기자재도 전부 팔아 치웠다. 이미 예상했던 일이지만 그리 대단한 금액은 되지 않았다. 그래도 그 덕분에 여기저기서 빌린 돈은 전부 갚을 수 있었다. 남은 돈으로 한층 작은 맨션을 빌렸다.

이렇게 해서 돈이 물처럼 새어 나가는 것은 막을 수 있었다. 나가는 돈이 극단적으로 줄었으니 이제 제대로 된 이익이 나올 터였다.

하지만 세상은 그렇게 쉽지 않았다.

작은 맨션으로 이사하자마자 들어오는 일거리라곤 광고 전단

지뿐이 되었다. 소스케는 솜씨 좋은 광고업자로 전락했다.

본가에는 설과 추석만이 아니라 제사 때에도 갔다. 가끔 결혼식도 있었다. 시골 저택이라 친척들은 모두 큰방에 모이곤 했다.

지금에 와서는 소스케에게 일에 관련된 화제를 꺼내는 사람은 없었다. 아버지가 빚을 두 번이나 대신 갚아 준 일을 두고 "계속 그렇게 응석을 받아 주니까 그렇지." 하며 뒤에서 수군거린다는 것은 어렴풋이 눈치 채고 있었다. 하지만 면전에 대놓고 그런 말을 하는 사람은 없었다. 동생의 부인은 "이거 제가 만든 거예요." 라고 말하며 요리를 담아 내왔고, 동생은 둘째 아들을 무릎에 앉힌 채 싱글벙글 웃으며 말을 걸어 주었다

맥주를 홀짝거리며 그래도 도쿄에서 일을 하고 있는 쪽이 가족들에게도 체면이 서겠거니 하고 생각했다. 그래서 적자를 각오하고 일을 떠맡기도 했다. 일감을 싼값에 맡았으면 그 가격에 맞춰 일을 해야 하는데 적당히 하지 않으니까 이익이 나기는커녕 적자가 날 때도 있었다. 조금씩 '단골'이라 할 만한 손님도 생기기 시작했다. 하지만 여전히 빚은 늘지 않았지만 줄어들지도 않았다.

어머니는 본인이 건네는 돈으로 소스케가 그럭저럭 잘 지내고 있다고 생각하고 있었다. 하지만 이런 좁아 터진 사무실에서 단골들의 입소문만을 믿고 해 나가는 데는 한계가 있었다. 게다가 소스케는 인쇄 회사 같은 데서는 일한 적이 없었고 그간 했던 건 '디자이너' 공부였다.

'지금껏 제가 해 왔던 일은 인쇄물 레이아웃이 아니라 '예술'이었기 때문에 그럭저럭 잘해 나갈 수가 없어요, 어머니.'

불효라는 것은 알고 있었다. 맥주를 두 잔 들이켠 후 잠들었다.

예전 단골손님에게 머리 숙이고 부탁하여 일거리를 받아 냈다. 다른 사람 사무실에서 아르바이트를 하기도 했다. 원래부터 겸손하고 대인 관계도 좋았다. 장사는 잘 못해도 일할 때는 세심하게 잘했다. 그런 소스케의 사무실에 젊은 남자가 찾아온 것은 가을인 10월의 일이었다.

고급 브랜드 양복을 말쑥하게 차려입고 있었고 손목시계는 한눈에도 알아볼 만한 고급 물건이었다. 남자는 좁은 사무실을 신기하다는 듯이 둘러보았다.

야부키라는 이름의 그 젊은 남자는 예전 사무실인 '스튜디오 소'의 명함을 갖고 있었다. 전에 일을 맡긴 적이 있다고 했다. 키가 크고 멋있는 남자여서 만난 적이 있다면 낯이 익을 법한데도 기억이 나질 않았다. 이 말을 하자 그는 새하얀 이를 드러내며 붙임성 있게 웃었다.

"젊은 디자이너가 있었죠? 그 사람이 했었어요. 다바타 씨라고 했던 것 같은데……."

사무실 공금을 들고 도망간 놈이었다. 몰래 이런 아르바이트까지 하고 있었단 말인가.

야부키는 업계 전문지를 2000부 만들어 달라고 했다. 불과 20페이지 남짓한 분량에 흑백 사진 몇 장을 싣는 것뿐이었다. 나머지는 글자로만 빽빽하게 차 있었다. 제본까지 책임지고 해 준다면 200만 엔을 지불하겠다고 했다. 이런 잡지, 정가라 해 봤자 300엔 정도일 텐데. 소스케는 상대의 얼굴을 말끄러미 쳐다보았다.

"한 부에 얼마에 파실 겁니까?"

훤칠한 그 젊은이는 씩 하고 웃었다.

"1만 엔입니다."

도착한 원고를 읽고 소스케는 몹시 놀랐다.

원고의 내용이 괴문서, 규탄 기사, 선전 기사로만 구성되어 있었기 때문이다.

어느 상장 회사의 스캔들을 놓고 해당 기업의 체질부터 시작해 입에 거품을 물고 규탄하고 있었는데, 소스케는 그 회사와 관련된 이러한 스캔들을 소문으로도 들어 본 적이 없었다. 그런가 하면 다른 기사에서는 그다지 대단치도 않은 일로 또 다른 회사를 얼굴이 붉어질 만큼 추켜세우고 있었다. 무슨 속사정이라도 있는 게 아닐까 의심이 갈 정도였다. 그때 깨달았다. 스캔들 그 자체가 날조라는 것을. 모든 것이 자작자연이라는 사실을 말이다. 이것은 '괴문서'였다. 여기에 있는 규탄 기사와 선전 기사는 속임수였고, 요컨대 이 잡지는 타깃이 된 회사에게 팔기 위해 만들어진 것이었다. 해당 회사가 이 잡지를 본다면 발행 부수 전부를 사들이리라. 기사가 진실인지 아닌지는 중요하지 않았다. 문제는 거기에 담긴 '악의'였다. 사람들은 제삼자를 향한 악의에 흥미는 가질지언정 굳이 반발은 하지 않는 법이었다. 그리고 이러한 이야기는 일단 귀에 들어오면 그대로 굳어 버린다. 그렇게 되면 진실 따위는 소용이 없었다. 그것이 진실이든 아니든, 멋대로 퍼져 나가는 좋지 않은 이미지는 2000만 엔 따위의 푼돈으로 지울 수 있는 것이 아니었다.

이건 범죄였다. 제대로 된 회사라면 받아들이지 않을 만한 일이었다.

그래서 깨달았다. 일거리가 없는 개인 사무실이라는 것을 알고 찾아온 것이리라. 모든 업무를 혼자서 담당하도록 하면 모든 일은 소스케 한 명만 알고 끝날 테고 이 협박에 가까운 행동은 드러나지 않고 끝날 것이었다. 고액의 보수는 입막음을 위한 것이기도 하리라.

그렇게 200만 엔을 번 덕분에 소스케는 한시름 놓을 수 있었다. 지금 사는 집의 월세를 내고 낡은 에어컨을 교체하고 복사기도 별 탈 없이 새것으로 바꿀 수 있었다.

야부키가 다시 소스케의 사무실을 찾아온 것은 해가 바뀐 2월의 일이었으니 아마도 4개월 정도 지난 무렵이었으리라. 그 수상쩍은 인쇄물을 납품하고 나서는 연락이 뚝 끊겼었다.

"오랜만입니다."

소스케는 고개를 숙여 인사했다. 야부키는 변함없이 고급 브랜드 옷을 말쑥하게 차려입고 낙타 털과 비슷한 색의 고급 코트를 걸치고 있었다.

"일 또 부탁드릴 수 있을까요?"

야부키는 이 이상 시원할 수 없을 만큼 산뜻한 미소를 띠며 말했다.

식사에 초대받았다. 일과 관련해 상의라도 하려는 것인가 생각했으나 일 얘기는 전혀 나오지 않았다. 지금은 야쿠자 세계도 살기 힘들어져서 옛날 방식으로는 해 나갈 수 없다는 둥, 경제인과 경제 야쿠자의 차이를 아냐는 둥 그런 이야기만 늘어놓았다.

"한 군데만 더 같이 가 주시겠습니까?"

택시 안에서도 야부키는 두서없는 이야기를 계속 했다.

"잘 모르시겠지만 화단(畫壇)만큼 썩은 곳도 없어요. 잡지 하나만 해도 그렇습니다. 두께가 5센티미터쯤 되는 잡지인데, 거기에 전화번호부마냥 사람 이름이 잔뜩 실려 있는 겁니다. 적게 잡아도 1만 명은 들어 있죠. 세 줄 정도 이름을 실어 주면 2만 5000엔에서 3만 엔 받습니다. 그러면 그 게재비만으로도 대충 2억 5000만에서 3억 엔 정도 들어옵니다. 작품을 싣는다 치면 흑백으로는 5만에서 10만, 컬러 사진이라면 18만부터 100만 엔. 덧붙여 찬조금이라는 명복으로 한 사람당 8만에서 15만 엔 정도 걷습니다. 물론 잡지 판매로도 수익을 올리죠. 화가가 아무리 그런 방식을 쓸모없다고 생각한들 그 업계지에 이름이 실리지 않으면 작품에 가격이 붙질 않습니다. 뭐라 해도 이름 아래에 호당 얼마라고 금액이 쓰여 있으니까 말이죠. 어떤 졸작이라도 거기 붙여진 금액이 그 그림의 가격이 되니까요.

화상은 고객에게 그 잡지를 보여 주고 '이거 보세요, 이게 적정 가격이랍니다.' 하고 납득시키는 겁니다. 그림의 가치를 판단할 수 없는 고객은 그런가 보구나 하고 생각하죠.

잡지를 대량 구매한 뒤 게재비와 찬조금을 더해 돈을 넣으면 호당 평가액이 점점 올라갑니다. 그러니 세 줄짜리 이름 싣는 데에 몇 만 엔이나 지불하고 터무니없이 비싼 업계지를 사고 찬조금을 계속 보내는 거죠. 거기에 비하면 우리가 출판하는 잡지 정도는 귀여운 수준입니다. 적어도 고상한 척은 안 하니까요."

긴자를 코앞에 두고 교통 정체에 걸렸다. 야부키는 차 안에서 원망의 말들을 장황하게 늘어놓았다. 그것은 분명히 원망의 말이었다. 산뜻함은 사라졌고 마치 고뇌하는 예술가처럼 보였다. 소스케는 그림으로 출세할 생각은 해 본 적이 없었다. 미대를 나와서 전공을 살릴 수 있는 일을 하는 사람은 정말 소수에 불과했다. 때문에 어찌 됐든 이 정도도 출세한 편이었다.

가까스로 차가 움직이기 시작하더니 고급 클럽이 잔뜩 들어선 길에서 멈췄다. 머리카락을 소프트 아이스크림처럼 올린 여자, 아직 2월임에도 슬립 드레스 한 장만 걸친 채 손님과 시시덕거리고 있는 여자가 보였다.

택시 문이 열렸다. 엿에 모여드는 개미 떼 같았다.

"어머나, 기다리고 있었어요."

요염한 목소리가 난다 싶더니 두 사람을 클럽으로 올라가는 엘리베이터로 이끌었다. 싸구려 재킷 끝을 잡고 가는 그 힘과 기세는 호객 행위라기보단 납치에 가까웠다.

카운터 안에는 나비넥타이를 하고 검은 옷을 입은 남자가 두 명 있었는데, 이 두 사람은 공기와 일심동체라도 된 것처럼 존재감이 없어 완전히 그림자 같았다. 여자들은 그야말로 나비. 걷고 있는 게 아니라 미끄러지거나 날고 있는 것처럼 보일 정도로 무게가 느껴지지 않았다. 커다랗게 부풀린 머리를 흔들면서 야부키에게 모여들어 들뜬 모양새로 서거나 앉거나 했다. 때때로 엄청나게 큰 웃음소리가 나서 마치 돌풍처럼 가게 안을 뒤흔들었고 호스티스들은 비위를 맞추려는 듯이 날카로운 목소리로 웃었다.

금박으로 된 벽. 터무니없이 큰 화병에 꽂힌 터무니없이 큰 꽃.

"이런 곳 자주 오시나요?"

소스케는 귓속말을 했다.

"어차피 쉽게 번 돈인걸요. 빨리 써 버리지 않으면 재수가 안 좋아요."

야부키는 그렇게 중얼거렸다.

"쉽게 번 돈요?"

"주식 말입니다."

야부키는 대수롭지 않다는 듯이 말했다.

"상장 전의 주식을 사는 겁니다. 상장하면 일단 올라가요. 팔면 이익이 나오죠."

야부키는 그 이상 설명하려고 하지 않았다. 그저 소스케의 눈동자를 바라볼 뿐이었다.

"돈이란 건 말이죠, 있는 곳이 따로 있습니다. 거기가 어딘지만 알면 휴지 조각마냥 쉽게 손에 넣을 수 있죠."

"어머, 그럼 그 휴지 조각 나 좀 줘."

젊은 여자의 날카로운 목소리가 공기를 흐트러뜨렸다.

맨션으로 돌아오자 부재중전화에 전언이 남아 있었다. 하나는 듣지 않았고 다른 한 건은 "예, 에비스 금융입니다. 지난달에는 입금해 주셔서 감사했습니다. 이번 달 치가 사흘 정도 늦어지고 있습니다만 또 잊어버리고 계신 건 아닌가 싶어서요…… 다음번에 다시 또 연락드리도록 하겠습니다."라는 정중한 말투의 빚 독촉이었다.

앞으로 3일이 지나면 "당신 말이야."라고 마치 사람이 바뀐 것 같은 말투로 전화가 걸려 올 것이다. 그리고 거기서 또 3일이 지나면 목소리 톤을 낮추고 "……지금 무시하는 거야?"라고 전화가 걸려 오리라. 그즈음부터 방문이 시작된다. 그건 그렇고 에비스 금융에서 독촉장이 왔었던가?

왜 200만 엔이나 됐는지 알 수가 없었다. 여기저기서 푼돈을 빌린 것은 확실하지만 어머니가 돈을 가져다주신 덕분에 조금씩 갚고 있었을 터였다. 하지만 독촉 전화가 걸려 오고 독촉장이 날아와서 더해 보니 어째서인지 200만 엔이 되어 있었다. 바로 얼마 전까지만 해도 120만 엔인 줄 알고 있었는데.

하지만 어디에서 얼마를 빌렸는지 파악하고 있는가 하면, 실은 그렇지도 않았다.

소스케는 소파에 털썩 쓰러져서 천장을 바라보았다.

상장하면 일단 올라갑니다. 팔면 이익이 나오죠.

야부키는 아마 내부자 거래(상장 기업의 내부자들이 회사 정보를 이용해 주식을 매매하여 부당 이득을 취하는 행위 ― 옮긴이)에 관여하고 있을 터였다. 큰 금액을 움직이는 사람의 심부름꾼 노릇을 하고 있으리라. 그런 인쇄물을 인쇄할 만한 곳을 잽싸게 찾아 오는 것이었다. 쓸 만한 젊은이였다. 용돈을 받듯 몫을 나눠 받아 그 돈으로 호화스럽게 노는 듯했다.

돈이란 있는 곳만 알면 휴지 조각처럼 쉽게 구할 수 있다. 그렇게 말한 야부키의 목소리가 머리에서 떠나질 않았다.

아이스크림 즉석 당첨 막대기도 당첨되어 본 적이 없었다. 고등학교 수험일 아침에는 분명히 맞춰 놓았던 자명종 시계가 울리지 않았다. 가위바위보에서도 좀처럼 이기는 일이 없었다. 3분의 1의 확률마저도 되질 않았다. 그리고 그걸 원망스럽게 생각했었다. 호스티스를 양팔에 끼고도 야부키는 신기하게 추잡한 느낌이 없었다.

'그런 인간이 아니면 안 되는구나. 나처럼 길바닥에 떨어진 돈 없나 찾는 사람은 안 돼.'

전화가 울렸기에 받았다.

"오우라 소스케 씨 맞으시죠? 에비스 금융입니다만."

위협적인 낮은 목소리였다.

아, 받지 말았어야 했는데.

소스케는 양팔로 호스티스의 어깨를 안고 있었던 야부키를 떠올렸다.

야부키는 빙긋이 웃고 있었다.

평소라면 달라는 대로 주었을 어머니였다. 하지만 그날 봉투 뒤에 적힌 금액은 20만 엔이었다.

"어머니. 제가 50만이라고 말씀드렸잖아요."

어머니의 얼굴에 노기가 서렸다.

"이 어미는 너의 요술방망이가 아니다."

소스케는 무의식중에 고개를 숙였다. 꾸지람을 들을 때의 습관이었다.

"조금은 제 힘으로 돈을 마련할 생각도 해 봐라. 내가 너에게 돈을 주고 있다는 사실을 네 아비도 어렴풋이 눈치 챈 모양이더구나. 인내심도 조만간 한계가 올 게다."

그 말이 무슨 뜻인지 소스케는 잘 알고 있었다.

소스케에게는 의절한 큰아버지가 있었다. 허세 부리기를 좋아하는 사람으로 시계는 항상 외제품을 찼고 양복도 긴자에서 맞춰 입었다. 같이 노는 패거리들과 귀족 행세를 하면서 놀고 다니는 사람이었다. 도박은 하지 않았지만 변변한 직업도 없으면서 술집에서 계산할 때는 척척 종잇조각이라도 꺼내 놓듯이 돈을 내곤 했다. 하는 일이라곤 주식이니 선물 시장이니 하는 것들뿐이었다. 대박을 치면 헹가래를 치며 놀았다. 할아버지는 결국 씀씀이가 헤프다며 노발대발하였고 원래는 큰아버지를 상속자로 삼을 생각이었지만 관두고 의절해 버렸다. 그리하여 동생이었던 아버지가 오우라 집안의 대를 이었다. 지금의 소스케와 닮아 있었다. 동생은 몹시 건실한 성격이었고 그에 반해 형인 소스케는 큰아버지만큼 화려하게 놀고 다니지는 않았지만 생활력이 부족했고 식충이나 다름없었다. 어머니의 말은 지금 이 사실을 아버지에게 말하면 소스케가 큰아버지의 전철을 밟게 되리라는 뜻이었다.

"일은 그럭저럭 들어오고 있어요."

"하지만 나가는 돈이 더 많지 않니."

대꾸할 말이 없었다. 말없이 있자 어머니는 지갑 안에서 은으로 된 작은 인형을 꺼내었다.

"이걸 핸드폰에 달고 있으려무나. 그리스의 신인데 금전운이 좋아진다고 하더구나. 신세 지고 있는 분이 빌려 주셨다. 몸에 지니고 있으면 이게 널 지켜 줄 게다."

자세히 보니 성모 마리아을 닮았다. 어머니가 빨리 달아 보라고 재촉하며 지켜보기에 소스케는 핸드폰을 꺼내어 인형을 달았다.

"어머니, 언제부터 종교 바꾸셨어요?"

어머니는 왜인지 진절머리가 난 표정이었다.

"말도 안 되는 소리 하지 말고, 기도든 뭐든 좋으니 네 힘으로 어떻게든 하렴!"

성모 마리아가 금전운의 신이 된 줄은 미처 몰랐다. 하지만 생긴 게 비슷할 뿐이지 성모 마리아가 아닌지도 몰랐다.

소스케는 테이블 위에 놓인 20만 엔이 든 봉투를 감사히 받아 넣었다.

에비스 금융의 빚 독촉은 다른 금융 회사보다 엄하지 않았다. "제가 언제 그쪽에 빌렸습니까?" 하고 물어봤을 때에는 서슬이 시퍼레져서 호통을 치긴 했지만. 그 뒤 어조를 바꾸어 길고 장황하게 설명을 해 주었다. 그러나 원래 빌린 사람은 기억나지 않는 경우가 더 많은 법이었다. 대부분 자잘한 금액이지만 방대했고 게다가 빌리고 갚고 다시 빌리고 하는 패턴이 반복되고 있었기 때문에 이 모든 걸 기억하기에는 머리가 따라 주질 않았다. 이런 때를 위해 컴퓨터가 존재하는 법이니까 컴퓨터에 기록된 내용을 믿는 수밖에 없었다.

어머니에게 받은 돈은 어차피 빚을 갚기에는 모자랐기 때문에 결국 지갑만 두둑해진 꼴이 되었다. 그래서 생선회나 값비싼 소시지 등을 살 생각으로 슈퍼에 갔다. 오랜만의 사치였다. 계산대에 줄을 서고 있는데 핸드폰이 울렸다.

발신 번호가 뜨지 않았다. 누구일까 생각하며 전화를 받았다. 핸드폰 줄에 신령님이 대롱대롱 매달려 있어 무게가 느껴졌다.

"야부키입니다. 지금 한가하십니까?"

식사에 초대받았다.

확실히 금전운의 신령님일지도 몰랐다. 5분만 연락이 늦었어도 계산대를 통과했을 터였고 기껏 산 음식은 쓸모없어졌을 것이다. 은으로 만들어진 신령님께 감사하며 생선회와 소시지를 판매대에 돌려놓고 왔다.

오늘은 초밥집에 내렸다. 야부키는 노송나무로 만든 카운터 자리에 앉아 물수건으로 손을 닦으며 재료들을 살펴보고 성게니 참치대뱃살이니 하는 것들을 주문했다.

"나머지는 적당히 알아서 주세요."

사양하지 않고 배가 부르도록 먹었다. 야부키는 그 모습을 보고 재미있어했다. 그러고 나서 소스케의 핸드폰 줄을 보고는 달라고 말하기에 소스케는 어머니에게 받은 물건이기 때문에 죄송하지만 안 되겠다고 말했다.

"좋은 이야기네요."

야부키가 미소를 지었다.

"뭐가 말입니까?"

"행운을 부르는 신을 어머니께서 빌려 주신 거요."

"이게 뭔지 아십니까?"

"네, 행운을 부르는 신이에요. 어딘가 저 물 건너 나라 신이죠."

"그리스라는 것 같더군요."

야부키는 수긍하는 표정으로 고개를 끄덕였다.

또 카바레에 갈 줄 알았으나 야부키는 차 안에서 이런저런 혼잣말을 늘어놓았다. 한 곳은 이번 주에 두 번이나 갔었고 또 다른 집은 맘에 드는 아이가 쉬는 날이고 또 다른 집은 오늘 아는 녀석이 와 있을지도 몰랐다. 그런 다음 전화를 걸더니 "네. 그쪽은 순조로우니까요. 내일쯤 보고드릴 수 있을 겁니다. 예, 나중에, 나중에 뵙겠습니다." 이런 식으로 뭐라 뭐라 하고는 결국 호텔로 차를 몰았다.

전망이 좋은 라운지에서 거의 한 시간쯤 마셨을까. 눈 아래에는 작은 전구를 흩뿌려 놓은 듯이 반짝이는 풍경이 펼쳐져 있었다. 테이블 위에는 촛불이 타고 있었고 양 옆에서 수런수런 새침한 웃음소리가 들렸다.

또르륵 하고 큰 소리가 나더니 여가수가 피아노 반주와 함께 재즈를 부르기 시작했다. 피아노는 좋았지만 여자의 노래는 썩 좋지 않았다. 어차피 호텔 지배인이 독단으로 집어넣은 것이리라. 지배인은 노래를 듣지도 않고 겉만 보고 결정했겠지. 라운지에 올라오지 않는 한 자신이 고용한 가수가 잘하는지 어떤지 알 수 없었다. 이 여자도 처세술 좋은 인간 중 하나이리라.

이런 생각들에 잠겨 있느라 소스케는 야부키가 "한몫 끼워 드릴까요?" 하고 말했을 때 그가 무슨 말을 한 건지 알아듣지 못했다. 정신을 차려 보니 야부키는 소스케를 뚫어져라 쳐다보고 있었다.

"주식 말입니다."

야부키 앞에는 위스키 온더록스가 있었다. 날카로운 얼음이 황홀하게 빛났다.

"3월 29일에 자스닥에서 공개됩니다. 북 빌딩에 따르면 열세 배라고 계산이 됩니다. 증권 회사는 제이비제이 증권이죠."

야부키는 소스케 앞에 증권 회사의 팸플릿을 내려놓고 위스키 잔을 댕그랑 소리를 내며 돌렸다.

"열세 배는 과장입니다만 최소 세 배는 확실합니다."

북 빌딩(book building)이라는 것은 새로운 주식을 발행할 때 주식의 가격을 결정하는 방법이었다. 투자가에게 미리 조건을 제시하고 어느 가격에 얼마큼 사고 싶은지 조사하여 정보를 모으는 것이었다. '수요예측제도'라고도 했다. 예전에 친구가 어느 전화 회사의 주식을 한 주 사고는 우쭐해서 설명했던 걸 기억하고 있었다.

"열세 배……."

소스케는 이 숫자가 무엇을 의미하는지 이해가 되지 않았다. 그것은 예를 들면 공개 전에 한 주당 1만 엔에 산 주식이 공개 후에는 13만 엔이 되어 시장에서 팔린다는 뜻이었다. 10만 엔이면 130만 엔, 50만 엔이면 650만 엔. 상장과 동시에 팔리면 순간에 600만 엔의 돈이 굴러들어 온다는 이야기였다. 그렇게 좋은 이야기가 있다는 사실이 잘 이해가 되질 않았다.

친구가 산 전화 회사의 주식도 액면가 5만 엔짜리 주식이었는데 상장하더니 120만 엔짜리 고액주가 되어 여섯 배 이상의 신청이 들어왔다. 시장에서 매매하려고 해도 주식을 내놓는 사람이 없었다. 재무성에서 10만주를 푼 덕분에 겨우 거래가 시작되었는데 첫 시세가 160만 엔이었다. 그 뒤 두 달 만에 한 주당 300만 엔까지 올랐다. 세간을 떠들썩하게 만든 이 주식이 그래 봤자 상장 가격의 2.5배였다.

"정말로 그런 주식이 있나요?"

야부키는 태연한 얼굴로 말했다.

"있을 리가 없죠. 사기입니다."

소스케는 야부키의 얼굴을 말끄러미 쳐다보았다.

"그렇게 고액이 될 게 확실한 주식이 일반 투자가에게 넘어가리라고 생각하십니까? 그런 게 있다면 정치가나 정보를 쥐고 있는 사람들, 혹은 회사 관계자가 몽땅 사들일 겁니다. 아주 조금 일반 투자가의 손에 들어갔다고 해도 매매는 추첨. 적극적으로 살 사람을 찾을 필요가 없습니다. 애초에 그런 우량 기업의 상장 자체가 그리 흔히 있겠습니까?"

그리고 쌀쌀하게 말했다.

"미공개 주식으로 돈을 버는 건 당첨되길 빌며 복권을 사는 것과 마찬가지입니다. 그런 일에 '한몫 끼워 드릴까요?' 하고 은혜라도 베푸는 투로 말할 만큼 낯 두껍지는 않습니다."

소스케는 꿀꺽 침을 삼켰다.

그것을 보고 야부키는 얼굴을 살짝 가까이 댔다.

"미공개 주식이라는 건 새빨간 거짓말입니다. 휴면 중인 회사를 사들여 그 회사의 주식을 미공개라고 내거는 거죠. 그리고 적당한 북 빌딩 가격을 매겨 상장시킬 겁니다. 보통 미공개 주식 사기란 투자자를 모은 뒤 돈이 계좌에 들어오면 그때 행방을 감추는 식입니다. 증권 회사는 가공의 회사이고 상장 회사마저 가짜인 경우도 있죠. 하지만 우리는 다릅니다. 회사도 주식도 정말로 있습니다. 정말로 상장시키는 거예요. 게다가 우리 윗선이 그 주식의 상당량을 갖고 있어요. 다른 사람들과 똑같이 사들인 주식이죠. 상장이 되면 속아서 산 고객들 덕분에 순식간에 주가가 올라갑니다. 거기에 거액의 구매자가 몇 명 더 붙으면 주가는 더 오르죠. 잠깐이긴 하지만 순식간에 성장할 겁니다. 일반 투자가는 길에 돈 떨어진 거 없나 눈에 불을 켜고 땅바닥만 쳐다보며 돌아다니는 불쌍한 놈들입니다. 증권 회사는 일반 투자가 따위는 쓰레기로 취급합니다. 투자가를 위해서 움직이는 게 아니죠. 수수료만 내면 어떤 주식이든 매매합니다. 거기에 들어 본 적 없는 회사의 주식이 성장합니다. 정보를 모을 시간은 없어요. 누군가가 사면 너도 나도 하며 다들 서둘러 사들이겠죠. 그 순간에 주식을 전부 팔아 치워 버리는 겁니다. 대량의 주식이 판매되면 그다음부터 주가는 폭락하기 시작할 겁니다. 원래의 쓰레기 가격까지 말이죠. 미공개 주식일 때 구입자에게서 돈을 받아 자취를 감추면 위법 행위이지만, 저희가 하는 주식은 정말로 공개가 되니까요. 그때 공개 가격도 지키니 위법이 아닌 거죠. 때문에 저희는 몇 번이든 반복해서 이렇게 사기를 칠 수 있었던 겁니다."

야부키의 눈에는 확신이 있었다.

사람들이 정신없이 덤벼드는 사이에 주가는 단숨에 성장했다. 그런 광경을 몇 번이나 봐 왔다. 그의 눈이 그렇게 말하고 있었다.

"저는 이것을 사기라고 봅니다. 하지만 법률상으론 정당한 주식 매매 행위죠. 주식이란 어차피 그런 거예요. 이득을 볼 때가 있으면 손해를 볼 때도 있으니까요. 이것도 그런 과정 중 하나가 되는 겁니다."

"왜 저 같은 사람에게 그런 이야기를 해 주시는 겁니까?"

"그 신령님을 봤으니까요."

신령님은 테이블 위에 놓여 있었다. 휴대전화를 시계 대신으로 놓아두었기 때문에 엄지손가락 크기의 그리스 신령님도 테이블 위에 서 있었다.

"농담입니다. 주가를 부풀리려면 살 사람이 몇 명 더 필요합니다. 그래서 오우라 씨를 불러낸 거예요. 입이 무거운 믿을 만한 사람이 아니면 안 되거든요."

야부키는 그렇게 말하고는 위스키를 조금 마셨다.

투자가나 증권 회사 측에서 실체가 없는 회사라는 사실을 깨닫는 데에 걸리는 시간은 기껏해야 몇 시간 정도였다. 그사이에 모두 팔아 치워야 했다. 어느 둔감한 녀석이 뒤늦게 뛰어드는 덕에 조금은 매매가 생길 수도 있었지만 실질적인 거래는 종료인 셈이었다. 그다음은 당했다는 사실을 깨달은 일반 투자가들 사이에서 얼마나 손실을 적게 보고 팔지를 놓고 격전을 벌이는 시간이 조금 있을 뿐이었다.

"그렇게 간단히 상장시킬 수 있습니까?"

야부키는 산뜻하게 대답했다.

"프로니까요."

문득 그 봄날의 일이 떠올랐다. 아버지께 쓰고도 남을 만큼 큰 돈을 받았던 그날.

둘째에게 내준 금액의 절반 정도 되는 돈을 네게도 주려고 한단다.

네게 금융 회사에 갚아야 할 200만 엔을 주겠다. 지금 누군가가 귓가에서 이렇게 속삭이고 있는 것 같았다.

"오우라 씨께는 특별히 지금 가격으로 팔겠습니다."

야부키가 말했다.

"한 주당 130엔입니다."

최소한 세 배는 된다고 했다. 200만 엔을 벌고 싶으면 100만 엔어치 구매하면 되리라. 이 돈이 300만 엔이 되어 돌아오기만 하면 빚을 갚을 수 있었다.

100만 엔 정도는 동생에게 빌릴 수 있었다. 반드시 되돌아올 돈이었다. 안 되면 단기로 사채업자에게 빌릴 수도 있었다.

"돈은 준비할게요."

야부키는 소스케를 바라보았다.

"그럼 1000만 엔 정도 준비하세요."

'1000만 엔.'

"푼돈 가지고는 주가가 오르지 않습니다. 주가가 오르지 않으면 사람들이 달라붙질 않고요. 설마 100만이나 200만 정도의 푼돈으로 할 수 있다고 생각하신 건 아니겠지요?"

"그런 돈……."

소스케는 할 말을 잃었다. 그때 야부키의 얼굴에서 모호한 기색이 완전히 사라졌다.

"그걸로 아버님께 2000만 엔을 돌려 드리는 겁니다. 지금까지 빌려 주신 돈을 다 갚는다 해도 남을 거예요."

소스케는 멍하니 야부키를 쳐다보았다.

"실은 소비자 금융 쪽에 친구가 있어서 말이죠."

그 한마디로 충분했다. 조사해 보면 언제 어디서 얼마를 빌려서 언제 어떤 형태로 갚았는지 금방 알 수 있는 것이다. 금융 회사는 그런 데이터를 서로 공유하고 있는 법이었다.

"상습적으로 돈을 꾸고 있고 그 덕분에 빚에 쪼들리는 형편이라는 것은 척 보고 알 수 있었습니다. 하지만 오우라 씨가 사무실 문을 닫으시게 되면 여차할 때 제가 곤란해집니다. 그래서 걱정이 되어 사무실의 경영 상태를 알아보았죠. 상당한 부잣집 아드님이셨더군요. 놀랐습니다. 자산을 생각할 때 아버님의 신용만 되찾을 수 있다면, 1000만 엔 정도는 별것도 아니겠죠."

그 자산을 생각하면.

소스케는 시골에 있는 커다란 집을 떠올렸다.

산이 얼마나 큰가. 또 역 앞에는 세를 놓은 빌딩이 얼마나 많은가. 검소하게 생활하기 때문에 집 안에는 돈 냄새가 나지 않았다.

하지만 돈이 없을 리가 없었다.

야부키가 속삭였다.

"딱 열흘 동안만 빌리면 됩니다. 이틀이라도 괜찮습니다. 28일까지는 계좌에 넣을 겁니다. 29일에 몽땅 팔아 치우면 1000만 엔이 3000만 엔이 되는 겁니다. 이 정도로 확실한 일도 없어요."

소스케는 맞는 말이라고 생각했다.

그렇게 생각하자 몸 안에서 힘이 솟아나는 것 같은 기분이 들었다.

이건 도박이 아니다. 왜냐하면.

소스케는 곰곰이 생각했다.

명백한 사기니까.

"돈은 준비하겠습니다."

야부키는 빙긋 웃었다.

"덕분에 저도 편리한 인쇄소를 잃지 않아도 되겠네요."

소스케는 어머니에게 전화를 걸었다. 호텔 로비에서 20만 엔이 든 봉투를 받은 지 사흘이 채 지나지 않았을 때였다.

1000만 엔이라는 말을 들은 어머니는 할 말을 잃었다.

"반드시 갚을 거예요. 열흘 후에 돌려 드릴게요. 정말이에요. 이번엔 정말이에요, 어머니."

주식의 '주'자라도 꺼냈다간 어머니가 1엔 동전 하나 빌려 주지 않으리란 건 불을 보듯 뻔했다.

"큰 일거리가 들어왔어요."

그리고 연거푸 말했다.

"저도 효도하고 싶어요. 언제까지나 이런 신세로 살긴 싫어요. 열흘간 만이에요. 부탁드릴게요."

소스케는 정말 기도하는 마음으로 어설프게 만들어진 성모 마리아 상을 움켜쥐었다.

"반드시 돌려 드릴게요."

다음 날, 어머니로부터 나오라는 전화가 왔다.

"여기 1000만 엔 있다."

앉자마자 어머니는 보자기에 싼 보따리를 탁자 위에 내밀었다. 어머니는 최근에는 본 적 없는 단호한 표정을 짓고 있었다. 그 표정은 소스케가 가장 무서워하는 얼굴이었다.

"이건 반드시 갚아야 한다. 약속대로 열흘 후에 돌려주지 않으면 아버지에게 모조리 이야기할 게다."

그것은 이 일에 당신의 일생의 운명을 걸고 있다는 의미였다. 지금까지 말없이 돈을 마련해 온 어머니의 불안과 분노도 알고 있었다. 하지만 자세한 것은 말할 수 없어도 확실하게 갚을 수 있는 돈이었다.

어머니는 두 눈 속 깊숙한 곳에서부터 소스케를 노려보고 있었다. 어머니와 아들은 작은 보자기 꾸러미를 앞에 두고 잠시 동안 서로를 바라보았다. 마치 씨름판에서 서로를 노려보는 두 선수처럼.

"갚을게요."

그리하여 소스케는 어머니에게서 1000만 엔을 얻어 냈다.

3월 27일의 일이었다.

"돈은 준비되었습니다."

야부키는 축하한다고 말했다.

"그럼 서둘러 제이비제이 증권에 입금해 주십시오."

소스케는 야부키가 말한 계좌로 전액을 입금했다.

"목표는 잘 걸려들었습니까?"

"문제없습니다."

입금하고 몇 시간 뒤, 야부키에게서 전화가 걸려왔다.

"무사히 받았다고 확인 전화 드렸습니다. 모레, 3월 29일에 신문을 봐 주십시오. 상장되면 단숨에 올라갈 겁니다. 팔 때는 제 지시에 따라 주십시오. 이틀 후에는 큰돈이 굴러들어 와 있을 겁니다."

그 이틀간 얼마나 즐거웠던가.

사무소는 쉬었다. 야부키가 팔목에 차고 있던 시계 브랜드의 상품을 카탈로그에서 찾아보았다. 수입차 매장까지 가서 독일제 차 두 대와 스위스 차 한 대를 정성 들여 꼼꼼히 비교해 보기도 했다.

그도 그럴 것이 금액이 최소 세 배라 했으니 말이었다. 열세 배 내지는 세 배…… 중간인 다섯 배라고 잡아도.

소스케는 5000만 엔은 들어올 것이라 생각했다.

다음 날은 부동산을 보러 갔다. 집 안에 낡아 빠진 옷가지를 쓰레기봉투에 쑤셔 넣고 싶은 충동과도 싸워야 했다. 돈이 들어오면 사무실은 닫아 버릴 생각이었다.

무슨 일을 할지는 생각하지 않았다.

그저 좋은 차를 타고 좋은 옷을 입고 부모님과 동생 부부를 고급 음식점에 데려갈 생각밖에 없었다. 현금으로 척척 계산해 줄 테다. 아버지는 놀라실 테고 어머니는 말문이 막히실 테고 두 조카는 신이 날 테고 동생 부부는 마음속으로 기뻐해 줄 것이었다.

속은 사람들이 딱하긴 하지만 세상은 원래 그런 것이었다. 속이는 놈이 있다는 건 속는 놈이 있다는 얘기였다. 속는 게 싫으면 그런 위험한 다리는 건너지 않으면 될 일이었다. 위험한 다리라는 것은 떨어져서 크게 다칠 가능성이 있는 다리라는 뜻이니까.

최근 8년간, 아니 태어나서 지금까지 이렇게 설렌 적이 없었다.

신문의 주식란에는 '동증 1부', '동증 2부'라는 것과 '자스닥', '마더스', '헤라클레스'라는 것이 있었다. 야부키는 자스닥을 보라고 했다. 보는 방법은 전혀 몰랐다. 산업별로 나누어져 있었는데 그 아프토레크 주식회사라는 것이 어느 산업 칸에 실리는지 듣지 못했다. 다만 3월 29일에 여기 어딘가에 '아프토레크 주식회사'가 실린다고 했다.

그것만으로도 충분했다.

7만 7000주를 샀다. 상장 시초가는 한 주에 650엔. 상장과 동시에 판다고 해도 소스케의 수중에는 5000만 엔이 굴러들어 오는 셈이었다. 야부키는 혹시라도 실수하지 않도록 상장과 동시에 팔라고 했다. 증권 회사에 전화를 걸어 지금 팔아 달라고 말하면 그 즉시 팔아 준다고 했다. 하지만 주가는 최소 1600만 엔까지는 상승한다고 했다. 그때까지 기다리면…… 소스케는 계산기를 두드렸다.

이번엔 1억 엔을 넘었다.

29일.

소스케는 신문 배달 오토바이 소리가 기다려져 견딜 수가 없었다. 신문을 가지러 달려 나갔다.

요 이틀간 내내 봤던 주식란을 펼쳤다.

세 번이나 다시 보았다. 업종만이라도 물어볼걸 그랬다고 후회를 했다. 글씨가 작아서 찾기 어려웠다.

야부키의 휴대전화 번호를 눌렀다.

한참 신호가 가더니 부재중전화로 전환되었다.

주가의 동향을 봐야 할 테니 전화 받을 정신이 없겠지.

그래서 제이비제이 증권에도 전화를 걸었다. 5일 전에 야부키의 이야기가 사실인지 확인하기 위해 아프토레크에 대해 문의했었다. 그때와 마찬가지로 시원스레 어찌된 사정인지를 설명해 줄게 틀림없었다.

아무도 전화를 받지 않았다. 그래, 아직 동이 트기 전이었다.

소스케는 인터넷에서 제이비제이 증권 주식회사를 검색했다.

'제이비제이 증권 회사와 일치하는 웹페이지를 찾을 수 없습니다.'

그 순간 심장이 쿵 하고 내려앉았다.

아니, 이건 사기니까. 제이비제이 증권이 인터넷에서 검색되지 않는 건 당연했다. 그래도 아프토레크 주식회사는 실재하는 회사일 터였다.

입력하다가 두 번이나 틀렸다. 이제 완전히 동이 터서 옆방에서 물 트는 소리가 들려오기 시작했다.

아프토레크라는 회사는 검색이 되지 않았다. 그리고 그날 오전 10시가 넘은 후에도 제이비제이 증권에 전화를 걸어 봤지만 아무도 받지 않았다.

야부키의 핸드폰에 몇 번이나 전화를 걸었을까.

속았다는 확신이 든 것은 정오가 지난 후였다.

휴대전화 번호 외에 야부키에 대해 아는 것은 아무것도 없었다.

소스케는 멍하니 있었다.

몇 시간을 그렇게 있었을까. 소스케는 갑자기 어머니의 말이 떠올랐다.

쌀은 아무리 썩어도 그렇게 해가 되지는 않는다고 하더구나.

흰 밥만을 믿는 한, 큰 탈은 없다는 말이다.

그때의 어머니의 얼굴이, 자신을 바라보던 눈이, 머릿속에 가득 찼다.

소스케는 머리를 감싸 쥐었다.

아, 돌이킬 수 없는 일을 저지르고 말았다. 그리고 아마도 지금 이건 돈이 문제가 아니었다. 갚을 수 없다는 게 문제가 아니었다.

소스케는 이런 일에 손을 댄 자신이 얼마나 어리석었는지 그제야 깨달았다. 그리고 그런 어리석음이 이런 결과를 초래했다는 사실도.

그리도 손꼽아 기다리던 신문에는 영화 소개. '신형이 줄줄이 등장'이라는 선전 문구의 외제차 전시회. 그 옆에 나란히 미술 전시회 광고가 있었다.

대회화전 — 4월 11일부터 개최

세계의 명화를 한자리에 모았습니다. 잊어버린 시절로 당신을 초대

합니다.

르누아르의 작품인 부드러운 누드화가 실려 있었다. 그림 속의 흰 피부가 석고로 만든 것처럼 하얗던 야부키의 치아를 떠올리게 했다.

야부키가 그를 보며 웃고 있었다. 관음보살 같기도 하고 성모 마리아 같기도 한 은색의 신령님이 거기에 서 있었다.

여기 꿈을 꾸는 한 여자가 있었다.

후데사카 아카네라고 했다.

눈을 뜨면 잊어버렸다. 하지만 항상 같은 꿈이었다. 전화가 울려서 받으면 남자의 목소리가 들리는 꿈이었다. 하는 말이 매년 조금씩 달라질 뿐이고 나머지는 모두 똑같았다.

잠에서 깨면 기분이 좋지 않았다. 아카네는 그날 아침도 진땀을 흘리며 벌떡 일어났다. 그러나 눈을 뜨면 무슨 꿈이었는지 잊어버리기 때문에 별일 없이 넘어가곤 했다.

후데사카 아카네는 도내 변두리, 역에서도 조금 떨어진 곳에서 작은 스낵바를 운영하고 있었다. 손님들은 대개 근처에서 일하는 사람들로 역에 가서 전차 한 대만 타면 집에 갈 수 있는 샐러리맨이나 역 앞 상점의 주인들이었다. 샐러리맨들은 막차가 가까워지면 썰물처럼 빠져나가 집으로 돌아갔다. 상점 주인들은 신데렐라처럼 12시가 가까워지면 서둘러 가게를 나갔다.

"안사람이 말이지."

자정 넘겨서 들어오지 않는 한에서만 밖에서 마시는 게 허락

되는 모양이었다.

그 후에 남는 것은 막차가 끊겼다는 게 무슨 뜻인지 모를 정도로 취한 사람. 술에 곯아떨어져 잠이 들어 버린 사람. 택시로 돌아갈 수 있는 돈 좀 있는 손님. 걸어서 집에 갈 근성이 있는 거의 이혼 상태인 남자. 나머지는 가게를 닫은 후에 따로 식사하러 가자고 하려고 기회를 노리는 남자 정도였다.

아카네는 어느 남자든 다 귀찮았으나 빨리 가 버렸으면 하고 생각한 적은 없었다.

자기 가게를 갖고 있다는 건 그런 것이었다.

술에 취한 손님은 택시를 불러 차 안에 쑤셔 넣었다. 움직일 생각이 없는 손님은 이별을 아쉬워한 다음 내쫓았다. "지금부터 한 잔 어때?"라고 묻는 손님은 두 번까지는 거절하고 세 번째 물어보면 함께 가 주었다. 네 번째 이후는 세 번째에 하는 짓에 따라 결정했다. 그런 손님이 없는 한 1시에는 가게를 비우고 정리를 했다.

손님들의 요청에 따라 야키소바와 카레 정도는 팔았다. 그 이외의 안주는 업소용 슈퍼에서 사 온 스낵과자뿐이었다. 그래도 냉장고는 필요했고 식기도 써야 했다. 젊은 여자아이를 한 명 쓰고 있었지만 일하는 게 어설펐기 때문에 접객과 간단한 요리는 만들게 해도 뒷정리는 거의 시키지 않았다. 대부분 가게가 닫을 때까지 있지는 않았다. 손님이 줄어들면 먼저 돌려보내곤 했다. 친절한 마음에서 그런 건 아니었다. 가게의 내부 사정을 알게 하거나 내밀한 이야기까지 하고 싶지 않기 때문이었다.

때문에 언제나 홀로 좁은 부엌에 서곤 했다. 냄비를 씻고 채소 찌꺼기를 버리고 싱크대를 닦았다. 아카네의 가게에서 외상은 절대 금지였다. 하루 일과 끝에는 그날의 수입과 금고 안의 금액을 맞춰 보고 확인했다.

가게는 낡았고 장식은 싸구려였다. 아카네는 그 가게 안을 마지막으로 휙 둘러보고 안심하고 나서야 전기를 끄곤 했다.

짤깍하는 소리가 나면 전등이 꺼지고 그렇게 하루가 끝났다.

택시를 잡아타고 집에 도착하면 2시가 넘어 있었다.

아카네는 지어진 지 30년 된 아파트에 살고 있었다. 철제 계단이라 구두 굽 소리가 울리기 때문에 고양이처럼 발소리를 죽이고 올라가야 했다.

부엌의 싱크대는 입주했을 당시부터 배수 상태가 안 좋았다. 때문에 부엌에서는 가능한 물을 쓰지 않았다. 냉장고를 열고 페트병에 담긴 물을 컵에 따랐다. 잔에 립스틱을 묻혀 가며 그 물을 마셨다.

수도꼭지를 비틀어 열자 쏟아지는 물이 그대로 싱크대에 고였다. 흐르는 물에 섞여 가라앉아 있던 쓰레기와 구정물이 솟구쳐 올라와 구정물 속에 쓰레기가 빙빙 돌았다.

후데사카 아카네는 8년 전까지 긴자에 있는 클럽에서 일하고 있었다.

긴자라고 해도 최상급부터 최하급까지 있는 법이었다. 그래도 긴자는 긴자였다.

일하기 시작했을 무렵엔 참 좋은 시절이었다. 손님들의 지명은 줄줄이 이어지고 같이 일하는 사람들과도 잘 지냈다. 손님이 데려가 줘서 게이샤를 불러다 놓고 놀았던 적도 있었다. 유명한 참돔

밥집에 간 뒤 참돔 한 마리를 통째로 써서 요리하게 하기도 했다. 다 만들어진 참돔 밥은 살짝 연분홍색을 띠고 있었고 아마도 벚꽃이 피는 계절이었기 때문인지 맑은 장국에는 소금에 절인 벚꽃잎이 마치 꽃이 핀 것처럼 두둥실 떠 있었다.

긴자는 회사 돈으로 접대할 때 데리고 오는 곳이었다. 경기가 좋을 때는 거짓말처럼 돈이 쏟아졌다. 하지만 재정이 안 좋아지면 회사는 접대비부터 삭감하는 법이었고 그렇게 되자 손님들은 긴자에 잘 오지 않게 되었다. 이렇게 손님들의 발길이 끊어지니 호스티스들도 점차 인원이 교체되기 시작했다.

조금 일찍 가게에 불려갔다.

"저기 말이야. 내일 나오지 않아도 돼."

"근무 시간이 바뀌었나요?"

"아니, 그런 게 아니라, 가게에 안 와도 된다고."

"그럼…… 모레 나오면 되나요?"

"아니 앞으로 계속 나오지 않아도 된단 얘기야."

그것으로 끝이었다.

지명도 안 되고 어디 데려가 주는 손님도 없는 호스티스가 해고될 때, 아카네는 지금껏 불쌍하다고 생각한 적이 없었다. "당신같이 쓸모없는 사람은 그만두는 편이 좋아. 우리들 톱 멤버들의 고생을 좀 생각해 봐. 비교가 안 되잖아."

긴자의 클럽에서 지갑을 꺼내는 것은 촌스러운 행동. 계산은 후불이었다. 손님에게 청구서를 보냈다. 손님의 입금이 늦어지면 호스티스가 빚을 떠맡았다. 때문에 손님이 무사히 지불할 때까지 그 손님을 놓치면 안 되었다.

지명이 늘어나고 실적이 올라가면 시급도 올라가고 가게에도 득이 되었다. 그렇게 되면 가게에서도 대우를 잘 해 줬고 무엇보다 다른 호스티스에게 잘난 체할 수가 있었다. 그러니 혹 입금이 좀 늦어지더라도 와 주기만 하면 고마웠다. 그중에는 돈을 안 내는 손님도 있었다. 그래도 대부분은 어느 날 척 하니 돈을 내놓곤 했다.

하지만 세 명이서 하룻밤 논다 치면 아무리 얌전히 앉아 있기만 하더라도 샐러리맨의 쥐꼬리만 한 월급 정도는 두 번 만에 바닥나는 가게였다. 다섯 명 데려와서 비싼 와인을 따면 30만 엔, 술 취해서 연달아 비싼 샴페인 세 병을 딴 손님도 있었다. 계산을 해 주기만 하면 훌륭한 실적이 되겠지만, 손님이 지불을 미루면 그 돈은 그대로 호스티스의 빚이 되었다.

아카네가 일했던 클럽에서 마담은 고용된 사람이었고 배후에 금융업자가 있었다. 호스티스가 손님 대신 청구서를 넘겨받게 되면 가게가 호스티스에게 돈을 빌려 주었다. 그 돈에는 이자가 붙었다.

하지만 그걸 무섭다고 생각한 적은 없었다. 톱클래스의 호스티스에게는 항상 빚이 따라 붙는 법이었고, 그 금액은 그 호스티스의 배짱을 나타내는 증표이자 프로 정신이기도 했다.

호스티스들 사이의 치열한 순위 싸움 속에서 자기가 그렇게 많은 빚을 떠맡고 있다는 사실 따위 생각할 틈이 없었다. 돈 잘 쓰는 손님이 데려온 손님들은 대개 다음번에는 자기 손님을 데리고 다시 찾곤 했다. 좀 떼어먹히더라도 그만큼 또 벌충하면 되는 일이었다. 때문에 술값을 내지 않은 손님이 태연하게 가게를 다시 찾아도 속으로는 부아가 치밀지언정 내색은 하지 않았다.

비위를 맞추고 애교를 부리고 때로는 몸을 밀착시켰다.

회사에서 접대비를 삭감하자 빚더미가 호스티스들을 덮쳤다. 회수될 가망이 없는 돈이었다.

그러자 가게에는 전례 없는 소동이 일었다. 손님이 줄어들면 장사가 되질 않았다. 장사가 안 되면 손님이 줄어들었다. 그렇게 되면 빚을 진 사람들로서는 갚을 방도가 없어지는 셈이었다. 그러니 무리를 해서라도 손님을 끌어들이려 했다.

빚에 깔려 파산하는 게 먼저일까, 손님들한테서 돈을 짜내는 것이 먼저일까.

긴자에서는 매일 밤마다 목숨을 건 게임이 이어졌다.

그렇게 떠맡은 빚이 1000만 엔을 넘은 날, 아카네는 돌아가는 택시 안에서 망연히 도쿄의 새벽 거리를 바라보았다. 택시 기사에게 돈을 낸 뒤 택시에서 내렸다.

'돈을 회수할 길이 없어. 벌충도 거의 불가능하다고 봐야 해.'

아카네는 다른 호스티스들처럼 교양은 갖추고 있지 못했다. 그저 인생을 살아가기 위한 동물 같은 직감만 갖고 있을 뿐이었다. 아카네는 현관문을 닫은 손을 그대로 뒤로한 채 잠깐 서 있다가 그대로 거실에 가서 은행 통장과 인감과 의료보험증을 가방에 넣고 아까 막 벗어 두었던 구두를 다시 신었다. 방금 올라온 계단을 다시 내려갔다. 그대로 역까지 걸어가 첫차를 기다렸다. 첫차를 타고 그 전차의 종점까지 간 뒤 거기서부터 또 환승하여 종점까지 갔다. 하루 종일 전차에 탄 채 오로지 어떻게든 도쿄에서 멀리 떨어질 생각뿐이었다.

얼마 지나서 풍문으로 가게가 망했다는 소식을 들었다. 마담은 고용주와 관계가 있었으니 괜찮았으리라. 당시 매상 순위를 다투던 호스티스들 중 몇 명이나 '요시와라(에도 시대에 있었던 유명한 유곽으로 여기서는 윤락 업소를 뜻한다—옮긴이)로 전락'했다. 즉 매춘 업체에 몸을 팔았다고 들었다. 아카네가 도망친 것과 간발의 차이였다.

그 후 5년간, 도쿄 권내에는 한 번도 발걸음하지 않았다.

본가에도 들리지 않았다. 온천 마을이나 지방의 환락가에서 일했다. 아는 사람이 오지 않을까 항상 벌벌 떨었고 한곳에 오래 머물지 않고 짧게 옮겨 다녔다.

아카네가 도쿄로 돌아온 것은 3년 전이었다. 가게는 그때 문을 열었다.

남자는 자신이 인기 없다는 사실을 자각하는 것을 굉장히 슬퍼하는 생물이었다. 달콤하게 말을 걸어 주면 기뻐하며 돈을 내놓는다. 여자가 다가오는 이유가 돈이 목적이라는 사실을 알고는 있어도 지금 자기가 돈을 쓰는 건 그와는 상관없는 일이라고 여긴다. 이건 어디까지나 멋이고 혹은 그저 재미 삼아일 뿐이라고 둘러대면서 내놓는 것이다. 그런 주제에 나중에는 "누가 먼저 접근했는데."라며 일방적으로 화를 내곤 했다. 아카네는 그런 말을 들으면 웃어 버리곤 했다.

남자에게 떼어먹힌 돈 때문에 지방의 카바레에 몸을 숨겼는데 거기에도 돈만 내면 여자를 맘대로 할 수 있다고 생각하는 남자가 넘칠 정도로 많았다. 매상 올릴 생각에 돈도 안 내는 손님들의 빚을 떠맡은 자신들 역시 잘못이 있다. 하지만 호스티스가 빚을 떠맡으리란 걸 알면서도 몰려든 남자들이 얼마나 많았는가.

엉뚱한 데 화풀이해서는 안 되겠지만 어차피 남자인 건 마찬가지니까 개의치 않았다.

그래도 자기들 주제에는 가당치도 않은 꿈을 한때나마 꿀 수 있게 해 주는 거니까.

일종의 자선 사업이지.

하지만 운영비는 필요해.

자원봉사를 하러 가도 교통비랑 식비는 나오는 법이니까.

바로 지금도 한 명, 딱 적당한 남자를 껴안고 있었다.

안푸쿠 도미오라고 했다.

이제 마흔이 다 되어 가는 아카네는 여전히 몸에 딱 달라붙는 원피스를 입을 만한 몸매와 폴리에스테르를 비단처럼 보이게 하는 우아함을 갖추고 있었다. 몸의 선에서 원숙한, 조금 흐트러진 색기가 흘러나왔다. 싸구려 술집밖에 가 본 적 없던 남자들은 기뻐했다. 그러나 취하면 끈질기게 치근거리곤 했다. 때로는 돈을 냈으니 이 몸에게 무릎 꿇으라는 식의 고자세로 나오는 손님도 있었다. 푼돈 내고 본전을 뽑으려는 손님들의 심기를 건드리지 않게 조심하며 잘 다루는 것이 관건이었다. 도미오는 그런 신경을 쓸 필요 없는 몇 안 되는 손님 중 하나였다.

"도미오 씨."

아카네가 그를 불렀다. 그는 씩 웃었다. 그저 그것뿐이었다. 자꾸 불러 대거나 재미없는 농담에 맞장구치게 하거나 다음에 어디어디 가자 하면서 무리하게 밀어붙이지도 않았다. 아카네가 한가해질 때까지 얌전히 마시다가 초짜 아르바이트생에게 상대하게 시켜도 기분 상해하지 않고 시간을 보냈고 아카네가 테이블에 와 주지 않더라도 싫은 내색 하나 없이 일주일에 세 번은 가게에 왔다.

도미오는 일단 오면 마지막까지 남아 있다가 택시로 아카네를 데려다 주었다. 그때는 아르바이트생도 돌려보낸 후이기 때문에 두 사람뿐이었다. 그런 때에도 도미오는 취한 모습을 한 적이 없었다. 응석 부리는 일도 없었다. 무슨 생각을 하는 것인지 알 수 없었다. 무슨 일을 하고 있는지도 알 수 없었다. 만약 이런 손님이 긴자에 왔다면 뭔가 엄청난 남자라고 생각했으리라. 하지만 그런 남자가 이런 변두리의 스낵바에 다닐 리 없었다.

도미오는 가끔씩 선물을 가지고 왔다. 손님들이 종종 외국에서 샀다며 가져오는 요란한 가짜 명품 따위가 아니라, 전당포에서 실소할 만한 그런 물건이 아니라, 고상한 취미의 진짜 명품이었다. 가게 문을 닫은 후 식사하러 갈 때는 택시를 타고 고급 초밥 가게에 가곤 했다. 그것은 그리운 난봉꾼의 냄새, 그것도 진짜 난봉꾼의 냄새였다.

"왜 이렇게 자꾸 오는 거야?"

아카네가 물었다.

"아카네 씨를 좋아하니까."

도미오는 대답했다.

도미오와 호텔에 간 건 그것이 손님을 붙잡아 둘 수 있는 가장 확실한 방법이기 때문이었다.

흔한 동네 형씨처럼 생긴 도미오는 일을 하는 것 같지도 않았는데 아무튼 돈은 있었다.

도미오는 주식을 한다고 했다.

"좋은 이야기는 있는 곳에는 있는 법이지."

그런 말은 긴자에서 일할 때 이미 질릴 만큼 많이 들었다. 다들 그렇게 말해 놓고 빚을 떼어먹지 않았는가.

언제였을까. 그건 분명 연말이 코앞으로 다가왔을 무렵이었다. 손님들의 발걸음도 끊긴 폐점 시간에 아카네가 테이블을 닦고 있는데 도미오가 말했다.

"아카네 씨의 손가락, 어떤 손가락인지 알고 있어."

그날도 도미오는 마지막 손님이었다. 컵에 반쯤 남은 맥주는 한참 전에 김이 빠져 있었다.

아카네는 천천히 테이블을 닦는 손을 멈췄다.

"긴자."

도미오가 말했다.

긴자 여자의 손가락에는 마디가 없었다. 뱅어같이 하얗고 길었다. 면접에서는 손가락을 봤다. 얼굴과 가슴, 그리고 앞으로 수상쩍게 움직여야 할 손을 봤다. 잔을 들고 라이터를 정리하고 손님의 품 안에 스르륵하고 미끄러지듯 들어가야 했다. 다운라이트 조명 아래 세상에서 하얀 손가락은 마치 다른 생물인 것처럼 남자를 매료시켰다. 아무리 예뻐도 손이 아름답지 않은 호스티스는 오래가지 못했다.

"도미오 씨는 난봉꾼이지?"

"긴자에 드나들 일이 많았던 것뿐이야."

"지금도?"

"아니. 지금은 안 가. 이제 볼일이 없으니까."

그리고 혼잣말처럼 중얼거리고는 김빠진 맥주를 단숨에 들이

켰다.

"그런 곳에 가지 않아도 돈은 들어오는걸."

긴자.

그토록 경계했던 단어였다. 그런데 긴자 여자의 손가락이라는 말에 아카네는 마음속 어딘가에서 기쁨을 느꼈다.

"……내가 일했던 가게, 알지도 모르겠네."

그렇게 툭 내뱉고 말았다.

"그러게."

도미오는 냉장고를 열고 맥주를 꺼냈다.

"가게, 차리게 해 줄까? 좀 더 좋은 가게."

"많이 들어 본 대사네. 세상에 그렇게 좋은 얘기가 어디 있어."

최근에는 가게에 적자가 나면 도미오에게 염치없이 부탁하곤 했다. 그는 거드름 피우는 일 없이 매번 달라는 대로 돈을 주고 아카네의 아파트에서 자고 돌아갔다.

이전에 아카네는 돌려받을 가망도 없는 돈을 남자들을 위해 썼다. 그에 비하면 몇 십 분의 일이기는 했지만, 반대로 지금은 이렇게 갚을 수 없는 돈을 남자에게서 뜯어내고 있었다. 거기에 죄악감을 느끼는 일도 없었고 느껴야겠다고 생각한 적도 없었다.

가게는 골목의 술집 거리 안쪽에 홀로 떨어진 곳에 있었다.

먼 옛날에 유행했던 빨간 벨벳 의자에 새까만 목제 테이블. 쇼와 시절 분위기가 그대로 남아 있는 이유는 지은 지 45년 된 가게였기 때문이었다.

철거될 예정이었던 곳을 사들였다. 빚이 1000만 엔 있었지만 그건 전에 일했던 클럽의 오너에게 빌린 것이지 금융 회사에서 빌린 것은 아니었다. 도쿄를 떠난 후부터는 카드 대출조차 쓴 적이 없었다. 돈을 빌렸다가 옛날 클럽의 오너에게 거처를 들키지 않을까 걱정되었기 때문이었다. 절대로 그것만큼은 일어나면 안 되는 일이었다. 때문에 서류상으로는 빚을 진 적이 없는 깨끗한 상태였다. 그럼에도 신용 금고에서 대출을 받기 위해서는 지금까지 지방에서 도망치듯이 살고 일하면서 모은 돈을 모두 털어 내놓는 것으로 모자라 가지고 있는 지식과 경험의 전부를 내놓고 호소해야 했다. 보증인을 데려오라고 하기에 낡은 수첩을 뒤지고 뒤져 두 명에게 전화를 걸었다. 두 명 모두 이야기는 잘 들어 주었으나 보증인은 되어 주지 않았다. 한 명은 "장소가 별로 좋지 않네."라고 말했다.

결국 가게 구입 자금, 개점 자금, 당장의 운용 자금, 살고 있는 아파트의 보증금 등 필요한 비용의 반액에 해당하는 현금을 가지고 있다는 것을 증명해야 했다. 빚을 갚지 못하게 되어도 가게를 몰수하면 되므로 은행이 손해 볼 일은 없었다.

도쿄를 떠나 있는 동안 먹을거리는 꼭 슈퍼의 반값 세일 시간대에 샀다. 친구는 만들지 않았고 밖에 마시러 나가지도 않았다. 머리도 미용실에 가지 않고 스스로 했다. 긴자에서 일할 때는 눈길도 안 줬던 싸구려 에나멜 구두를 신었고 염가 판매 세일이라고 산처럼 쌓아 놓고 파는 것이나 혹은 헌옷 가게에서 '아무거나 100엔' 박스 안에 쑤셔 넣고 파는 구닥다리 원피스를 사서 직접 수선해 입었다.

시골 읍내의 뒷골목에서는 요란한 싸구려 원피스를 입고 있기만 해도 남자들이 말을 걸어 왔다. 완전히 창녀라고 생각하는 것 같았다.

다른 마을로 옮길 때에는 특급 열차를 타지 않고 시간을 들여 이동했다. 차창을 스치는 풍경을 바라보며 긴 이동 시간을 견디고, 또 견뎌 냈다. 모르는 마을에 흘러 들어가기도 했다.

마을에 도착하면 역내 화장실에서 옷을 갈아입었다. 굽 높은 구두를 신고 화장을 고치고 설령 겨울이라 해도 몸에 달라붙는 얇은 원피스를 입고 립스틱을 발랐다. 그러고 나서 또각또각 구두 굽 소리가 나게 걸으며 커다란 트렁크를 끌고 무작정 면접을 보러 다녔다. 일자리가 결정될 때까지 숙박도 하지 않고 걸었다. 환락가는 채용 여부 결정이 빨랐다. 결정이 되면 바로 다음 날부터 일을 시작했다. 이런 꼴이 되긴 했어도 긴자의 넘버원을 겨루던 몸이었다. 돈 들여 가꾼 피부와 단 하룻밤 만에 남자에게 몇십만 엔이나 내놓게 했던 그 눈빛은 고작 몇 년 만에 사라지는 것이 아니었다. 가슴골이 상대방의 시야에 잘 들어가는 위치에 몸을 두었다. 잠깐 사이에도 어느 각도가 가장 자극적으로 보이는지를 계산해 냈다. 그래서 도착한 날에 일자리가 정해지지 않는 경우는 거의 없었다. 일자리가 정해지면 싼 방을 잡았다. 하지만 다음 날 아침에는 짐을 싸서 나와 또 큰 트렁크를 끌고 이번에는 부동산을 찾아다녔다. 조건에 맞는 곳이 있으면 그 자리에서 빌렸다. 트렁크에 들어 있는 것은 속옷과 잠옷과 양말, 화장품, 나머지는 접대용 옷과 구두였다. 작은 방에 원피스를 걸어 놓곤 했다.

가전제품은 전부 중고품으로 빌렸다. 필요한 생활용품은 100엔숍에서 샀다. 마을을 떠날 때에는 그 모든 것을 버렸다. 구두와 옷과 화장품과 약간의 속옷을 트렁크에 쑤셔 넣고 특급권이 필요 없는 열차를 탔다.

아카네는 그렇게 모은 돈 전부를 이 가게를 살 때 내놓았다. 물이 막히는 싱크대, 구두 소리가 울리는 철제 계단, 심야의 구두 소리에 귀를 기울이며 짓궂은 전화를 거는 옆집 사람. 일을 잘 못하는 아르바이트생과 낡아 빠진 신사복을 입은 손님. 색이 바랜 의자, 흠집이 난 테이블. 무리에서 떨어져 나온 것처럼 외딴 장소에 위치한 스낵 '아카네'. 이 모든 것은 여행 가방을 열었던 바로 그날 이후에 펼쳐진, 아카네의 전부였다. 길고 긴 여행의 끝에 겨우 당도한 곳이었다.

이 거리를 사랑하고 있는 것은 아니었다. 가게를 할 거라면 도쿄에서 떨어진 곳이 더 좋았으리라. 그저 철거될 예정인 싸구려 술집의 모습이 마치 가엾은 자기 처지와 겹쳐 보였던 것뿐이었다.

'여기 어디에도 친구가 없지만 이제부터는 너와 친구로 지내겠어. 서로 한 번은 죽었던 몸이니.'

그렇게 생각하니 사이좋게 해 나갈 수 있을 것 같았다. 시대에 뒤처진 빨간 벨벳 천을 씌운 의자를 보면서 아카네는 결심했다.

이런 생활이 자신에게 잘 맞는 것 같은 기분이 들었다. 그런데도 3년이 지난 지금에도 왜 좀 더 행복해지지 않는 것인지, 왜 여전히 마음에 여유가 없는 것인지 의문이 들 때도 있었다.

생각해 보니 그 이유가 떠올랐다.

아직도 도망치는 신분이었기 때문이었다.

싱크대의 물이 이제 겨우 내려가기 시작했다. 그리고 구정물과 함께 떠오른 쓰레기들이 싱크대 안으로 다시 빨려 들어갔다. 쓰레기는 보이지 않게 되었지만 없어진 것은 아니었다. 썩은 물이 내려가는 쪽에 붙어 있을 뿐이었다. 물을 틀면 반드시 다시 떠오를 것이었다.

가게를 갖고 난 뒤, 아카네는 매일 전자계산기를 두드렸다. 수도, 전기, 전화, 요리 재료비, 맥주, 소주의 구입 대금, 인건비, 교통비, 월세 등 모든 것을 세밀하게 노트에 정리했다. 노트에는 숫자가 1엔 단위로 적혀 있었다. 신용 금고에서 빌린 돈은 매달 정확히 갚고 있었다.

때때로 긴자에서 일했던 옛날을 떠올리지 않는 것은 아니었다. 실크 드레스를 딱 붙게 입고 하룻밤에 100만 엔어치 매상을 두고 경쟁했었다. 손님이 주문했다고 하고는 긴자의 전통 있는 고급 가게에서 초밥을 배달시켰다. (실제로 손님이 지불할 때도 있었다.) 선물로 50만 엔 이하의 물건을 들고 오는 인간은 없었다. 머리카락과 손톱은 매일 미용실과 네일숍에서 손질했다. 쉬는 날에는 피부 관리실에 다녔다.

길 위에서 손님을 배웅하는 호스티스의 날카로운 웃음소리와 북풍 속에서도 실크 드레스 한 장만 걸친 채 걷는 허세. 머리에 떠오르는 긴자의 광경은 마치 신기루 같았다. 그리고 그 광경 너머로 떼어먹고 도망친 금액이 불쑥 솟아올랐다. 그렇게 한동안 넋을 놓고 있다가 몸을 떨며 자잘한 숫자가 빽빽이 기입되어 있는 노트의 글자를 보는 것이었다.

그날 밤 아카네는 또 진땀을 흘리며 벌떡 일어났다.

수화기 저편에서 남자의 목소리가 들리는 꿈을 꾸고.

그날 아침, 아카네는 한 통의 전화 때문에 눈을 떴다.

집 전화기가 울리고 있었다. 아직 어두웠다. 시계를 보니 4시였다. 누운 지 2시간도 채 지나지 않은 시간이었다.

아카네는 느릿느릿한 동작으로 수화기를 들었다.

전화 건너편에서 남자의 목소리가 들렸다.

"1000만 엔에 연 이자 29.8퍼센트의 연체금이 붙는다면 8년이면 얼마가 될까?"

그 순간, 심장이 돌처럼 딱딱하게 굳는 것이 느껴졌다…… 8년이면.

8년.

다음 순간 심장이 폭발한 것처럼 움직이기 시작했다. 아카네는 전에 몇 번이나 진땀을 흘리면서 깼던 그 꿈속 남자의 대사를 그때 처음으로 직접 들을 수 있었다. 그리고 꿈에 나왔던 그 대사 하나하나를 선명하게 기억해 냈다.

첫 해엔 이렇게 말했다.

"1000만 엔에 연 이자 29.8퍼센트의 연체금이 붙는다면 1년이면 얼마가 될까?"

2년째엔 이렇게 말했다.

"1000만 엔에 연 이자 29.8퍼센트의 연체금이 붙는다면 2년이면 얼마가 될까?"

5년째엔 이렇게 말했다.

"1000만 엔에 연 이자 29.8퍼센트의 연체금이 붙는다면 5년이면 얼마가 될까?"

그리고 지금은 그때로부터 8년의 세월이 흘렀다.

수화기를 든 손이 떨려 왔다.

"연체금만으로 2086만. 합해서 3086만 엔이야, 후데사카 아카네 씨."

그리고 남자는 말했다.

"법정 금리를 지키는 제대로 된 금융 회사여도 마찬가지지."

전화가 끊어졌다.

아카네는 몸이 굳어서는 꽉 움켜쥔 수화기를 내려놓을 수가 없었다.

'날 찾아냈어…….'

3월 15일 아침이었다.

그날 아침부터 빚 독촉이 시작되었다.

그것은 불 보듯 훤한 일이었다.

전화는 심야에도 이른 아침에도 개의치 않고 울렸다.

"계좌 번호를 말할 테니 거기로 입금해 줬으면 해. 근시일 내에 젊은 녀석을 보낼 테니 잘 부탁해. 미리 말해 두지만 도망칠 생각하지 마. 8년 전은 감쪽같이 당했지만 말이지."

아파트의 입구에는 빨간 글씨로 '빌린 돈은 갚아라.', '빚에 시효가 있습니까?'라는 글이 인쇄된 종이가 붙었다.

무언의 전화가 몇 십 번이나 왔다. 전화 코드를 뽑아 버렸다.

"뭐야, 이거."

가게의 아르바이트생 여자아이가 전화를 받은 뒤 그렇게 중얼거렸다.

"사장님. 전화 끊어졌던데 이쪽 전화 코드도 뽑으실 생각이냐고 물어보던데요."

집에 돌아가자 현관 앞에 참새 시체가 있었다. 가게에는 고급 초밥 50인분이 배달되었다.

그리고 전화가 울렸다.

"좀 더 효율적인 돈벌이 방법, 알고 계시죠?"

알고 있었다. 긴자의 여자가 삼류 매춘 업소에 들어가면 몸이 너덜너덜해질 정도로 손님이 많이 몰린다고 들은 적이 있었다. 돈을 다 갚을 때까지 몸이 버티질 못하면 좋은 약을 주었다. 그 약값도 또한 빚에 포함되었다. 고급 콜걸이면 단가가 비싸서 빨리 갚을 수 있긴 하지만 위험하다고 들었다. 무슨 해괴한 요구를 해 올지 전혀 알 수가 없었다. 무엇보다 아카네 나이에 이미 그런 일은 무리였다.

아카네는 손님의 옆에 앉아 있어도 생각은 딴 데 가 있었다. 가끔 생각났다는 듯이 웃거나 맞장구를 치거나 할 뿐이었다. 손님이 마시려던 위스키 더블을 옆에서 낚아채어 전부 마셔 버리고는 손님의 무릎에 기댔다. 손님은 기뻐하며 손뼉을 쳤다.

'차라리 은행 강도라도 할까. 실패하더라도 경찰에게 보호받을 수 있어. 그 녀석들에게 가지고 있는 것을 몽땅 털리고 거지꼴이 되느니 그게 나을지도 몰라.'

하지만 출소하면 또 그 전화가 걸려 올 게 분명했다. 새로 계산한 연체금을 들고 말이다.

낯익은 가게 천장이 부옇고 눈부시게 보였다.

손님은 잡화점에서 산 코안경을 쓰고 있었다. 플라스틱 코가 붙은 장난감 안경이었다. 아르바이트생인 미미가 손님의 머리에 작년 크리스마스에 썼던 붉은 고깔모자를 씌웠다. 손님은 큰 소리로 웃으며 좋아했다.

아카네는 그 코안경의 코를 바라보았다.

플라스틱으로 만들어진 코안경. 저걸 쓰고 계절에 맞지 않는 산타클로스 모자를 쓰고 혼자서 기뻐하고 있었다. 손님인 시로타는 이제 곧 마흔이 되는 독신이었다. 훌쩍 와서는 대개 술에 잔뜩 취해 가게 문을 닫을 때까지 남아 있곤 했다. 느슨하게 푼 넥타이 끝부분이 대롱대롱 흔들리고 있었다. 고급 브랜드 제품이었다.

아카네는 부스스 일어나 시로타의 컵에 맥주를 부었다.

"시로타 씨는 은행원이랬지?"

남자는 아하하 하고 소리를 높여 웃었다.

"아닙니다. 전에도 말씀드렸잖아요. 저 다른 곳으로 파견됐어요. 시시한 곳이랍니다."

"그래도 은행원이잖아."

"월급은 은행에서 나오고 있죠. 하지만 일터는 은행이 아닙니다. 자, 그럼 이걸 은행원이라고 부를까요?"

시로타는 가락을 붙여 그렇게 말하고는 짤랑짤랑 재떨이를 젓가락으로 두드렸다. 미미가 시로타의 얼굴에서 코안경을 떼어 내 자기 얼굴에 썼다. 시로타는 모자도 미미의 머리에 씌우려고 했으나 미미는 모처럼 세팅한 머린데 헝클어진다며 뒤로 몸을 뺐고 시로타가 그 뒤를 쫓아갔다.

"헝클어져, 헝클어져라."

"시로타 씨는 그럼 돈뭉치 본 적 있겠네?"

아카네가 웃어 보였다.

"나, 은행 경품이 갖고 싶어. 요즘 구두쇠라서 말이야. 줄 수 있어?"

저어. 티슈랑 수건이랑 머그컵이랑 음.

시로타는 고쳐 앉고서는 경품 종류를 손가락으로 꼽아 보기 시작했다.

내가 갖고 싶은 것은 그런 게 아니야.

"지폐 다발 보면, 두근두근거려?"

시로타는 말했다.

"물건. 그런 건 그냥 물건에 불과해요."

그 순간, 미미가 손을 때리며 웃었다.

"그 물건 좀 가지고 올래?"

미미는 블라우스의 단추를 하나 풀고 가슴골을 시로타에게 내밀었다.

"여기 한 장 넣어 줘."

시로타는 눈동자를 빛내며 주머니에서 지갑을 꺼내어 잠깐 망설인 후 1만 엔 지폐 한 장을 미미의 가슴골에 찔러 넣었다.

카운터에 돌아가자 도미오가 말했다.

"아카네 씨 지금 돈 걱정 하고 있지?"

그리고 웃었다.

"얼굴에 그렇게 쓰여 있어."

정말 그런 것 같았다.

미미가 노래방 기계를 켰다. 시로타는 넥타이를 머리에 둘렀다. 낡은 미러볼이 돌기 시작했다. 시로타는 미미의 허리에 손을 두르고 살짝 빗나간 음정으로 소리를 질렀다.

그런데도 도미오는 기분 좋게 박수를 치기 시작했다.

도미오는 또 새로운 시계를 차고 있었다. 번쩍거리는 고급 시계였다. 보고 있는 동안 왠인지 이 남자가 얄미워서 견딜 수가 없었다.

'나는 이렇게 고생했는데. 그런데도 아직도 쫓기고 있는 처지인데.'

아카네 씨의 손가락, 어디 손가락인지 알고 있어.

그때 아카네는 떠올렸다. 그녀가 옛날 긴자에서 일했던 것을 알고 있는 건 이 남자뿐이라는 것을.

5미터 정도 거리에서 시로타가 넥타이를 머리에 두르고 코안경을 쓴 채 반쯤 만취한 상태로 한쪽 손으로는 마이크를, 다른 한쪽 손으로는 미미를 붙들고 노래하고 있었다. 미미를 잡고 있다기보다는 미미에게 휘둘리고 있었다.

아카네는 미미에게 속삭였다.

"오늘은 이만 됐어. 내일 늦지 않게 와."

시로타는 혼자서 기분 좋게 짤랑짤랑 재떨이를 두드리고 있다가 집에 갈 채비를 하고 나온 미미를 발견하고는 한 대 얻어맞은 듯한 표정을 지었다. 그런 시로타를 보며 아카네가 생긋 웃었다.

"어머머, 시로타 씨. 방해꾼은 내쫓는 거예요."

미미가 퇴근하자 가게에는 아카네와 도미오, 그리고 시로타만 남았다. 시로타는 또 콧노래를 부르며 반주 삼아 재떨이를 두드리기 시작했다. 벗어 놓은 신사복은 꼬깃꼬깃해져서는 자리에 내팽개쳐져 있었다. 이렇게 되면 시로타는 가게 문을 닫을 때까지 일어나지 않았다.

아카네는 새 컵에 맥주를 담고 그 안에 위스키를 넣었다. 그리고 그걸 들고 시로타의 자리로 가서 시로타의 옆에 기대어 앉은 뒤 어깨를 바싹 대었다. 가슴골이 시로타의 시야에 딱 들어올 만한 위치였다. 아카네는 장사만큼은 제대로 하고 있었다.

시로타는 싫지 않은 듯 실실 웃었다. 아카네는 위스키를 넣은 맥주를 시로타에게 건넸다.

“오늘은 취해 버릴까?”

그렇게 말하고는 그 자리에 있던 잔을 들고 시로타의 잔에 가볍게 갖다 대었다. 챙 하고 소리가 나자 시로타는 마치 훈련받은 동물이 신호에 반응하듯이 단숨에 잔을 들이켰다. 아카네는 시로타의 애창곡인 「북쪽 여관에서」를 노래방 기계에 입력하고 슬쩍 볼륨을 높였다.

시로타는 마이크를 붙잡았다. 아카네는 그 모습을 확인한 뒤 시로타에게 들키지 않도록 천천히 카운터로 돌아왔다.

전주는 폭발음 같은 음량으로 시작했다. 시로타는 신이 났는지 소파 위에 올라섰다. 그 순간 아카네는 도미오의 목덜미를 붙들고 있는 힘껏 끌어당겼다.

“당신이지?”

도미오는 푹 고꾸라져서 하마터면 들고 있던 컵을 떨어뜨릴 뻔했다.

“당신이잖아. 나에 대해 ‘화련’의 오너에게 고자질한 거.”

도미오의 얼굴이 바로 앞에 있었다. 아카네는 도미오의 목덜미를 움켜 쥔 힘을 풀지 않았다. 오히려 더 꽉 조였다.

“내가 긴자에서 일했다는 사실을 아는 사람은 당신밖에 없어.”

노래는 절정에 다다랐고 시로타는 소파 위에서 가게가 울리도록 노래하기 시작했다.

아카네는 도미오의 목덜미를 붙든 채 코앞에서 이야기를 계속했다.

"그야, 1000만 엔을 떼어먹긴 했지. 하지만 손님이 내는 술값 중 가게에서 가져가는 게 8할 아니야? 5000엔짜리 와인을 10만 엔으로 뻥튀기해서 팔았잖아. 그걸 못 낸다고 나에게 10만 엔을 청구했어. 내 손님이 가게에 입힌 손해는 200만도 안될 거야. 그걸 이제 와서, 8년이나 지난 지금에 와서."

아카네는 말문이 막혔다. 분하고 화가 나서 말이 나오질 않았다.

도미오는 놀라서 멍청히 아카네를 쳐다보다가 이윽고 눈을 동그랗게 떴다.

"정말로 힘든가 보네."

시로타는 소파에 드러누워서 머리에 넥타이를 맨 채 새근새근 숨소리를 내며 자고 있었다.

아카네는 조용히 있었다. 하지만 전부 이야기한 것이나 다름없었다. 8년 전 '화련'이라는 긴자의 가게에서 1000만 엔의 빚을 진 채 도망쳐서 지금 그 빚을 갚으라는 독촉을 받고 있다는 이야기. 8년이나 내버려 두면 빚이 얼마나 크게 불어나는지 도미오는 알고 있었다.

도미오는 굉장히 걱정스러워했다.

"아카네 씨가 돈을 빌린 그 클럽의 두목, 진짜 질이 나쁜 사람이야."

아무런 도움이 안 되는 정보였다. 아카네는 두목의 이름도 몰랐다. 알고 싶지도 않았다. 질이 안 좋다는 것은 함께 일했던 동료들이 요시와라로 전락했다는 사실만 봐도 알 수 있었다.

"지금 빚이 얼마지?"

"3086만. 지금도 매일 늘어나고 있어."

그때 도미오가 말했다. "괜찮은 주식 얘기가 있는데."라고.

지금까지라면 그런 이야기에는 일절 귀를 기울이지 않았다. 세상에 쉬운 일은 없다는 것을 몸소 배웠다.

도미오는 벽에 걸린 빛바랜 달력을 보고, "오늘, 25일이니까 늦지 않았네."라고 중얼거렸다. 그러고 나서 시로타를 흘끗 보고 다시 아카네를 바라보았다.

"사흘 만에 세 배로 불릴 수가 있어. 못해도 말이지. 하지만 1000만 엔 단위로만 참가할 수 있다고 해. 500만은 내가 준비할게. 잘못될 일 없는 이야기니까. 왜냐하면……."

도미오는 순진한 얼굴로 말했다.

"이건 사기니까."

사기.

휴대전화 벨소리가 큰 소리로 울리는 바람에 아카네는 바르르 떨었다. 소파 위에서 시로타가 마치 경보라도 들은 것처럼 벌떡 일어났다. 잠에서 덜 깬 채, 손을 더듬거렸다. 양복을 집어 들고 껴안더니 그다음엔 바지 주머니에서 휴대전화를 꺼내 공손하게 끊고는 다시 잠들었다.

"괜찮아. 세상모르게 푹 잠들었으니까. 아카네 씨가 맥주에 위스키를 섞었잖아."

도미오는 상세하게 설명했다. 동료 중에 주식을 잘 아는 사람과 내부 정보를 빼낼 수 있는 은행원이 있다고 했다. 그걸 이용해서 아무 쓸모도 없는 미공개 주식을 대량으로 사들여 공개한 뒤 구매자가 많아져 가격이 올라가면 그때 주식을 전부 팔아 치워 이익을 남긴다는 이야기였다.

도미오는 여러 가지를 이야기해 주었으나 아카네의 머리에는 대부분 들어오지 않았다.

1000만 엔의 세 배면 3000만 엔. 아카네의 머리에 들어온 건 그 이야기뿐이었다.

지금껏 시내의 금융 회사에서 돈을 빌린 적은 없었다. 가게를 담보로 하면 500만은 빌릴 수 있을 것 같았다.

"다만 28일까지 돈을 준비해야 해."

이번엔 아카네가 달력을 뚫어져라 보았다. 아무리 봐도 앞으로 사흘밖에 없었다.

아카네는 도미오의 팔에 있는 시계를, 번쩍거리는 그 손목시계를 보았다. 300만 엔은 나가리라.

"여자에겐 잘 빌려 줘. 정 안 되더라도 마지막에는 돈 벌 방법이 있으니까."

아카네는 시계에서 눈을 떼고 도미오를 쏘아보았다.

그 자식들 손에 떨어졌다간 가게를 빼앗기는 걸로 모자라 몸을 팔게 될 게 분명했다. 그렇다면 가게를 담보로 잡히더라도 돈을 빌려서 살아남을 희망만 있다면 손해는 아니었다.

다음 날 아카네는 가게의 권리서를 가지고 시내의 금융 회사를 찾아갔다. 그리고 26일, 500만 엔을 대출했다.

"그쪽은 어떻게 되어 가고 있어요?"

"지금 딱 미끼를 물었습니다."

그날 밤, 500만 엔을 도미오에게 건넸다. 도미오는 자기가 갖고 온 500만 엔을 탁자 위에 놓았다.

"이것으로 1000만 엔. 사흘 지나면 열세 배. 최소한이라도 세 배인 3000만 엔은 될 거야. 나한테는 원금인 500만 엔만 돌려줘도 괜찮아. 아카네 씨에게 남은 것 전부를 줄게. 저쪽도 그 돈이면 빚은 없었던 일로 해 줄 거야. 왜냐하면 원금이 1000만 엔이었으니까. 안 되면 내가 이 500만 엔도 주지."

"사흘……."

"3월 29일이야."

도미오는 증권 회사의 팸플릿을 탁자 위에 올려놓은 뒤 탁자 위에 놓인 1000만 엔을 가방에 넣었다.

사흘 후인 3월 29일, 도미오가 말한 회사는 신문에 실리지 않았다.

아카네는 도미오가 가게에 오기를 기다렸다.

도미오는 나타나지 않았다.

휴대전화도 연락 두절이었다.

내팽개쳐진 신문에 실린 광고에는 포동포동하게 살이 오른 나체 여인이 미소를 짓고 있었다.

대회화전 4월 11일부터 개최

잊어버린 시절로 당신을 초대합니다.

2장

3월 16일.

긴자.

대회화전 — 4월 11일부터 개최

칸딘스키, 피카소, 세잔. 신문 광고란 끄트머리에 있는 10센티미터가량의 자그마한 광고에는 귀에 익은 화가들의 이름이 나열되어 있었다.

르누아르 그림 속의 부인이 풍만한 나체를 드러낸 채 살짝 몸을 비튼 자세로 이쪽을 보고 있었다. 히노 도모노리는 자신의 화랑 안에서 그 광고를 보고 있었다.

잊어버린 시절로 당신을 초대합니다.

히노 도모노리는 신문을 고쳐 들었다. 그의 작은 손에는 살이 잔뜩 붙어 있어 관절마다 보조개처럼 움푹 패어 있었다. 옷깃에서 빠져나와 축 늘어진 목살이 움직일 때마다 출렁거리며 위아래로 움직였다.

유리창 저편으로 사람들이 스쳐 지나갔다. 히노는 신문에서 눈을 떼고 잠시 동안 신경질적인 얼굴로 길가를 건너다보았다. 그러고 나서 시계를 보고 다시 신문으로 눈을 돌렸다.

시계 바늘이 2시 20분을 가리켰을 때 화랑 현관문이 열렸다.

화가인 도쿠라 히데미치가 크고 납작한 직사각형 꾸러미를 들고 들어왔다.

히노는 금세 만면에 웃음을 띠우며 신문을 테이블 위에 놓고 일어섰다.

신문이 접히면서 '대회화전'이라는 글자는 감춰지고 르누아르 그림 속의 벌거벗은 부인이 반쪽이 되었다.

"기다리고 있었습니다."

도쿠라 히데미치는 무뚝뚝한 태도로 가지고 온 꾸러미를 벽에 내려놓았다. 히노는 그 모습을 자못 사랑스럽다는 듯이 쳐다보고 꾸러미를 풀었다.

그 안에서 나온 그림에는 아사 직전으로 보이는 벌거벗은 사람 다섯 명이 그려져 있었다. 그림은 양초의 불꽃처럼 흔들리고 있었고 사람들은 길고 가늘게 표현되어 있었다. 배경은 연한 푸른색이었다. 땅을 그린 것인지 그저 푸른색으로 농담을 표현한 것뿐인지 알 수 없었다. 그 배경 속으로 다섯 명의 나체가 금방이라도 사라질 것 같았다.

푹 꺼진 눈. 움푹 파인 뺨.

히노는 잠시 바라보더니 빙긋 웃었다.

"섬세한 그림이군요."

"그렇게 생각하나?"

도쿠라는 불쾌하다는 듯이 대답했다.

"이런 그림을 잘 몰라보는 인간이 많아서 말이지. 정말로 못 해 먹겠어."

"저런."

히노는 의외라는 듯이 목소리를 높였다. 그리고 화가에게 의자를 권했다. 카페에 2시 20분에 가져와 달라고 주문해 놓은 커피 두 잔이 도착했다. 그 자리에서 계산을 하고 커피가 놓인 테이블로 바로 돌아가지 않고 다시 그림을 살펴보았다.

"뭐, 상관없지만."

도쿠라는 언짢은 기색으로 커피를 홀짝이며 말을 이었다.

"오카야마 그림전에 나가기로 결정되어서 말이야."

"허허, 그래요?"

히노는 눈을 빛내며 말했다.

"개인전입니까?"

도쿠라는 시시하다는 듯이 손을 한번 휘둘렀다.

"근데 일본 화가전이라는 어중이떠중이 모임이야. 우리 선생님이 추진하셨지."

도쿠라가 '우리 선생님'이라고 부른 사람은 스승인 데라오 로진을 말하는 것이었다.

히노는 그제서야 도쿠라의 맞은편에 앉았다. 남자는 심기가 불편한 얼굴을 하고서는 상당히 많이 떠들었다. 히노는 그저 미소를 지으며 들어 주었다. 20분 정도 있다가 도쿠라가 돌아갔다. 히노는 서서 배웅했다.

도쿠라가 보이지 않게 된 것을 확인하자 히노의 표정이 바뀌었다.

그림 앞으로 돌아가서는 다시 뚫어져라 쳐다보았다.

'섬세하다니. 내가 한 말이지만 참 잘했다. 오렌지주스에 물 탄 맛이라고 비유하면 될까. 이 그림체는 뭉크에게서 따왔으리란 건 초짜라도 알아볼 텐데. 좀 더 괜찮은 걸 그리고 있는 줄 알았더니.

그렇다고 해도 회화전에 출품이 결정되어 내심 떨 듯이 기뻐하고 있을 텐데. 그 거드름 피우는 태도는 대체 뭐지? 아니면 최근엔 데라오가 추진하는 게 아니면 어디서 불러 줄 곳도 없다는 사실을 정말로 잊어버린 것인가.'

데라오 로진조차 도쿠라를 후계자로 삼고 싶었던 게 아니었다. 그저 딸의 마음에 든 남자가 이 도쿠라였을 뿐이었다. 정확하게 말하자면 도쿠라는 화단에서 성공하기 위해서는 그림 공부보다는 스승의 딸을 공략하는 쪽이 빠르다는 것을 알고 있었다. 1번 제자에게는 확실히 재능이 있었다. 하지만 딸은 1번 제자와는 결혼하고 싶어 하지 않았다. 그리고 로진도 기술의 계승보다는 부의 세습을 선택하여 도쿠라 히데미치를 후계자로 지정했다.

때문에 도쿠라는 재능이 어떻든 간에 로진의 딸을 넘어가게 만든 그 순간부터 자기 그림이 머지않아 높은 값을 받게 되리란 사실을 알고 있었다. 로진은 미술 협회의 대가였으니까.

뭐, 타당한 판단이었을지도 몰랐다. '데라오 로진'이란 이름이 딸의 행복을 침해하면서까지 지킬 만큼의 가치가 없다는 사실을 로진 자신도 알고 있다는 뜻이리라.

실제로 최근에는 로진조차 처지가 좋지 않았다. 무리하게 모던한 것을 그리려다 보니 값만 더 떨어지고 있었다.

히노는 다시 도쿠라의 그림을 보았다.

모던. 예쁘고 알기 쉽게 세심함을 모토로 삼아 잉어와 장미나 그리고 있으면 그만이었던 바로 그 시대, 근대 일본의 화가들이 가장 적대시했던 것.

그들은 자신들의 위치를 지키기 위해 우키요에나 일본화를 두고 모던하다고 말하는 것조차 꺼렸고 그중에는 '회화에서의 모던의 정의'라는 이론을 내놓으며 프랑스 회화가 사랑한 일본의 모던함과 자신들의 그림의 근원에 자리한 일본화는 같으면서도 같지 않다는 내용의, 비전문가는 물론 전문가마저도 잘 이해할 수 없는 이야기를 주장하는 사람마저 나타났다. 미국, 유럽에서 인상파 회화가 흘러들어 오기 시작했을 무렵의 일이었다. 좀 더 말하자면 그들이 그리는 그림이 더 이상 일본의 건축물과 어울리지 않게 되었을 무렵이었다. 그들은 서양화의 요소를 담은 일본화를 보면 입에 거품을 물고 공격하곤 했다. 데라오 로진 등이 바로 그 선봉에 섰던 자들이 아니었는가.

그랬던 것이 이제 와서는 후계자마저 이런 꼴이었다.

데라오 로진의 그림이 항상 일정 가격을 넘는 이유는 화상들이 결탁하여 그의 그림 값을 일부러 높게 유지하고 있기 때문에 불과했다. 회화계에는 엄격한 질서가 존재했다. 일본에는 고인이 된 작가를 포함해도 일정 수준 이상 값을 받을 수 있는 작가는 300명 정도밖에 없으며 그 많지도 않은 화가들의 그림을 소수의 화랑이 독점하고 있기 때문이었다. 또 제자가 스승의 대를 이어받으면 해당 화랑은 자동으로 그 제자를 전속 화가로 받아들였다. 그들은 자기들이 취급하는 작가 외에는 인정하지 않았다. 만약 이 시스템을 비판하거나 혹은 고용된 작가의 작품 값에 의문을 제기하는 작가가 나타나면 그 작가를 배제했다. 이러한 방식으로 자신이 계승하고 있는 작가 유파의 작품 값을 올리고 이익을 지켰다.

히노 역시 그렇게 25년간 여기 긴자에서 '화랑 히노'를 운영해 왔다. 오랫동안 일본의 미술계는 이러한 시스템을 중요시하며 그들만의 리그를 계속해 왔던 것이다.

데라오 로진의 그림이 여전히 비싼 이유는 그저 화랑의 이익을 위해, 그의 신작을 높은 가격에 팔아 치우기 위해서일 뿐이었다. 로진이 죽고 신작이 더 이상 나오지 않게 되면 가격을 높게 유지할 의미가 없어질 게 뻔했다. 로진의 그림의 가격은 순식간에 10분의 1 수준까지 내려가리라. 그렇게 되면 도쿠라가 데라오 로진의 기술을 아무리 완벽하게 몸에 익힌다 한들 누가 높은 돈을 주고 그의 그림을 사려 할까. 그렇지 않아도 함량 미달 제자인 도쿠라가 지금 마치 새로운 경지라도 연 체하며 '모던'이라는 장르에 발을 들이려 하는 것은 그의 입장에서 보면 필연적인 일이었고 진화이기도 했다.

그러나 그들이 모던한 것을 그리려고 하는 것은 어차피 남의 땅에 손을 뻗는 것과 다름없는 일이었다. 아주 조심해야 했고 형편을 모르니 변변한 수확이 없었다. 결국 이런 유령 같은 그림이나 그리면서 어엿하게 한자리 하고 있는 척하는 것만이 자존심을 지킬 수 있는 유일한 방법이었다.

그렇다 하더라도 이 그림은.

고통은 잘 나타나 있었다. 캔버스를 마주한 재능 없는 남자의 번민이 훤히 보였다.

정말이지, 재능이 없는 것만큼 슬픈 일은 없었다.

도쿠라 히데미치는 자신에게 재능이 없다는 사실을 자각하고 있는 것처럼 보이진 않았으나 행동은 매우 솔직하게 재능이 없다는 걸 드러내고 있었다. 예를 들면 재능이 있는 젊고 무명인 화가의 그림을 모방하여 자신의 그림이라고 발표하는 데에 조금도 주저함이 없었다. 아마도 비도덕적인 행위라는 인식이 없는 듯했다. 양심의 가책을 느꼈다면 그와 동시에 화가로서 제 구실을 하지 못하고 있는 자신의 모습과도 마주할 수밖에 없었으리라. 의식과 무의식이 결합하여 도쿠라 자신을 보호하고 있었다.

때문에 재능이 없다는 것은 슬픈 일이었다.

큰길에는 무리 지어 지나가는 젊은 여자들이 보였다. 가방에 달린 금속 장식에 밝은 봄의 햇살이 반사되고 있었다. 히노는 그 광경을 우두커니 바라보았다.

젊고 무명인 화가…….

5년 전, 그 젊은 남자가 찾아온 것도 마침 이런 봄날이었다.

물감이 묻은 청바지와 하얀 티셔츠를 입고 있었다. 길게 늘어뜨린 머리카락은 손질을 하지 않아 흐트러져 있었다. 그가 안고 있던 보자기 꾸러미는 크고 평평했고 네모 모양이었다. 화가를 지망하는 사람이라는 걸 한눈에 알 수 있었다.

불안해 보이는 모습과 달리 히노를 똑바로 쳐다보고 있었다.

"제가 그린 그림입니다만 봐 주시겠습니까?"

그는 머뭇거리며 그렇게 말하고는 보자기를 풀어 조심스럽게 천에 싸인 그림 세 장을 꺼냈다.

히노는 별 생각 없이 쳐다보았고 다음 순간 정신을 차려 보니 자기도 모르게 그림 위에 시선이 머물고 있었다.

그때부터 세 장의 그림을 한 장 한 장 차근히 살펴보았다.

원근법을 무시한 모던한 일본화였다. 하지만 일부러 별나게 보이고 싶어서 꾸며 낸 허세는 아니었다. 분홍색 벚꽃잎이 여성의 손톱에 발린 매니큐어를 연상시켰다. 살짝 호쿠사이(가쓰시카 호쿠사이. 「가나가와의 큰 파도」라는 작품으로 유명한 일본의 판화가—옮긴이)의 냄새가 났다.

젊은 화가는 그림을 보는 히노의 모습을 기대와 불안감을 갖고 바라보고 있었다.

히노는 청년을 향해 돌아섰다.

"이 정도 그림을 그리는 사람이라면 문자 그대로 쌔고 쌜 만큼 많아요. 미대생들도 요즘에는 재주 좋게 괜찮은 걸 그리곤 합니다. 당신의 이 그림이랑 미대 다니는 학생이 반쯤 노는 기분으로 그린 그림이 어디가 다릅니까. 사람들은 학생도 그릴 수 있을 만한 그림에는 거금을 털지 않아요. 나쁜 말은 않겠습니다. 그림을 그리는 것은 취미로 하고 취직이나 하세요."

젊은 화가는 멍하니 히노를 바라보았다.

"팔리는 그림이라는 건 말입니다, 섬세하고 예쁘고 알기 쉬운 그림이에요. 돈을 가진 사람은 대가에 맞는 물건을 원합니다. 비싸 보이는 그림 말입니다. 거실에 걸어 놓으면 다른 사람이 보고 비싸 보인다고 생각할 법한 그런 그림 말이에요. 그림의 제재는 잉어나 장미. 알기 쉽고 예쁘고 섬세한 잉어나 장미여야 해요. 크기는 10호 정도. 각오는 되어 있는 겁니까? 아니면 피카소나 르누아르가 될 수 있다고 믿는 겁니까? 무명인 채로 죽는 많은 화가 중 한 사람이 되고 싶은 겁니까? 그림만큼 수지가 안 맞는 일도 없어요."

화가는 그림을 보자기에 싸서 품에 안고는 나가 버렸다. 더 이상 안 오겠거니 생각했다. 그런데 세 달이 지난 어느 여름날, 화가가 다시 찾아왔다.

물감으로 더러워진 청바지는 그대로였고 하얀 티셔츠가 긴 팔에서 반팔로 바뀌었을 뿐이었다. 납작하고 네모난 보자기 꾸러미를 안고 있었다.

"실례합니다."

남자는 면목 없다는 표정을 했다.

"봐 주시겠습니까?"

그리고 또 안에서 새로운 그림 세 장을 꺼냈다. 장미도 잉어도 아니었다. 좀 더 수수한 정물화였다. 두 개는 테이블에 놓인 과일. 마지막 한 장은 불상. 신경 써서 세심하게 그려져 있었다.

젊은 남자는 무슨 말을 하는 것도 아니었다. 히노가 그림을 보는 동안 그저 기다리고 있었을 뿐이었다.

"어디에 있는 불상입니까?"

남자는 얼굴을 붉혔다.

"책에 실려 있었던 거예요."

"그림을 그릴 때는 실물을 보는 편이 좋아요."

히노가 말했다.

남자는 끄덕이고 그림 세 장을 다시 보자기에 싸서 돌아갔다.

젊은 화가는 그렇게 히노 화랑에 다녔다. 그가 드나들기 시작한 지 2년이 지났을 때 히노는 처음으로 "두고 가시겠습니까?"라고 말했다. 화가의 얼굴이 새빨개졌다. 히노는 못 박아 두었다.

"팔릴 거라는 얘긴 아닙니다."

젊은 화가는 당황하여 물론이라는 듯이 고개를 끄덕였다. 그래도 돌아갈 때는 몇 번이나 머리를 숙였다. 화랑을 나서기 전에 벽에 세워 두었던 자신의 그림을 사랑스럽다는 듯이 바라보았다.

히노는 젊은 화가에게서 받은 그 한 장의 그림을 한쪽 구석에 걸었다.

그림 상인은 주식 매매 업자와 같았다. 가격이 안정적인 상품을 확실하게 확보해 두는 한편, 아직 가치가 정해지지 않은 주식을 사거나 팔아 치우거나 했다. 화상은 싸게 살 수 있는 신인 작품 중에 좋은 물건이 없는지 항상 눈을 빛내면서도 때로는 자신이 데리고 있는 화가의 가치를 지키기 위해 화랑들끼리 결탁하여 재능 있는 신인의 출현을 방해하는 경우도 있었다. 이는 화가들이 바라는 일이기도 했다.

도쿠라는 그 젊은 화가의 그림을 보고 히노를 향해 심기가 불편한 표정을 지어 보였다. 히노는 눈치채지 못한 척했다. 그랬더니 그다음에는 이런 그림을 사면 화랑의 품격이 떨어진다며 노골적으로 불만을 표출했다. 그래도 손님들은 젊은 화가의 작품 앞에서 조금 길게 발걸음을 멈추곤 했다.

도쿠라는 변함없이 콩쿠르에 입선하고 있었으나 그의 그림이 화제가 되는 일은 없었다. 최근 수차례는 위험한 수준이라는 말까지 나오고 있었다. 입선은 데라오 로진의 영향력과 도쿠라가 가진 역량을 더한 총량으로 결정되었다. 양쪽 모두 힘이 약해지고 화단에 대한 공헌도 줄어들어서 이대로 도쿠라에게 데라오 로진이라는 껍데기를 주게 되면 데라오 로진 일파도 더 이상 지금 같은 가격을 유지하는 것은 어려워질 게 분명했다.

도쿠라는 안달이 나 있었다. 새롭게 등장한 화가나 다른 대가의 제자들의 움직임을 경계하고 있었다.

한편 젊은 화가는 화랑에 올 때마다 점점 더 야위고 옷차림은 더러웠으나 눈에는 생기가 넘쳤다.

젊은 화가가 히노 화랑에 오게 된 지 3년 정도 지났을 때였을까. 도쿠라와 그 젊은 화가가 우연히 마주치는 일이 생겼다.

화가가 막 새 작품을 펼쳐 보이고 있을 때였다. 도쿠라가 찾아왔던 것이다.

도쿠라는 감정이 겉에 잘 드러났다. 화가가 펼쳐 놓은 그림을 보고 흠칫하며 발걸음을 멈췄다. 조금 때 묻은 모양새를 한 젊은 남자의 모습을 보고 그다음에 그림을 보고 있는 히노를 본 뒤 이윽고 순식간에 안색을 바꿨다. 그 표정은 분노였다.

도쿠라는 젊은 화가의 모습을 깔보듯이 쳐다보았다. 끈질기게 위에서 아래로 몇 번이나 훑었을까.

화가는 도쿠라의 얼굴을 몰랐다. 애초에 눈치가 빠른 타입도 아니었다. 히노는 서둘러 이야기를 끝냈고 화가는 업무를 방해하지 말아야겠다고 생각했는지 특별히 미심쩍은 기색도 없이 돌아갔다.

화가가 돌아간 뒤에도 도쿠라는 그에 대해 묻지는 않았다.

그리고 얼마 후, 도쿠라는 히노에게 그 젊은 화가의 그림이 들어오면 제일 먼저 자신에게 보여 달라고 말했다.

비록 힘이 약해지긴 했어도 도쿠라가 돈벌이가 되는 중요한 화가라는 사실에는 변함이 없었다. 히노는 도쿠라가 요청한 대로 그림을 보여 주었다. 그러고 나서 5개월이 지난 어느 날이었다.

도쿠라가 젊은 화가의 그림을 한 점 샀다.

처음으로 그림 값을 건넸을 때, 젊은 화가는 굉장히 기쁜 듯이 돈이 든 봉투를 바라보았다.

한편 도쿠라는 3개월 후에 있을 콩쿠르의 출품작을 좀처럼 보여 주려 하지 않고 있었다. 도쿠라의 초대를 받고 출품작을 보기 위해 그의 아틀리에를 찾아간 것은 콩쿠르 이틀 전의 일이었다. 거기에 있었던 건 도쿠라가 샀던 그 젊은 화가의 그림이었다. 그 화가의 그림을, 원작보다 둘레가 두 배쯤 큰 캔버스에 베껴 그려 놓았던 것이다.

도쿠라는 우쭐한 표정이었다.

"어때? 좋지?"

"네. 꽤 잘 그려졌네요."

원화는 태워 버렸으리라.

도쿠라의 그림은 높은 평가를 받고 입선했다.

젊은 화가가 그 뒤 다시 한 번 그림을 가지고 왔다. 언제나처럼 보따리를 풀고 그림을 벽에 세우고 긴장한 얼굴로 서 있었다.

히노는 그날은 그림을 놓고 가라고 말하지 않았다. 젊은 화가는 조금 서운한 표정을 지었다.

미노베라는 그 젊은 화가는 협회가 주최하는 그림전에 흥미가 없었다. 때문에 그가 히노 화랑에 쳐들어온 것은 그로부터 몇 주가 지난 후였다. 새빨갛게 달아오른 얼굴로 손에는 콩쿠르의 전람회 팸플릿을 쥐고 있었다.

"제 그림이에요."

그가 말했다. 히노는 잠자코 있었다. 그러자 화가의 얼굴에서 천천히 핏기가 사라졌다.

"당신이 그 그림을 자기 이름으로 냈다 한들, 입선은 하지 못했을 겁니다."

화가는 힘겹게 말을 짜냈다.

"그런 이야기를 하고 있는 게 아닙니다. 그건, 제 그림입니다."

"당신은 이미 그 그림을 팔았습니다. 돈도 드렸지요."

화가는 자기 그림이라고 중얼거렸다.

"어떻게 된 일입니까? 알려 주십시오."

잠꼬대 하는 듯한 말투였다.

그리고 그날 이후로 그는 다시 오지 않았다.

그 뒤 데라오 로진이 직접 히노 화랑에 자신의 작품 세 점을 거래해 달라고 의뢰했다. 히노는 이것이 어떤 의미인지 알고 있었다. 도쿠라도 물론 알고 있었다.

"그 화가, 어떻게 됐나?"

도쿠라는 재미있다는 듯이 물어봤다. 히노는 화랑에 오지 않게 되었다고 대답했다. 그때 도쿠라가 지은 의기양양한 표정을 히노는 잊을 수가 없었다.

화가는 싼값에 그림을 팔았다. 돈을 받았을 때 그는 정말로 기뻐 보였다.

자신의 그림을 돈 내고 사는 사람이 있다는 사실이 기뻤기 때문이었다. 그런 의미에서 그의 그림이 판매된 방식에는 문제가 없었다.

히노는 신경질적인 표정을 지으며 신문을 읽었다.

그리고 다시 한 번 '대회화전' 광고를 보았다.

'잊어버린 시절로 당신을 초대합니다.'라고 적힌 그 카피를.

히노는 식어 버린 커피를 마셨다.

'사람들은 대개 미술품은 미술을 사랑하는 사람들이 가지고 있으리라고 생각해. 하지만 그건 오해지. 미술품은 오랜 옛날부터 돈 있는 자들의 손을 전전하고 있을 뿐이야. 예술가 역시 마찬가지야. 그들은 후원자를 필요로 하거든. 미켈란젤로는 당시 교황인 율리우스 2세의 보호를 받았으나 그 때문에 항상 교황의 비위를 맞춰야 했어.'

예술이 고독하다는 것은 망상이었다.

만들어진 망상이었다.

예를 들어 고흐의 「가셰 박사의 초상」이라고 이름 붙은 작품이 180억 엔을 호가하기까지 어떠한 경위를 거쳤는가를 보면 알 수 있었다. 그리고 고흐라는 화가가 만들어진 전설 위에 존재하는 인물이라는 점을 생각해 볼 때 프로라면 쉽게 알 수 있는 사실이었다.

고흐의 사망으로부터 5년이 지난 1895년, 그의 그림 두 점이 경매에 나왔으나 처음 값을 매긴 사람 외에는 누구도 입찰하려 하지 않았고 결국 한 점은 100프랑, 그리고 나머지 한 점은 30프랑에 팔렸다.

죽기 직전에 그렸다는 가셰는 그렇게 고흐의 사후에도 오랫동안 구매자가 없는 많은 그림들 중 하나로 남아 있었다. 그의 그림이 이 세상에 나올 수 있었던 것은 오로지 화상인 남동생이 있었던 덕분이었다. 그리고 형에게 애착을 가졌던 테오가 사망한 뒤 테오의 아내 요한나는 고흐와 테오 사이에 오고 간 편지를 편집하여 서간집을 내놓았는데 이것이 무엇보다 큰 역할을 했다. 고흐의 그림은 이 편지들이 만들어 내는 이야기의 삽화로서 각광을 받았다. 그러나 그런 흔치 않은 방법을 사용했음에도 「가셰 박사의 초상」은 화상 볼라르를 통해 앨리스 루벤이라는 여성에게 처음 팔렸을 때 당시 가격으로 300프랑, 지금으로 치면 15만 엔 정도였다. 그래도 고흐가 죽은 뒤 「꽃다발」이라는 그림을 두고 15프랑에 사라고 추천하는 사람이 있었다는 점에서 보면 300프랑도 상당히 비싼 편이었다.

1950년대 미국 시장에서 고흐의 가치가 급등했을 때에도 비평가나 미술 사학자들은 화가로서의 그의 능력에 회의적이었다. 이러한 인기는 일시적인 현상일 뿐이라는 전망이 나왔고 고흐는 "이 화가는 완전히 사라져 버릴 가능성이 있다."라는 말까지 들었다.

가치와 가격은 연결된다. 하지만 그 가치라는 것은 대체 무엇인가. 마릴린 먼로의 블루머가 경매에 걸린다면 얼마의 가격이 매겨질지 하는 문제와 마찬가지가 아닌가.

히노 도모노리는 13년 전에 업계에서 유명인이 되었다. 런던의 옥션 하우스에서 고흐의 「가셰 박사의 초상」을 1억 2000만 달러, 일본 엔으로 환산하면 약 180억 엔에 낙찰 받았기 때문이었다. 그때에는 취재진이 그의 화랑에 몰려들었다. 누가 의뢰한 것인지

이면의 사정을 궁금해했다.

업계 사람들 대부분은 다들 몹시 불쾌해했다. 그 이유는 신문에서 떠들어 댄 것처럼 '그림의 가치를 모르고 구매했기 때문'이 아니라 히노가 그 일을 통해 과도한 이익을 얻었기 때문이었다.

히노에게 대리를 요청한 것은 이케타니 미노루라는 아직 젊은 남자였다. 그는 경매장 뒤편에 서서 가셰가 낙찰되는 과정을 지켜보고 있었다. 그가 지불한 수수료는 히노에게 큰 수익을 가져다주었다. 그 막대한 자금이 어디에서 온 것인지는 따지려 들지 않았다. 괜히 눈에 띄어 화상 동료들의 반감을 사고 싶지도 않았다. 그래서 히노는 취재 기자들의 질문에도 그저 '모른다'로 일관했다.

모른다.

들은 적 없다.

그는 예술을 사랑하는 사람입니다.

저는 대리를 부탁받았을 뿐입니다.

화상은 그림 판매로 이익을 얻는다. 구매자의 자금이 어떻게 만들어진 것인지 그들이 산 그림이 그 후 어떤 운명을 거치게 되는지는 상관없는 일이다. 유서 깊은 화상들이 그를 업계에서 내쫓으려 한 것은 그저 그가 터무니없이 큰돈을 번 것을 시기했기 때문이었다.

소규모 화상에게는 2급 작품만 들어왔다. 작은 화랑이 수익을 올리려면 그림 값이 싼 화가의 그림을 잘 유통시켜야 했다. 그림 값이 싸면 얼마에 팔아도 이익이 됐으니까. 하지만 그런 그림은 어차피 이익의 크기 자체가 작았다. 정말로 크게 한탕 할 생각이라면 신인 작가 중에서 재능이 있는 화가를 발굴해 내 작품을 독점해 두고 그 작가가 뜰 때까지 기다려야 했다. 그런 신인들 중 한 명이라도 뜨면 단숨에 급성장할 수 있었다. 하지만 소규모 화랑은 전속 작가가 뜰 때까지 버틸 수 있는 체력이 없었다. 데리고 있는 작가가 반드시 언젠가 잘 팔리게 된다는 보증도 없었다. 결국 유통을 쥐고 있는 소수의 대형 화랑이나 유서 깊은 화랑들 외에 대부분의 화상은 동업자와 백화점을 상대로 장사하는 수밖에 없었다. 그들은 재고를 두고 장사하지 않았다. 교환회(화상끼리 작품을 거래하는 모임으로 일종의 협동조합 같은 성격이 있다—옮긴이)에서 산 그림을 또 다른 교환회를 통해 동업자에게 팔고 차익을 남겼다. 백화점의 위탁을 받아 그림을 구매한 뒤 수수료를 챙겼다. 이런 식으로 수익을 내고 있었다. 히노는 이 일이 얼마나 힘든지 알고 있었다. 때문에 오랫동안 화랑에서 일한 뒤 분점을 차려 독립했다. 그럼에도 엄격한 서열의 벽을 더욱 통감할 뿐이었다.

미인 화상은 매상을 올리기가 편했다. 집안이 좋은 화상이면 확실하게 거래가 성사되곤 했다. 히노 같은 남자가 데라오 로진의 단골 화상이 되기 위해 얼마나 많은 노력을 기울여야 했던가.

데라오 로진이 사위인 도쿠라를 그에게 소개했을 때 히노는 확실하게 이 세계에 살아남을 길을 얻었다고 생각했다. 설사 정맥에 불과할지라도 화상의 혈맥 안에 들어오는 것에 성공했다고 말이다.

도쿠라 히데미치는 히노 화랑의 심장이었다.

이렇게 된 계기는 근대 회화 열풍, 해외의 옥션 하우스에서 열린 미술품 경매 덕분이었다.

경매는 교환회와 다르게 지정된 가격이 없었다. 시세도 따로 없었다.

옥션 하우스에서는 1980년에 500만 달러였던 피카소의 자화상이 9년 후, 4785만 달러에 팔리기도 했다. 고작 10년 사이에 가격이 열 배나 뛰어 올랐다. 그래도 만약 국내 은행들이 그림을 담보로 삼지 않았거나 이케타니와 같은 블랙 머니를 취급하는 사람들이 그림으로 돈 벌 생각을 하지 않았더라면 이런 것들도 그저 바다 건너편의 부러운 이야기로 남았을 테고 히노는 화단의 서열을 거스르지 않고 평범한 화상으로 살았으리라.

이케타니 미노루를 소개한 사람은 후나키라는 돈 씀씀이가 좋은 손님이었다. 사람들은 후나키를 거품 부자라고 했는데 간단히 말하자면 뒷골목 사회의 주민이었다. 그는 절대로 값을 깎는 일이 없었다.

"잉어 그림 주겠나?"

1200만 엔짜리 잉어 그림을 현금으로 사 가는 데에 20분밖에 걸리지 않았다.

며칠 뒤,

"요전번 같은 잉어로 주겠나? 우리한테 오는 손님이 그 잉어를 맘에 들어 해서 말이지. 비슷한 게 있으면 선물하려고 한다네."

그렇게 말하고는 세 점을 사 갔다.

"당신 참 좋은 사람이구먼. 날 봐도 얼굴색 하나 안 바뀌어. 배짱 참 두둑한 장사꾼일세. 내가 후원자가 되어 주겠네."

후나키는 항상 깍듯했고 거드름 피우지도 않았기 때문에 결코 불쾌하지 않았다. 근대 회화에 대해 꽤나 지식을 갖추고 있어 취향도 분명했고 무엇보다 그림에 대한 호기심이 많았다.

"잉어는 인기가 좋아. 나는 별로 좋아하지 않지만 그래도 잉어는 금색에 어울린다더군."

이케타니는 달랐다.

그림은 잘 몰랐다. 그림을 잘 모른다는 것을 숨기려 하지도 않았다. 성실한 성격은 아니었다. 그가 가지고 오는 현금은 세어 보지 않으면 안 되었다. 입금할 때는 기일을 넘기기 일쑤였다. 어음으로 지불하겠다고 했을 때는 몸이 움츠러드는 느낌마저 들었다.

그래도 그가 히노 화랑에 가져다주는 이익은 자릿수가 달랐다.

히노 같은 화상이 가격대가 있는 화가의 그림을 구입하려면 그 그림을 취급하는 화상과 거래하는 다른 누군가에게 의뢰해야만 했다. 그 누군가와도 바로 접촉할 수 있는 것이 아니라 또 다른 사람을 통해야 했다. 중개할 때마다 각각 20퍼센트 정도의 수수료를 지불했다. 두 사람을 통해 거래가 성사될 경우 가격은 총 44퍼센트 상승하는 셈이었다. 히노 자신의 벌이까지 더하면 70퍼센트 이상 가격이 올라갔다.

이케타니는 그 70퍼센트에 신경을 쓰지 않았다.

그러기는커녕 기껏해야 8000만 엔 정도의 가치밖에 없는 일본화를 일부러 히노의 화랑을 통해 4억 엔, 5억 엔에 사들였다.

이케타니는 쓸 만한 단골 상인을 찾고 있던 것이었다.

그 뒤 히노는 이케타니에 대한 소문을 들었다.

총회꾼. 땅 투기꾼. 기업 사냥꾼. 야쿠자.

처음에는 반쯤 소문이라고 생각했다. 이케타니에게 그런 배짱이나 기지는 없었다.

머지않아 알게 된 사실은 총회꾼이나 기업 사냥꾼 같은 걸 하는 데에 기지는 필요 없다는 사실이었다. 거짓말만 잘하면 그만이었다. 그리고 거짓말이 들켜도 태연할 수 있는 성격. 연기를 잘해야 했다. 다른 사람의 비위를 잘 맞추는 것이 중요했다.

이케타니는 모든 조건을 충족시켰다. 폭력단 간부에게 빌붙어 적당히 거짓말을 치고 연기를 해서 자신을 포장했다. 거짓말이 들통 나면 뻔뻔하게 나서거나 울며 애원했다. 일단 이해관계가 성립되면 서로 도울 수밖에 없었다. 서로의 이해관계가 맞물려 하나의 톱니바퀴가 되고 나면 그 안에 있는 인간은 톱니바퀴에서 손을 뗄 수가 없는 법이었다.

이케타니가 드나들면서부터 히노는 주변을 꼼꼼히 살피기 시작했다.

그는 자기가 손을 대고 있는 이 일이 도덕에 어긋나지는 않는지 항상 생각했다.

'악덕'이라는 타이틀이 붙을까 봐 염려했던 것이다.

아직 장사가 궤도에 오르지 않았을 무렵, 알고 지내는 다른 화상으로부터 백화점 미술부 직원을 소개받은 적이 있었다. 아리타라는 한창 일할 나이의 남자였는데, 히노는 그보다는 그 옆에 있었던 우치야마라는 젊은 미술부원 쪽이 더 인상적이었다. 예의가 바르고 흐트러짐이 없었으며 언동이 부드러웠다. 우치야마는 히노를 만날 때마다 공손하게 허리를 숙여 인사하곤 했다. 그러한 태도는 백화점 미술부 직원들 특유의 것이었다.

백화점의 경우 그림은 팔리기만 하면 그 어떤 매장보다 큰 수익을 낳았다. 때문에 백화점들은 미술전에 주력할 수밖에 없었다. 미술부 직원은 전시할 미술품을 잘 아는 화상에게 부탁하여 모으곤 했다. 화상에게는 10퍼센트의 수수료가 들어왔다. 이때 화상 쪽에서 납입금 액수를 얼마든지 멋대로 불릴 수 있었지만 백화점은 그 부분을 굳이 파고들지 않았다. 그들은 그저 수수료가 추가된 가격에 30퍼센트의 차액을 붙여 판매할 뿐이었다. 구매자는 대개 화랑 같은 것엔 인연이 없지만 돈은 좀 있는 고객들이었다. 백화점에서 판매하는 제품이라는 믿음에 대한 값으로, 다른 곳보다 비싸다는 점 정도는 적당히 눈감아 주었다. 실상 자신들이 직접 화랑에 가서 구매한다면 그야말로 무엇을 얼마에 강매하더라도 알아챌 수 없다는 사실을 잘 알고 있기 때문이었다. 모든 일이 원만하게 돌아갔다.

화상에게 백화점만큼 좋은 고객은 없었다.

때문에 대부분의 화상은 백화점의 단골 업자가 되고 싶어 했으며 한번 되기만 하면 전시회에 출품하는 그림을 모으기 위해 여기저기 뛰어다니는 법이었다. 지방의 창고에 잠들어 있는 방대한 양의 그림들 중에서 백화점 미술부 직원이 적은 목록에 올라 있는 그림을 찾아낸 뒤 교환회를 통해 상대방이 부르는 대로 값을 주고 손에 넣었다.

미술부 직원들도 잘 알고 있었다. 그들은 대형 화랑, 전통 있는 화랑에는 말할 수 없는 무리한 요구를 히노 같은 개인 화랑에게는 스스럼없이 말했다. 그 예의 바른 말투로 말이다.

“11월에 히로시마 지점에서 미술전을 해요. 작품 리스트를 보낼 테니 잘 부탁드립니다.”

그 “잘 부탁드립니다.” 때문에 히노는 지방의 교환회를 바쁘게 돌아다녀야 했다. 위조품이 섞여 있으면 두 번 다시 일거리를 받을 수 없었다. 하지만 작품을 모으지 못해도 마찬가지로 일거리가 끊겼다. 양과 질. 아리타나 우치야마가 보내오는 팩스에 히노의 인생이 걸려 있었다.

그가 아는 어떤 화상은 목록에 있던 어느 사망한 중견 작가의 작품을 좀처럼 구할 수가 없었다고 한다. 교환회에서 겨우 손에 넣은 물건은 불행히도 진품이 아니었다. 그는 차마 구할 수 없었다고 말하지 못하고 그 위조품을 다른 작품들과 함께 미술부 직원에게 넘기고 말았다.

수수료가 들어왔다.

그 화상은 위조품이긴 해도 잘 만들어졌으니 괜찮을 거라고 자신을 다독였다.

어느 날 그는 반년가량 남은 어느 전람회에 쓰일 작품 목록을 들여다보다가 도저히 구할 수 없는 작품이 올라 있는 것을 발견했다.

그는 어느 화가에게 전화를 했다. 그 화가는 모방을 전문으로 하는, 위조품계의 장인 같은 존재로 상당히 완성도 높은 모방작을 그리는 사람이었다.

화상은 "크기부터 서명까지 진품과 완전히 일치하는 모방작을 그려 달라."고 의뢰했고 화가는 3개월 후 완성된 작품을 넘겼다.

그림은 백화점 벽에 걸렸고 화상은 수수료로 40만 엔을 손에 넣었다. 그 뒤 화가에게 그림 값으로 50만 엔을 지불했다. 그런데 그 뒤 미술부 직원한테서 전화가 왔다. 호출을 받고 찾아갔더니 입막음 비용으로 100만 엔을 요구했다.

"그야 물론 그 그림이 없으면 핵심이 빠지는 셈입니다. 하지만 만약 들통 나면 어떤 일이 벌어질지 알고 계시겠지요."

그다음부터 그 미술부 직원은 찾기 어려운 그림이 있으면 그에게 의뢰하곤 했다. 화상이 그림을 마련하면 "잘도 손에 넣으셨네요."라고 남 얘기를 하듯이 말하며 안도하는 모습을 보였다. 발각되면 책임은 화상이 지게 될 테니, 미술부 직원은 몰랐다면서 창백해진 얼굴을 보여 주면 끝이었다.

이러한 사정은 뒷소문을 타고 업계에 퍼졌다. 그 화상한테는 더 이상 다른 백화점에서 일거리가 들어오지 않게 되었고 결국 그는 작은 화랑의 문을 닫기에 이르렀다. 지금도 간혹 지방의 교환회에서 그를 볼 때가 있었다. 가게 없이 소소하게 장사하고 있는 것이리라. 착실한 얼굴로 열심히 일하고 있었다.

그의 예를 통해 알 수 있는 것은 잘 보이지 않는 지그재그인 선이기는 하지만 해도 될 일과 하면 안 되는 일 사이에는 분명한 구분선이 있다는 사실이었다. 그러나 그 경계란 아주 미세한 차이였고 복잡하게 얽혀 있어서 선을 밟고도 본인은 그 사실을 깨닫지 못하는 경우가 많았다.

어디까지가 해도 되는 일인지 분간하기란 쉽지 않았다.

히노는 이케타니와 거래하면서 과연 자기가 하는 이 일이 그림 업계에서 얼마나 특이한 경우인지 혹은 있을 법한 일이 맞는지 궁금했다.

하지만 곧 생각을 관뒀다. 작은 화랑에서 선택지가 있어 봤자 얼마나 있겠는가.

히노 화랑의 심장이었던 도쿠라 히데미치는 불량품이었으니까.

이케타니는 아이가 장난감을 사듯이 그림을 샀다. 그것이 무슨 그림이든지 히노가 추천하면 히노가 달라는 대로 값을 주고 사들였다. 중간 경위에는 흥미가 없었고 그저 돈만 지불했다. 어떤 경우에도, 2000만 엔짜리를 4000만 엔이라고 말해도 이케타니는 별 말 없이 그 가격에 20퍼센트의 수수료를 붙여 히노에게 지불했다.

히노가 얼마를 벌든지 관심이 없었다.

이케타니가 왜 그렇게 금액은 신경도 쓰지 않고 사들이는지 그 이유는 머지않아 알 수 있었다.

어느 날 이케타니가 히노에게 가격표 한 장을 보여 주었다. 거기에는 8000만 엔 급인 그림의 가격이 5억 엔이라고 적혀 있었다. 그뿐 아니라 400만 엔짜리 그림의 평가액은 5억, 200만 엔짜리 그림은 3억 엔으로 나와 있었다.

"이 가격의 8할로 사는 거야."

이케타니는 자랑스럽게 말했다.

8할이라 해도 4억에 사는 셈이었다. 8000만 엔짜리 물건을 말이다.

"이 중에는 평가액의 절반짜리도 있으니까."

이케타니는 진짜 평가액을 알고 말한 것이었을까.

한국에서 기념품용으로 제작된 40만 엔 정도의 금판경을 간사이 지방의 고미술상이 500만 엔을 주고 사들여 도쿄의 브로커에게 620만 엔을 받고 팔았다. 도쿄의 브로커는 거기에 '고려금판경' 감정서를 첨부한 뒤 액자에 넣었다. 이케타니는 그것을 1억 8000만 엔에 샀다.

히노는 그 이야기를 듣고 이케타니에게 그 물건이 40만 엔짜리

기념품용이라는 사실을 알려 주고 거래를 취소하라고 충고했다.

"그렇게 싼가."

이케타니는 그저 이 한마디를 했을 뿐이었다.

그러고 나서 이케타니는 그 물건을 자신의 입김이 미치는 회사에 8억 엔을 받고 팔아넘겼다.

그때 히노는 생각했다.

미쳐 있는 건 어느 쪽인가.

세상에는 고작 천에 물감 덩어리를 바른 물건에 100억 엔을 지불하고 싶어 하는 사람이 있었다.

5프랑 값도 안 되는 물건이 180억 엔이 되기도 했다.

40만 엔짜리 기념품이 8억 엔짜리 작품으로 둔갑하는 것과 무엇이 다른가.

히노는 이케타니를 비난하려고 하지 않았다. 다만 신중하게 자기가 서 있는 위치를 확인했다. 경계선이 어디에 그어져 있는가를 주의 깊게 살폈다.

혹여 실수로라도 멍청하게 선을 넘는 일이 없도록.

히노는 16억 7000만 엔짜리 로트레크 컬렉션을 그때까지 한 번도 그림을 거래한 적이 없었던 '모리토크 섬유공업 주식회사'에 팔았다. 도쿄증권 1부에 상장한 일본 유수의 의류 메이커였다. 이케타니는 모리토크로부터 그 컬렉션을 66억 엔에 샀다. 모리토크는 그림 거래를 남는 장사라고 생각했다. 하지만 이 모든 것은 만들어진 '초심자의 운'이었다. 이케타니가 기획하고 히노가 준비를 했다. 이렇게 이케타니는 모리토크를 자신의 손아귀에 끌어들였다.

모리토크를 상대로 터무니없는 고액의 그림들을 파는 일이 많아지자 이케타니는 히노에게 모리토크에 팔 물건들에 감정 평가 가격을 붙여 달라고 부탁해 왔다. 이케타니가 요구한 것은 부당하게 책정된 가격이라는 사실을 눈치 채지 못하도록 하기 위한 가짜 평가 가격이었다. 히노는 자초지종을 묻지 않고 백화점 미술부 직원인 아리타를 소개해 주었다. 아리타는 이케타니의 말뜻을 이해했으나 그래도 이케타니의 요청을 거절할 배짱은 없었다. 어차피 그림을 살 사람들은 정치가이거나 부동산 업자이거나 폭력단이거나 그 안에서 돌고 도는 셈이었으니까. 아리타는 막다른 골목에 몰렸고 결국 이케타니를 담당하는 업무를 아직 왼쪽 오른쪽 구분도 못 하고 있던 우치야마라는 부하 직원에게 떠넘겼다.

이케타니는 '모리토크 섬유공업 주식회사'를 이용할 만큼 이용해 먹은 다음 채무 초과로 도산시켰다. 이케타니로서는 예상했던 전개였고 다른 회사로 옮기면 그만이었다. 그런데 그때 버블 붕괴라고 불리는 시기가 찾아왔다. 지나치게 과열된 상태였던 경제의 거품이 터져 버린 것이었다. 이케타니는 자금 운용에 직격탄을 맞았다. 모리토크의 도산을 계기로 그가 관여하는 사업의 대부분이 경영난에 빠졌다. 동시에 불투명한 경영 행태가 표면에 떠올랐다. 경찰 수사를 통해 그의 실체가 드러나자 사회는 지진과 같은 충격에 빠졌다. 도쿄 1부에 상장한 기업이 폭력단의 돈줄이 되어 도산 상태까지 몰렸다는 사실. 그 수법의 난폭함. 신문에는 매일같이 모리토크 도산과 관련된 속보가 실리곤 했다. 그리고 이케타니는 체포되었다. 이케타니가 「가셰 박사의 초상」을 산 다음 해인 1991년의 일이었다.

당시의 관계자 중 몇 명은 이제 사라졌다. 유서를 남기고 자살한 사람도 있었고 남기지 않고 죽은 사람도 있었다. 행방불명이 된 채 두 번 다시 소식을 들을 수 없게 된 사람도 있었다. 아리타는 자세한 경위를 말하지 않고 자살했고 우치야마는 해고되었다.

그리고 이케타니는 살아남았다.

운도 있었다. 거짓말을 거짓말이라고 인식하지 않는 타고난 능력에 의한 것이기도 했다. 이케타니는 모든 문제를 마치 투명인간이라도 된 것처럼 아무렇지 않게 빠져나왔다.

그는 지금도 여전히 총회꾼이고 땅 투기꾼이며 브로커이고 폭력단이었다. 그리고 최근에는 농기구 메이커인 '조터 코퍼레이션'를 물고 늘어지고 있었다.

히노 역시 마찬가지로 「가셰 박사의 초상」을 둘러싼 이케타니와의 관계가 공공연하게 알려지고부터는 미술 협회에서 은근하게 배척을 당했고, 한편으로는 갑자기 늘어난 재산을 노리고 접근하는 화상이나 화가들 때문에 추잡한 일을 겪기도 했다.

그래도 아침에 일어나면 화랑에 갔다.

화랑의 셔터를 열어 가게 안을 아침 햇살로 채우고 신문을 읽으면서 커피를 마셨다.

셔터를 닫을 때까지 여러 가지 일들이 일어났으나 히노의 일상이 어그러지는 일은 없었다.

이케타니라는 두 번째 심장은 지금도 돈이라는 피를 히노 화랑에 계속 공급하고 있었다.

히노는 유령 5인조 그림을 바라보았다. 그 당시였다면 이 그림을 피카소의 미발표 작품이라고 속이고 40억쯤 받을 수 있었으리라. 그들은 진품인지 가품인지를 모른다기보다 오히려 그런 진위 여부 자체에 흥미가 없었으니까.

그는 그림을 안쪽에 집어넣었다.

히노는 지하철을 타고 '조터 코퍼레이션'으로 향했다. 유리벽으로 된 회사 빌딩 입구는 천장이 높고 영화에 나오는 월가의 오피스를 연상시켰다. 입구에는 경비원이 대기하고 있었고 출입증을 받지 못하면 안에는 들어갈 수 없었다. 히노는 살이 덕지덕지 붙은 짧은 손가락으로 5층 버튼을 눌렀다.

이케타니의 사무실은 사장실에서 두 칸 옆방이었다.

그는 주식을 사재기하여 이사회를 장악했다. 그러고 나서 회화부를 만들고 거기를 통해 터무니없이 비싼 가격으로 조터에 그림을 팔았다. 막대한 회삿돈이 이케타니의 '회화부'로 빨려 들어갔다. 그와 동시에 어음을 남발하고 이케타니의 다른 회사, '루믹스 총회개발연구소'에서 융자를 받도록 했다.

그들이 도쿄 1부에 상장한 기업을 노린 이유는 1부 상장 기업의 뒤에는 항상 은행이 붙어 있기 때문이었다. 조터가 도산하면 융자를 갚을 수 없게 되기 때문에 남발한 어음은 은행이 회수하게 되어 있었다. 실적은 가짜로 만든 그림 거래 내역을 포함하면 얼버무릴 수 있었다. 은행이 어음을 회수하는 만큼, 이케타니 일당이 돈을 챙길 수 있는 기간은 늘어나는 셈이었다. 그들은 지금껏 몇 번이고 덫을 놓고 사장을 구워삶고 회사를 차지하고 골수까지 빼먹은 뒤 버리는 연극을 반복해 왔다. 그리고 지금은 그 연극 무대 위에 조터 코퍼레이션이 끌려나와 있었다.

여기도 도산은 시간문제였다.

조터는 이케타니 무리가 쳐들어오기 전에도 한 번 파산할 뻔했던 적이 있었다. 현 사장인 이쓰미는 그때 메인뱅크(기업의 주거래 은행. 기업의 경영을 감시하고 자금을 지원하기도 한다.—옮긴이)에서 파견한 남자였다. 이케타니는 6000만 엔짜리 그림을 2억 엔에 구입한 뒤 그 그림을 다시 51억 엔을 받고 조터에 팔았다. 그때 기획료랍시고 30억 엔을 조터에 되돌려 주었다. 장부상으로는 30억 엔의 수익이 오른 셈이었다. 이쓰미는 그 연금술에 홀리고 말았다. 그러나 갑자기 매출이 떨어지면 은행 쪽에서 어찌 된 사정인지 물을 테고, 그렇게 되면 배후가 들통 날 게 뻔했다. 일단 한번 올라 버린 실적을 유지하기 위해서 이쓰미는 이케타니가 시키는 대로 고액의 그림들을 계속 사들이는 수밖에 없었다.

그러나 그것만으로는 이쓰미를 무력화시킬 수 없었다. 사실 이쓰미는 조터의 주식을 몰래 사들이고 있었다. 구입 자금으로 4억 엔을 빌린 덕에 이자만 매달 300만 엔을 내야 했다. 그 사실을 안 이케타니는 이쓰미에게 10억 엔을 변통해 주었다. 그런 일이 모회사인 은행에 알려지면 해고될 게 당연했다. 그 시점부터 이케타니는 조터를 마음대로 할 수 있게 된 셈이었다.

메인뱅크의 위세를 믿고 전권을 쥔 사장이 폭력 조직에 약점을 잡힌 채 회사 주식까지 사들이고 있었다. 히노는 빌딩을 방문하면서 조터의 사원들이 얼마나 이케타니를 미워하고 있는지 느낄 수 있었다. 이케타니의 손님인 히노에게 인사하는 사원은 없었다. 그래도 이케타니는 태연했다. 그는 특별기획실을 만들어 자기 사무실로 썼다. 사장실보다도 호화로운 방이었다. 폭력단 관계자부터 사채업자까지, 검은 양복 아래에 실크 재질의 무늬 셔츠를 입은 인간들이 조터의 사옥을 태연하게 돌아다녔다. 마치 증식하는 암세포 같았다.

히노는 '특별기획실'이라는 간판이 걸린 방문을 올려다보았다.

방문을 열자 한낮인데도 창문에는 두꺼운 커튼이 드리워져 있었다.

이케타니는 그 커튼이 걸린 창문을 향해 골프채를 휘두르고 있었다. 공은 둔탁한 소리를 내며 커튼에 휘감기더니 결국 마루에 떨어졌다.

"아, 히노 씨였군."

이케타니는 마음에도 없는 소리를 냈다. 그의 시선 끝에서 공이 똑 하고 떨어졌다.

사람은 어떻게 해서든 살아가야 했다.

히노는 미소를 지으며 두 손을 비볐다.

"그 남자, 며칠 전에 또 연락 왔습니다."

"그 남자라니?"

이케타니는 퍼터로 공을 툭툭 치며 조준을 했다.

"가셰를 갖고 싶어 하던 그 남자 말입니다. 아니, 본인은 아니고 대리인이지만요. 어지간히 갖고 싶은 모양이에요. 우리 쪽엔 이미 그림이 없다고 몇 번이나 말했는데도 믿지를 않아요. 의뢰인은 스위스의 은행가라나 뭐라나. 3500만 달러를 제시하더군요."

「가셰 박사의 초상」을 낙찰 받은 사람은 이케타니였으나 돈을 낸 것은 모리토크였다. 그리고 그림은 1991년, 모리토크가 파산했을 때 담보로 잡혔다. 지금 그 그림이 어디에 있는지 이케타니는 관심이 없었다. 아마 어떤 그림이었는지도 기억하지 못하리라. 기억하고 있는 건 금액뿐이었다.

"40억 엔인가."

이케타니는 흥 하고 코웃음을 쳤다.

그리고 다시 커튼을 향해 골프채를 휘둘렀다.

고흐는 빌린 돈 5프랑을 갚지 못해 손수레 가득 그림을 싣고 돈 빌려 준 사람에게 가져가서는 맘에 드는 만큼 가지라고 했다. 그러나 상대방은 거절했다. 당시 싸구려 여관에서 하룻밤 머물 숙박비 값어치도 인정받지 못했던 그림. 그 그림들 속에 그 유명한 「해바라기」가, 「가셰 박사의 초상」이 있었을지도 모른다.

가셰는 생각에 잠긴 것인지도 몰랐다. 대체 나의 무엇이 그렇게 바뀌었다는 것인가, 하고 말이다.

미노베는 「가셰 박사의 초상」의 실물 크기 포스터를 그림 받침대 위에 세워 놓고 있었다.

그 뒤쪽 벽에는 작은 사진 한 장이 압정으로 고정되어 있었다. 사진 속에는 약간 뚱뚱한 한 남자가 찍혀 있었다. 살짝 내민 턱. 잔뜩 찌푸린 처진 눈. 작은 손등에는 찹쌀떡처럼 볼록하게 살이 붙어 있었다.

이 히노라는 남자는 내 그림 실력이 향상되기만을 기다리고 있었던 것이다. 그리고 딱 한 점, 목적을 달성하는 그림이 완성되자 그걸 도쿠라라는 화가에게 넘겼다.

이미 당신은 그 그림을 팔았어요.

당신이 그 그림을 자기 이름으로 냈다 한들 입선은 하지 못했을 겁니다.

그 말을 떠올릴 때마다 미노베는 손에 든 그림붓을 꺾어 버리고 싶은 충동에 사로잡혔다.

'그림이 팔렸을 때 굉장히 기뻤어. 누군가가 내 그림을 자기 집 벽에 걸어 놓다니. 그리고 집에 오는 손님들에게 말하는 거야, 꽤 괜찮지 않냐고 말이야. 그럼 손님은 그렇다고 대답하겠지. 화제는 곧 바뀌겠지만 그림은 벽에 계속 걸려 있겠지. 다들 그 그림이 돈을 받고 팔려서 벽에 걸려 있다는 사실에 어색함을 느끼지 않는 거야.'

그것이 얼마나 기쁜 일이었는지. 그날 전차를 타고 집으로 돌아가는데 그 시간마저 마치 소풍처럼 즐거웠다. 차창 밖을 스쳐 지나가는 풍경이 참 아름답다고 생각했다. 지친 모습으로 걷는 사람들이 굉장히 안쓰러웠고, 아까 화랑으로 갈 때만 해도 우울해 보였던 자신의 작은 방이 사랑스럽게 느껴졌다.

자신을 둘러싼 그 모든 것이 완전히 달라진 것처럼 보였다.

그 후 히노 화랑 앞을 지나칠 때마다 히노에게 들키지 않게 창문 너머로 들여다보곤 했다. 용건은 딱히 없었다. 그저 친근하게 느껴졌던 것이다.

미노베는 봄처럼 따뜻하고 행복한 기분으로 그림을 그렸다. 아직 고생은 하겠지만 그런 건 다 괜찮았다. 그림이 팔렸으니.

그다음에 그림을 가져갔을 때 화랑 주인은 그림을 놓고 가라고 말하지 않았다. 하지만 매번 놓고 가라는 말을 들었던 것도 아니었으니까 그 정도는 마음 쓰지 않았다. 애초에 상냥한 주인도 아니었다. 3년을 다니면서 신상 이야기조차 한 적이 없었다. 칭찬해 준 적도 없었다. 다만 가끔씩 짤막한 비평만 해 주었다. 그것만으로도 만족하고 있었다.

히노 화랑이 도쿠라 히데미치라는 화가를 전담하고 있다는 것은 알고 있었다. 그때까지 미노베는 미술 콩쿠르에는 연이 없었고 흥미를 갖지 않으려고 노력했었다. 그랬으나 그림 한 장이 팔린 것을 계기로 아주 조금 자신을 해방시키기로 했다. 어떤 화가가 어떤 그림을 그리고 있는지 알고 싶었다.

한번 밖을 내다보고 나니 이미 열린 작은 창을 닫는 것은 불가능했다. 그것은 또다시 닫힌 세계로 돌아가는 것을 의미했으니까.

'이 창문은 점점 더 커질 거야. 그렇게 내 키만큼 커지면 나도 여기서 나갈 수 있어. 히노 화랑의 주인이 창틀을 조금씩 큰 걸로 바꿔 줄 거야.'

콩쿠르의 팸플릿을 손에 쥔 것은 그러한 해방감에서였다. 그리고 특히 도쿠라 히데미치의 그림을 찾아본 것은 같은 히노 화랑에 드나드는 화가라는 친근감에서였다.

미노베는 거기에서 자신의 그림을 발견했다.

'여성의 그 투명감 있는 불안한 눈빛은 마치 보는 사람의 마음 속을 꿰뚫어 보는 듯하다.'

'이 높은 완성도는 평가받을 만하다. 지금까지와 전혀 다른 작풍으로, 그림에 대한 그의 의지와 함께 뛰어난 실력을 갖추고 있음을 미루어 짐작할 수 있었다.'

'도안 자체는 별반 새롭지 않았다. 다만 배치의 탁월함과 섬세한 색 표현은 도안의 평범함을 역이용하여 오히려 특출한 것으로 만들고 있다.'

미노베는 팸플릿을 움켜쥐고 히노 화랑으로 달려갔다. 히노가 이 사태를 보면 분개하리라고 믿어 의심치 않았다.

당신은 이미 그 그림을 팔았습니다. 돈도 드렸지요.

히노는 차분한 표정을 짓고 있었다. 그리고 미노베는 히노의 꿍꿍이속을 알았다.

히노는 도쿠라에게 바칠 공물을 찾고 있었던 것이었다.

먹이를 준 것은 살을 찌워 잡아먹기 위함이었다.

히노와 도쿠라는 축배를 들었으리라. 무지한 화가를 비웃으며.

당신이 그 그림을 자기 이름으로 냈다 한들 입선은 하지 못했을 겁니다.

미노베 겐으로서는 영원히 인정받을 수 없다고 그 남자는 말한 셈이었다.

그 후 미노베는 변했다.

언젠가 자신이 들어가야 할 곳이라고 여겼던 세계를 바라보던 작은 창문은 굳게 닫혔다. 바깥세상을 엿보고 난 후에 자신이 있는 공간을 보니 엿보기 전과는 비교가 안 될 정도로 좁고 어두웠다. 구석에는 지금까지는 없었던 검은 무언가가 똬리를 틀고 있었다.

그는 그림을 그리지 않게 되었다. 그림을 그리려고 화구를 보면 숨이 막혔다. 히노의 얼굴이 떠올랐다.

조금도 웃는 일이 없었던 그의 통통한 얼굴이.

미노베는 과음을 했다. 그리고 자신의 그림에 대한 평을 모조리 외웠다.

'아무렴. 만약 내가 인기 작가가 된다면 도쿠라는 벌벌 떨어야

할 거야. 그러니 도쿠라는 히노와 둘이서 내가 성공하는 것을 방해할 테고 나는 이 업계에서 매장당하겠지.'

한번은 반 정도 비운 위스키 병을 쥐고 휘청거리며 거리에 나왔다.

그 화랑을 불태워 버릴 테다.

안에 있는 그림을 전부 재로 만들어 주지.

그래도 미노베로서는 이해할 수 없는 일이 한 가지 있었다. 그것은 왜, 히노는 왜 그렇게 강하게 그림 같은 건 취미로 남겨 두라고 말했는가 하는 것이었다.

무명인 채로 죽는 많은 화가 중 한 사람이 되고 싶은 겁니까? 그림만큼 수지가 안 맞는 일도 없어요.

거리로 나오고 나서야 깨달았다. 밤의 긴자는 몰래 방화를 저지를 수 있을 만한 곳이 아니었다. 길은 대낮처럼 소란스러웠다. 포장마차에서 문어빵을 팔고 있었다. 이따금 여자들의 높고 날카로운 목소리가 귀에 울렸다. 발꿈치만 얹은 여자들의 작은 구두가 달가닥달가닥 소리를 내고 있었다. 스커트는 허벅지까지 갈라져 있었다.

달가닥달가닥, 달가닥달가닥, 여자들이 발꿈치로 길바닥을 두드리는 소리가 났다.

이 안에 히노가 있었다. 그리고 도쿠라가 있었다.

살진 돼지였다.

이 거리는 살진 돼지를 키우고 있었다.

미노베는 인도 가장자리에 앉아 싸구려 위스키 병을 껴안았다.

우치야마라고 이름을 밝힌 남자에게서 전화가 걸려 온 것은 그 무렵이었다.

미노베는 지금 캔버스에 그림을 그리고 있었다.

피카소나 르누아르가 될 수 있다고 생각하냐고 히노는 물었다.

무명인 채로 죽는 많은 화가 중 한 사람이 될 생각이냐고.

모딜리아니, 뭉크, 위트릴로, 루소, 고흐, 시슬레 그리고 이름을 알리지 못하고 죽은 숱한 사람들. 그들은 살아생전 고독했고 가난했고 적어도 화가로서 명성을 얻지는 못했다. 대부분은 술에 빠졌고, 혹은 정신병을 앓기도 했다. 처음 전람회에 출품했을 때 "눈 감고 발로 그린 듯하다."라는 말을 들은 화가도 있었다. 빈곤 속에서 죽은 사람, 절망 속에서 산 사람. 죽은 뒤 그림이 비싼 값에 팔렸지만 당장 내일 빵을 살 돈이 없어 걱정한 그들에게는 하나도 도움이 되지 않았다. 찬미도 그들에게 닿지 않았다. 그들이 알고 있는 것은 살아생전에 뒤집어쓴 혹평뿐이었다. 무수한 사람들 중 하나로서 거리를 떠돌았고 그저 막다른 곳에 몰려 붓을 집어 들었으리라. 이름을 남긴 화가들은 자신의 미래를 예기했었을까.

지금 정신을 차려 보니 미노베는 죽은 화가들에 대해 생각하고 있었다.

도쿠라는 자신의 그림을 모방했다. 자신의 그림이 도쿠라의 화가로서의 가치를 올려 주었다. 그 후 도쿠라의 그림은 높은 가격을 유지하고 있었다. 그때 자신의 그림을 제외하고 그 뒤로는 전부 도쿠라 본인이 그린 그림들뿐이었는데 말이다. 한편으로 히노가 말한 대로, 그 그림을 자신의 이름으로 출전했다 한들 확실히 입상하는 일은 없었으리라.

도쿠라도 미웠다. 히노도 미웠다. 그림을 제대로 보려 하지 않는 미술업계 녀석들도 미웠다. 그러나 미노베는 그러한 미운 녀석들의 세계에서 명성을 얻기를 바라고 있었다. 그러니 자신의 그림으로 성공을 얻은 도쿠라가 미운 것이리라.

왜 자신은 이 세계에서 빠져 나오려 하지 않는 것인가. 미노베는 생각했다. 왜 이렇게까지 분노에 사로잡혀서 붓을 잡고 있는 것인가.

왜 그들은 붓을 잡고 있는 것인가.

그림 세계가 불합리하다는 것은 예나 지금이나 변함없었다. 왜 일찍이 그들은 붓을 잡았던 것일까 의아해하면서도 자신 역시 붓을 버릴 수가 없었다.

100년 전에 살았던 그들.

상한 소시지로 식사를 하고 자기가 그린 그림을 태워 몸을 녹였던 그들.

불꽃을 튀기며 타들어 가는 자기 그림을 보며 무엇을 생각했을까.

그들의 눈은 물감이 검게 타들어 가는 모습을, 그리고 불길을 피워 올리며 이 세상에서 사라져 가는 그 모습을 지켜보았으리라.

그들은 몇 장의 그림을 태웠을까.

술집에 진 빚을 갚기 위해 몇 장이나 억지로 그려야 했을까.

무엇을 위해서 그림을 계속 그렸던 것일까.

천재만이 천재를 알았다.

천재와, 천재를 동경하는 사람들만이.

피카소나 르누아르가 될 수 있다고 믿는 겁니까?

그 순간 미노베의 몸 안에서 불길이 확 하고 피어올랐다. 분노와 수치심이었다. 혹은 자기혐오. 사라져 버리고 싶었고 사라져 버리고 싶다고 생각하게 만든 남자에게, 이 세상에서 사라지게 만들고 싶을 만큼 분노가 끓어올랐다.

그 남자를 파멸시키고 싶었다.

정말 미운 상대는 내 그림을 베낀 도쿠라 히데미치가 아니었다. 바로 저 히노 도모노리였다.

나를 피카소나 르누아르와 비교하며 모욕한 남자다.

나를, 천재를 동경하는 평범한 남자라고 말한 남자다.

나의 신뢰를 비웃은 남자다.

방에는 똑같은 그림이 몇 장이나 걸려 있었다.

마루에도 놓여 있었다. 모두 얼굴 그림이었다. 똑같은 얼굴 그림. 똑같은 각도에서 그려진 똑같은 남자의 그림. 합동, 동일, 클론. 색도 크기도 모두 똑같았다.

마루 위에는 색칠 공부용 밑그림처럼 컴퓨터에서 스캔한 레이아웃이 어질러져 있었다.

그것이 미노베를 둘러싸고 있었다.

미노베는 그 남자에게 둘러싸여 있었다.

가늘고 긴 얼굴을 왼쪽으로 비스듬히 60도 각도로 기울인 미덥지 않은 인상의 남자였다. 프록코트를 입고 한쪽 팔꿈치를 앞에 있는 테이블에 괴고 있었다. 남자의 상반신. 배경은 막연한 '산'. 그것도 산 모양을 하고 있으니 그렇게 보는 것뿐이고 산 이외의 것으로 판단할 수 없기 때문에 산인 것이지, 새로운 해석이 나오면 누구든 그 해석에 이의를 제기할 수 없으리라고 생각할 만한 그런 '산'이었다. 테이블 위에는 노란 책 두 권이, 초등학생 낙서 수준의 묘사력으로 그려져 있었다. 테이블 위에는 책 외에도 컵에 꽂이 꽂혀 있었다. 그 꽃은 중학생 남자애가 그린 건가 싶을 정도로 거칠고 힘센 터치로 그려져 있었다.

그 모든 것은 왼쪽에 치우쳐 있었다. 선향의 연기가 산들바람을 따라 흐르듯이 그림 전체가 남자도 산도 꽃도 프록코트도 모두 지금이라도 당장 빨려 들어가 사라져 버릴 것처럼 왼쪽을 향해 흐르고 있었다.

음울한 눈. 그러나 결코 음험하지는 않은 눈. 무언가를 씹고 있는 것처럼 일그러진 채 굳게 닫힌 입. 그러면서도 콧날은 굴곡 없이 곧게 뻗었다가 사려 깊게 살짝 수그러져 있었다.

서툰 붓놀림 덕에 가셰의 그 공허한 마음이 더욱 잘 보였다.

빈센트 빌렘 반 고흐는 네덜란드 남부에서 목사의 아들로 태어나 삼촌이 경영하는 화랑의 점원이 되었으나 얼마 지나지 않아 싫증 내고 목사를 지망하여 벨기에 한구석에서 설교사 견습생 일을 시작했다. 그러나 사람들에게 거부당해 목사회에서 해고된 뒤 27세에 화가를 지망하여 37세에 사망했다.

불같은 성질.

변덕.

난폭함 그리고 무능.

그는 화랑에서 일할 때는 화상을 저속하다고 헐뜯었고 대학에서 신학을 배우면서는 신학부를 '사기 집단'이라고 평했다. 그가 벨기에에서 전도사가 되려고 했던 이유는 면허나 라틴어, 그리스어와 같은 소양이 없어도 되기 때문이었다. 그리고 그가 그림을 그리기 시작한 이유는 목사회에서는 해고되고 친척이 경영하는 화랑에서도 오래 근무하지 못한 데다가 학문을 할 끈기도 능력도 없었고 그러던 와중에 그저 동생에게 보낸 편지에 그린 삽화가 꽤 괜찮았기 때문이었다. 그는 억누를 수 없는 정열에 사로잡혀 붓을 든 것이 아니라 '소묘를 그리자고 자신을 타일러서' 연필을 잡았다.

그는 평생 사회에서 고립되어 있었으나 생활에 곤란한 점은 없었다.

동생은 이름 있는 화랑에서 일하고 있었다. 가족은 네덜란드의 중산 계급이었으며, 그는 가정교사에게 교육을 받으며 자랐다. 살면서 방황을 겪을 때마다 직업을 바꾸고 대학에 가고 거처를 바꾸곤 했으나, 가계도를 따져 보면 16세기까지 거슬러 올라가는 그의 집안에서 이 모자란 자식을 구태여 자립시킬 필요도 없었다.

고독한 영혼의 방랑이라고 불리는 그의 인생은 본가의 재력을 바탕으로 자아 찾기를 계속했던 자의식 과잉인 남자의 수습 불가능한 세월이기도 했다.

마을 사람들에게 '빨간 머리'라고 불렸던 고흐.

아를에 살았을 무렵엔 아를의 시장 앞으로 저 사람을 정신병원에 보내 달라며 주민 29명의 서명이 담긴 탄원서가 제출되기도 했다.

그는 자신의 재능을 믿었으나 그것은 현실을 직시하지 못한 젊은이의 잠꼬대였는지도 모른다. 이름을 남긴 자에게는 반드시 드라마와 그에 걸맞는 해석이 주어지는 법이었다. 그 겉껍데기를 벗기고 나면 그에게 무엇이 남을까.

그는 오베르에 70일가량 머무는 동안 유화 80점, 소묘를 포함하면 141점에 이르는 그림을 그렸다. 굳은 결심으로 친구와 공동생활을 시작했으나 친구는 싫증이 나서 나가 버렸다. 초상화는 그림의 모델이 된 사람이 살 테니 확실하게 돈이 될 거라고 초상화를 그리기 시작했으나 생전에 팔린 그림은 죽기 3개월 전에 화가 동료의 누이가 산 「붉은 포도밭」이라는 400프랑짜리 풍경화 한 점뿐이었다. 권총은 폭발한 것이며 스스로 죽음을 선택한 게 아니라는 설도 있었다.

이 남자에게 무슨 매력이 있는 것일까.

그러나 그는 이성에게도 인기가 없었고 동성에게는 소외당했으며 선량할지는 몰라도 민폐라 할 정도로 고집이 셌다. 공부는 싫어하고 일은 잘 못했으며 그저 남아도는 시간을 주체하지 못하는 인생일 뿐이었다. 이러한 삶 속에서 그가 그려 낸 그림들은 그의 사후, 물 만난 물고기처럼 세상 사람들 앞에 뛰쳐 나왔다. 흡사 창작자라 일컫는 존재의 소멸에 의해 겨우 정체를 드러낼 수 있게 되기라도 한 것처럼.

세로 66센티미터, 가로 57센티미터의 작은 그림은 100년이 지나 180억 엔이라는 가격이 매겨졌다.

빈센트 빌렘 반 고흐는 작품 한 점에 180억 엔의 가치를 가진 불운의 천재였으나 400프랑짜리 그림을 단 한 점 팔았을 뿐인 무능한 인간이었던 것인가…….

미노베에게 이 그림을 베껴 그리는 일 정도는 간단할 터였다. 컴퓨터로 구도를 분석하고 색을 추출했다. 미술품 복원 소프트는 마치 위조품 길잡이처럼 가려운 곳을 긁어 주었다. 그렇게 그 미덥지 않은 얼굴의 남자를 몇 장이나 그렸을까.

가셰는 캔버스에 모습을 드러내지 않았다.

몇 장이고 가셰가 아닌 가셰만 넘쳐흘렀다.

실물을 보고 그리는 편이 좋아요.

그 살진 돼지의 말이 생각났다.

원화는 없었다.

어디에도 없었다.

데이터라면 썩어 날 정도로 있었지만 원화는 없었다.

몇 번이나 붓을 내던지고 싶었다. 실제로 몇 번인가 집어 던졌다. 잘못 그린 가셰 그림에 물감이 묻은 붓을 더덕더덕 처발랐다. 크게 엑스 표시를 그리고 수염을 그려 주었다.

눈을 그려 넣지 않은 가셰의 눈이, 있지도 않은 그 눈이 조용히 자신을 바라보고 있는 것 같은 기분이 들었다.

무수히 많은 눈이 미노베를 둘러싸고 있었다.

깊은 잠에서 깨어난, 지친 눈.

미노베와 같은 방에 있었지만 미노베 따위는 안중에도 없었다.

비판도 하지 않았다. 아첨도 하지 않았다.

거기에 있는 것은 미노베의 번민 따위에는 관심이 없는 고독한 남자였다.

텅 빈 채로 그림 속에 갇힌, 백 년 전의 영혼이었다.

그리고 그는 마치 숨을 쉬듯이 같은 질문을 반복했다.

'너는 누구인가.'라고.

딱히 대답을 기대하는 것도 아니었고 대답이 돌아온다 한들

들을 생각도 없었다. 정신을 차려 보니 그 무수한 물음만이 미노베를 둘러싸고 있었다.

지치고 피곤해 보이는 얼굴을 한 남자.

자신에게 180억 엔의 가치가 있다는 사실을 영원히 모를 남자.

미노베에게 짐수레에 그림을 싣고 시골길을 가는 화가가 보였다. 짐수레에 가득 쌓인 그림들은 그 안에서 서로 부딪히며 흔들리고 있었다. 그러나 그중 한 장도 받아 주는 이가 없었다.

고흐가 아를을 떠날 때 다락방에는 600점의 그림이 남아 있었다고 한다. 그가 죽었을 때 어머니는 그의 유작을 인수하기를 거부했다고 한다. 그의 사후 주변 사람들은 모두 유작을 버리라고 조언했었다. 어디 한구석에 자리를 차지하고 있을 만한 가치조차 없었다. 남아 있는 그의 작품 중에 나체를 그린 그림은 세 점뿐이었다. 당시 불우한 삶을 살았던 많은 그림쟁이들은 매춘업소에 틀어박혀 나체화를 그리곤 했다. 고흐에게만 그리지 않을 이유가 있을 리 없었다. 그럼에도 지금 그중 대부분이 남아 있지 않은 이유는 아마도 여자의 나체 그림에 눈살을 찌푸린 후견인이 불태워 버렸기 때문이리라.

고흐도, 이 가셰도, 지금에 와서는 자신에게 매겨진 가치에 아무런 감흥도 없는 것 아닌가. 불태워진 나체화도, 싸구려 아파트에 남겨진 채 집주인이 어떻게 처분할까 곤란해하다 불태워 버렸을 그 수많은 그림들도, 그리고 지금은 180억 엔이 된 가셰도. 어떤 것이 어떤 운명에 있었다 한들 이상할 게 없었고 가셰는 완전히 우연에 의해 이 세상에 남은 셈이었다. 그렇다면 고흐라는 작가가 세상의 빛을 볼 수 있었던 것도 완전히 우연에 의한 일이었는지도 모른다.

그는 그림을 그려서 무엇을 얻었을까.

그리고 그는 무엇을 얻고 싶었을까.

그런 것들을 생각하고 있는 너는 누구냐고 가셰가 물어 왔다.

나는 내 정원에서 친구인 화가의 그림 모델을 하고 있는 가셰라고 하는 의사인데 그대는 대체 누구인가.

날 이렇게 복제해서 무얼 하는 겐가, 그것도 이런 엉터리 복제로 말이야.

그런데 자네 요즘 재밌는 책 읽어 본 게 있는가.

있다면 들려주지 않겠는가.

최근엔 도무지 재밌는 일이 없어서 말이야.

그건 그렇고 여기에는 내가 왜 이렇게 많은 거지?

'내가 그린 그림을 히노 도모노리는 간파할 수 있을까?'

예전에는 미지의 세계에 대한 불안과 희망으로 가득했었다.

지금은 절망만이 있었다.

3장

'난 정말 바보야. 그런 남자를 믿었다니.

가게에 자주 왔던 것도, 푼돈 쓰고 간 것도 전부 나를 방심하게 만들 수단이었던 거야.

좋아한다고 하니까, 다정하게 대해 주니까, 거기에 들떠 돈을 내놓은 건 바로 나였어.'

후데사카 아카네는 커튼을 닫은 채 어둑한 방 안에서 눈을 번뜩이고 있었다.

도미오가 미웠다. 그리고 그런 이야기에 쉽사리 넘어간 자기 자신한테도 물어 죽이고 싶을 정도로 화가 났다.

도미오가 '아카네'에 얼굴을 내밀기 시작한 것은 반년가량 전부터였다. 그 무렵부터 그 자식은 그녀를 노리고 있었으리라.

500만 엔을 생각하면 명품 구두도 비싼 요릿집도 가끔 주었던 용돈도 경비가 싸게 든 셈이었다.

혼자서 가게를 하고 있는 여자. 의지할 사람 하나 없고 매일매일 그저 사느라 바쁜 여자. 사람 좋아 보이는 얼굴을 하고는 그런 여자 품속에 파고들어 순식간에 가진 것을 전부 탈탈 털어가 버렸다.

좋은 이야기는 있는 곳에는 있는 법이지.

그런 빤히 들여다보이는 대사를 내뱉고.

가게, 차리게 해 줄까? 좀 더 좋은 가게.

그런 다정한 말을 들려주고.

곧이곧대로 믿은 것은 아니었다. 하지만 그 녀석의 냄새가, 긴자의 냄새가 그리웠다.

그 녀석은 그런 것을 모두 꿰뚫어 보고 있었다.

그리고 자신을 자기 손바닥 안에 놓고 마음대로 했다.

하룻밤 사이에 자신의 소중한 가게를 빼앗아 가 버렸다.

제이비제이 증권은 전화를 해도 받는 사람이 없었다. 도미오는 오지 않았다. 휴대전화도 받지 않았다. 다음 날에는 제이비제이 증권에 전화를 하자 현재 사용하지 않는 번호라는 안내가 나왔다.

집 안을 마구 뒤졌다. 도미오가 있는 곳을 알 수 있는 단서가 남아 있지 않을까 생각해서였다. 전화번호 하나라도 좋았다. 회사 이름이 들어간 봉투 하나라도 좋았다. 머리카락이 곤두설 만큼 찾아 댔으나, 없었다.

그리고 자신이 손에 움켜쥐고 있는 팸플릿에 생각이 미쳤다.

제이비제이 증권 주식회사의 팸플릿. 그날 아카네가 돈을 건네자 도미오는 테이블 위에 팸플릿을 올려놓았다. 마치 영수증이라도 주는 것처럼. 아카네는 너무 손에 꽉 쥐고 있어서 꼬깃꼬깃 구겨진 그 종잇조각을 펼쳐 보았다.

훌륭한 외관의 빌딩 현관 사진이 찍혀 있고 "여러분의 신뢰에 보답하겠습니다."라고 다부진 글씨체로 쓰여 있었다. 주소는 니시신바시 5-19번지.

아카네는 그걸 보자마자 눈동자가 활활 타오를 듯이 되어서는 팸플릿을 움켜쥐고 집을 나왔다.

오후 2시, 택시를 타고 팸플릿에 적힌 주소를 말했다.

운전기사는 내비게이션에 주소를 입력한 뒤 달리기 시작했다.

니시신바시 거리에서 오른쪽 전방에 팸플릿에 나온 빌딩이 보였을 때에는 이제 살았다고 생각했다. 상대만 알면 어떻게든 되리라. 적어도 도미오에 대한 정보는 손에 넣을 수 있을 터였다.

그러나 빌딩에 가까워져도 택시는 오른쪽으로 방향을 틀 기색이 보이지 않았다. 그대로 지나쳐 갔다. 달리는 차창 너머로 빌딩 외벽에 전혀 다른 회사 이름이 가로글씨로 적혀 있는 것이 보였다. 실망 뒤에 다시금 무엇과도 비교할 수 없는 분노가 치밀었다.

'너 이 자식, 감쪽같이 속이고는.'

그 뒤 택시는 작은 모퉁이를 두 번 돌았다. 도착한 곳에 있었던 것은 팸플릿에 나온 것과는 전혀 딴판으로 생긴 어떤 복합빌딩이었다.

우편함에서 '제이비제이 증권 주식회사'라는 글자를 찾았다. 5층 블록에서 손으로 쓴 회사명을 찾아냈을 때는 안도하는 마음과 투지가 동시에 솟아올랐다.

아카네는 5층까지 뛰어 올라갔다.

5층에 방은 총 세 개. 그중 한 방에 간판이 달려 있었다.

제이비제이 증권 주식회사라고 적혀 있었다.

열쇠는 잠겨 있지 않았다. 문을 열었다.

안에는 책상 세 개가 서로 맞대어 놓여 있었다. 그 위에는 전화기 한 대가 있었다. 그 외에는 복사기 한 대, 컴퓨터 한 대, 그러고는 아무것도 없었다.

복합빌딩을 봤을 때 마음 한구석에서 예감했던 일이기는 했다. 그러나 현실을 직접 마주하니 그 살풍경에 저도 모르게 움츠러들었다.

증권 회사 그 자체가 페이퍼 컴퍼니였다는 사실. 근방에 있는 다른 큰 회사의 사진을 넣고 비슷하게 이름을 지어 팸플릿을 만든 것이었다.

아카네는 분노에 의지하여 방 안에 들어섰다. 책상 서랍을 열어 보고 쓰레기통 안을 본 뒤 전화기는 통화가 되는지 확인했다. 서랍에는 낡은 필기구 몇 개만 굴러다니고 있었다. 쓰레기통 안은 텅 비어 있었다. 전화는 연결되어 있지 않았다. 아카네는 서랍 세 개를 하나하나 열어 보았다.

그중에 열리지 않는 서랍이 있었다.

잡아당겨도 덜거덕거릴 뿐. 열쇠로 잠겨 있었다.

'도망쳤다면 우편함에 손 글씨로 쓴 회사명도 이 방 현관에 걸려 있던 간판도 빼고 갔을 터. 이 사무실은 아직 쓰고 있는 거야.'

그렇게 생각한 순간이었다. 문이 열렸다.

아카네는 숨을 멈췄다.

남자는 그대로 몇 걸음 더 걸어 들어와서 아카네를 발견했다.

말끄러미 아카네를 쳐다보더니 다음 순간 발길을 돌렸다.

아카네는 문손잡이를 잡으려 하는 남자의 팔에 매달렸다.

남자는 얼굴이 새파래져서 아카네를 보았다. 그리고 아카네의 팔을 뿌리쳤다. 아카네는 책상 앞에 놓여 있던 의자의 등받이를 잡고 있는 힘껏 휘둘렀다. 바퀴가 덜컹덜컹 소리를 내며 굴렀고 의자는 원을 그리며 남자의 허리에 부딪혔다.

의자는 튕겨 나갔고 남자는 털썩 주저앉았다. 아카네는 앞으로 가서 문을 잠갔다.

남자는 허리를 누른 채 주저앉아 창백한 얼굴로 아카네를 보고 있었다. 창백했지만 어딘지 모르게 될 대로 되라는 식의 사나운 기세가 있었다.

아카네의 입에서 말이 쏟아져 나왔다.

"돈 내놔. 당신네가 한패라는 건 이미 알고 있어. 돈 돌려주지 않으면 이대로 경찰에 넘길 거야."

남자는 무서운 눈빛으로 아카네를 응시하고 있었다. 아카네는 쉴 새 없이 말을 이었다.

"관계없다고 하지는 못하겠지. 이런 거창한 팸플릿까지 만드시고 말이야. 이거 바로 저 앞에 있는 은행이잖아. 웃기지 말라고."

"그렇구나."

남자가 중얼거렸다.

"그렇게 자기도 피해자인 척해서 도망갈 생각인가 보네."

남자는 아카네를 매섭게 쏘아보며 말을 이었다.

"적당히 말한다고 통할 거라 생각하지 마. 당신 여기 정리하러 온 거잖아. 추적될 만한 게 남아 있지 않은지 마지막으로 확인하러 온 거 아냐?"

그리고 으름장을 놓았다.

"야부키를 내놔!"

아카네는 머리에 피가 거꾸로 솟는 것을 느꼈다.

"그렇게 영문 모를 소리나 늘어놔서 나를 방심하게 해 놓고 도망칠 생각이겠지, 얕보지 말라고."

이읏고 노기 서린 목소리로 외쳤다.

"내 500만, 돌려줘!"

"그래? 나한테는 1000만부터 끼워 줄 수 있다고 했는데 당신은 자기 손님에게 500만이라고 했나 보군."

남자가 그렇게 말하더니 소리 질렀다.

"나는 1000만 엔이라고!"

"대단하네. 그래, 1000만 엔이겠지. 당신 동료인 도미오가 남은 500만을 대신 내주겠다고 말했었으니까. 그러니까 한 사람당 1000만 엔 맞아. 여기 인간들밖에 모르는 사실일 텐데. 여기 사람이라고 자백한 거나 다름없네. 지금 당장 경찰에 전화해 줄 테니 목이나 깨끗이 씻고 기다려."

"좋은 생각이네. 그렇게 경찰에 전화한다 말하면서 밖에 나가면 그대로 택시 타고 가 버릴 생각이겠지. 내가 그 정도로 바보로 보이나?"

그때 아카네는 도미오가 얼마나 능숙한 솜씨로 자신에게 덫을 놓았었는지 생각해 냈다.

정말 힘든가 보네.

그 얼빠진 체하던 표정. 그게 연기였으니 이 녀석들은 연기에 아주 도가 튼 녀석들이리라.

"나는 당신네 그룹의 안푸쿠 도미오에게 속은 후데사카 아카네라는 사람이야. 상장 전의 주식을 팔아 준다고 해서 500만 엔을 건넸어. 도미오는 가방에 돈을 넣어 돌아갔지. 그 후로 사라졌어. 전화도 받지 않고. 내 돈 어서 돌려줘."

"당신이 누군지 모르겠지만 당신은 나에 대해 알고 있겠지? 당신네 그룹의 야부키가 날 감쪽같이 속이고 내 1000만 엔을 들고 달아나 버렸어. 당신네가 웃음거리로 삼은 오우라 소스케라고. 우리 부모님의 자산까지 조사했잖아. 안됐지만 경찰에 가자고."

그리고 남자는 박진감 넘치는 연기를 선보였다.

"당신도 알고 있겠지만 그게 어떻게 만든 돈인데. 부모님과 형제 얼굴을 볼 면목이 없다고. 이런 남자한테 반년이나 시간을 들여 사기를 치다니 너무하지 않나? 돈 제발 돌려 달라고 전해 줘. 돌려만 준다면 경찰에는 말 안 할 테니까."

아카네는 울 것 같았다.

"부모형제 좋아하시네. 잠꼬대 그만해. 그건 내 전 재산이었어. 내 유일한 재산인 가게를 담보로 잡혔다고. 4년이나 걸려 모은 내 전 재산을!"

때로는 황폐한 시골 마을에서, 때로는 이 일대 여자들은 돈만 주면 맘대로 할 수 있다고 사람들이 수군대는 마을에서, 마치 벌거벗은 여자라도 보는 것처럼 자신을 훑어보는 남자들의 시선을 견뎌 가며 모은 재산을 쏟아 부어 샀다.

내 가게.

"되는 대로 지껄이지 마. 내 얼굴을 보고 도망치려 한 게 뭐보다 확실한 증거 아니야?"

남자는 해쓱해진 얼굴로 꼼짝 않고 서 있었다.

"도망치려고 한 게 아냐, 당신을 놓치지 않으려고 그런 거지. 당신이야말로 나에게서 도망치기 위해 의자를 던지지 않았나?"

"관계자도 아닌데 그렇게 쪼르르 들어와?"

"관계자도 아닌데 사무실 정리 같은 걸 하나?"

그러고 나서 잠시 서로를 바라보았다.

그때 딸그락 하는 소리가 들렸다. 문 뒤편에서 사람의 기척이 느껴졌다.

"그 남자 이야기는 진짜입니다, 아카네 씨. 그 사람은 증권 회사 사람이 아니에요."

남자는 흐리멍덩한 눈을 하고 서 있었다.

"오늘 아침부터 여기서 대기하고 있었습니다. 당신들과 마찬가지로 누군가 관계자가 오지 않을까 생각해서였죠. 오우라 씨가 이 방에 서슴없이 들어갈 수 있었던 건 아까 점심 지나서 한 번 왔었기 때문입니다. 처음 왔을 때는 오우라 씨도 흠칫흠칫 했었죠. 오우라 씨, 당신도 처음 왔을 때는 방 안을 이 잡듯이 살펴보지 않았습니까?"

그 사람은 시로타였다.

시로타는 손에 아카네와 같은 팸플릿을 들고 있었다.

"저는 아카네 씨도 한 패가 아닐까 의심하고 있었습니다. 아카네 씨도 그 안푸쿠 도미오에게 당하셨군요."

마치 늪 속에서 막 기어 올라온 것 같은 참혹한 표정을 하고 있었다. 죽은 생선이라도 이것보단 낫겠다 싶을 정도로 생기를 잃은 눈이었다.

"한 사람당 1000만 엔. 이건 사기니까 수상해 보이는 게 당연해요. 사기꾼 쪽에 넣어 드릴까요? ……다들 같은 수법이에요. 시간을 정해 두고 안달 나게 하는 것도요. 안푸쿠 도미오도, 이 사람이 말하는 야부키라는 인간도, 두 번 다시 이 사무실에는 오지 않을 겁니다."

두 사람은 절망하고 있었다.

처음 서로 마주쳤을 때, 상대도 자신과 같은 피해자라고는 생각하고 싶지 않았다. 상대가 가해자라면 돈을 돌려받을 수 있겠지만 상대가 피해자라면 아무런 도움도 되지 않았으니까. 그런데 자신에게 닥친 불행의 그림자가 상대방에게서도 보였다. 마치 거울을 보고 있는 것 같았다. 그 사실을 받아들이는 게 무섭고 화가 났던 것이다.

결국 자신들은 같은 불행을 당한 처지라는 결론에 이를 수밖에 없었다.

그날 스낵 아카네는 11시에 문을 닫았다. 아르바이트생인 미미에게는 손님이 오기로 했다고 말했다. 미미는 의심하는 기색 없이 "먼저 갈게요." 하더니 돌아갔다. 들어오는 시로타와 스쳐 지나가면서 미미가 "가게 오늘은 일찍 닫는대요."라고 말했지만 아카네가 "괜찮아요. 모처럼이니까, 맥주 한 병이라도 마시고 돌아가요."라고 받아치며 넘겼다.

오우라 소스케가 찾아온 것은 그로부터 30분 뒤. 칼같이 정확한 시간에 도착했다.

소스케는 이야기했다. 야부키가 얼마나 교묘하게 자신의 신용을 얻어 갔는지. 그리고 자신이 얼마나 호언장담을 하며 어머니에게서 돈을 빌렸는지.

"돈을 갚지 못하면 아마 전 의절당할 거예요."

아카네는 무언가 이상했다. 의절. 이 얼마나 낡은 단어인가. 그래도 살아갈 수 있다면 괜찮지 않은가. 그녀는 3086만 엔에 500만 엔이 더해진 꼴인데.

"3586만 엔. 못 갚으면 난 매춘업소에 팔리는 신세가 될 거야."

아카네와 소스케는 시로타가 얼마나 궁지에 몰려 있는가에 대해 굳이 추궁하지 않았다. 그런 일에 가담할 때 은행원이 무슨 짓을 했을지, 시로타의 사색이 된 얼굴을 보자 상상이 되었기 때문이었다. 아마도 딱 사흘이면 된다면서 단골 고객의 돈을 써 버렸든가 하는 것이리라. 딱 사흘만 주시면 돌려 드리겠다. 자신들도 할 수 있는 건 다 했다.

시로타에게는 사회적인 생명이 걸려 있었다.

미러볼에는 희미하게 먼지가 쌓여 있었다. 선반에 늘어놓은 이름 있는 위스키나 소주는 반쯤이 바람잡이용 가짜였다. 무슨 캠페인 때문에 왔다는 인기 없는 엔카 가수의 사인이 들어간 포스터도 있었다. 손님이 놓고 간 홋카이도 기념품인 곰 장식품. 디즈니랜드에서 파는 쥐 인형. 전등이 하나 꺼져 있었다. 아카네는 그것들을 멍하니 바라보았다.

"경찰서에 가도 소용없어요."

"가 봤어?"

"앞까지만요."

시로타는 조용히 입을 다물고 있었다. 소스케가 말을 이었다.

"사기니까요. 우리들은 사기당한 것이긴 하지만 합법적이지 않은 일이라는 걸 알면서도 가담했어요. 선량한 피해자가 아니라는 거죠."

"그것도 있지만."

시로타가 말했다.

"전 은행에서 일합니다. 지금은 다른 곳으로 발령이 나서 현장에는 없습니다만. 융자과 같은 데에는 기업 정보가 들어와요. 몰래 내부 정보를 흘려서 용돈벌이를 하는 경우도 있고 들은 적이 있어요. 그래서 그 사람이 얘기를 꺼냈을 때, 있을 법한 일이라고 생각한 겁니다. 하지만 1000만 엔 급이 되면 단순한 내부 정도가 아니에요. 폭력단이 얽혀 있을 거예요. 그쪽에서 적반하장으로 나오면 목숨이 위험합니다."

소스케에게 떠오르는 바가 있었다.

"맞아요. 야부키는 경제 야쿠자가 어떻다는 둥 그런 말을 했었어요."

시로타는 끄덕였다.

"폭력단 펀드라고 해서, 폭력단의 자금을 운용하는 펀드가 있습니다. 경제 야쿠자들은 지금 기업 안에 침투해 있어요. 멀쩡한 기업인이라도 뒷골목 사회의 배후 조정자와 연결되어 있는 경우가 많죠. 폭력단은 총회꾼 따위를 처리하는 명목으로 들어가서, 그것을 계기로 관계를 쌓는 겁니다. 수단은 교묘합니다. 자신들이 문제를 일으켜 놓고 기업이 곤란해하면 맡겨 달라, 어떻게든 해주겠다, 이런 식으로 말을 해서 나쁜 일을 하는 사람을 철수시킵니다. 그런 식으로 은혜를 베풀고 신용을 얻거나 하는 거죠. 실제 그러한 패거리를 한 명 데리고 있으면 기업도 일이 원활하게 굴러가요. 그러한 뒷골목 세계 사람에게 부탁하면 저질 클레임 같은 것도 뚝 끊기니까요. 흰개미마냥 일단 침투하면 눈치 채지 못하는 사이에 뼈대까지 먹어 치운다는 점은 질이 나쁘지만 거기까지는 안 합니다. 피차 성인이고, 쌍방이 적당히 서로 기대면서 하고 있는 실정이니까요."

"어떻게 그렇게 자세히 알고 있는 거죠?"

"우리 은행의 단골 고객 중에도 그런 흰개미가 침투하는 바람에 엄청난 부채를 안고 도산한 회사가 있었어요. 버블 경제 시기에 그런 유착은 흔한 일이었습니다. 저는 그러한 채권 정리를 하고 있는 부서에 있다 자리를 옮긴 거죠."

"머리에 넥타이 두르고 춤추던 사람치곤 머리가 좋네."

아카네가 말했다.

"넥타이를 풀면 전부 놔두고 잊어버릴 수 있으니까요."

셋은 생각에 잠겼다. 하지만 도저히 방법이 떠오르지 않았다.

아버지께 전부 말씀드릴 거라고 어머니께서 협박하셨던 그 기한까지 앞으로 8일.

가게를 담보로 빌린 돈의 상환 기한까지 앞으로 8일.

두 사람은 8일이 지나면 무슨 일이 벌어질지 생각하고 싶지 않았다.

시로타가 심각한 표정으로 찾아온 것은 그 후 사흘 뒤의 일이었다.

폐점 후인 새벽 2시의 가게 안, 시로타는 아카네와 소스케를 앞에 앉혔다.

시로타는 고개를 숙이고 이마의 땀을 닦았다.

"전에 말씀드린 것처럼 저는 채권 정리 일을 하고 있습니다. 채권이라는 것은 아시리라 생각합니다만 빌려 준 돈의 반환을 청구하고 실행하는 권리를 말합니다. 간단히 말하자면 은행이 빌려 준 돈을 갚지 못하게 된 기업에게서 담보를 거둬들이는 일을 합니다. 애초에 은행이 담보 물건으로 취급하는 대상은 토지였습니다. 그다음은 가옥이고요. 하지만 버블 경제 시기, 돈이 남아돌았던 은행은 아무튼 돈을 빌려 주고 싶어 했죠. 그래서 그다지 가치가 없는 물건이나 혹은 가치를 알 수 없는 물건에도 담보 가치를 붙여서 돈을 빌려 준 겁니다. 하지만 버블이 터지고 경기가 하락하는 바람에 은행은 빌려 준 돈을 돌려받지 못하게 되었죠. 그럼 담보를 처분해서 빌려 준 만큼 되찾았는가 하면 그렇지도 못했습니다. 빌려 준 돈에 맞먹을 만큼 가치가 없는 담보도 있었고 혹은 그사이 가치를 잃은 담보도 있었습니다. 이러한 담보를 가리켜 불량 채권이라고 합니다. 제가 하는 일이 바로 그중에서 팔고 싶어도 팔 수가 없는 물건들을 보관하고 관리하는 일입니다."

그렇구나 하고 두 사람은 끄덕였다.

시로타는 두 사람의 얼굴을 똑바로 쳐다보았다.

"우리 창고에 방대한 양의 회화가 잠들어 있습니다."

"회화."

아카네는 미심쩍다는 듯이 말했다.

"그림 말입니다."

"그림?"

아카네가 되물었다. 시로타는 고개를 끄덕였다.

"저희 은행은 돈에는 철저하고 가차 없습니다. 옛날 같으면 그림을 담보로 돈을 빌려 주거나 하지 않습니다. 하지만 시대의 부산물인 거죠. 버블이 터진 것은 1990년 초입니다. 그리고 일본에서 갑자기 회화 붐이 일어났을 때가 89년에서 90년. 곧 있으면 버블이 터지리라는 사실을 다들 받아들이려 하지 않았어요. 풍선에 가스를 넣으면 풍선은 점점 커지고 위로 올라갑니다. 너무 많이 넣으면 터지겠죠. 이미 터질 것 같은 상태였음에도 지금까지 터지지 않았다는 이유만으로 모든 회사가 자사라는 풍선에 가스를 계속 불어넣었습니다. 모두가 높이 올라가고 있었으니까요. 혹은 일단 딴것보다 높이 올라가기만 하면 어떻게든 되리라고 생각했던 겁니다. 회화 붐이 일어난 배경에는 돈을 잔뜩 쥐게 된 사람들이 명예욕을 채우기 위해 미술품을 사들이기 시작했다는 측면과 그 외에 딱히 재미있는 투기 대상이 없었기 때문이라는 측면, 두 가지가 있습니다. 아무튼."

시로타는 말을 끊고 아카네와 소스케의 얼굴을 확인했다.

"1987년부터 1990년까지 4년간 일본이 사들인 해외 미술품 수는 당시 전 세계에서 거래된 미술품의 절반 이상을 차지한다고 합니다. 게다가 그 기간 동안 매입가는 계속하여 사상 최고가를 갈아 치웠습니다. 일본 미술 시장의 거래 총액은 1987년에 2000억 엔이었던 데에 비해, 절정기인 1990년에는 1조 5000억 엔에 이르렀습니다. 대략 7.5배 정도죠. 8000만 엔 정도인 일본화가 당시에는 4억에서 5억 엔에 거래됐었습니다."

"……한 장이?"

시로타는 천천히 고개를 끄덕였다.

"예를 들면 상사(商社)가 4억 정도의 그림을 17억 엔에 낙찰 받아요. 그걸 다른 업자가 34억 엔에 사는 겁니다. 물론 그만큼의 가치가 있다고 생각했기 때문입니다. 그 경우 가치라는 것은 다음에 팔 때 그 이상의 가격을 받을 수 있다고 내다본 거죠. 실제로 4억짜리 물건을 17억에 판 사람은 13억의 이익을 얻은 셈이고, 17억에 산 사람은 34억에 팔면서 순식간에 17억의 이익을 얻었죠. 그렇다면 34억짜리 그림도 다음에 팔면 수억쯤 남길 수 있으리라고 생각하는 겁니다. 그림 한 점이 마법처럼 돈을 남겨 놓고 가는 거예요. 은행이 회화에 담보 가치를 인정하는 데에는 그러한 시대 배경이 있었습니다."

"이 이야기 들은 적이 있어요."

소스케가 말했다.

시로타는 끄덕였다.

"문제는 회화 열기가 끓어올랐을 때, 일본 경제는 정점을 찍고 막 하락세를 타려던 시기였다는 겁니다."

아카네는 기억이 되살아났다. 썩 기분이 좋지 않은 소동이었다. 다만 그것이 지금 자신의 막막한 처지와 무슨 관련이 있는지는 알 수 없었다.

"버블이라고 불리는 시대가 지나가자 기업은 자금 운용에 어려움을 겪었어요. 그때 처음으로 34억을 주고 산 회화가 4억짜리가 되는 현실을 마주하게 된 겁니다."

시로타는 두 사람의 얼굴을 보았다.

"그걸 또 처분하면 자산이 30억 감소하는 셈이죠."

두 사람은 숨을 멈추었다.

"한두 점만 이랬던 게 아니에요. 다시 말씀드리지만 당시 일본에 있던 근대 회화 수는 세계 미술 시장의 절반을 차지한다고 할 정도로 많았거든요. 은행이 불량 채권 처리에 착수했을 때 각 회사의 창고에 그런 그림들이 엄청나게 많이 잠들어 있었습니다. 팔아 치우려 해도 그럴 수가 없는 미술품들이었죠. 어느 대규모 생명 보험 회사에 따르면 회사 하나가 도산한 뒤 그림으로 대금 변제한 게 200점, 평가 가격으로 따지면 90억 엔어치가 나왔다고 합니다.

하지만 그림의 가치 자체가 내려간 것은 아닙니다. 뉴욕에서 진행된 경매에서 26억 6000만 엔에 팔린 그림이 있습니다. 일본의 어느 창고에 잠자고 있다는 물건과 상당히 닮아 있었습니다. 정말이라면 샀을 때의 다섯 배에 가까운 가격에 팔렸다는 게 됩니다. 출품자는 누구인지 모릅니다. 문의를 했더니 금융 기관은 담보의 내용을 공개할 수가 없다는 것을 구실로 삼으며 개별 안건에는 대답할 수 없다는 답변을 했습니다. 결국 출품자에 대해서는 명확하게 밝히지 않았죠. 즉, 서둘러 팔 필요만 없다면 그림에는 상품 가치가 있습니다. 그리고 경우에 따라서 거래는 비공개로 이루어지는 것이 당연시되고 있습니다."

시로타의 말투는 정연했다. 정열적이었지만 자기 도취는 아니었고 어딘가 냉랭했다. 그러면서도 구석구석에서 무언가가 얼굴을 드러내고 있었다. 오싹함일까, 열기일까. 일정한 압력을 받아 수증기가 가득 찬 상태를 보는 것 같았다. 그건 아마도 잃어버린 1000만 엔이라는 금액이 갖는 압력이리라. 어쩌면 거기에 창고지기로 쫓겨난 자신의 처지에 대한 울분이 박차를 가하고 있는지도 몰랐다. 그렇다 해도 실로 정연한 말투였다. 막다른 곳에 몰렸을 때 이렇게 이성적일 수 있었다면 자신도 이런 지경까지 몰리는 일 없이 그런대로 살아갈 수 있지 않았을까 하는 생각이 들 정도였다.

"일본 전체에 불량 채권이 된 회화가 얼마나 있는지 아무도 파악할 수 없는 이유는 거기에 있습니다. 미술품은 부동산처럼 소유를 등기하지 않습니다. 거래도 현금으로 합니다. 더욱이 소유자들은 대부분의 경우, 미술품에 관한 정보를 공개하는 것을 몹시 꺼려 합니다. 당시에는 이름 있는 작가의 작품이면 마치 바겐세일 매장에서 카트에 물건을 담듯이 닥치는 대로 사들였어요. 투기라고 해도 실패인 셈이고 미술품 수집이라기엔 너무나도 허술한 방식이었죠. 이제 와서 그런 자세한 자초지종을 남들에게 알리고 싶지 않다는 거예요. 어떠한 근거로 누가 판단해서 무엇을 얼마에 샀는지를 밝히고 싶지 않다는 것도 있고, 실제로 잘 모르기도 해요. 그림 거래에 관련된 일을 했던 사람들은 대부분 회사에 남아 있지 않습니다. 좀 더 자세히 말하자면 화상이 말하는 대로 샀기 때문에 무얼 물어봐도 모르는 거예요. 게다가 당시 그림 중에는 총회꾼에 대한 이익 제공용 등, 세무 서류에는 남길 수 없는 용도에 현금 대용으로 사용된 것도 있습니다. 총회꾼은 그러한 그림을 또 터무니없이 비싼 가격을 받고 기업에 억지로 팔아넘겼죠. 아무튼 유럽의 화상들은 일본에서 창고에 쌓인 수천 점의 프랑스 회화를 보고 두려움을 느꼈습니다. 이 그림들이 어설프게 시장에 풀렸다간 프랑스 회화의 가격은 폭락할 테니까요. 그들은 팔지 말라고 충고했습니다. 제가 지금 있는 회사에서는 이런 그림들을 포함해 불량 채권을 처리하는 일을 하고 있습니다. 그리고 저는 지금 그런 담보들을 수납하는 창고를 관리하는 부서에 있고요."

홋카이도 기념품인 곰 장식과 색이 바랜 엔카 가수 포스터. 낡은 에어컨의 윙윙거리는 소리가 갑자기 커지며 실내에 울렸다.

"잘 모르겠지만."

소스케가 마치 안개 저편을 바라보듯이, 눈을 가늘게 떴다.

"시로타 씨가 근무하고 계신 회사에서, 그…… 뭐라고 할까……."

그러고는 머뭇거리며 말을 이었다.

"그 그림이 있다고……."

그리고 시로타의 얼굴을 들여다보았다.

시로타는 명확하게 대답했다.

"네. 저희가 메인뱅크였기 때문에 다른 여러 가지 물건들과 함께 전부 회수했죠."

무엇을 회수하여 무엇이 있다는 말인지, 두 사람은 아직 이해하지 못하고 있었다. 아니, 그림이 있다고 했다. 하지만 그래서 어쨌다는 것일까.

"몇 억이라고요?"

"총 거래 가격은 1조 5000억 엔."

시로타는 다그치듯이 목소리를 낮췄다.

"전문가에 의하면 일본의 은행과 금융 회사가 갖고 있는 그림들에는 현재에도 3000억 엔에 이르는 값어치가 있다고 추정된다고 합니다."

막연하게 알 수 있는 사실은, 무언가가 시로타의 손길이 미치는 범위에 있다는 것이었다. 두 사람의 뇌는 그것이 무엇인지 깨닫는 것을 계속 거부하고 있었다. 아마 1등 복권에 당첨됐다는 사실을 알았을 때 인간의 뇌에서 일어날 법한 그런 현상이리라.

시로타가 고개를 낮췄다. 아카네와 소스케는 자석에 끌려가듯이 똑같이 고개를 낮췄다. 소곤소곤 이야기하기에 딱 좋은 상태였다.

"그림은 훔쳐도 팔 수 없습니다. 훔친 그림을 사더라도 사람들에게 보여 줄 수가 없죠. 계속 숨겨 두어야 합니다. 게다가 명화는 특히 이력을 중시합니다. 누구에게서 누구에게 갔고 어디에 보관되어 그리고 누구의 손을 거쳤는가를, 이력서처럼 요구하는 거죠. 도중에 행방을 알 수 없는 기간이 있다는 건 범죄에 연관되어 있을 가능성이 높다는 뜻입니다. 진위 여부를 놓고 논란이 생길 수도 있죠. 부자들은 스캔들을 싫어합니다. 이력이 분명하지 않은 물건은 설령 시장에 나오더라도 구매를 보류합니다. 리스크가 크니까요. 즉, 그림은 훔쳐도 팔 수 없단 겁니다. 보석처럼 분해해서 부분별로 팔아 치울 수 있는 것도 아닙니다. 분해할 수 있는 건 액자뿐이죠."

아카네가 문득 말했다.

"하지만 가끔 도난 사건이 일어나잖아."

"그 경우는 훔친 본인이 갖고 싶어 했거나, 누군가로부터 의뢰받은 겁니다. 혹은 복잡하게 얽힌 내막이 있거나. 값나가는 물건을 들고 도망치는 것과는 본질적으로 다릅니다."

그리고 잠시 한숨을 쉬고 아카네와 소스케의 얼굴을 보았다.

"실은 저희 회사 회화 컬렉션 중 한 작품에 유독 집착하는 화상이 있습니다."

아카네는 그 말에 반응을 보이지 않았다. 하지만 소스케는 확실하게 흠칫하며 무릎을 움찔거렸다. 시로타는 소스케에게 시선을 맞췄다.

"고흐의 「가셰 박사의 초상」이라고 아십니까?"

소스케는 끄덕였으나, 아카네는 그저 시로타의 얼굴만 쳐다볼 뿐이었다.

"런던의 경매장에서 한 일본인이 180억 9600만 엔에 낙찰 받은 그림입니다. 「해바라기」와 마찬가지로, 당시는 그 엄청난 액수의 낙찰가 때문에 화제였죠."

"「해바라기」라면 알아."

아카네가 이해했다. 시로타가 끄덕였다.

"그게 지금 저희 쪽에 있어요. 무슨 수를 써서라도 그 그림을 갖고 싶다는 손님이 있어서 그쪽에서 화상을 통해 돈이라면 얼마라도 지불하겠다고 의사를 전해 왔었죠. 다만 비밀리에 해 달라는 조건을 달고 있어서 결국 제 상사는 그 그림을 우리가 보관하고 있다는 사실조차 확실하게 인정하지 않고 있는 상태입니다."

"왜 비밀로 사는 거야? 돈도 제대로 내는 거잖아. 당신들도 팔고 싶을 텐데."

"복잡한 사연이 있는 미술품은 비밀리에 거래되는 경우가 많기는 합니다. 하지만 가셰의 경우는 결국 이력과 관련된 문제가 크죠. 최근 이 그림이 제1차 세계 대전 당시 나치 독일에게 몰수당했었다는 사실이 밝혀졌습니다. 아실지도 모르겠습니다만 나치는 '퇴폐 예술'이라는 명목으로 많은 근대 회화를 압수했습니다. 그리고 헤르만 괴링이라는 나치 지도자가 그렇게 압수한 그림들 중 몇 점인가를 자기 화상에게 팔았습니다. 괴링이라는 사람은 나치 독일이 압수한 그림을 사유물화한 것으로 알려진 인물입니다. 괴링의 컬렉션은 회화 1375점, 조각 250점, 태피스트리가 168점, 총액 1억 라이히스마르크(1924~1948년에 통용된 독일 화폐 단위—옮긴이)에 달했다고 합니다. 개인이 미술품에 사용한 최고 금액은 히틀러가 기록한 약 1억 6400만 라이히스마르크, 5000점, 6569만 달러입니다만 이 뒤를 잇는 금액이죠. 단, 히틀러의 기록은 훔친 물건은 제외하고 그가 전쟁 초기 5년간 사들인 것들만 계산한 금액이지만요.

문제가 되는 반 고흐의 「가셰 박사의 초상」은 제1차 세계 대전 당시 독일의 슈테델 미술 연구소에 있었어요. 슈테델 미술 연구소는 사립 재단이었지만 그 안에 시의 자금으로 신설된 프랑크푸르트 시립 미술관이 있어서 근대, 현대 미술 부문을 담당하고 있었습니다. 그러니 가셰는 슈테델 미술 연구소 안에 있는 프랑크푸르트 시립 미술관에 있었던 셈입니다. 슈테델 미술 연구소의 전체 책임자였던 관장, 슈바르첸스키라는 사람은 유대인이었죠. 그는 나치의 탄압으로 인해 여러 공직에서 추방되었지만 슈테델 미술 연구소가 사립 재단이었기 때문에 나치는 그를 내쫓을 수가 없었어요. 슈바르첸스키는 결국 가셰를 나치 독일로부터 지켜 냈습니다. 그의 의지를 이은 프랑크푸르트 시립 미술관의 관장도 또한 가셰가 나치 독일의 손에 넘어가지 않도록 저항했습니다. 관장은 「가셰 박사의 초상」은 오펜하이머라는 개인이 증여한 것이고 시의 자금으로 산 것이 아니기 때문에 시에는 권한이 없다고 말하며 독일 나치의 요구를 딱 잘라 거절했어요. 그 후에도 가셰는 관계자들의 눈물겨운 노력 덕분에 기적적으로 몰수당하지 않고 살아남아 있었으나 1937년, '총통의 권한에 의해'라는 한마디에 결국 나치 독일의 손에 떨어진 겁니다."

시로타는 두 사람의 얼굴을 살폈다.

"이 이야기가 의미하는 사실은 가셰는 독일, 그중에서도 유대계 독일인에게 저항과 침략의 상징이라는 겁니다. 그림 한 장이 불법으로 팔렸다는 게 중요한 게 아니에요. 가셰를 소유할 권리가 본래 어디에 있는가 하는 문제에는 침략당한 자의 의지와 긍지가 관련되어 있는 겁니다."

두 사람은 그저 끄덕일 뿐이었다. 끄덕일 수밖에 없었기 때문이었다. 시로타는 이야기를 계속했다.

"그 후 나치는 퇴폐 예술이라는 명목으로 압수한 그 그림들을 몽땅 팔아 치우려 했습니다. 괴링은 그때 고흐의 「가셰 박사의 초상」을 다른 그림 두 점, 폴크방 미술관에서 압수한 세잔과 베를린의 내셔널 갤러리에서 압수한 고흐와 함께 자신의 전속 화상에게 맡긴 겁니다. 화상은 그것들을 전부 독일인 은행가, 케니히스에게 팔았습니다. 돈은 괴링의 주머니로 들어갔습니다. 그 시점에서 가셰는 불법적인 방식으로 시장에 풀린 셈이죠. 사람들은 대체로 전쟁 중의 군부는 초법적 권한을 가진다고 생각하는 경우가 많습니다만, 결코 그렇지 않습니다. 그 거래가 합법적이지 않았다는 것은 명백하게 인정되는 사실이에요. 그 후 케니히스는 가셰를 암스테르담에 사는 자신의 친구, 유대인 은행가인 크라마르스키에게 넘겼습니다. 1939년 독일군이 폴란드에 침입하기 수개월 전, 돈 있는 유대인들이 미국으로 망명을 시작했을 무렵의 일입니다. 그때 가셰를 넘겨 준 것에 대해 케니히스 측에서는 독일을 떠날 수 없었던 케니히스가 미국에 망명하는 크라마르스키에게 위탁한 것뿐이라고 주장하고 있습니다. 그러나 크라마르스키 측에서는 가셰를 구입했다고 말하고 있어서 양측의 주장이 달라요. 그로부터 2년 후 케니히스는 열차에 뛰어올라 타려다 떨어져 사망했습니다만 나치에 살해당했다는 말도 있습니다."

시로타는 쉬지 않고 떠들어 대느라 텅 비어 버린 폐에 천천히 숨을 불어넣었다.

"가셰는 그 후 반세기 이상 크라마르스키 집안의 소유가 되었고 84년부터는 뉴욕 메트로폴리탄 미술관에 대여해 주었습니다. 그러는 사이, 특히 80년대에 인상파 회화, 그중에서도 특히 고흐의 그림은 계속해서 가치가 올라갔어요. 더욱이 고흐의 작품 중 질이 좋은 것들은 이미 수집가들의 손에 들어가서 시장에 다시 나올 확률은 상당히 낮거든요. 거기에 일본의 버블 경제가 겹쳐 가셰는 터무니없는 가격으로 일본에 팔렸던 겁니다. 제가 말하고 싶은 것은 그 그림이 제가 관리하는 창고에 있으며 그 그림을 원하는 사람이 있고, 중개를 맡은 화상이 제발 팔아 달라고 몇 번이나 요청을 해 왔다는 사실입니다."

잠시 침묵이 흘렀다. 아카네가 말했다.

"그래서 왜 비밀로 해야 되는 건지를 모르겠어."

"케니히스의 손자가 가셰의 반환을 요구했어요."

잠시 생각한 뒤 소스케가 물었다.

"왜죠?"

"아마도 조부는 크라마르스키에게 맡긴 것뿐이고 팔지 않았다고 주장하는 거겠지요."

"서류 같은 거 없나요?"

"없습니다. 두 사람 다 은행가여서요. 처음에는 크라마르스키가 케니히스에게 돈을 빌렸습니다만, 마지막에는 케니히스가 크라마르스키에게 돈을 빌린 상태였습니다. 빌린 돈 대신에 그림 세 점을 준 것으로 추측됩니다만 증거가 없기 때문에 케니히스의 손자는 납득하지 못하고 있는 거죠."

"어쩐지 추잡한 싸움이로군."

소스케가 중얼거렸다.

"케니히스가 나치의 장사에 한몫 껴서 재미 보려고 했던 것인지, 아니면 세 점의 그림을 나치 독일로부터 지키기 위해 없는 돈을 털어서 산 것인지 그것은 알 수가 없습니다. 제삼자가 과거의 일을 심판하는 것은 어려운 일입니다. 케니히스 이전에도 가셰의 주인으로 인정해야 한다고 언급되는 사람이 있어요. 슈바르첸스키의 의지를 이은 프랑크푸르트 미술관장이 「가셰 박사의 초상」은 개인이 증여한 물건이라고 말했다고 했었죠. 기억하고 계십니까?"

두 사람은 고개를 끄덕였다.

"아까 말한 것처럼, 가셰는 제1차 세계 대전 당시, 독일의 슈테델 미술 연구소에 있었습니다. 그때 가셰를 오펜하이머라는 개인의 소유라고 말한 것이 그림을 나치에 넘기지 않기 위한 방편이었는지 아니면 사실이었는지. 가셰가 크라마르스키 집안의 소유로서 메트로폴리탄 미술관에 전시되어 있는 동안에도 독일의 미술관에서는 계속하여 경위를 조사하고 있었습니다. 그 결과 어떤 문서가 확인되었죠. 빅토르 오펜하이머의 아내, 요한나가 1937년에 보낸 것으로 거기에는 「가셰 박사의 초상」에 대해, 슈테델 미술 연구소에서 그림을 더 이상 전시하고 있지 않다면 반환해 주었으면 한다는 내용의 요구가 적혀 있었던 겁니다."

두 사람은 숨을 죽이고 시로타를 바라보았다. 이유는 알 수 없었다. 무언가가 두 사람을 귀 기울이게 했다.

"빅토르 오펜하이머라는 사람은 슈테델 미술 연구소의 관장이었던 슈바르첸스키의 장인, 즉 슈바르첸스키의 아내의 아버지입니다. 슈바르첸스키는 가셰를 슈테델 미술 연구소에 전시하고 싶어 했죠. 그러나 당시 일부 평론가나 기존 화가들 중에는 고흐 같은 근대 회화에 돈 쓰는 것에 대해 크게 반감을 갖는 사람들이 있었어요. 게다가 근대 미술 부문은 프랑크푸르트 시립 미술관의 수비 범위였고, 공공 경비다 보니 살아 있는 화가의 그림을 구입하는 데에만 쓸 수 있다는 현대 회화의 규칙을 지켜야만 했습니다. 그래도 슈바르첸스키는 어떻게 해서든 가셰를 자신의 미술관에 들여놓고 싶었습니다. 그것이 그의 미의식이었으며, 고전적인 포즈를 지금까지 없었던 모던한 붓놀림으로 그려 낸 가셰야말로 고전 회화와 현대 회화를 잇는 고리라고 그는 생각하고 있었던 거죠. 그래서 슈바르첸스키는 아내의 아버지에게 슈테델 미술 연구소에 전시하고 싶으니 가셰를 사 달라고 부탁한 겁니다. 장인은 그림을 사서 슈테델 미술 연구소에 증여했습니다. 때문에 가셰는 단순한 증여가 아니라 슈테델 미술 연구소에 전시할 목적으로 구입한 것이며, 빅토르 오펜하이머의 아내인 요한나는 슈테델 미술 연구소에 전시하지 않을 거라면 돌려 달라고 말한 거죠."

"그건 일리가 있네요."

소스케는 무심코 중얼거렸다.

시로타는 고개를 끄덕였다.

"미술관 측에서도 '빅토르 오펜하이머의 기증품으로 입수했다.'라는 문서를 확인했습니다. '빅토르 오펜하이머의 기증품'이라는 공식 기록도 있죠. 반환을 요청했을 당시 빅토르 오펜하이머는 사망한 뒤였고 과부가 된 부인은 독일을 덮친 인플레이션과 대공황 등으로 자산의 대부분을 잃고 작은 아파트에서 살고 있었다고 합니다."

"돌려주면 되지 않아? 팔면 돈이 될 테니까. 가난한 사람의 돈을 슬쩍 하는 것은 어디 이야기라도 화가 나."

"하지만 이미 증여한 겁니다."

"아무 조건도 없이, 말입니까."

소스케가 말했다.

"압수될 뻔했을 때, 변호사들도 일제히 조사했습니다. 오펜하이머가 증여에 무언가 조건을 붙이지 않았는지를 말이죠. 사위와 사이가 좋았던 것인지 선량한 사람이었던 것인지 모르겠지만 아무런 조건도 찾을 수 없었습니다."

소스케가 조금 흥분했다.

"그럼 더 돌려줘야죠. 얌전히 있던 사람만 손해 보는 거, 정말 이해할 수 없어요."

"다들 그렇게 생각해요. 그래서 프랑크푸르트 미술관은 그 '기증자'의 권리에 대해 끈질기게 조사하고 문의를 해 왔죠. 한편으로는 가셰를 몰수한 괴링과 중재를 해 주면 그리스 조각을 주겠다고까지 이탈리아의 미술 관계자에게 말했던 겁니다. 그러나 괴링은 시치미를 뚝 떼고 케니히스에게 그림을 팔아 버렸습니다. 케니히스는 크라마르스키에게 '맡겼다'고 말하고 반면 크라마르스키는 '샀다'고 했습니다. 그러나 당사자는 아무도 살아 있지 않으며 서류 한 장도 없습니다. 크라마르스키는 1990년, 런던 루비를 통해 가셰를 매각하고 이미 180억 엔이라는 막대한 대금을 얻었지만, 케니히스는 지금도 소유권은 자기네 집안에 있다고 주장하고 있습니다. 반면 프랑크푸르트 미술관 측에서는 그 그림은 증여의 형태를 취했을 뿐, 1911년에 자기네 쪽에서 요청한 것이니 어떻게든 오펜하이머에게 의리를 갚고 싶어 하고 있습니다. 그리고 이럭저럭 하는 사이에 가셰는 터무니없이 가격이 올라간 거죠."

아카네는 입을 다물었다. 그리고 시로타를 올려다보았다.

"결국 그림은 어떻게 되는 거야? 그 180억을 챙긴 사람은 어떻게 되는 거야? 돈 낸 사람은 어떻게 돼?"

"그건 알 수 없겠죠."

"알 수 없다니."

시로타는 그 말에 납득하며 고개를 끄덕였다.

"그래서 성가시다고 말하는 겁니다."

그 순간, 아카네와 소스케는 이해할 수 있을 것 같은 기분이 들었다. 시로타는 말을 계속했다.

"괴링의 행위는 가셰를 돌려 달라는 프랑크푸르트 미술관의 주장의, 적어도 도덕적인 의미의 논거가 됩니다. 가셰가 개인의 소유였다면 그야말로 국가가 힘을 믿고 개인을 짓밟은 예시가 되거든요. 유럽은 나치의 범죄에 대해서는 엄격합니다. 이대로 오펜하이머의 억울함을 풀어 주지 못하면 당시 시민들의 선량함과 문화에 대한 건전하고 긍지 높은 정신을 짓밟힌 채로 놔두는 셈입니다. 게다가 가셰를 지켜 내려고 했던 사람은 유대인 관장이었죠. 뿐만 아니라 유럽은 자국의 명화가 타국, 그것도 과연 그림의 가치를 제대로 알고 있는지 어떤지 알 수 없는 사람들 사이를 떠도는 상황을 썩 유쾌하게 생각하지 않습니다. 모든 것은 있어야 할 장소에 있어야 한다고 생각하고 있습니다. 이는 프랑크푸르트 미술관의 주장을 뒷받침하는 것이기도 합니다. 나치 독일에 의해 뒤틀린 역사를 원래대로 되돌리려는 거죠. 이 상황에 케니히스가 반환 요구를 냈어요. 이건 프랑크푸르트 미술관이나 오펜하이머보다 훨씬 성가십니다. 욕심과 체면을 전면에 내세운, 그야말로 이전투구를 하겠다는 각오이니까요. 그러니 이번에 가셰가 밖으로 나오면 그 소유권을 둘러싸고 번거로운 일이 생길 가능성이 대단히 높다고 합니다."

소스케가 머뭇거리며 물었다.

"시효 같은 건 없나요?"

시로타는 차분하게 대답했다.

"확실히 세상에 일어나는 많은 사건과 마찬가지로, 이런 종류의 사건에도 시효의 개념을 적용하는 것이 일반적입니다. 다만 거기에 납득하지 않기 때문에 문제가 일어나고 있죠. 나라에 따라 시효의 기간도 다르고 또 언제 범죄 행위가 발생했는가도 논쟁거리가 되겠죠. 게다가 애당초 나치의 행위에 대해서는 시효를 인정하지 않는다는 나라도 있습니다."

소스케가 중얼거렸다.

“뭐라 해도 금액이 금액이니.”

시로타는 천천히 고개를 끄덕였다.

“또한 당시 담보 물건의 권리 관계는 엉킨 실처럼 복잡합니다. 특히 가셰는 담보가 몇 겹으로 얽혀 있다 보니 권리자가 누군지 알 수 없습니다. 때문에 아직도 가셰는 어디에 있는지 알 수 없는 것으로 되어 있죠. 업계에서는 이미 미국에 매각되었다는 이야기마저 돌고 있고요. 반대로 말하자면 그렇게까지 숨기는 건 그만큼 사람들이 흥미를 갖고 있기 때문이죠. 그래서 도저히 경매 등에 내놓을 수가 없는 겁니다. 그야말로 매스컴에서 있는 일 없는 일 다 써 대면서 먹잇감으로 삼을 게 불 보듯 뻔해요.”

“가셰가 대체 뭔데?”

소스케가 이에 대답했다.

“고흐가 그린 그림. 가셰라는 이름을 가진 의사의 초상화.”

“그렇게 유명해? 학교 미술 교과서에도 나와?”

시로타는 그 질문에도 명확하게 대답했다.

“아니요. 일본이 버블머니로 사들이기 전까지는 그다지 주목받은 적 없는 그림입니다. 지금은 여러 모로 좋은 평가를 받는 그림입니다만, 그전까지는 고흐의 작품이라서 비쌀 뿐인 자그마한 그림이었습니다. 고흐가 의사인 가셰에게 선물한 작품이죠.”

“그럼, 그 뭐시기라는 사람은 왜 가셰를 그렇게까지 지키려고 한 거야?”

“가셰만 지키려고 했던 것이 아닙니다. 그는 독일 나치가 퇴폐예술이라고 비난한 60점에서 70점가량의 그림을 다락방에 숨겼죠. 그림을 후세에 남기는 것이 큐레이터의 의무이니까요. 왜 가셰였는지 굳이 말한다면 고흐가 직접 편지에서 '가셰의 표정에는 우리 시대의 안타까움이 담겨 있다.'라고 한 데서 찾을 수 있지 않을까요. 고전 회화와 현대 회화의 접점이 되는 그림이라는 평가보다도 오히려 당시의 유대인들은 가셰와 자신들의 안타까운 처지가 겹쳐 보였던 것일지도 모르죠."

아카네는 큐레이터가 뭔지 몰랐다. 꼬부랑 글자로 된 이름. 그들의 집착. 그림에 고집을 세우고 긍지를 가졌다는 이야기. 무엇보다 터무니없었던 건 옛날의 권리를 아직도 주장하고 있다는 어떤 사람. 이 긴 이야기 속에서 아카네가 이해할 수 있는 부분은 과부와 관련된 대목뿐이었다.

"일본 자본으로 고흐를 샀단 얘기는 들어 본 적이 있어요. 하지만 그것은……."

소스케의 말에 시로타는 다시 한 번 명확하게 대답했다.

"1990년. 일본 돈으로 산 그림이 가셰만은 아닙니다. 피카소, 모네, 모리조, 드가, 모딜리아니, 뵈클린, 미로, 달리, 르누아르. 당시 압수한 그림의 전부입니다."

소스케가 꿀꺽 침을 삼켰다.

"13년이 지난 지금도 있습니까?"

시로타는 조용히 고개를 끄덕였다.

"확실히 1997년부터 그림들은 조금씩 국외로 유출되기 시작했죠. 미국 시장이 호황이었던 1999년부터 2000년 사이에 팔아 치웠어야 했습니다. 우리 은행이 시기를 잘못 본 겁니다."

아카네는 피카소와 르누아르밖에 들어 본 적이 없었다. 시로타는 계속 말을 이었다.

"회화는 전용 보관함에 들어 있습니다. 1년 내내 온도 20도, 습도 50퍼센트. 최신 컴퓨터 제어로 공기 조절 설비나 먼지 방지, 방충, 곰팡이 방지, 자석 방지 등 관리에 만전을 기하며 보관하고 있죠. 24시간 방범 시스템이고요. 하지만 그 방범 장치는 외부 침입자를 염두에 두고 만든 것입니다. 내통자가 있으면 침입은 매우 간단합니다."

시로타는 몸을 조금 앞으로 내밀었다.

"출입 시에는 카드가 필요합니다. 카드가 없으면 엘리베이터 하나도 움직이지 않습니다. 두께 10센티미터의 철문은 저희 사내 관리자가 없으면 열리지 않습니다. 창고 하나하나에 개별 열쇠가 있어 그건 차용인만 갖고 있습니다. 현장에서도 만일을 대비해 어느 창고든 열 수 있게 되어 있습니다만 상부에서 지시서가 내려와야 비밀번호를 확인할 수 있고 또 규정된 사람들 입회하에서만 해제가 가능합니다. 그 외에는 열 수 있는 수단이 없습니다. 그 열쇠도, 시스템 암호도 다 제가 가지고 있습니다."

시간이 멈춘 것 같았다.

"그 화상은 지금도 애가 타도록 가셰를 탐내고 있습니다. 제가 얘기를 들었을 때에는 10억 엔까지라면 낼 수 있다고 말했었어요. 아마도 팔 때는 그 몇 배의 가격을 받겠죠. 만약 옥션에 내놓으면 100억 주고도 손에 넣기 힘든 물건이기 때문에 말도 안 되는 얘기는 아닙니다."

10억. 아카네는 멍하니 말했다.

"우리들이 직접 그 상대에게 팔면……."

"이 그림을 원하는 상대는 아마 스위스의 은행가일 겁니다."

"아, 외국인."

아카네는 스위스라는 이름은 알고 있었지만 어디에 있는 나라인지는 몰랐다. 눈 쌓인 산의 풍경이 아름다운 곳. 스위스어가 있는지 없는지도 몰랐고 스위스인과 만난 적도 있는지 없는지 알 수 없었다. '전쟁을 하지 않는 나라'이면서도 '돈 세탁이 가능한 나라'라고 들어서 당최 깨끗한 것인지 더러운 것인지 알 수 없는 나라였다. 산양 치즈가 맛있는 곳은 하이디의 나라였는데 정작 하이디의 나라가 스위스가 맞는지 아닌지는 잘 몰랐다.

요셉.

파트라슈.

성냥팔이 소녀.

여러 가지 옛날이야기들이 뒤섞였다.

소스케의 머릿속도 뒤지지 않게 들떠 있었다. 하지만 그의 머릿속에 떠오른 옛날이야기는 애니메이션이 아니었다. 우화였고 신화였고 상당히 미심쩍은 부분도 있었지만 아카네의 머릿속에 떠오른 옛날이야기들이 그렇듯 이미 널리 퍼져 굳어진 이야기였다.

그것은 정열의 화가, 반 고흐의 이야기였다.

그의 이름은 미술을 배운 사람이 아니라도 알고 있었다. 그의 불행한 일생과 드라마틱한 죽음은 미술에 연이 없어도 마음이 끌렸다. 젊은 예술가들은 모두 그처럼 되고 싶어 했으며 동시에 그처럼만은 되고 싶어 하지 않았다.

예술가란 비범한 존재였다. 이를테면 속세에 영합하지 않았고 영합하지 않으니 사회에서 소외되었고 대신 고고함을 지녔다. 그리고 그 고고함에 긍지를 가지고 그 긍지를 지키며 죽음에 이르는 법이었다. 이러한 예술가의 숙명대로 산 것이 그들이 말하는 고흐이며 예술가들은 그의 생애를 경외했다. 그런 그의 삶이 비록 만들어진 이야기라 할지라도 그 세계가 무너지는 일은 없었다. 현실에 그가 그린 그림이 남아 있기 때문이었다. 그의 고고함이 가짜라고 해도 그의 고뇌가 없었던 것은 아니었다. 마치 사진처럼, 남아 있는 그의 작품이 그의 고뇌를 보여 주고 있었다. 그 생애와 작품의 일체감이야말로 그를 만인에게 알린 것이다.

이렇게 되면 미술적 가치 같은 것은 나중 문제였다.

고흐는 정확하게 셀 수도 없을 정도로 많은 그림을 그렸다. 친구도 가족도 연인도 돈도 없는 고흐는 그저 그림만 그렸을 뿐이었다. 아를에서 그린 「해바라기」만 해도 일곱 점 있다고 했다. 게다가 가셰라는 의사는 아마추어 화가로, 고흐의 그림을 취미로 모작하기도 했다. 물론 인기 없는 작가의 그림을 심심풀이로 베끼고 놀았던 것뿐이었겠지만 아무튼 고흐의 작풍은 거칠고 작품 수는 많고 덕분에 의도한 것은 아니었지만 진품인지 가품인지 알 수 없는 그림들이 넘쳐났다. 당시 그의 그림은 모방해도 범죄가 되지 않을 정도로 가치가 없었다는 얘기였다.

네덜란드를 떠나면서는 상당한 양의 작품을 아파트에 남긴 채 앤트워프로 갔다. 그때 남긴 그림들은 찢어지거나 당시의 넝마장수에게 팔렸다. 이제 와서 그때 당시의 그림이 어디서 튀어나온다 한들 이상한 일이 아니었다. 때문에 어느 날 갑자기 누군가가 그림을 들고 와 고흐의 작품이라고 말해도 그 누구도 아니라고 단언할 수가 없는 셈이었다. 가령 그의 그림이 돈이 된다는 사실을 안 누군가가 위조품을 그려 장사를 하려고 한다 해도 그 특유의 거친 붓터치만 흉내 내면 문외한 정도는 속여 넘길 수 있으리라. 의사인 가셰가 취미 삼아 그린 모방작조차 어떤 것이 가셰의 그림이고 어떤 것이 고흐가 그린 그림인지 전문가들도 확실하게 판단하기 어려울 정도이니까.

이러한 스캔들이 그를 더욱 친근하게 만들었고 그것이 또 그림의 가치를 높이기도 했다.

때문에 돈이 남아도는 사람들이 고흐의 작품을 원하는 것은 정말이지 당연한 이야기였다. 왜냐하면 집에 오는 손님이 누구든 피카소와 고흐의 그림 정도는 알아볼 수 있을 테니까.

"저희가 그 그림을 훔쳐 내는 겁니다."

시로타는 그렇게 말했다.

그날 밤, 아카네의 핸드폰이 울렸다.

발신 번호는 뜨지 않았다.

아카네는 조심스럽게 통화 버튼을 눌렀다.

남자의 목소리가 들렸다.

"빚쟁이다. 알고 있겠지?"

상당히 경박한 목소리였다. 어째서인지 그 목소리를 듣는 순간 분노가 번개처럼 아카네의 온몸을 관통했다.

"알고 있어요. 보채지 좀 마요!"

속에서부터 화가 끓어올랐다. 전화 속 남자는 잠깐 사이를 두고 말했다. 남자의 목소리가 느긋해졌다.

"준비는 해 놨겠지?"

마음속으로는 기가 죽어 있었다. 하지만 한번 끓어오른 감정은 가라앉지 않았다.

"열흘만 기다려요. 열흘이면 충분하니까."

아카네는 귀를 기울였다.

"알겠다. 열흘 기다리지. 단, 그사이에 도망칠 생각을 했다가는 해외로 팔아 버릴 테니까 알아서 해."

남자는 다시 전화하겠다고 말하고 전화를 끊었다.

뭐라던가 하는 화가의 뭐라던가 하는 그림이 굉장한 가치가 있어서 시로타가 그것을 창고에서 꺼내 오기만 하면, 어떤 은행 강도라도 본 적 없을 만한 현금을 거머쥘 수 있었다. 창고에는 몇 천이나 하는 미술품과 그림들이 북적거리고 있는데 그 실체는 미술 전문가들조차 잘 몰랐다. 그렇다는 것은 거기서 한 장쯤 없어진다 한들 아무도 눈치 못 챌지도 모르고, 설사 알아챘다 한들 굳이 표면화하지 않으리라.

"은행이 직접 운영하는 창고니까요. 굳이 공개해서 자는 아이를 깨우고 싶지 않다는 심리가 작용할지도 몰라요."

시로타는 그렇게 말했다. 자는 아이를 깨운다는 말은 이제 겨우 사람들의 관심에서 벗어난 일에 괜히 또 조명을 비추어 다시 문제가 불거지도록 만드는 것을 뜻했다. 그것도 해결될 가망도 없는 문제를 말이었다. 그 말이 이 경우 어떤 의미로 쓰인 것인지 아카네는 사실 잘 몰랐다. 아니, 아카네는 시로타가 했던 이야기의 대부분을 이해할 수 없었다. 괴링도, 1억 마르크도, 긴 이름의 외국 사람들에 대한 것들도.

아카네는 100엔짜리 접시와 100만 엔짜리 접시도 구분할 수 없었다. 다이아몬드 반지는 갖고 싶지만 손님이 사 오면 바로 전당포에서 돈으로 바꾸고 손가락에는 비슷한 디자인의 지르코늄 반지를 끼웠다. 그러니 그림 한 장에 몇 억 엔이나 한다는 것이 아카네로서는 애초에 이해가 가지 않았다.

하지만 그게 있었던 덕분에 자신은 이 상황에서 빠져나올 수 있게 되었다.

100년도 더 전, 먼 이국에서 그려진 작은 그림.

아카네는 시로타에게 받은 그림 사진을 바라보았다. 졸린 얼굴을 한 아저씨가 한쪽 팔꿈치를 괴고 앉아 있었다. 이 사람이 가셰라는 남자로, 의사였으면서 자기도 신경증 환자였고 게다가 화가였다고 시로타가 말했다. 빳빳한 느낌의 상의는 역시나 부자가 입을 만한 옷으로 보이지 않았다. 이런 그림이 이삿짐 안에 섞여 있으면 도와주러 온 친구한테 줘 버렸으리라.

그러나 이 아저씨 그림이 지금 자신들의 운명을 쥐고 있는 셈이었다.

아사마 산의 기슭에 넓은 별장지가 있었다. 간조 8호선에서 간에쓰 고속도로를 타고 후지오카 JCT에서 조신에쓰고속도로로 갈아탄 뒤 우스이가루이자와에서 고속도로를 빠져나왔다. 국도 80호선을 따라 달리면 아사마 산의 남동쪽 산기슭이 나왔다. 가루이자와였다.

길을 따라가다가 갈림길의 교차로에서 80호선을 북쪽에 두고 꺾었다. 고급 별장지인 구 가루이자와는 이미 오른쪽에 지나친지 오래였다.

가루이자와의 별장이라고 해도 자연의 대지, 한마디로 거친 땅 위에 작은 단층집들이 늘어서 있는 것뿐이었다. 당연히 조금만 안쪽으로 들어가도 길은 포장되어 있지 않았다. 가루이자와에 별장을 사는 사람들이라면 자갈투성이인 길을 오히려 기뻐할 테니 문제는 없었다.

별장 따위 괜히 샀다고 고탄다 지로는 생각했다. 아내가 꼬드기는 바람에 사기는 했으나 별장은 전기, 수도 등 모든 것이 비쌌다. 한동안 가지 않으면 별장 주변에는 금방 잡초가 돋았다. 관리인을 두자니 비용이 아까워서 직접 가자니 좋아서 가는 것과 달리 가는 길이 멀고 귀찮게만 느껴졌다. 하루 날을 잡고 풀베기를 했다. 귀찮다고 내버려 두면 관리 회사로부터 댁의 부지가 황폐해지고 있다면서 전화가 오곤 했다. 결국 그저 갖고 있기만 해도 매달 15만 엔이 사라지는 셈이었다.

또 한 가지, 귀찮은 것은 바로 교통 수단이었다.

별장을 살 때만 해도 아내는 "신칸센 타고 가면 금방이야."라고 말했었다. 확실히 도쿄에서 신칸센을 타면 한 시간밖에 걸리지 않았다. 하지만 문제는 가루이자와 역에서부터 별장까지 어떻게 가느냐 하는 것이었다. 택시를 탄다고 쳐도 택시 요금을 무시할 수가 없었다. 아내는 그렇다면 중고 경자동차를 사서 역 앞 주차장에 놓아두면 되지 않겠냐고 했다. 하지만 자동차 구입비와 주차장 요금으로 또 얼마가 들 것인가. 게다가 겨울철에 별장 방문 횟수를 줄이면 경자동차는 배터리가 나가서 움직이지 않게 될 게 뻔했다. 결국 집에서부터 차로 가는 게 나았다.

이런 건 별장을 갖고 있지 않았다면 몰랐을 고통이었다.

그래도 별장의 주인들은 그러한 노고에 대해 전혀 이야기하지 않았다. 고탄다 지로도 그래서 이게 얼마나 고생스런 짓인지 다른 사람들에게는 절대 말하지 않았다. 경비가 좀 드는 것 따위 아무렇지도 않다는 얼굴을 하고는 딸이 친구들에게 "이번 주말은 가루이자와의 별장에 놀러 갈 거야."라고 말할 수 있도록 놔두었다. 그 한순간의 사치를 위해 고탄다 지로는 일요일 하루를 통째로 반납하고 열심히 별장 관리를 하러 다녔다. 참고로 초등학생인 딸은 반 친구들에게 마사지사인 아버지를 '의사'라고 얘기했다.

이걸 바로 잡아 줘야 하나 마나를 생각하는 것도 또한 사소한 일이긴 하지만 목구멍에 박힌 가시처럼 미묘한 고통이었다.

작년 10월 초의 일이었다. 지로가 풀을 뜯고 있으려니 이웃 부지에 왜건 한 대가 들어왔다.

빈집이었던 옆 별장 2층에 얼마 전부터 밤이 되면 불이 들어오기 시작해서 사람이 새로 들어왔다는 사실은 알고 있었다. 그러나 실제로 출입하는 것을 보는 것은 그때가 처음이었다.

누군가 또 한 사람이 빠져나올 수 없는 늪에 걸려들었다고 고탄다 지로는 혼자 싱글거렸다. 왜냐하면 옆 부지에 들어온 차가 결코 돈이 남아도는 인간이 탈 만한 게 아니었기 때문이었다.

차에서 남자 두 명이 내렸다.

한 명은 키가 큰 젊은 남자였다. 청바지에 하얀 티셔츠 차림으로 결코 많이 놀아 본 느낌은 아니었으나 여자의 눈길을 끌 법한 타입이었다.

또 다른 한 사람은 앞의 남자보다는 조금 나이가 있어 보였으나 그래도 35세 정도일까. 정장은 아니지만 자못 말쑥한 샐러리맨 티가 났다.

고탄다 지로는 기묘한 조합이라고 생각했다. 공통점이랄 게 없었다. 친해 보이지도 않았다.

그때 고탄다 지로는 확신했다.

무슨 동호회임에 틀림없다. 그것도 그다지 친하지도 않은 사람들끼리 집주인한테 비싼 렌탈비까지 내면서 모일 만한 타입의…… 어쩌면 조금 부도덕한 모임일지도 몰랐다.

고탄다 지로가 이렇게 생각한 것은 가끔씩 그러한 소문을 듣곤 하기 때문이었다. 마을에서도 떨어져 있고 이웃의 눈도 없으니까 "그런 일 꽤 있나 봐요."라고 술자리에서 후배가 낮은 목소리로 말하기도 했었고, 성인용 비디오를 봤더니 여기는 틀림없이 가루이자와의 별장이다 싶은 방에서 수상쩍은 행위가 벌어지고 있기도 했다. 아니 실제로 혼자서 별장에 있으면 고탄다 지로 자신도 남아도는 시간과 정적을 주체하지 못하고 비일상적인 일을 몽상하곤 했다.

두 사람은 무언가 말을 주고받는 것 같지도 않았다. 문을 열고 집 안을 들여다보았다.

이윽고 두 사람은 타고 온 왜건 차량에서 커다란 박스를 껴안고 나왔다. 둘이서 하나를 들고 그것을 옮기고는 또 차로 돌아와 혼자서 들거나 둘이서 들거나 하면서 몇 개쯤 되는 상자를 집 안에 들여놓았다. 시종일관 말이 없었다.

고탄다 지로는 그다지 잡초가 자라지 않은 부분까지 정성 들여 계속 풀을 뜯었다. 두 남자는 상자를 다 옮기더니 집 안에 들어갔다.

고탄다 지로는 집에 전화를 했다.

"오늘 밤 이쪽에서 자고 돌아갈게."

고탄다 지로의 아내는 남편이 별다른 이유 없이 외박하는 것을 순순히 허락하는 타입은 아니었다. 고탄다 지로는 커튼 사이로 옆 별장을 훔쳐보았다. 별장은 근처 이웃의 눈이 없다는 점이 장점 중 하나였다. 때문에 훔쳐보려 해도 보이는 것은 왜건 차량의 끄트머리뿐이었다.

흔해 빠진 하얀 왜건 차량이었다. 귀에는 아내의 목소리가 들렸다.

"무슨 일이야?"

이웃집은 쥐죽은 듯 고요해졌다. 풀이 무성하게 우거져 있는 그 건너로 차량 끝부분이 보일 뿐이었다.

어쩌면 이제 곧 요염한 여자 하나가 택시를 타고 나타날지도 몰랐다.

그래도 고탄다 지로는 그 이상 아내에게 할 말이 없었다.

"알았어. 별다른 이유는 없어. 돌아갈게."

고탄다 지로는 전화를 끊으면서 생각했다.

참 시시한 인생이다.

하나나 둘쯤 모험이 있어도 좋을 텐데.

고탄다 지로는 젊은 남자의 다소 신경질적이고 어딘가 예술가적인 인상을 주는 가지런한 생김새와 그보다 조금 나이가 있는 남자의 고지식하고 완고하면서도 묘하게 그늘이 있는 분위기가 머리에서 떠나지 않았다.

2층 테라스의 문이 열리고 안에서 젊은 쪽 남자가 나왔다.

그는 거기에서 멀리 주변을 한 번 둘러본 뒤 어깨의 힘을 빼고 난간에 몸을 기대서는 편안하게 웃었다.

이가 참 새하얬다.

그가 등 뒤를 돌아보았다. 또 한 사람의 남자가 테라스에 나왔다. 짧게 말을 주고받더니 두 사람은 방 안으로 들어갔다. 나이를 좀 더 먹은 남자는 방에 들어가기 직전에 주변을 둘러보았는데 고탄다 지로는 그것이 마치 주위를 살피는 것 같다고 생각했다.

아니, 그건 주변을 살펴본 게 확실하다고 생각을 고쳤다.

그래서 좀이 쑤셔 견딜 수가 없어졌다.

훔쳐보고 싶었다.

아내에게는 나중에 뭐라든지 변명하면 되리라. 자신의 직감은 항상 틀린 적이 없었다.

고탄다 지로는 2층에 올라가 옷장에서 골판지 상자를 꺼냈다.

안에는 오페라글라스와 쌍안경, 그리고 최근에 아내에게 비밀로 하고 통신판매로 구입한 스코프 달린 쌍안경이 들어 있었다.

최근에는 완전히 잊고 지냈던 정열이 되살아났다. 이웃 아파트의 커튼 틈새를 훔쳐보거나 심야에 남의 집 빨랫대를 물끄러미 바라보곤 했을 무렵에 느꼈던 그 열정적인 마음이었다. 관찰 대상은 특별히 혼자 사는 여성에 한정되지 않았다. 고탄다 지로는 이것을 '인간 관찰'이라고 인식하고 있었으니까. 보는 사람이 아무도 없을 때 하는 인간의 동작 전부가 흥미의 대상이었다. 물론 그렇게 아무도 없을 때만 할 수 있는 행동을 가장 흥미로워하는 것은 사실이었지만.

고탄다 지로에게 그것은 조촐한 모험이었고 결코 그를 배신하지 않고 항상 즐거움을 제공해 주는 돈 안 드는 취미였다.

이 일대는 모두 똑같이 지어서 파는 별장이었다. 2층은 큰방일 터였다.

고탄다 지로는 쌍안경을 준비하고 잠복 중인 형사처럼 2층에 자리를 잡았다.

어두워지고 이웃집 2층에 불이 켜졌다. 커튼을 치고 있어서 안은 보이지 않았다.

고탄다 지로는 끈기 있게 기다렸다. 쌍안경만 갖고 있으면 기다림 그 자체가 즐거움이었으니까.

고탄다 지로는 아침 4시까지 거기에 계속 앉아 있었다. 택시를 탄 여자는 오지 않았다. 닫힌 커튼에 정사각형 그림자와 그 앞에 선 남자의 그림자가 하나, 계속 비치고 있었다. 남자는 한 번, 30분 정도 방을 비웠을 뿐이었다. 아마 식사하러 내려갔었던 것 같다. 그 뒤 하얀 왜건 차량이 나갔다. 키가 큰 남자는 2층으로 돌아왔기 때문에 차를 타고 나간 것은 나이 많은 남자 쪽이리라.

그 후 한 번 커튼이 열렸다. 고탄다 지로는 쌍안경에 달라붙었다. 남자의 뒤편에 보이는 방에는 딱 남자의 어깨 높이쯤에 있는 이젤에 사진이 걸려 있었다. 테이블 위에는 책이 쌓여 있었다. 보이는 건 그것뿐이었다.

고탄다 지로는 그 후 한동안 별장에는 가지 않았다. 다음 날 찾아온 아내는 침대에서 여자의 긴 머리카락을 찾아내지는 못하였으나 옷장 안에서 쌍안경을 몇 개 찾아냈다. 용도별로 다양한 종류가 있었다. 일상생활에서는 볼 일이 없는 물건들이었다. 덕분에 고탄다 가는 별장이나 관리하고 있을 상황이 아니게 되었다.

지로가 다시 별장을 찾아온 것은 다음 해 4월 5일의 일이었다. 아내는 더 이상 지로에게 애정도 관심도 보이지 않았기 때문에 언뜻 보면 부부 관계는 원래대로 돌아온 것처럼 보였다. 그것이 기뻐할 만한 일인지 우려할 만한 일인지 지로는 관심이 없었다.

이웃 별장은 빈집이 되어 있었다.

지로는 그것을 부럽다고 생각했다.

같은 날, 4월 5일.

도쿄.

긴자에서는 미타니 유헤이가 백화점 쇼윈도에 비친 자신의 얼굴을 찬찬히 들여다보고 있었다.

'음. 틀림없이 사진이 잘못 찍혔던 거야. 나는 그렇게 토란처럼 생기지 않았어.'

미타니 유헤이는 후카가와에 있는 렌탈 창고 회사에서 일하고 있었다.

그날은 그가 반년 전에 썼던 '나의 일'이라는 글이 무사히 회사 홈페이지에서 사라진 날이었다.

원고용지로 두 장, 800자 분량의 글을 쓰라는 말을 들은 것이 반년 전의 일이었다. 회사는 해외 진출을 노리고 있었다. 즉, 글의 취지는 이미 정해져 있어서 결론은 무조건 '이 일을 하며 언젠가는 해외에서 활약하고 싶다.'로 끝나도록 써야 했다. 일개 사원의 꿈인 것처럼 쓰는 편이 호감도 상승에도 좋고 기억에도 남으리라는 홍보부의 계산이 담겨 있었다. 그리하여 알기 쉽도록 성실한 말투로 예의 바르게 쓰라는 지시를 받았고 그 결과 정중한 문장을 실수 없이 써냈다. 뭐, 잘 쓴 초등학생 수준의 작문이었지만.

홈페이지에 글이 올라가자 그녀에게서 즉시 문자가 왔다.

'유헤이, 영어 잘하는구나?'

못했다. '특기인 영어를 살려'라는 문장은 그저 '언젠가 해외에 이 일을 전파하고 싶다.'라고 이어 나가기 위한 서두였으며 필요해서 쓴 것뿐이었다. '특기인 어학을 살려서'라고 써서는 안 된다는 것 같았다. '영어'라고 한정하는 부분에서 오히려 아마추어의 리얼리티가 느껴진다면서.

문제는 사진이 마음에 들지 않는다는 것이었다. 창고를 배경으로 사진을 찍었다. 머리카락을 깔끔하게 그러면서도 요즘 유행에 맞추기 위해 헤어젤로 세팅하는 연습까지 했음에도 사진의 명암이 너무 선명해서 제일 중요한 얼굴이 못나게 나온 것이었다. 어쩐지 전체적으로 토란 같은 생김새였다.

회사 입장에서야 선전만 잘되면 그만이겠지만 유헤이한테는 청춘의 한 페이지였다.

컴퓨터를 켜면 그 김에 자기 얼굴을 보러 들어가곤 했다. 기묘한 일이라고 생각하긴 했지만 그만둘 수가 없었다. 그리고 그 페이지가 어제, 다른 사원으로 바뀌었다. 꽤 괜찮게 생긴 젊은이였다. 하지만 이 녀석도 아마 '난 사실은 이렇게 생기지 않았어.'라고 낙담하고 있으리라 생각하면 만족스러운 기분이 들었다.

아무튼 이것으로 이제 내일은 마음 놓고 미크로네시아로 여행을 떠날 수 있다.

일주일간의 유급 휴가 전부를 파란 바다에서 다이빙을 하는 데에 쓰리라.

이렇게 멋진 휴가가 있을까.

이미 반년 전부터 정해진 예정이었다. 절대 잊을 수 없는, 홈페이지에 글과 사진이 올라간 반년 전 바로 그날 여행 회사에 신청했다. 여행 경비는 이 쇼윈도 안의 마네킹이 입고 있는 아르마니 정장과 같은 값이었다. 유헤이는 마네킹의 머리 꼭대기부터 발끝까지 천천히 훑어보았다.

패션에는 유행이 있었다. 낡은 브랜드 제품을 몸에 걸치는 촌스러운 짓은 하고 싶지 않았다. 이런 비싼 옷을 사 봤자 잠깐 즐겁고 끝이었다. 무엇보다도 구두도 시계도 가방도 이런 옷에 맞추려면 턱없이 모자랐다. 그렇다면 일주일 동안 다 써 버리는 게 낫지 않은가.

젊을 때 할 수 있는 것들을 해 보자.

미타니 유헤이는 집에 돌아가 내일을 위해 마지막 준비를 했다. 회사와 관련된 신분증 같은 건 놓고 가야 했다. 운전면허도 여행 가서 잃어버렸다간 참담한 일이 벌어질 테니 놓고 가기로 했다. 신용카드는 한 장만 남기고 전부 지갑에서 뺐다. 회사에서 쓰는 A-665, A-666, A-667이라고 표기된 자기카드 세 장도 지갑에서 빼냈다.

키홀더에서 차 키도 떼어 냈다. 신문 배달을 잠시 중단해 달라고 말하는 걸 잊어버렸다는 사실을 깨달았기 때문에 서둘러 전화를 해서 일주일 동안 넣지 말아 달라고 했다. 그 후 놓고 갈 귀중품을 모아서 텔레비전 받침대 아래 서랍에 넣었다.

만단의 준비가 갖추어졌다. 남은 것은 내일 아침을 기다리는 것뿐이었다.

미타니 유헤이는 다음 날 자명종 시계가 울리기 전에 일찍 눈을 떴다. 계단을 내려갈 때는 커다란 짐을 잡아 들고 아래 계단에서 멈췄다가 다시 덜컹덜컹 소리를 내면서 조심스럽게 한 계단씩 아래로 내려왔다. 그러고 나서 달그락달그락 소리를 내며 짐을 끌고 아침노을이 비치는 거리로 나왔다. 오늘 저녁쯤에는 야프 섬에 있으리라.

역에서 같이 가는 친구와 합류했다.

부끄러우니 전차 안에서는 가이드북을 펼쳐 보지 않았다.

자신의 커다란 트렁크를 사람들이 곁눈질로 볼 때마다 우월감을 느꼈다.

그로부터 몇 시간 뒤, 그를 태운 비행기는 높이 하늘로 날아올라갔다.

4장

4월 6일.

세 사람은 스낵 아카네에서 얼굴을 맞대고 있었다.

"트럭은 창고에서 쓰고 있는 것을 그대로 빌릴 생각입니다. 제복도 빌립니다. 진짜이니까 의심받을 일은 없을 겁니다."

그렇게 말하고는 시로타는 테이블에 커다란 종이봉투를 놓았다. 그러고 나서 안에 든 물건들을 꺼내어 늘어놓았다.

검은 배낭이 하나. 하얀 장갑이 두 짝. 작업용처럼 생긴 모자가 두 개. 나무토막이 여섯 개. 헤어밴드형 이어폰과 연결한 핀 마이크가 두 개. 그리고 재봉 도구. 바늘과 실과 가위였다.

"장갑은 행동할 때 반드시 끼고 있으세요. 아시리라 생각합니다만 지문을 남기면 안 되니까요."

아카네와 소스케는 얌전히 고개를 끄덕였다.

시로타는 연결한 이어폰과 핀 마이크를 두 사람에게 하나씩 건넸다.

"아키하바라에서 사 왔습니다. 주행 중에도 휴대전화로 통화가 가능합니다."

휴대전화에 연결했다. 소스케가 이어폰을 귀에 끼웠다. 시로타는 카운터 안쪽에 들어갔다. 잠시 후 소스케의 휴대전화에 착신 표시가 떴다. 소스케가 전화를 받자 이어폰에서 "들리십니까?"라고 묻는 시로타의 목소리가 들렸다. 소스케는 핀 마이크에 대고 말했다.

"들립니다."

"알겠습니다."

시로타가 안에서 나왔다.

"설정하면 세 명이 한 번에 대화할 수 있습니다."

그는 그렇게 말하고는 이어폰의 헤어밴드 부분을 모자로 덮었다. 그렇게 하니 전부 모자에 숨겨진 셈이 되었다. 핀 마이크만이 살짝 입가에 빠져나와 있었다.

"모자는 가능한 깊숙이 눌러 써 주세요. 얼굴을 숨기는 역할도 있으니까요."

두 사람은 모자 챙을 꽉 잡아당겼다.

시로타는 바늘에 실을 끼우고 마이크와 이어폰의 코드를 모자에 꿰매어 붙여 고정시켰다.

"나중에 다시 제대로 붙이세요. 빠져나오거나 하면 귀찮아집니다."

아카네는 그걸 받아 들고 바로 다시 붙이기 시작했다.

"돈이 손에 들어올 때까지 아카네 씨는 평소처럼 가게를 여셔야 합니다. 오우라 씨와 합류한다고 해도 일단 집으로 돌아가셨다가 다시 나오셔야 해요."

맞는 말이었다. 항상 밤늦게 철제 계단을 쾅쾅 울리며 올라가던 소리가 며칠 동안 들리지 않는다면 이웃들도 기억할 터였다. 손을 멈추고 이야기를 듣던 아카네는 똑똑히 고개를 끄덕였다.

테이블 위에는 직각삼각기둥 모양의 나무토막이 여섯 개 있었다. 소스케가 물었다.

"이건 어디에 씁니까?"

"중간에 턱이 있는 곳이 있습니다. 양쪽에 세 개씩 그 부분에 끼워 주세요. 높이를 측정해서 딱 맞게 만들었습니다."

"이런 거 어디서 만들었어?"

"홈 센터 같은 데서 취미로 목수 일을 배울 수 있는 곳이 있습니다. 여러 전동 공구가 모여 있어서 재료만 사면 자유롭게 만들 수 있죠. 한 시간이면 만들 수 있어요. 그보다 오우라 씨, 지게차 운전은 연습해 두셨죠?"

"했어요. 종이 다발은 대부분 지게차를 사용해서 창고로 운반하거든요. 아는 제지 회사에 납품할 때 창고 사람한테 도와주겠다고 말하고 하루 움직여 봤습니다."

시로타는 고개를 끄덕였다.

"한 가지 더 준비할 것이 있습니다. 전부 준비해서 내일 드리겠습니다."

그렇게 말하고는 시로타는 모든 물품을 봉투에 도로 넣었다.

"지게차는 어디에 쓰는 거예요?"

"지금부터 설명하겠습니다."

시로타는 그렇게 말하고는 테이블 위를 깨끗하게 정리했다. 컵을 안으로 옮기고 안에서 행주를 가져와 테이블을 닦았다.

그러고는 고쳐 앉더니 항상 가지고 다니는 검은 가방을 끌어당겼다.

가방 안은 방대한 양의 자료로 가득 차 있었다. 시로타는 그 안에서 종이 한 장을 꺼내어 펼쳤다.

버스럭거리는 소리가 났다. 테이블 위에 꼭 하얀 식탁보를 깔아 놓은 것 같았다.

눈앞에 펼쳐진 것은 창고의 겨냥도였다.

"저희 회사의 업무는 정확히 말씀드리면 창고의 관리 및 운영입니다. 귀금속이나 모피, 해외로 부임할 때 놓고 갈 가구, 법인, 관공서의 서류까지 무엇이든 맡아 두고 있죠. 그림은 5층의 미술품 전용 로커에 보관되어 있어요. 두께 5센티미터의 단단한 방화문 안에 와이어가 들어간 두께 3센티미터짜리 방탄유리 문이 있는데, 그림은 그 문 안에 있습니다. 경비실에는 경비원이 있긴 하지만 그 사람들은 대부분 모니터만 감시할 뿐입니다. 무슨 일이 생기면 보안 본부에 통보가 갈 뿐이고 경비원들이 스스로 무언가를 하는 일은 없습니다."

그렇게 말하고는 그는 잇달아 서류를 풀어 놓기 시작했다.

보고 있기만 해도 눈이 핑핑 도는 것 같았다.

2단 동작 센서, 열 센서, 불꽃 감지기, 열 감지기, 비상 버튼, 투광기, 전자 사이렌, 경보 벨, 감시 카메라…… 그런 것들이 빽빽하게 적혀 있었다.

"방범이라는 것은 말이죠, 하면 할수록 불확실해지는 법입니다. 관리자들은 무엇이든지 달아 두기만 하면 안전할 거라고 생각하죠. 하지만 딸꾹질만 해도 어디 버저가 울릴 정도로 너무 정밀하게 만들어 놓으면 현장에서는 귀찮으니까 스위치를 꺼 버립니다. 그러니 반 정도는 속임수 같은 거라고 보시면 돼요. 설사 센서에 뭐가 걸린다 해도 다들 그런 거에 익숙해진 상태거든요. 그리고 여기에."

시로타는 겨냥도의 한 부분을 손가락으로 가리켰다.

"모니터 룸이 하나 있습니다. 상시 25개의 모니터 화면이 감시카메라에 잡힌 화면을 비추고 있습니다. 스위치 하나로 어디 감시카메라의 화면으로든 바꿀 수 있죠. 하지만 관리가 중앙에 집약된 후부터는 소용이 없어져서 특별히 지시가 없는 한 여기엔 경비원이 배치되지 않아요. 즉 이곳은 무인 모니터 룸이에요. 저는 이 경비실에서 여러분의 움직임을 지켜보며 지시를 보낼 겁니다."

그렇다고 해도 이 안에서 물건을 가지고 나오는 것은…….

"물론 짧은 시간 안에 끝내야 합니다. 아무리 내부에서 보안 시스템을 차단하더라도 장시간 그러면 보안 센터에서 문의가 옵니다. 그렇게 되면 경비원이 움직이겠죠. 하지만 작업은 지극히 간단해요. 작업하는 사람들은 물건 반입할 때 수송 트럭째로 엘리베이터에 탑니다. 컨테이너를 옮기는 작업은 창고 안에서 합니다. 그 안에서 지게차로 창고에 옮기는 거죠. 저희들도 같은 요령으로 컨테이너째로 수송 트럭에 싣고 나올 겁니다. 고객은 언제든지 보관한 물품을 확인하거나 꺼낼 수가 있게 되어 있어요. 그러니 관리자가 허가하고 카드를 가지고 있기만 하면 창고에 출입하는 건 24시간 자유입니다. 트럭까지 두 번만 왕복하면 꺼내 올 수 있어요."

아카네가 얼굴을 들었다.

소스케가 물었다.

"무엇을요?"

"그림이죠."

"두 번 왕복이라니……."

아카네가 조용히 확인차 물었다.

"가셰는 한 장 아니야?"

"가셰는 한 점입니다. 하지만 담보 물건은 컨테이너 안에 들어 있고 컨테이너는 닫혀 있거든요. 방 안에는 그러한 컨테이너가 두 개 있어서 가셰가 어느 쪽 컨테이너에 들어 있는지는 저도 모릅니다. 그래서 두 개 모두 가지고 나올 수밖에 없습니다."

아카네의 낯빛이 변했다.

"그림이 어디 있는지 정도는 시로타 씨가 조사해 두면 끝날 일이잖아. 왜 두 번이나 왕복해야 되는 거야."

"말도 안 되는 소리 마세요. 아주 엄중하게 포장되어 있는 그림입니다. 그게 135개나 있는 거라고요."

"잠깐만."

아카네가 말을 가로막았다.

"혹시 우리들, 그 135장 전부 가지고 나오는 거야?"

"그렇습니다. 어떤 것이 가셰인지 모르니까 어쩔 수 없어요. 창고 안에서 일일이 포장을 찢어 가며 그림 한 장을 찾는 게 훨씬 위험해요."

"혹시 그 한 장 한 장이 다 고흐이거나 다빈치거나 르누아르거나 피카소거나…… 그런 거야?"

"다빈치는 없습니다. 렘브란트와 뒤러가 적어도 한 점씩 들어 있긴 합니다만."

'그 말은…….'

그런 문제가 아니지 않나 하고 아카네는 생각했다.

짐을 트럭까지 두 번 왕복해서 짐칸에 싣는다. 그 트럭을 운전해서 고속도로든 일반도로든 달려 이동시킨다. 그 트럭에 실린 것은 돈 다발이 아니다. 그러나 돈 다발에 한없이 가까운 것으로 그 액수는…….

"……저희들이 운반하는 그림의 총액은, 얼마나 되죠?"

아카네가 들은 소스케의 목소리는 어딘지 모르게 한심하고 금방이라도 뒷걸음질을 칠 것 같은 느낌이었다. 약간 삑사리마저 났다.

이에 대해 시로타는 마치 외출한 이유라도 질문 받은 것처럼 태연히 대답했다.

"2000억 엔. 이미 팔린 그림도 있고, 버블 시대의 가격이니 현재의 적정 가격을 따져보면 500억 엔 정도겠죠."

소스케의 얼굴이 창백해지더니, 다시 빨개졌다.

시로타는 작업복은 형식적인 관리만 하고 있고 차는 항상 이리저리 움직이고 있기 때문에 둘 다 몇 시간 정도는 가지고 나와도 들키지 않을 거라고 말했다. 그러니까 지금 이게 그런 걱정이나 하고 있을 문제인가 하고 아카네는 생각했다.

창고는 스미다 강 연안에 있는 창고 거리 한쪽에 있었다.

"그림들을 가지고 나오면 가세 이외의 그림들은 눈에 잘 띄는 곳에 방치해 두고 경찰이 가지고 갈 수 있게 할 겁니다. 일단은 관리 장소도 찾아봐 두었습니다. 낡은 공장에 둘 거예요. 지금은 폐공장이지만 아직 전기는 들어옵니다. 우리 은행과 거래했었던 회사 소유라서 신원은 확실하니까 걱정할 필요 없습니다."

"방치."

소스케가 뒤늦게 그 말을 따라했다.

"네. 그 그림들에까지 손을 대기 시작하면 꼬리가 잡히니까요."

1990억 엔을 눈에 잘 보이는 곳에 두고 오겠다고 말한 것처럼 들렸으나 대체 어디를 잘못 들은 걸까 하고 아카네는 생각했다. 시로타는 이야기를 계속했다.

"내일 결행합니다. 출발은 심야 1시입니다만 준비가 필요하니 밤 12시에 오세요. 집합 장소는 여기에 있는 지도에 나온 장소, 하마마치에 있는 집적장입니다. 동쪽 끝 건물 옆 광장에서 기다리세요. 마침 그늘이 져 있으니 잘못해서 착각하지 않도록 조심하시고요."

"내일……요?"

소스케는 이번에는 이해가 딸리는 로봇처럼 반복했다.

"그렇습니다. 아카네 씨는 내일만은 가게를 빨리 닫으세요. 택시 같은 것 말고 이왕이면 대중교통을 타고 오세요. 물론 자기 차 같은 것도 절대 안 됩니다."

소스케는 이제 되묻지 않았다. 아카네는 슬쩍 말을 꺼냈다.

"가세라는 그림은 작다고 했지? 그런 귀찮은 일 안 해도 작은 그림만 찾아서 갖고 나오면……."

그녀는 시로타의 날카로운 시선을 받고 말을 멈추었다.

"컨테이너는 잠겨 있습니다. 전부 가지고 나올 수밖에 없어요."

4월 7일 밤 12시.

하마마치.

원 모양에 마름모꼴이 들어간 무언가의 문장 같은 마크가 트럭에 붙어 있었다. 로마자로 회사명이 적혀 있었다. 이사 업체나 택배 업체에서 쓸 법한 트럭이었다.

"후진합니다."

안내 방송과 함께 트럭은 후진했다. 아카네에겐 그 목소리가 어찌해도 '휴지입니다.'로 들렸다.

시로타는 트럭을 후데사카 아카네와 오우라 소스케의 앞에 세웠다.

"이거 한 대에 컨테이너가 두 개 들어갑니다. 키는 차에 연결되어 있어요. 자세한 건 무선으로 제가 지시할 겁니다."

그러고 나서 두 사람을 작업복으로 갈아입게 했다. 이사 업체나 택배 업체 사람처럼 보였다. 모자가 꽤 무거웠다. 핀 마이크가 입 언저리까지 나와 있었다. 시로타는 모자를 깊게 눌러 쓰라며 재차 확인했다.

"모자를 깊게 눌러 쓰지 않으면 마이크의 위치가 안 맞아요."

그리고 시로타는 휴대전화를 두 대 꺼냈다.

"지금부터 이후 저에게 연락하고 싶을 때에는 자기 휴대전화 말고 이걸로 하세요. 만일의 경우 꼬리가 잡힐 수 있으니까요."

샛노란 색의 휴대전화였다. 두 사람은 시로타가 준 작업복을 입고 시키는 대로 모자를 쓴 채 마치 노란 페인트 안에 떨어뜨렸다 꺼낸 것 같은 샛노란 휴대전화를 바라보며 망연한, 정확히 말하자면 언짢으면서도 불안한 표정을 짓고 있었다.

"자세한 게 뭐야? 대략적인 이야기도 듣지 못했는데."

"별것 없습니다. 그저 차를 타고 창고에 들어가서 미술품 창고까지 올라간 뒤 거기서 지게차를 사용해 컨테이너를 짐칸에 반입하는 겁니다. 짐칸의 문을 꽉 닫고 차에 탄 뒤 들어온 곳으로 다시 나가는 것뿐입니다. 여기 직원들이 매일 하고 있는 일이니까요. 그보다 절대로 제 무선을 빠뜨리고 못 들으시거나 하면 안 됩니다. 제가 말하는 대로 움직이셔야 해요. 너무 능숙하게 훔치면 내통자가 있다는 게 들통 날 거예요. 누가 봐도 외부인의 소행인 것처럼 위장할 거니까요."

그리고 시로타는 검은 비닐로 만든 가방과 자기테이프가 붙은 카드를 세 장 건넸다. 카드에는 각각 숫자 1, 2, 3이 크게 테이프로 붙어 있었다. 그리고 세 장 전부 긴 끈이 달려 있었다. 시로타는 그것을 목에 걸라고 했다.

"이걸 잃어버리셨다간 트럭째로 나올 수가 없게 됩니다. 그렇게 되면 쥐새끼 한 마리 나갈 틈새도 없어지는 셈이에요. 경보 장치가 울려도 놀라지 마십시오. 경찰이나 중앙 방범실에 연결되지 않도록 제가 막아 둘 거니까요."

"그래도 만약 이 카드를 잃어버리면 그건 또 그거대로 어떻게든 해 줄 거지?"

아카네가 물었다.

"그건 어렵습니다. 엘리베이터 가동 시스템은 단순해서 중앙 관리실과 전기 계통이 다르거든요. 창고 안은 모두 연결되어 있는 게 아니에요. 간단하게 말하면 무언가 하나가 못 쓰게 되더라도 다른 건 돌아가는 데에 문제가 없습니다. 단순히 카드로만 잠금을 해제할 수 있게 되어 있어요."

다른 것은 잘 몰라도 이 세 장의 카드만큼은 절대 잃어버려선 안 된다는 것을 알 수 있었다.

"그리고, 가방에는 어제 말한 나무토막과 만에 하나를 위해 연락용 장치가 들어 있습니다. 말하기 전까지는 열지 마세요. 빛이 들어가면 작동하도록 세팅되어 있습니다."

이제 뭐가 어떻게 작동하는지 같은 건 들을 생각도 안 했다. 들어 봤자 이해도 안 갈 테고 모른다고 해서 계획이 변경되는 일도 없을 듯했다. 카드에는 각각 인식 번호가 표기되어 있었다. A-665, A-666, A-667.

"국도에서는 모쪼록 교통 규칙을 지켜 주세요. 순조롭게 가면 한 시간이면 끝날 겁니다."

소스케는 세 장의 카드를 목에 걸었다.

8일 오전 1시.

아카네를 태우고, 소스케는 트럭을 발진시켰다.

스미다 강을 따라 요미우리 빌딩과 IBM 빌딩이 서 있었다. 그 사이에서 수도고속 9호선이 스미다 강을 가로지르고 있었다. 그 수도고속도로를 오른쪽으로 보면서 두 사람의 트럭은 474호선 도로를 타고 스미다 강을 건넜다.

강 하나를 사이에 두고 뒤쪽의 주오 구 방향은 밝았지만 앞쪽은 어두웠다. 마치 납이 잔뜩 쌓여 있는 것처럼 보였다.

대형 트럭의 핸들을 잡는 것은 20년 만이었다. 학생 시절, 이삿짐센터에서 아르바이트를 할 때 같은 조였던 선배가 운전을 시켰다. 보통면허만 있으면 누구나 할 수 있다면서 그는 소스케에게 운전을 하도록 시킨 뒤 자신은 조수석에 앉아 만화책을 읽곤 했다. 물론 회사 측에서는 모르는 일이었다.

사고 나도 회사가 보험에 들어 있으니 괜찮아. 내가 운전했던 걸로 하면 문제없어. 나도 말이지 그렇게 해서 배웠으니까.

덕분에 이렇게 큰 범죄에 참가할 수 있었던 셈이었다. 인간사, 새옹지마라고 했던가.

"그 근처는 일방통행이 많습니다. 주유소가 있는 교차점은 우회전 금지입니다. 주유소를 지나 첫 번째 신호에서 우회전하세요."

"알겠습니다."

"좌측에 기요스미 정원을 보며 직진, 두 번째 신호에서 다시 우회전입니다. 교차로 이름은 마쓰나가 교. 꺾고 나면 알려 주세요."

"알겠습니다."

불과 30초 만에 마쓰나가 교에서 우회전했다.

"우회전했습니다."

"바로 우측에 창고가 있습니다."

그 말을 들었을 때는 이미 거대한 건물이 코앞에 와 있었다.

도로에 면한 ㄷ자 모양 건물이었다. 움푹 들어간 부분에 똑같이 생긴 대형 트럭 여러 대가 마치 잠이라도 든 것처럼 조용히 주차되어 있었다.

“부지에 들어가면 라이트를 끄세요. 정지하지 말고 그대로 천천히 직진하십시오. 전방에 커다란 문이 보이죠? 거기가 차량 전용 엘리베이터입니다. 문 앞에서 잠시 정차한 뒤 우측 카드 투입구에 1이라고 적혀 있는 카드를 투입하고, 다시 빼세요. 녹색불이 들어오면 문이 열립니다.”

소스케는 시키는 대로 문 앞에서 정차했다. 시로타의 말대로 우측에 카드 투입구가 있었다.

손이 닿지 않아서 자리에서 내렸다. 가슴에 걸고 있는 카드 중에서 조심스럽게 1번을 골라낸 뒤 투입기에 넣었다. 삑 하는 작은 소리가 울리고 녹색불이 잠깐 켜졌다. 다음 순간 커다란 문이 천천히 열리기 시작했다.

소스케는 부랴부랴 운전석에 탔다.

“시로타 씨는 겉보기완 달리 꼼꼼하네…….”

아카네는 감탄의 목소리를 냈다.

문이 완전히 열렸다. 소스케는 천천히 발진하여 칸 안에 차를 넣었다.

“내려서 5층 버튼을 누르십시오. 5층에 멈추면 엘리베이터 문은 자동으로 열릴 겁니다.”

내려서 5층 버튼을 눌렀다. 커다란 엘리베이터 문이 천천히 닫혔다. 엘리베이터는 덜커덕 하는 진동과 함께 트럭을 태우고 올라가기 시작했다.

층수를 표시하는 램프가 이동했다. 1, 2, 3. 두 사람은 그 모습을 바라보았다.

램프가 5층에 왔을 때 엘리베이터는 다시 덜커덕 하는 작은 진동을 남기고 정지했다. 이윽고 문이 열렸다.

트럭은 엘리베이터 안에 앞머리부터 들어가 있는 상태였다. 차의 후방, 즉 엘리베이터 문 밖에는 입체 주차장 같은 곳에 있는 회전식 받침대가 있었다.

"그대로 후진해서 회전대 위에 멈추세요."

"알겠습니다."

후진에 기어를 넣자마자 귀에 기계음이 작렬했다.

삑.

그 소리에 반응하듯이 엘리베이터 대각선 위에서 경고등의 빨간 램프에 불이 들어왔다. 소스케의 심장이 뒤집힐 듯이 쿵쾅거리며 뛰었다.

"뭔가에 불이 들어왔어요. 소리가 나는데……."

자세히 들으니 기계음이 '후진입니다.'라고 연호하고 있는 것 같았다.

"신경 쓰지 마세요. 그건 트럭의 경고음입니다. 불이 들어온 건 음성 녹음 장치가 가동했다는 겁니다. 소리에 반응하면 불이 들어옵니다. 그리고 차량 밖으로 나가면 제 말에 대답하시면 안 됩니다. 말을 하셔도 안 돼요. 지금처럼 일정 수준 이상 소리가 나면 녹음 장치가 가동하니까요."

소스케는 시로타의 말 한 마디 한 마디에 귀를 기울였다.

"잠깐 뭐 좀 물어보고 싶은데요."

소스케가 조심스럽게 물었다.

"감시 카메라는 꺼 둔 거죠?"

"뭘 보고 이렇게 지시를 내리고 있겠습니까. 꺼 버리면 여러분들에게 지시 못 내려요. 감시 카메라는 가동되고 있습니다. 녹화하지 않을 뿐이죠."

회전대 위까지 차를 후진시키고 정차했다.

"아카네 씨가 내려서 방 오른쪽 전방에 있는 장치까지 가 주십시오. 회전대 조작입니다. 스위치는 들어와 있습니다. 회전이라고 적힌 레버를 앞으로 내리세요. 트럭을 실은 회전대가 180도 회전한 뒤 자동으로 멈출 겁니다. 정지하고 나면 레버를 원래대로 돌려 놓으세요."

트럭이 회전하기 시작하자 트럭의 대각선 위에 빨간 램프가 들어왔다. 180도 회전한 뒤 정지할 때까지 불은 계속 들어와 있었다.

아카네는 레버를 원래대로 돌려놓았다.

"오케이. 차에서 내려요. 제가 드린 가방 잊지 마세요."

소스케는 가방을 들고 차에서 내렸다. 문이 닫히는 탕 하는 소리에 반응하듯 벽에 설치된 무언가의 탐지기 같은 것에 빨간 램프가 들어왔다가 꺼졌다.

"우측 통로로 가세요."

오른쪽 통로로 꺾었다. 그 앞에 있는 것은 탁 트인 복도와 튼튼한 문이었다.

복도는 강한 조명이 비추고 있어서 그늘진 곳 없이 밝았다. 복도 양쪽에 문이 균일한 간격으로 늘어서 있었다. 그리고 그 문의 모서리 하나하나에 감시 카메라가 붙어 있었다.

소스케는 반사적으로 되돌아가고 싶다고 생각했다. 그러나 무슨 카드를 넣어야 아래로 내려갈 수 있는지를 물어보지 못했다.

그렇다고 시로타에게 물어보자니 또 여기에서 묻고 답하고 했다간 음성 장치가 작동하여 대화를 녹음할 게 뻔했다.

"D의 8이라고 적힌 문까지 가세요. 가능한 고개 들지 마시고요."

소스케는 복도에 발을 들여놓았다. 거기에 있는 감시 카메라 전부가 자신을 보고 있는 것만 같았다. 그 속을 신중하게 천천히 걸었다. 눈을 치뜨고 문 번호를 확인한 뒤 목적지인 D의 8이라 적힌 문에 다다랐다.

무거워 보이는 문이었다. 회전 손잡이가 붙어 있었다.

"병조림 뚜껑을 열듯이 그걸 돌리세요."

감시 카메라가 정확하게 소스케를 향해 있었다. 마치 고개를 쳐든 코브라 같았다.

소스케는 회전 손잡이를 반시계 방향으로 돌리고 또 돌렸다.

처음엔 무거웠지만 이내 가벼워졌다. 이윽고 안에서 공기가 팽창한 것처럼 반대편에서 미는 것 같은 느낌이 났다. 조심스레 문을 잡아당겼다.

문 너머에는 철제 틀에 끼워진 두툼한 유리문이 있었다. 시로타가 말한 방탄 유리문이었다. 측면에 카드 투입구가 있었다.

"제가 드린 가방을 여세요."

소스케는 가방을 열었다.

안에는 금속제 상자가 들어 있었다. 어제 보여 줬을 때는 없었던 물건이었다. 이것이 어제 말했던 '한 가지 더 준비해야 할 물건'이리라. 너비 5센티미터 남짓. 무슨 전기 회로 기판 같았다. 중앙에는 불꽃놀이 통처럼 보이는 것이 있었다. 거기에 색깔 있는 코드가 몇 줄 휘감겨 있는 것이 언뜻 보였다.

"그걸 꺼내어 평면 부분에 붙어 있는 종이를 벗기세요."

벗겨 내자 풀 같은 것이 붙어 있었다. 양면 테이프였다.

"그것을 유리문 아래에서 15센티미터쯤 되는 곳에 붙이세요."

소스케는 거기에 있는 카드 투입기를 다시 쳐다보았다.

제가 말하는 대로 움직이셔야 해요. 누가 봐도 외부인의 소행인 것처럼 위장할 거니까요.

소스케는 시로타의 말을 떠올리고 지시대로 기판을 문에 가지고 갔다. 그러자 기판은 마치 그러기만을 기다리고 있었던 것처럼 문에 착 달라붙었다.

"거기에 작은 돌기가 있죠, 한 번만 말하겠습니다. 그 돌기를 누르고 바로 커다란 철판 문을 닫아요. 닫으면 회전 손잡이에는 손대지 말고 둘이서 등으로 문을 누르고 그 자리에 앉으세요."

거기에는 버튼 같은 작은 돌기가 있었다. 확실히 이대로 카드로 문을 열게 되면 내부에 공범자가 있다는 것을 들키리라. 그렇게 생각하면 실로 그럴듯한 위장이었다. 하지만 그렇다면 카드로 문을 열고 난 뒤에 하는 편이 안전하지 않은가?

돌기를 누르면서 소스케는 생각했다. 왜 위장하는 데 문을 닫고 앉을 필요가 있는 것인가 하고 말이다.

버튼을 눌렀을 때 무언가가 기동한 것처럼 빛이 반짝하고 날카롭게 켜졌다 꺼지는 것이 보였다.

'등줄기가 오싹하다'라는 말은 아마도 이러한 느낌을 말하는 것이리라. 그 느낌은 시간적 유예 같은 건 전혀 없이 신체의 위기를 알아챈 순간 바로 발동되었다. 조건 반사의 부산물임이 틀림없었다. 소스케는 철로 된 커다란 문을 재빨리 닫았다. 그리고 아카네의 팔을 꽉 붙들고 끌어내리듯이 복도에 앉힌 뒤 등으로 문을 밀어붙였다.

"힘껏 밀어붙여요. 이왕이면 귀도 막고."

그 말을 듣기 전에 이미 그렇게 하고 있었던 것 같은 기분이 들었다. 소스케는 머리를 숙이고 귀를 틀어막았다. 아카네는 허둥대며 소스케를 따라했다.

다음 순간, 등에 치밀어 오르는 듯한 진동이 느껴졌다.

진동은 등골을 달렸고, 동시에 허리 방향과 목 방향으로 나뉘어 빠른 속도로 기어올랐다가 발끝과 정수리에서 동시에 심장부로 되돌아왔다. 등 한가운데서 퍼지던 진동과 되돌아온 진동이 부딪혀 불꽃을 쏘아 올린 것처럼 펑 하고 몸 안에서 폭발했다.

다음 순간, 등 부분이 가벼워졌다. 그리고 이어서 엄청난 땅울림이 일었다.

모든 진동이 멈췄다.

그리고 그다음 순간, 무너진 댐에서 물이 쏟아져 나오듯이 엄청난 기세로 요란한 소리가 실내에 울려 퍼졌다.

경보음이었다.

"문을 여세요. 가방을 놓지 말고."

복도에는 계속해서 경보기가 울리고 있었다. 소스케는 발치에 내버려 둔 가방을 집어 들고 문을 열었다.

유리문이 벽에서 떨어져 나가 저쪽에 쓰러져 있었다. 쓰러진 문은 철제 격자가 납작하게 눌러 놓은 것처럼 크게 벌어지고 뒤틀려 있었다. 방탄 유리는 거미집처럼 금이 가서 굽어 있었지만 산산이 깨져 흩어지지는 않았다. 엿처럼 강한 점착력으로 테두리에 달라붙어 있었다. 그리고 부서진 벽에서 떨어져 나온 콘크리트가 바닥이고 쓰러진 문의 위고 할 것 없이 여기저기에 흩어져 있었다.

문이 빠진 벽에는 철골이 드러나 있었고 주변에는 아직도 흙먼지가 피어오르고 있었다.

시로타의 목소리가 들렸다.

"목표는 그 건너편에 있는 두 컨테이너입니다. 바퀴가 붙어 있습니다. 하지만 컨테이너를 밀어서 꺼내려고 하면 무너진 벽이 방해가 될 거예요. 바퀴가 턱에 걸려서 타고 넘어갈 수가 없습니다. 어제 설명한 직각 삼각형의 나무토막을 무너진 벽과 바닥 사이에 끼우세요. 딱 알맞게 경사가 생길 겁니다."

고개를 들어 보니 안쪽 깊숙한 곳에 높이 2미터 정도의 컨테이너 두 대가 나란히 서 있었다. 각각 직경 15센티미터 정도의 바퀴가 여섯 개 붙어 있었다. 꽤나 무게가 있다는 얘기였다.

무너진 문을 보니 확실히 저대로는 바퀴가 넘어갈 수 없었다.

"……턱이 있는 곳이 있습니다. 양쪽에 세 개씩 그 부분에 끼워 주세요. 높이를 측정해서 딱 맞게 만들었습니다."

소스케는 가방 안에 손을 찔러 넣었다.

경보기는 계속 울리고 있었다.

"서둘러요."

소스케는 나무토막 여섯 개를 꺼낸 뒤 양쪽에 세 개씩 빈틈없이 늘어놓았다. 그러자 무너진 문의 가로 폭에 딱 맞았다. 이제 가방 안은 텅 비었다.

"지금부터 9분 15초 이내에 트럭을 밖으로 내보내야 합니다.

그러지 않으면 엘리베이터의 전원이 자동적으로 꺼져요. 엘리베이터가 멈추면 탈출할 수 없습니다."

방 안에서는 녹색 경보등이 경찰차의 사이렌처럼 돌아가고 있었다. 거기에 긴급 경고음이 한 종류 또 새로 추가되었다. 새하얀 벽에 둘러싸인 작은 방 안에서 여러 가지 소리가 몇 겹으로 겹쳐지면서 메아리치고 있었다. 귀청이 찢어질 것 같았다.

아카네가 컨테이너를 뒤에서부터 힘껏 밀기 시작했다. 소스케도 달려들어 어깨 힘으로 컨테이너를 밀며 아카네에게 가세했다. 컨테이너가 문을 넘어가기 위해 나무토막을 디디고 올랐다. 턱이 높지도 않았는데 다시 밀려 내려올 것 같았다.

덜컹하는 반동과 함께 컨테이너가 올라갔다.

"절대로 넘어뜨리면 안 됩니다."

아카네는 쓰러진 문 끝에서 복도 쪽으로 컨테이너를 밀어내기 위해 있는 힘을 다 하고 있었다.

바퀴 하나가 뒤틀린 유리에 함몰되어 있었다. 소스케가 옆으로 돌아 컨테이너를 들어 올리는 동시에 복도를 향해 밀었다.

겨우 복도로 나왔다.

거기에는 코브라 같은 감시 카메라가 두 사람을 응시하고 있었다.

바퀴는 탄탄했다 아카네가 껴안듯이 밀자 달그락 하는 낮은 소리를 내며 회전하기 시작했다. 속이 다 시원했다. 소스케는 방 안으로 뛰어 돌아가 다시 한 번 컨테이너를 밀어냈다.

밀폐된 방 안에서는 리듬과 음역이 다른 두 종류의 소리가 커다란 소리로 울리고 있었다. 그러나 아카네와 소스케는 도망치고 싶다고 생각하지 않았다. 그저 어서 이걸 가지고 나가고 싶단 생각뿐이었다. 어쩌면 지금 이것을 가지고 나가지 않으면 도망칠 수도 없기 때문일지도 몰랐다. 혹은 주어진 일만으로도 힘에 벅차 이미 웬만한 소리는 잡음으로밖에 인식할 수 없는 걸지도 몰랐다. 좀 더 가능성은 낮지만 설득력 있는 설명이라면, 이 컨테이너 안에 있는 것 자체가 두 사람 각자에게 꿈 같은 것일지도 모른다는 것이었다. 가늠도 할 수 없는 큰 꿈.

아카네의 머릿속에는 겨우 손에 넣은 자신의 가게, 그 변두리 가게의 색이 바랜 붉은 벨벳 의자가 있었다. 소스케는 호텔 로비에 있는 카페 한구석에 앉아 계시던 자그마한 어머니의 모습을 떠올리고 있었다. 그저 그것밖에 없던 머릿속에 3억 엔짜리 복권이 당첨되는 꿈이 얹히자, 그 강력한 존재감 때문에 머릿속의 현실이 차단되었다. 전부 산산조각 나고 두둥실 들떠서 현실이 오히려 망상처럼 느껴지는 착각에 사로잡혔다. 그렇게 3억이라는 금액은 자신이 누구였는지를 잊게 만들어 주었다. 상상 속의 금액이 500억 엔이 되자 만약 지금 물속에 가라앉는다 해도 빠져 죽지는 않을 것 같은 엄청난 기분이 들었다. 밖을 걸으면 손가락에 닿은 모든 것이 금으로 바뀔지도 몰랐다. 물론 그런 일이 있을 리는 없겠지만 그렇다면 손 안에 그런 큰 금액이 들어온다는 것 역시 말도 안 되는 일이 아닌가. 그렇게 큰돈이 생기는 거라면 세상에 말도 안 되는 일들도 다 현실일 수 있지 않은가.

때문에 그들은 지금 강화 금고 문을 다이너마이트로 폭파시키고 경보기가 울려 퍼지는 와중에 이렇게 컨테이너를 밖으로 끌어내고 있는 것이었다.

두 사람의 뇌는 전례 없이 활발하게 움직였다. 행복을 그다지 느껴 본 적 없는 그들의 뇌를 활성화하고 있는 원동력은 자신들에게도 행복이 찾아올지도 모른다는 꿈이었다. 큰 꿈을 이루는 데 큰 위험이 따른다면, 감수하는 위험이 크면 클수록 다가올 꿈도 더 커질 게 틀림없었다. 옛날이야기 속 주인공들이 활약할 때도 이런 원리가 작용하곤 했다.

다만 자각은 없었다.

원래의 두 사람이라면 두려워했을 만한 일이 두렵지 않게 느껴졌고 몸이 움츠러들 만한데도 척척 움직였다.

자기가 자기가 아닌 것 같았다. 몸의 근육과 신경이 날카롭게 움직이며 스스로의 임무를 훌륭하게 수행하고 있었다.

두 사람은 엄청난 속도로 두 컨테이너를 트럭의 짐칸 아래까지 옮겼다. 소스케는 이미 시로타의 지시를 기다리지도 않았다. 소형 리프트가 정차하고 있었다. 시로타가 "리프트로 들어 올려서 짐칸에 수납해 주세요."라고 말했을 때 소스케는 이미 한쪽 발을 리프트에 올려놓고 있었다.

리프트에 달린 포크를 바퀴 사이 공간에 끼워 넣었다. 손잡이를 위로 올리자 컨테이너가 흔들거리며 올라갔다. 녹색 경보등이 점등했다. 세 번째 경보기가 울리기 시작했다.

"5분 남았습니다. 서둘러요."

아카네는 짐칸에 뛰어올라 탄 뒤 짐칸에 아직 반쯤만 얹혀 있던 컨테이너를 안으로 힘껏 잡아끌었다. 그때 소스케는 이미 포크를 빼고 리프트를 다른 컨테이너를 향해 돌리고 있었다.

포크를 두 번째 컨테이너 아래에 끼웠다. 아카네가 가까스로 첫 번째 컨테이너를 완전히 짐칸 안에 넣었다. 소스케는 컨테이너를 들어 올리면서 리프트를 회전시켰다. 위로 올라가면서 컨테이너가 크게 흔들렸다. 소스케는 신중하게 회전 속도를 늦추었다.

"서둘러요."

천천히 회전시키면서 기계의 손잡이를 차분히 들어 올렸다.

다시 컨테이너가 올라가기 시작했다.

아카네가 컨테이너를 붙잡고는 끌어 넣었다. 쿵 하고 바퀴가 짐칸에 착지하는 소리가 났다.

"차를 출발시켜요. 그 전에 짐칸의 문을 꽉 닫으세요. 그렇지 않으면 컨테이너를 떨어뜨리며 달리게 될 거예요. 바퀴에 스토퍼를 다는 걸 잊어선 안 됩니다. 엘리베이터를 움직이는 카드는 3번입니다."

소스케는 리프트에서 내려 가슴에서 3이라 적힌 카드를 움켜쥐었다. 짐칸에서 컨테이너를 안으로 밀어 넣으려고 애쓰는 아카네의 어깨에 힘이 바짝 들어간 게 보였다. 소스케는 짐칸에 뛰어올라가 컨테이너를 안쪽으로 밀어 넣고 바퀴를 고정시켰다.

그러고 나서 두 사람은 짐칸에서 뛰어 내렸다. 양쪽 문을 닫고 단단히 빗장을 내렸다. 그다음 아카네는 조수석이 있는 쪽으로 튀어 나가듯 달렸다. 아카네가 조수석의 문을 열었을 때 소스케는 카드를 찔러 넣었다.

기계가 카드를 뱉었다. 그리고 잠깐 녹색불이 들어왔다. 엘리베이터 문이 열리기 시작했다.

소스케는 운전석 문을 열고 자리에 앉았다. 엔진을 걸고 안전벨트를 하고, 클러치를 밟고 후진 기어를 넣었다. 휴지입니다, 휴지입니다, 하고 트럭에서 소리가 났다. 경보음에 가려져서 이 정도는 이미 아주 조용한 축에 속했다.

사이드 브레이크를 풀었다.

엘리베이터 문이 완전히 열렸다.

단을 넣었다. 그리고 천천히 엘리베이터에 탔다.

"1층 눌러요."

시로타는 마치 투명 인간이 되어 바로 옆에 있는 것 같았다. 소스케는 트럭 창문을 열고 1층 버튼을 눌렀다.

천천히 내려가기 시작했다. 요란한 소리가 엘리베이터 안에 울려 퍼진 것은 2층을 통과한 직후였다.

소리는 양쪽 귀를 동시에 마비시키며 머리 꼭대기까지 울렸다.

시로타의 목소리가 들렸다.

"엘리베이터가 정지하면 트럭을 뒤로 바짝 당기세요. 그리고 저단 기어를 넣고 단숨에 액셀을 밟는 겁니다."

소스케는 무심코 이어폰을 귀에 대고 누르고 있었다. 잘못 듣지 않았나 생각했던 것이다.

"……무슨 말씀이신지."

"그 엘리베이터의 문은 이제 열리지 않습니다. 잠겼어요. 하지만 그래 봤자 약해 빠진 철판이에요. 세 번 정도 세게 부딪치면 뚫릴 겁니다. 그림은 한 점 한 점 정성 들여 포장되어 있으니까. 아마 괜찮을 겁니다."

그때 소스케는 어렴풋이 생각했다.

어쩌면 이런 위험은 내통자의 존재를 숨기기 위해 어쩔 수 없이 일부러 만든 것이 아닌 게 아닐까? 이를테면 폭파도 그런 의도적인 방편 같은 것이 아니라…….

이건 가장 난폭한 수법의 강도짓이었다.

두 사람의 손이 동시에 안전벨트를 향해 뻗었다. 소스케는 기어를 후진에 넣고 차를 뒤로 댔다.

앞에 생긴 틈은 기껏해야 2미터였다. 액셀을 완전히 풀고 밟는다 해도 얼마나 효과가 있을지.

엘리베이터가 멈췄다.

"사이드 브레이크를 당기고, 엔진을 빠르게 회전시킨 뒤 급발진하세요."

시로타의 목소리에서 조금 긴장한 기색이 비쳤다.

소스케는 사이드 브레이크를 당기고 단을 가볍게 넣은 채로 액셀을 살짝 밟아 부릉부릉 소리가 나게 했다.

'만약 내가 수동 자동차를 운전할 줄 몰랐다면.

하지만 시로타는 단 한 번도 그 사실을 확인하지 않았어…….'

그리고 사이드 브레이크를 빼고 동시에 액셀을 밟았다.

트럭 앞부분이 문과 격돌했다. 몸이 튕겨 올라 안전벨트가 조여 들었다. 트럭의 전방에서 으지직 하고 날카로운 소리가 울렸다. 그러나 문은 겨우 20센티미터 정도 패였을 뿐이었다.

"뒤로 물러서서. 다시 한 번."

소스케는 후진을 다시 넣었다.

"서둘러요. 꾸물거렸다간 눈치 챌 겁니다."

저돌적으로 발진했다.

양쪽 문의 이음새부터 갈라지기 시작했다. 트럭 앞부분에서 아까보다 더 단단하고 날카로운 소리가 들려왔다. 아마도 범퍼가 찌

그러지는 소리이리라. 이제 거의 발밑까지 파손되기 직전이었다. 억누른 듯한 시로타의 목소리가 들렸다.

"다시 한 번."

소스케는 후진했다. 사이드 브레이크를 당겼다. 기어를 뉴트럴에 넣었다. 단을 가볍게 넣고 액셀을 빠르게 회전시켰다. 뿔을 붙잡힌 투우 같았다. 엔진은 전투적으로 으르렁거리는 소리를 내고 있었다. 기어를 저단에 놓고 클러치를 연결한 뒤 사이드 브레이크를 풀었다.

아카네가 눈을 감고 귀를 틀어막았다.

오전 2시 20분. 문을 부순 뒤 모든 소리를 뒤로한 채 트럭은 밤의 어둠 속으로 뛰어나왔다.

밖은 마치 다른 세상인 것처럼 조용한 밤이었다.

유리가 깨졌을지도 몰랐다. 하지만 일단 두 개의 헤드라이트는 제대로 길 위를 비추고 있었다. 그대로 국도 20호선을 10분 정도 달린 지점에서 시로타가 트럭에 올라탔다.

그는 소스케를 옆으로 밀어낸 뒤, 하얀 장갑을 끼고 핸들을 잡았다.

아카네는 멍한 상태였다.

"설명 좀 해 보시지."

소스케는 가까스로 말을 꺼냈다.

"당신 말이야, 분명 창고에 차를 타고 들어가서 미술품 창고까지 올라간 뒤 지게차를 사용해 컨테이너를 짐칸에 반입해서 들어온 곳으로 나간다, 종업원이 매일 하고 있는 일이라고 말했었잖아."

"돈을 손에 넣는다고 해도 붙잡히면 본전도 못 찾겠죠. 암호는 사내 기밀이기 때문에 알고 있는 건 몇 명뿐입니다. 그걸 쓰면 자동적으로 저는 용의자로 좁혀지겠죠. 간단히 말하자면 제가 직업상 알고 있는 특별 사항은 전혀 사용할 수가 없었습니다."

그렇게 말한 시로타는 후방을 확인한 뒤 천천히 도로를 탔다.

그대로 잠시 말없이 운전했다. 창 밖에는 대형 트럭밖에 보이지 않았다. 운전하는 시로타의 모습이 유리에 비쳤다. 매우 깊이 생각에 잠긴 표정을 짓고 있었다. 그가 잠시 그렇게 있더니 겨우 입을 열었다.

"어쩔 수가 없었어요. 안의 강화 유리 문을 암호를 사용하지 않고 열 수 있는 방법이 그것 말곤 없었습니다. 그 다이너마이트의 양은 미술 창고를 설계한 회사의 자료를 보고 계산한 거고요. 회사에서 프레젠테이션을 할 때 강화 유리의 내구성 실험 결과가 자료로 실려 있었거든요. 바깥 쪽 방화문의 강도도 자료에서 확인된 겁니다. 두 개는 다른 회사가 만든 거라 내구성에 큰 차이가 있어요. 그 차이를 계산해서 폭약을 채워 넣었습니다. 저는 종합 건설 회사의 융자 담보를 맡은 적이 있기 때문에 공사 현장도 다녀 봤고, 발파 공사라고 하는 폭파 현장도 견학한 적이 있습니다. 그런 데에 가면 현장 사람들이 종종 자신이 가진 지식을 알려 주기도 하거든요. 그때 여러 가지 관리 상태를 같이 확인하곤 했었죠. 어디에 어떤 화약이 관리되고 있는지 그런 거요. 물론 그때에는 이렇게 악용할 생각은 없었지만요. 하지만 중요한 건, 대부분의 경우 관리 매뉴얼은 문제가 일어났을 때 아슬아슬하게 책임을 회피할 수 있을 정도로만 운용되고 있다는 사실입니다. 약품 회사의 약품도, 토목 현장의 폭발물도 내부를 들여다보면 촘촘함의 차이는 있을지언정 관리 자체는 허점 투성이입니다. 방화 장치를 설치해 놓고 정작 전원은 꺼 두는 식으로요."

시로타가 너무나도 담담했기 때문에 소스케는 점점 기분이 나빠졌다.

"그래서, 어디선가 화약을 조달해 와서 그 폭탄을 만든 건가?"

시로타는 수긍했다.

"공사 현장을 보면 관리 레벨을 대충 알 수 있습니다. 여기라면 저 창고 모퉁이 근처에 쌓여 있겠구나 하고 말이죠. 그런 현장에는 감시원도 그저 서 있기만 할 뿐입니다. 밤중에는 술이나 마시고 자고 있더군요. 나무 상자에 들어 있는 다이너마이트를 세 자루 정도 슬쩍했죠."

트럭은 국도 20호선을 나와 임간도로를 오르고 있었다. 어디를 달리고 있는지는 알 수 없었다. 좁은 편도 일차선 도로여서 인가는 드물었다. 시로타는 신중하게 운전을 계속하고 있었다.

"매사에는 '상정'이라는 것이 있죠. 편의점 건물을 세운다 치면 강풍이나 지진이 올 걸 상정해서 강도를 정하니까요. 비행기가 떨어지면 당연히 무너지겠죠. 엘리베이터의 재질과 구조를 보면 무슨 상황을 상정하고 만들었는가는 자연히 알 수 있습니다. 트럭이 돌진해 올 거라는 건 상정되어 있지 않습니다. 예를 들어 경보 장치에도 단계가 있어, 어느 단계의 경보 장치가 울리면 경찰에게 직통으로 연락이 갑니다. 하지만 그 이하는 안전센터에 통보되고 끝나요. 그 경우 창고에는 경찰에게는 보이고 싶지 않은 물건을 보관하고 있는 고객도 있기 때문에 피해가 생겼다고 바로 경찰을 부르는 건 아닙니다. 인명 피해가 없으면 고객 혹은 고객의 변호사에게 연락하는 게 먼저인 경우도 있습니다. 또 하나, 경비원은 일반인들입니다. 몸을 바쳐 위험에 맞설 의무가 없다는 얘기죠. 이번처럼 난폭한 행위가 벌어지면 잠입한 사람이 권총이나 수류탄을 갖고 있을지도 모르는 거죠. 경비원이 죽는 일이라도 생기면 창고 관리자는 해당 강도범보다도 더 가차 없이 여론의 뭇매를 맞게 될 겁니다. 매뉴얼을 따라 출입구를 봉쇄한다. 딱 이 정도가 경비원의 한계이고 관리자한테도 좋은 일이에요. 하지만 안전 봉쇄를 한다고 해도 만약에 안에 관계없는 사람이 남아 있었으면 또 일이 복잡해지겠죠. 또 거기에도 절차가 있습니다. 긴급 경보가 발동한 지 10분이 지나면 문제 발생 지점에서 가장 가까운 출입구부터 차단되기 시작합니다. 관리 계통을 남기고 모든 전기가 멈추고 동시에 비상구도 포함해서 마지막 출구까지 전부 잠기죠. 목적은 범인을 안에 가두려는 겁니다. 그 상태로 경찰을 기다리도록 되어 있습니다. 트럭이 창고에서 뛰쳐나왔을 때 밖은 조용했었죠. 단언하는데, 간부들은 경찰을 바로 부르진 않았어요. 이 그림은 고객이 맡긴 물건이 아닙니다. 모회사의 소유물인 거죠. 사태를 파악한 간부는 먼저 모회사인 은행의 고위층에게 연락을 넣을 거예요. 그 연락만으로도 20분은 걸립니다. 그 후 그림은 이미 도둑맞은 후이므로 그때 가서 허둥대도 소용없죠. 그들은 이 일로 인해 무엇이 가장 문제가 될지를 생각할 겁니다. 경찰에 통보하는 건 나중이 됩니다. 만약 내부 범행이라고 확신을 갖게 되면 통보마저 하지 않을 가능성도 있습니다."

"2000억인데도 말인가."

시로타는 말없이 끄덕였다.

"그들에게는 짐 꾸러미에 불과합니다. 있어도 없어도 뭐가 변하는 게 아니니까요."

차를 멈춰 세웠을 때 시계는 3시 30분을 가리키고 있었다.

헤드라이트가 비추고 있는 공장은 꽤나 낡아 있었다. 시로타는 공장 바로 앞 넓은 주차장에 트럭을 세웠다.

범퍼는 찌그러지고 오른쪽 헤드라이트는 커버 유리에 금이 갔다. 그나마 불이 켜진 건 그 헤드라이트뿐이었다. 그 외에 빛을 내는 게 없었다. 가로등도, 인가도, 지나가는 차량의 불빛조차 없었다.

손전등 불빛에 의지하여 짐칸의 빗장을 열었다. 안에는 컨테이너 두 개가 들어 있었다.

"절대로 떨어뜨리면 안 돼요."

짐칸에 긴 경사판을 걸친 뒤 컨테이너를 조심스럽게 내렸다. 밑에서 힘껏 되밀면서 천천히 움직였다.

땅 위에 내려놓은 뒤 공장 안으로 옮겼다.

짤깍 하는 소리와 함께 공장 안에 불이 들어왔다.

위에 매달린 갓 없는 전구 세 개가 희미하게 불빛을 내고 있었다.

천장이 높았다. 발치는 흙바닥이었다. 커다란 베틀같이 생긴 기계가 가지런히 늘어서 있었다. 쓸 만한 것은 못 되지만 철거하는 것도 꽤 비용이 들었다. 그 덕분에 쓸모도 없는 커다란 기계가 녹슨 채 이렇게 방치되어 있는 셈이었다.

컨테이너는 하나가 상하 두 단으로 나뉘어 있었다. 그 한 단마다 그림이 서른 점가량 들어 있었다. 그 한 점 한 점은 또 갈색 기름종이 같은 것으로 세심하게 싸여 있었고 그 위에 나무 틀로 고정되고 보호되어 있었다. 크기는 가지각색으로 꾸러미는 크기에 따라 분류되어 있지는 않았다. 나무 틀은 다 똑같이 생겼지만 짐꾸러미는 몹시 공들여 포장한 것과 비교적 조잡한 것이 있었다. 그리고 최근에 포장된 것과 상당히 예전에 포장된 것도 구분이 갔다. 갈색 포장지 위에는 알파벳과 아라비아 숫자가 적혀 있었는데 그 번호에도 알파벳에도 특별히 연속성은 없었다.

시로타는 신경질적인 눈을 하고 있었다.

시로타가 첫 번째 꾸러미를 뜯었다. 나체의 여자를 그린 그림이 나왔다. 드러누워 있는 나체의 여자. 포동포동하게 살이 붙은 여인의 자태가 희미한 불빛 속에 드러났다.

시로타는 손을 멈추고 바라보았다.

그러고 나서 그림을 벽에 기대어 세웠다.

그 뒤에는 그의 손이 멈추는 일이 없었다. 무표정이었고, 신중했다. 그는 그림을 꺼낸 뒤 나무 틀은 옆에 내려놓고 그림을 싸고 있던 종이를 세심하게 접었다. 때문에 거기에는 포장된 그림과, 포장을 끄른 그림, 그리고 그림을 포장하고 있던 나무 틀과 종이 세 종류만이 있었다.

어쩐지 엄숙하게 거행되는 의식 같았다.

도중부터 아카네가 종이를 옆에서 거뒀다.

시로타가 포장을 풀고, 아카네가 종이를 접었다. 소스케는 시로타에게서 포장을 푼 그림을 넘겨 받아 벽에 기대어 세웠다.

전력이 약한 전등 세 개가 실내를 비추고 있었다. 그 어슴푸레함 속에서 그림이 한 점 세워질 때마다 소스케는 불온한 기분이 들었다.

뛰어난 예술은.

소스케의 머릿속에 떠오르는 말이 있었다. 미대 시절, 교수가 했던 말이었다.

갑자기 뚝딱 하고 만들어지는 것은 없다. 과학과 마찬가지야. 창조자는 그 이전의 창조자가 완성한 작업을 보고 자극을 받고, 배우고, 스스로의 작업을 그 위에 얹어 가는 거야. 문화는 그렇게 쌓여 온 총체라 할 수 있지.

소스케는 그림은 꽤 그렸지만 그림 자체에는 흥미가 없었다. 그림을 두고 문화니 창조성이니 하는 이야기를 하고 싶어 하다니 참 성가신 사람들이라고 생각했다. 미술사 평론을 듣고 공감한 적도 없었다. 그 이유는 한편으론 소스케 자신이 미술을 이해하지 못하기 때문이었고, 또 한편으로는 평론가들이 그림의 실체를 보고 있지 않기 때문이라고 생각했다. 그림에 공공성이나 문화성이 없으면 그들 평론가는 존재 가치를 잃는 법. 때문에 목청을 돋우어 설명하려 드는 것이리라.

머릿속에 갑자기 길고 가느다란 얼굴에 항상 야윈 모습이었던 그 교수의 말이 떠오른 이유는 아마도 그 자리에 있는 그림들이 '뛰어난 예술'이라는 말을 상기시켰기 때문이리라고 소스케는 생각했다.

그러나 거기에 있는 그림 몇 점에서 '뛰어난 예술'이라는 말이 연상될 만한 요소는 없었다. 어둡고 잘 안 보였으니까.

그렇다면 왜 저 오랜 옛날에 들었던 얘기를 떠올린 것일까.

총체. 축적.

어둠 속에서 하나, 또 하나. 종이를 벗기고 그림을 벽에 세울

때마다 시세는 점점 더 높아졌다.

셋은 묵묵히 작업을 했다. 희미한 빛 속에서 그저 종이를 펼치고 내용물을 꺼낸 뒤 벽에 세웠다.

서른 점 정도 꺼냈을 때였을까. 아침 해가 비쳤다.

소스케는 탄성을 질렀다.

벽에는 모네가, 피카소가, 모딜리아니가, 세잔이, 위트릴로에 달리, 고갱 그리고 먼 옛날에 삽화 안에서만 봤던 종교 회화가 있었다. 티치아노인 것 같은 혹은 뒤러인 것 같은, 어쩌면 카라바조 같기도 했고 그리고 렘브란트인 것 같은 그림도 있었다.

대리석 같은 피부. 복숭아 같은 싱싱함. 벨벳 커튼은 진짜 비단을 잘라 붙인 것 같았다. 배와 허벅지는 통통했고 작은 유방이 모양 좋게 붙어 있었다. 천사인 아기들은 다들 왜인지 귀염성 없게 되바라진 얼굴을 하고 있었고 아랫배는 포동포동한 여자의 것이었다.

시로타는 닥치는 대로 포장을 찢고 있는 것은 아니었다. 손에 집을 때마다 포장지에 써 있는 인식 번호를 확인하고 있었다. 그가 찾고 있는 것은 이 중에서 한 점뿐이었고 그리 크지 않은 그림이었다. 그럼에도, 찾고 있는 그 물건과는 딱 보기에도 사이즈가 다른 그림까지 열어 보고 있는 이유는 아마도 그저 그림을 보고 싶었기 때문이리라.

그는 그림을 찬찬히 바라보다가 무언가 납득한 것처럼 벽에 기대 세웠다. 소스케도 아카네도 그의 시야에는 존재하지 않았다.

소스케가 보는 시로타는 표정이 극히 적은 남자였다. 그 가면 같은 얼굴은 겁쟁이로 보이기도 하고 약간 약삭빠르게 보이기도 했다. 시로타의 눈동자는 완고하면서도 예민하고 조심성이 많은 어린아이 같은 눈이었다. 그 눈이, 경계하는 것을 잊은 것처럼 예리한 관찰력을 있는 그대로 드러내고 있었다. 눈빛은 날카로웠지만 거기에는 온화함이 있었다. 인간적인 감정과는 차원이 다른 온화함이었다.

시로타의 손이 멈췄다.

그의 손에는 사방 50센티미터 정도 크기의 꾸러미가 있었다.

그는 조심스레 포장을 벗겼다.

안에서 나온 그림은 야단스러운 금색 액자에 들어 있었다. 남자의 흉상화였다. 초상화라고 하기엔 포즈를 다소 과하게 잡았고 시선이 빗나가 있었다. 패기라곤 없는 초로의 남자 얼굴. 검은 프록코트와 붉은 테이블과 노란 책, 컵에 꽂힌 완두꽃처럼 보이는 들풀. 치덕치덕 솔로 칠한 것 같은 선이 낙서마냥 도처에 들어가 있었다.

「가셰 박사의 초상」이었다.

시로타의 표정 없는 얼굴에 희미하게 미소가 퍼졌다. 수면을 스치는 파문처럼 엷은 미소. 그래도 그 눈은 웃고 있지 않았다. 그는 그림과 마주보고 있었다. 100년도 더 전에 그려진, 어찌 보면 애수가 담겨 있는, 또 어찌 보면 어딘지 모르게 우스꽝스러워 보이는 그 평면 속 남자와 마주보고 있었다.

시로타의 그 딱딱한 눈이 부드럽게 풀어진 것은 그 뒤에 일어난 일이었다. 얼굴에 얇은 막이라도 씌운 것처럼 살짝 미소를 띤 채 한순간 살짝 눈에 들어간 힘을 풀었던 것이다.

캔버스 틀 뒷면에 스텐실로 글자가 찍혀 있었다.

G 7068

시로타는 휴대전화를 꺼내 수첩을 보면서 조심스레 번호를 눌렀다.

그러고 나서 수화기를 귀에 대었다.

잠시 후 전화가 연결되었다.

"시로타입니다. 「가셰 박사의 초상」을 손에 넣었습니다. 틀림없습니다. 지금, 루비의 스텐실을 확인했습니다."

4월 8일.

경비 회사가 경찰에 전화를 건 것은 이른 아침 4시의 일이었다. 커다랗게 입을 벌린 채 터져 나간 엘리베이터 문을 앞에 두고 경관들은 애초에 도둑맞은 물건이 대체 무엇인지 이해할 수가 없었다. 형사가 와도 사태는 마찬가지였다.

"그림."

"회화."

게다가 왜 은행 간부가 여기 와서 핏기 하나 없는 얼굴로 넋이 나가 있는 건지 알 수 없었다.

형사는 처음 피해 총액을 들었을 때 엔화가 아니라 어디 다른 나라의 통화 단위라 생각했다. 아무리 해도 말이 되질 않았다. 경관은 피해를 입은 물건을 써 달라고 말했으나 현장에 온 렌탈 창고 관리 담당자는 그것을 거부했다. 은행 간부가 부른 변호사가 올 때까지 사태는 진전이 없었다.

변호사가 도착한 뒤에도 여전히 누구도 말을 하려 들지 않았다. 회사에 돌아가 자료를 보지 않으면 알 수 없다. 정확히 말하면, 지금은 금액을 단정 내릴 수 없다. 이런 말들만 늘어놓았다.

이윽고 변호사가 말했다.

"다들 기억을 하지 못하고 있습니다. 아무튼 몇 천억 엔은 되는 그림들입니다."

그러자 마치 봇물이라도 터진 듯, 모두들 피카소니 고흐니 르누아르니 마티스니 하는 이름을 대기 시작했다. 고갱이나, 들어본 적이 있는 듯 없는 듯한 화가의 이름도 말했다. 티치아노나 미켈란젤로는 소묘입니다. 몇 번을 다시 물어도 그런 말들만 반복할 뿐이었다. 경찰관은 '이 녀석들, 사기꾼인가?' 하고 생각했다. 엄청난 보험금 사기를 꾸미고 있는 것은 아닌가. 신분 증명서가 없다면 이 사람들이야말로 사정 청취를 해야 할 판이었다.

피카소의 「슬픈 신부」 라는 말이 나오자 그제서야 젊은 경찰관 하나가 깜짝 놀라며 눈을 크게 떴다.

"네에에에? 그거 혹시……."

중앙 관제실에서 경보 장치가 작동한 걸 보고 경비원이 실내를 확인할 때까지 32분이 걸렸다. 하지만 확인했을 때는 이미 도주한 다음이었다고 경비원은 말했다. 시간이 그만큼 걸린 이유는 경비 시스템상 문에 자동으로 잠금 장치가 작동하도록 되어 있는 바람에 안에 들어가는 데에 시간이 걸렸기 때문이었다. 게다가 엘리베이터의 전원이 자동으로 끊겨서 5층까지 계단으로 뛰어 올라가야 했다.

"현장 창고에는 통보를 받고 20분 만에 도착했습니다."

실내를 살펴보니 첫 번째 문은 일그러져 있었고 두 번째 문은 안쪽으로 넘어가 있었다. 도착한 형사는 생각했다.

'폭발물 사용…….'

폭발물의 위력이 부족하면 방탄 유리문은 깨지지 않을 테고, 너무 강해도 방째로 날아가 버릴 위험이 있었다. 그런데 이건 정확하게 문만 벽에서 빠져 있었다. 우연에 기댄 거라고 보기엔 다른 부분은 또 너무 계획적이었다. 그럼 계산된 것이라고 한다면…….

「부상자 없음. 피해 총액, 미확인」

그것이 첫 기사였다.

호외 신문이 나왔다.

읽고 이해할 수 있는 글자는 강도, 회화, 억, 그리고 2000이라는 숫자뿐이었다.

「25분간의 대담한 범행」

뉴스는 아침에 간단한 알림을 내보냈다. 그리고 낮 시간대의 와이드 쇼가 보도 특집 방송이 되었다.

"8일 새벽 도쿄 후카가와에 있는 창고에 강도가 침입했습니다."

여자 아나운서가 손에 있는 원고를 한 장씩 넘기는 동시에 카메라를 바라보며 말을 이었다.

"강도는 2인조로 보이며 5층 미술품 창고에 트럭을 타고 들어가 방문 하나를 폭약으로 추정되는 물체로 폭파한 뒤 침입하여 실내에 보관되어 있던 컨테이너 두 대를 들고 나갔습니다. 경비회사의 경보기가 침입을 인지한 것은 1시 55분부터 2시 20분으로 범행은 그 25분간에 이루어진 것으로 보입니다. 컨테이너 한 대당 그림이 60점에서 70점 들어 있었으며……."

그리고 결연히 손을 멈추었다.

"피해 총액은 2000억 엔을 넘어, 도난 사건으로서는 세계 역사상 최고액이 될 전망입니다."

옆에는 급하게 불려 온 해설 위원과 미술 평론가가 나란히 앉아 있었다. 거기에는 어쩐 일인지 경제 저널리스트도 같이 나와 있었다.

"그런데 2000억 엔어치의 그림이라니 어떻게 된 거죠?"

경제 저널리스트의 어깨에 조금 힘이 들어갔다.

"일본에는 일찍이 버블이라 불리는 시대가 있어서 여러분은 벌써 잊으셨는지도 모르겠습니다만, 그 시대에는 일본의 자본이 해외의 금싸라기 땅에 있는 빌딩이며 해외 일류 기업을 사들였고 그리고 그림을 샀습니다. 물론 은행의 융자를 얻어서 말이죠. 즉, 지금 도난당한 그림은 미술품으로서 매매되었던 것이 아니라 토지를 사고 회사를 매수할 때에 은행이 자금을 빌려 주듯이 그런 것들과 동일한 방법으로 사들인 물건인 셈입니다. 은행은 그것들을 담보로 삼아 또 돈을 빌려 주었습니다만, 돈을 빌린 측이 갚을 능력을 상실하자 은행에서는 담보를 회수했죠. 그 당시 회수된 담보가 이번에 피해를 입은 그림이라는 말입니다. 당시는 빌딩 한 채와 그림 한 점 가격이 맞먹기도 했던 터라 피해 총액도 쉽게 그 정도 가격까지 올라가는 겁니다."

"그렇다고 해도 그러한 거액의 그림이 왜, 엄중한 관리 아래에 없었던 것일까요."

"아니……."

풍채가 시원치 않은 미술 평론가가 말끝을 흐리자, 옆에서 훌륭한 신사복을 입은 해설 위원이 말을 거들었다.

"그렇게 무조건 경비 태세가 갖춰지지 않은 장소였다고 단정짓긴 힘듭니다. 오히려 범죄가 주도면밀했다고 할 수 있겠죠."

시청자의 대변자인 아나운서는 방송 진행표대로 가차 없었다.

"그런 것치고는 범행 수법이나 과정을 알 수 있을 만한 증거가 많이 남아 있는 것 같은데요, 이건 어떻게 된 일이죠?"

멋진 신사복을 입은 남자는 해설 위원인 만큼 방송에 익숙했다. 상대방이 어떤 질문을 던져도 자기한테 유리하게 말을 돌리곤 했다.

"이번 사건은 곧바로 그 방을 노렸습니다. 꽤 계획적인 범행이라는 것이죠. 폭발물의 분석도 시급합니다. 언뜻 보기에는 난폭한 수법으로 보입니다만 이번과 같이 바깥은 아주 두꺼운 문이고 안쪽에는 두 겹짜리 문이 있는데 그 안쪽 문만 파괴한다는 것은 생각만큼 어려운 일은 아닙니다. 확실히 폭발물의 위력이 너무 강하면 문이 날아가 버릴 테고, 컨테이너에 들어 있는 그림까지 파손될 가능성이 있습니다. 그렇다고 또 너무 약하면 문이 뚫리지 않겠죠. 아마 벽과 문의 접합 부분에 착안했을 겁니다. 폭발물 양을 계산할 때, 이 정도면 접합부가 버틸 만하겠다 싶은 양과 문이 통째로 다 날아가 버릴 만한 양, 두 가지만 산출해 낼 수 있으면 그 중간으로 잡으면 되니까요. 이번 범행도 가능한 일이 됩니다. 그리고 그 데이터는 두 문의 재질과 설치 방법, 벽의 구조 이 세 가지만 알면 어느 정도 정확하게 계산해 낼 수 있습니다. 틀림없이 면밀하게 계획된 범행으로 보입니다. 그러나 지적하신 대로 커다란 실수를 했죠. 실행범의 범행 과정이 경비실 테이프에 녹화되었습니다. 이렇게 멍청한 이야기가 없어요. 조금 이상한 느낌마저 받을 정도입니다. 그러나 외국의 범죄의 경우, 이런 식으로 꽤 막무가내로 일을 저지르는 범죄 조직들도 많아요. 그런 의미에서 말하자면 국제 범죄의 가능성을 충분히 검토할 필요가 있네요."

여성 아나운서는 다시 카메라에 시선을 맞추었다.

"이번에 도둑맞은 물건 중에는 모네, 샤갈, 모딜리아니, 피카소와 같은 근대 회화 작가를 비롯해 티치아노처럼 이른바 올드마스터라 불리는 화가들의 작품도 포함되어 그 손실은 금액으로 잴 수 없습니다. 또한 고흐의 「가셰 박사의 초상」, 피카소의 「슬픈 신부」도 포함되어 있는 것으로 추정됩니다. 해외 미디어도 중요하게 보도하고 있으며 이후 국제 문제로 발전할 가능성을 염두에 둔 대응책이 필요할 것으로 보입니다."

해설자 세 사람은 모두 똑같이 응, 응 하며 고개를 끄덕였다.

사건은 이미 미국 ABC, CBS, CNN, 영국 BBC, 프랑스 국영 텔레비전에서 당일에 보도하였고 《뉴욕 타임스》, 《워싱턴 포스트》, 《파이낸셜 타임스》, 《르몽드》 등 각 신문사는 이에 대한 기사를 1면에 실었다.

「잠자는 명화, 약탈당하다」

저녁 무렵에 방송된 뉴스에서 폭파 현장의 모습이 영상으로 흐르자 시청률이 상승했다.

엘리베이터를 움직이기 위해서는 카드가 필요하며 그 카드는 내부 관계자들만 소지하고 있었다. 엘리베이터는 창고 내의 긴급 장치가 작동함에 따라 자동 정지하였고 때문에 트럭은 엘리베이터를 강행 돌파한 것으로 보이나 애초에 엘리베이터가 움직였다는 것은 범인이 어디에서인가 카드를 입수했다는 뜻이다. 즉 이 부분부터 사건을 쫓아가면 범인상은 금방 명확해질 것이다. 다만 그림이 돌아올지 어떨지는 별개의 문제이다.

해외 미디어는 모두 일본을 비난했다.

일본이 자신들이 짊어져야 할 책임에 대해 그림의 소유권이 자국에 있다는 것을 구실로 삼으며 발뺌을 하는 데에는 한계가 있다. 예술은 만민에게 열려 있으며 동시에 만민에게 지킬 의무가 있다. 예술품을 구입한다는 것은 그것을 소유한다는 의미가 아니라 그저 일정 기간 동안 해당 작품을 보호할 책임을 도맡겠다고 인류의 역사 앞에 공언하는 것과 마찬가지라는 사실을 자각해야 한다. 그러한 자각이 있는 자만이 거금을 털어 예술품을 구입할 자격을 가진다. 즉 일본은 문화를 가지고 있는 자로서의 자각이 있는지 추궁당해야 할 것이다.

렌탈 창고 회사의 앞에는 보도진이 몰려들었다. 그들이 미타니 유헤이의 존재를 깨달았을 때가 당일인 8일 저녁이었다. 기자들은 '사건 이틀 전부터 해외에 출국해 지금까지 연락이 안 되는 남성 직원'이 있다는 사실을 알고 급히 서둘러 자사에 정보를 보냈다.

그 남자는 영어가 특기여서 해외 생활을 염두에 두고 있었다고 말이다.

미타니 유헤이의 여자 친구는 유헤이에 관한 정보를 보도하는 아나운서의 얼굴을 매우 난처하고 불안한 심정으로 보고 있었다.

'유헤이는 해양 스포츠를 하러 미크로네시아에 갔을 뿐인데……'

「총액 2000억 엔. 세계 사상 최고액에 달하는 도난 사건, 내통자 길잡이가 있었나」

그녀는 신문의 글자를 곁눈질로 바라보았다. 아래에는 바로 그 르누아르의 작품이 실려 있었다. 그림 속에는 살이 통통하게 오른 벌거벗은 여인이 싫증난 듯이 길게 드러누워 있었다.

대회화전까지 앞으로 3일.

소스케와 아카네는 시로타가 시키는 대로 지시된 호텔에 대기하며 보도 방송을 보고 있었다.

실행범의 범행 과정이 경비실의 테이프에 남아 있다.

소스케는 그 말을 들었을 때 귀를 의심했다.

틀림없이, 테이프는 돌아가고 있지 않다고 그 남자는 말했었다.

소스케는 자신을 바라보던 그 코브라 같은 카메라를 떠올렸다. 두 사람이 움직일 때마다 그 모습을 지켜보듯이 빛났던 램프. 그리고 경보음. 아카네가 불안한 목소리로 말을 했다.

"지금, 실행범이 방범 비디오에 찍혔다고 텔레비전에서 말하지 않았어?"

텔레비전에서는 해설자가 도난당한 것으로 추정되는 그림들에 대해 설명하고 있었다. 특히 사상 최고가액을 호가하는 근대 프랑스 회화들에 대해 당시의 거래 가격과 함께 현재의 실제 거래 가격을 덧붙이며 하나하나 소개하기 시작했다.

아카네의 옆에서 노란색 페인트 색깔의 휴대전화가 울렸다.

"접니다. 시로타입니다."

아카네는 소스케의 얼굴을 보았고 소스케는 아카네에게서 휴대전화를 빼앗아 들었다.

"큰일 났습니다."

시로타의 목소리가 났다.

"전에 말한 그 화상이 그림을 보더니 상당히 흥분해서 한 점만 아니라 전부 사고 싶다고 제안을 해 왔어요."

이 르누아르는 어떻게 어림잡아도 50억 엔 이상은 될 겁니다. 그림 중에는 일류 작가의 작품이라도 이류품 취급을 받는 것들이 있어서 모든 그림에 다 가치가 있는 것은 아닙니다. 하지만 이건 진짜예요.

소스케는 감시 카메라 이야기를 추궁할 생각이었다. 하지만 그 말을 듣자 전부 잊어버렸다.

이건 티치아노의 작품 중에서도 명품입니다. 본래 시장에 나오는 물건이 아닙니다. 왜 이게 문제의 창고에 들어가 있는지, 저희는 일본 국민으로서 책임지고 이를 추궁할 의무가 있습니다.

다음에 연락하겠다고 말하고 시로타는 전화를 끊었다.

소스케의 머릿속에 아침의 광경이 되살아났다. 그 방대한 양의 그림들은 아침 햇살을 받으며 귀찮다는 듯이 아무렇지 않게 위엄을 드러내고 있었다. 물건이기를 거부하고, 어느 장소에 있든지 동요하는 법이 없었던 그 그림들.

아까부터 이 남자는 몇 장째 그림 해설을 하고 있는 걸까.

시로타는 지금 뭐라고 말했지?

멍하니 석간신문에 눈을 돌렸다. 석간에는 특집 기사가 실려 있었다. 평론가를 미처 구하지 못했는지 저자 직함에는 '미술 애호가'라고 적혀 있었다. 표제는 「인상파 회화와 경매 업체와 세제 개혁과 미국의 기아」였다.

깊은 역사를 지닌 유럽 국가들은 올드마스터라고 불리는 고전 회화를 사랑했고, 인상파 회화가 대두하자 이를 가리켜 위험한 붐이라 지칭하며 자국의 미술을 오염시켰다고 평가했다. 그들에게 인상파 회화는 기발함에만 치중하여 사람들로 하여금 이해할 수 없을수록 훌륭한 작품이라고 착각하게 만드는 그림이었다.

유럽 국가들이 아무리 해도 이해할 수 없었던 것은 화가들이 마치 자신들의 결점을 내보이고 싶어서 안달 난 것처럼 보였다는 사실이었다. 그림들은 거칠게 말하자면 앞면인지 뒷면인지도 알아볼 수가 없게 생긴 데다가 추하고 궁상맞은 색깔이 몹시 엉터리로 칠해져 있었다. 결국 이러한 바보 같고 어리석은 그림은 모두 머지않아 사라질, 분명 잠깐 스쳐 지나가는 유행에 그치리라고 생각되었다.

그랬던 인상파 회화가 어떻게 최근 50년 사이에 올드마스터라 불리는 옛 거장들의 그림마저 능가하는 가격이 되었는가. 그 화학 변화를 야기한 것이 바로 당시 신흥국이었던 미국이 문화에 대해 품고 있던 굶주림이었다.

신흥국인 미국에는 땅도 있고 돈도 있고 사람도 있었으나 문화가 없었다. 유럽 여러 국가들은 자국의 문화에 대한 프라이드가 높았고 고전 회화를 타국에 유출시키지 않았다. 애초에 미국에 인상파 그림이 흘러들어 가게 된 유래는 유럽으로 그림을 사러 간 미국 화상들이 드나들 수 있는 옥션 하우스가 동업자들끼리 이류 그림을 유통하는 창구로 이용되었던 곳밖에 없어서 인상파 말고는 사 올 수가 없었기 때문이었다. 그러나 바다를 건너 자국인 미국에서는 그 인상파 그림들이 높은 가격에 팔렸다. 미국인들은 새로운 것을 좋아했다. 유럽에 대항심도 있었다. 혹은 폐쇄적인 유럽 사회 안에서 편안하게 지내던 그 곰팡이 핀 문화에 넌덜머리가 나 있었는지도 모른다. 고전 회화를 좋다고 생각하지 않았거나 좋다고 생각했지만 유럽이 팔지를 않았거나, 어느 쪽이든 아무튼 미국인들은 인상파 작품을 기쁘게 받아 들였다.

인상파 그림에는 감정 평가가 필요 없었다. 미국의 부호들은 단골 화상을 거느리고 옥션 하우스에 몰려 들어가 직접 인상파 그림을 두고 경쟁을 했다. 점차 값이 뛰어 올랐고 옥션 하우스는 그렇게 올라간 괴상한 가격을 해당 그림의 국제 표준 가격으로 공표했다. 그리하여 근대 인상파 회화는 순식간에 몸값을 올렸다.

유럽의 문화를 오염시켰다는 말까지 들었던 인상파 그림의 몸값을 올리고 고전 회화를 뒷전으로 만든 힘이, 문화를 동경한 나라의 돈이었다는 사실은 아이러니일지도 모른다. 1980년에는 터너의 유채화가 700만 달러에 낙찰되고 나서 6개월 후에 켄터키 주의 체인 병원 중역이 피카소가 19세에 그린 자화상을 500만 달러에 사는 일이 벌어지기도 했다. 근대 화가의 젊은 시절 작품이 윌리엄 터너에 육박해 있던 셈이었다.

1984년에는 르네상스 시기의 그림인 만테냐의 「동방박사의 예배」가 1000만 달러에 팔려 터너의 그림을 앞질렀다. 그해, 고흐의

「아침의 보리밭」이 990만 달러에 팔렸다.

그리하여 10년 만에 근대 회화의 가격은 열 배까지 올랐다. 2000만 엔에 산 작품이 2억 엔에 팔린다는 얘기였다.

가격 상승은 그림의 보험금을 크게 올렸다. 가격이 오르면 훔치려고 생각하는 자들도 나오는 법. 그림 한 점을 위해 마음 놓고 집을 비울 수도 없게 되었고 이전부터 그림을 갖고 있던 사람들은 난처해졌다. 그러한 상황에 1986년 세제 개혁마저 몰아쳤다. 미술관에 기증하면 받을 수 있었던 소득세 공제가 사라졌던 것이다.

그림을 가지고 있으려면 돈이 들었다. 팔면 천문학적인 돈이 되었다.

옥션 하우스에 자신이 소유한 그림의 가격 책정을 요청하는 사람 수가 갑절로 늘었다.

그러나 한편으로 1981년에 이미 미술 시장은 후퇴하기 시작했다. 그 얼어붙기 시작하고 있었던 미술 시장에서 1000만 파운드에서 1500만 파운드 정도 되겠거니 생각했던 고흐 작품에 약 7000만 파운드, 일본 엔으로는 180억 엔, 고전 회화의 여섯 배나 되는 가격을 매긴 것이 바다 건너로 그림을 사러 갔던 우리 일본인이었다.

일찍이 미국이 인상파를 샀을 때 거기에는 그저 돈의 힘으로 뭘 해 보겠다는 것만이 아니라 문화를 소중히 여기는 마음이 있었다. 그림은 미술관에 전시되었고 많은 미술 평론가가 바다를 건너와 호기심을 가지고 그림들을 바라보며 논했다. 속물적인 것이든 아니든 거기에는 문화를 사랑하는 마음이 존재했다.

일본은 어땠는가.

그림을 사러 간 건 수집가가 아닌 투기꾼, 그것도 실제로 구매를 결정하는 사람은 총무과쯤 되는 샐러리맨이었다. 그들에게 미술품은 가치를 매길 수 없는 것이 아니라 가치를 가늠할 수 없는 것이었다. 경쟁 상대가 50억 엔이라 말하면 51억 엔을 불러 손에 넣었다. 상대가 2억 엔이라고 말하면 2억 5000만 엔을 불러 손에 넣곤 했다. 실제로 「해바라기」를 낙찰 받았던 일본 기업은 그 이전에 마네를 구입하는 데에 실패한 적이 있는데, 그래서 의뢰받은 화상은 얼마라도 지불할 테니 이번에는 반드시 낙찰 받으라는 지시를 받고 경매에 임했다.

그러한 방식으로 구입한 그림이 지금은 소금에 절인 그림이라 불리며 담보 물건 신분으로 창고에 쌓여 있었던 셈이다.

우리들은 세계인들 앞에서 문화재 보호라는 책임에 대해 다시 생각해 보아야 한다.

애초에……

미술 애호가는 허풍을 떨어 놓았지만 그다음에 이어지는 주장은 갈피를 못 잡고 우왕좌왕이었다. 그리고 그 옆에는 「대회화전」의 광고가 있었다.

4월 11일부터 개최.

세계의 명화를 한자리에 모았습니다. 잊어버린 시절로 당신을 초대합니다.

4월 20일까지.

세잔, 피카소, 고흐, 르누아르, 칸딘스키.

르네상스 시기부터 현대 회화에 이르기까지, 갖가지 명화를 한자리에 공개.

개관 시간: 오전 10시부터 오후 5시. 금요일은 오후 7시까지. (입장은 폐관 30분 전까지) 휴관일 없음.

관람료 무료. 에히메 현 니시우와 군 미요시 촌립 미술관.

또한 대중교통 수단이 불편하오니 방문하실 때는 자동차를 이용해 주십시오.

르누아르의 나체 여인이 미소를 지으며 누워 있었다.

이케타니 미노루가 히노 도모노리에게서 전화를 받았을 때, 방송에서는 한창 티치아노의 비너스와 스승인 조르조네의 작품을 비교하고 있었다.

이케타니는 아마도 전에 티치아노도 조르조네도 본 적이 있는 것 같다고 생각했다. 금발 머리를 한 서양인 여자가 그려져 있고, 비슷한 얼굴에 색조도 비슷했다. 그런 그림은 유럽 거리에 가면 어디서든 흔하게 팔고 있었다.

'티치아노가 뭐 어떻다고.

내가 바로 그 옛날에 180억 엔짜리 그림을 샀던 남자라고.'

그는 많은 그림을 샀으나 무엇을 샀는지는 거의 기억하지 못했다. 워낙 취급한 그림 수가 많았던 탓도 있고 사고 난 다음에 실물을 본 적이 거의 없었기 때문이기도 했다. 사실 강도 현장이 미이케 후카가와 창고라는 말을 듣고 내심 진정이 안 되기는 했다. 그가 이국에서 사들인 그림들 대부분이 거기에 있을 터이기 때문이었다.

이케타니는 과거에 연간 2000억 엔 정도를 그림 구입비로 썼다. 그 그림들을 당시 자신이 간부로 있던 모리토크 섬유 공업에 구입비의 몇 배나 되는 돈을 받고 팔아넘겼다. 옛날부터 있었던 간부들은 저항하였으나 주식의 대부분을 후나키와 자신들 쪽 관련 기업에서 갖고 있었기 때문에 그들은 아무것도 할 수는 없었다. 이케타니는 자신의 금융 연구소를 통해 모리토크에 융자를 해 주고 그림은 담보라는 명목으로 회수해 왔다.

참 좋은 시절이었다.

백화점의 미술부 직원도 맘대로 할 수 있었다. 모리토크에게 팔아넘긴 가격은 구입 가격의 몇 배였으나 애초에 구입 가격 그 자체가 적정 가격의 열 배 정도였다. 한마디로 모리토크의 피해는 헤아릴 수가 없었다. 들킬 것 같아서 진짜 미술부 직원에게 가짜 적정 가격표를 만들어 달라고 했더니 담당자인 아리타라는 녀석이 "알겠습니다." 하고 대답했다. 그 덕분에 모리토크 간부의 입을 어떻게든 닫게 만들 수 있었지만 그건 그렇다 하더라도 돈줄을 잃지 않으려고 지조 없는 짓을 하면서도 고상한 척을 하니 절로 웃음이 나왔다. 아리타는 자기가 가격표를 작성하기엔 영 망설여졌는지 결국 부하 직원인 콩나물처럼 생긴 젊은 미술부 직원에게 떠넘겼다. 우치야마라던 그 남자는 상당히 굳어 있는 얼굴이었다. 그래도 상사 명령이니 별 수 있나.

'그러고 보니 그 아리타는 자살했었지.

인텔리의 세계니까 자살을 하는 거야.

우리 세계에선 그런 약해빠진 녀석은 없어. 자살 같은 건 제거

당했을 때나 쓰이는 공식 발표 용어지.'

지금도 이케타니는 회사 하나를 자기 뱃속에 끌어 들여 놓고 위산으로 천천히 녹이고 있었다. 그러나 이전에 비하면 작디작은 규모였다.

'아아…….'

이케타니는 텔레비전에 비친 티치아노를 보면서 생각했다.

'그 시절엔 왕창 벌어들였는데 말이야.'

전화가 울린 것은 그때였다.

전화를 건 상대는 히노 화랑의 히노였다.

"오늘 아침 전화가 왔는데, 당신에게 보여 주고 싶은 물건이 있다는 화상이 있어요."

"누구?"

히노는 지극히 꾸밈없이 말했다.

"누구라고는 이름을 대지 않았습니다."

그 순간 이케타니는 각성했다. 피가 끓는 느낌이었다.

히노는 동료들 사이에서조차 정직한 화랑이라는 얼굴을 절대 무너뜨리지 않았다. 위조 감정서를 보여 줬을 때는 이케타니의 얼굴을 보려고도 하지 않았다. 터무니없는 가격표의 존재를 알았을 때도 결코 그걸 입에 올리는 일이 없었다.

동료들 사이에서조차 말이다.

이런 녀석이 가장 신용이 있었다.

이케타니는 자신의 악행을 자랑하거나 괜히 동료 의식을 자극하는 인간은 신용할 수 없다는 사실을 잘 알고 있었다. 이케타니 자신이 말을 퍼뜨리지 않고는 있을 수 없는 성질이었기 때문이었다. 반면 후나키는 동료들에게조차 자신이 관련되어 있다는 사실을 숨기곤 했다.

두 종류 있다는 얘기다.

악행을 지위로 삼는 녀석과 정직하게 악행을 하는 녀석.

후나키도 히노도 후자였다.

이케타니는 히노가 지금 터무니없이 달콤한 이야기를 속삭이고 있다는 사실을 알아차렸다.

"그림인가?"

"그렇습니다. 텔레비전을 켜 보세요. 계속 뉴스에서 떠들고 있는 그 그림입니다."

……텔레비전?

지금 텔레비전에서는 '사상 최대의 도둑'에 대해 떠들고 있었다. 창고의 그림을 몽땅 훔쳐 냈다는 부러운 놈들의 뉴스였다.

그 그림.

이케타니는 무의식중에 수화기를 고쳐 들었다. 그리고 얼이 빠진 것처럼 할 말을 잃었다.

도둑이 대개 맨 첫 번째로 생각하는 것은 대개 훔친 물건을 어떻게 팔아 치울 것인가 하는 문제였다. 안전하고 확실하게 그리고 가능한 빨리 돈으로 바꾸고 싶어 하는 법. 어둠의 경로를 통해 손에 넣은 물건을 안전하게 처분할 수 있는 가장 좋은 방법은 마찬가지로 어둠의 경로에 내다 파는 것이었다. 옛날부터 그렇게 정해져 있었다. 그렇다는 말은 지금 일본 내에 난리가 나 있는 2000억짜리 그림을 공짜로 호주머니에 넣은 녀석이, 그 그림을 이 나에게 팔아 치우려고 생각하고 있다는 것……인가?

여보세요, 하는 히노의 목소리가 들리고 나서야 겨우 이케타니는 말을 했다.

"네가 아는 녀석인가?"

"이름을 대지 않아서 모릅니다. 제가 이케타니 씨와 각별한 사이라는 사실을 알고 저희 쪽에 연락을 해 온 것 같습니다. 저는 의뢰받았을 뿐입니다."

복잡한 사연이 있는 고가의 미술품은 은밀히 거래되는 경우가 많았다. 히노 화랑이 그 주선을 의뢰받았다는 것은 그리 특이한 일이 아니었다.

히노는 담담하게 말을 이었다.

"거절하시겠습니까?"

텔레비전 화면에는 티치아노의 나체 여인이 엎드려 있었다.

"틀림없이 이 뉴스 속의 그림인가?"

"상대편에게서 처음 연락이 왔던 것은 어제, 사건 전날인 4월 7일입니다. 상대편은 내일 뉴스를 보고 나서 검토해 주면 된다고 말했습니다. 그래서 제가 무슨 뉴스냐고 물었습니다. 그랬더니 상대방은 웃으면서 '뉴스 쪽에서 당신한테로 알아서 뛰어 들어올 겁니다.'라고 그렇게 말하더군요."

기회의 신에게는 앞머리만 있고 뒷머리가 없었다. 스쳐 지나가고 나면 다시 잡을 수 없었다. 정면에서 붙잡아야 했다. 그러기 위해서는 배짱과 결단력이 필요했다. 이케타니는 땅 투기를 할 때 상대와 테이블을 사이에 두고 앉아서도 겁먹은 적은 한 번도 없었다.

"알았다. 보도록 하지."

두 시간 후 히노에게서 다시 전화가 왔다. 히노는 말했다.

“내일, 차로 마중 나온다고 합니다. 저희 화랑에 12시 45분까지 오십시오.”

다음 날인 4월 9일 오전 10시.

런던 히스로 공항행 비행기는 나리타를 출발하여 날아 올랐다.

기내 반입 가능 수하물은 50센티미터 곱하기 30센티미터 크기였다. 파란 눈을 한 남자는 고급 브랜드의 가방을 꽉 쥐고 있었다.

비행기가 활주로 위에서 속도를 올렸다. 등이 의자에 푹 잠겼다. 이 세계의 무언가를 찢고 다른 세계를 향해 날아가려는 듯한 강렬한 힘이 느껴졌다.

남자는 보스턴백을 손에서 놓지 않았다. 자그마한 어린아이의 손을 살포시 잡아 쥐듯 결코 강하게 잡지 않았다. 그러면서도 주의 깊은 태도여서 마치 온몸이 보스턴백을 쥐는 그 손을 위해서만 존재하는 것 같았다.

이윽고 비행기는 이륙하여 구름을 빠져 나왔다. 그리고 다시 상승을 계속했다.

파란 눈의 남자는 느긋하게 몸을 의자에 맡긴 채 객실 승무원의 어떤 물음, 물, 식사, 술, 잡지, 담요에도 괜찮다는 답만을 반복했다. 그리고 그저 창밖을 바라볼 뿐이었다.

창밖을 바라보는 눈은 약간 공포를 띠고 있었다.

벤 어윈의 보스턴백 안에는 G 7068이라고 낙인이 찍힌 빈센트 빌렘 반 고흐의 작품, 「가셰 박사의 초상」이 들어 있었다.

시로타는 나리타에서 그가 탄 비행기를 배웅했다.

비행기가 작은 바늘만 해져서 시야에서 사라지자 그는 결연히 발길을 돌렸다.

그리고 택시 승차장에서 아카네와 소스케에게 전화를 걸었다.

"지금부터 두 시간 후에 어제 갔던 공장터로 와 주십시오. 오실 때 택시는 타지 마세요. 아카네 씨의 차를 사용해 주세요. 장소는 알고 계시겠죠. 모쪼록 다른 사람에게 뒤를 밟히지 않도록."

장소는 알아도 가는 길은 기억나지 않았다. 소스케와 아카네는 딱 한 번 가 본 곳에, 그나마도 다른 사람이 데려다 줘서 갔던 장소까지 알아서 찾아가야 했다. 몇 번인가 시로타의 휴대전화에 전화해 길을 물었는데 그때마다 현재 위치도 제대로 설명할 수가 없었다. 그사이 두 사람은 국도를 마냥 달리다 보면 도착한다는 사실을 깨달았다. 남은 것은 지나쳐 가지 않도록 조심하는 것뿐이었다. 목적지 근처는 좀 더 헤치고 들어가야 했지만 그래도 일단 근처까지 가면 헤맬 일은 없었다. 12시에 도착하자 시로타가 소스케와 아카네를 기다리고 있었다.

"지금 바로 그림을 전시해 주세요. 전부입니다. 앞으로 두 시간밖에 없어요."

마당에 주차해 뒀던 그 운송 회사 트럭은 이미 사라져 있었으나 폐공장 안은 어제 두 사람이 집에 갔을 때 그대로였다. 뜯다 만 그림도 있었고 아직 포장되어 있는 채로 방치된 그림, 벽에 세워 놓은 그림도 모두 어제와 똑같았다.

"그 화상은 이 그림들 중에 다른 손님에게서 부탁받은 그림이 있는지 확인하고 싶다고 했어요. 그러니 전부 늘어놔야 합니다."

시로타는 몹시 서두르고 있었다.

"왜 그렇게 서둘러?"

시로타는 기가 막히다는 듯이 말했다.

"모두가 지금 혈안이 되어 이 그림을 찾고 있어요."

그리고 아카네를, 그러고 나서 소스케를 바라보았다.

"경찰에게 발견되기 전에 전부 끝내야 합니다. 만약 2시 약속에서 30분이라도 늦으면 화상은 이 건에서 손을 떼겠다고 했습니다. 저도 처음에는 「가셰 박사의 초상」만 손에 넣으면 된다고 생각했어요. 그는 그 그림을 원하고 있었으니까요. 덕분에 저희 셋이 사기당한 3000만 엔 하고도 엄청난 거스름돈이 돌아온 셈이죠. 이 가셰를…… 네. 그 가셰입니다."

시로타는 그렇게 말하면서 낡은 철제 테이블 위에 올려놓은 가셰를 바라보았다.

지금 이 자리에 있는 가셰의 캔버스 틀 뒷면에 찍힌 G부터 시작하는 글자는 시로타가 새긴 것이었다. 시로타는 모든 수순을 터득하고 있었다.

처음부터 모든 수순을 말이다.

이안 노스윅이라 이름을 댄 남자가 어떤 자인지, 미술상인지 미술 수집가인지 아니면 범죄자인지, 시로타에게는 상관없는 일이었다.

시로타에게 중요한 것은 돈을 지불할 사람이 이케타니 미노루라는 사실뿐이었다. 그가 이 그림을 사게 하기 위해 후데사카 아카네의 스낵 아카네에 다니며 머리에 넥타이를 두르고 익숙지 않은 노래까지 불렀다. 니시신바시의 복합 빌딩에서 후데사카 아카네와 오우라 소스케를 기다렸다. 가세를 둘러싸고 여러 가지 논쟁이 많은 것은 사실이었으나 일본이 어딘가 다른 나라에 그림을 반환할 의무는 법적으로는 없었다. 케니히스 집안에서 반환 요구를 제출한 것은 확실한 사실이나, 당사자인 프란츠 케니히스와 지크프리트 크라마르스키 두 사람은 거래를 공표할 생각이 없었고 덕분에 아무런 자료도 남아 있지 않아 이제 와서 후세의 사람들이 흑백을 가려낼 방법이 없었다. 프랑크푸르트 미술관 역시 그림을 되찾기 위해 온갖 수단을 다 썼으나 크라마르스키는 그림의 반환에도 매입에도 응하지 않았고 괴링의 불법 행위 역시 나치의 선전성이 압수한 뒤에 일어난 일이며 당시에는 압수를 합법화하는 법령으로 보호받고 있었기 때문에 괴링의 상속인에게 배상 청구를 하는 것도 무리라고 판단했다. 프랑크푸르트 미술관이 지금까지 오펜하이머 가문에게 의리를 지키고 있는가 하면 사실 어지러울 정도로 빠르게 변하는 세계 정세 속에서 거기에 계속 고집을 부리는 것은 상식적으로 어려운 일이었다. 시로타는 이 모든 사실을 바탕으로 시나리오상 필요한 만큼만 각색하여 사고력이 발동할 여유가 사라질 때까지 두 사람의 머릿속에 2000억 엔의 '꿈'을 집어넣었다.

시로타는 이 13년 동안 여러 가지 생각을 했다. 만약 아리타 하루키가 살아 있었다면 이 원망의 마음을 그에게 모두 발산하고 있었으리라. 하지만 아리타는 자살했다.

그가 죽고 나서 깨달았다. 그가 죽음으로써 모든 진실이 봉인되었다는 사실을. 그리고 그 덕분에 시로타가 살 수 있었다는 사실을.

때문에 시로타는 이제 누구도 원망할 수가 없었다.

아리타를 죽음에 이르게 하여 자신의 원망을 봉인한 것은 누구인가. 사실은 이케타니 미노루 한 사람의 탓으로 돌릴 일이 아니었다. 그래도 기억하는 한, 상사인 아리타를 죽음으로 몰아넣은 사람은 분명히 이케타니였다. 그가 거리낌 없는 얼굴을 하고 말했던 것들 저지른 일들 그 모든 것이 아리타를 죽음으로 몰아넣었고 자신은 사회에서 매장당했다.

그리고 이케타니는 지금도 운전기사가 딸린 검정색 차를 타고, 명문 코스에서 골프를 치고 있었다.

홀로 남겨진 슬픔은 분노도 원망도 지워 버렸다. 아리타의 아내는 매스컴에 이름이 나는 바람에 장례식도 제대로 치르지 못했다. 시로타가 그의 집에 분향하러 방문했을 때 딸은 아직 세 살이었고 차분한 얼굴로 앉아 있었으나 왜 그렇게 얌전히 있어야 하는지를 전혀 이해하지 못하고 있었다. 시로타를 보자 당장이라도 뛰어 나갈 것처럼 눈을 반짝거렸다. 그래도 참고 앉아 있었다.

딸에게 무슨 죄가 있는가.

믿었던 사람이 바라는 대로 한 것이 죄인가.

지금 이 폐공장의 철제 테이블 위에 있는 가셰 그림은 런던의 화구점에서 18세기의 이류 회화를 산 뒤 캔버스를 빼고 남은 캔버스 틀에 붙인 것이었다. 어쩌면 고흐의 그림도 이런 낡은 싸구려 그림 신세를 거쳤을지도 몰랐다. 런던 각지에는 고물상에서 연대별로 나누어 캔버스를 팔고 있었다. 그렇게 구입한 오래된 캔버스 위에 미노베 겐이 그림을 그렸다.

미노베는 이 반년 동안에 몇 번이나 몇 번이나 다시 고쳐 그리곤 했다. 몇 번을 그려도 진품에 가까워지지 않자 짜증을 냈다.

어쩌면 가셰는 맘에 안 드는 그림을 긁어내고 그 위에 그린 것인지도 몰랐다. 고흐는 그림 그리기를 좋아했다. 자작 그림은 언제나 잔뜩 있었다. 있을 법한 일이었다. 막다른 지경에 몰린 미노베는 자신이 그린 시작품의 물감을 주걱으로 밀고, 마지막 도전을 했다.

시로타와 미노베와 이안 노스윅 세 사람 중에서 진짜 「가셰 박사의 초상」을 본 적이 있는 사람은 이안뿐이었다. (이안이라는 이름이 본명인가 아닌가는 별개로 하자. 어차피 이런 건 문제가 아니었다.) 하지만 히노도 진품을 본 적이 있었다. 미노베는 진품을 본 적이 없었다.

그림물감을 한 번 싹 긁어낸 18세기 캔버스 위에 그려진 미노베의 가셰 최종판을 보고 이안은 고개를 갸우뚱했다.

그렇게 하고 있으니 꽤 귀여워 보였다. 귀가 큰 게 그의 특징이었다. 일본에서 말하는 복귀였다. 그는 유창한 일본어로 말했다.

"그렇군요."

그의 일본어는 굉장히 정중했고 게다가 정확했다. 그와 같은 일본어를 말하는 일본인은 아마 없었다. 듣고 있으면 언어라고 하기보다 기호 같은 기분이 들곤 했다. 적은 수의 기호를 조합하여 감정조차 정보의 일부처럼 정확하게 전달했다. 그의 말에 애매함 같은 건 없었다.

이안은 미노베의 그림을 찬찬히 살펴보았다. 그러고 나서 문득 미소를 지었다.

"자포자기한 느낌이 좋네요."

부드러운 미소였다.

사람을 대할 때 그는 항상 이런 상냥함을 잃지 않았다. 그는 미노베를 향해 돌아선 뒤 말했다.

"씁시다."

그 순간, 미노베의 얼굴이 새빨개졌다.

낡은 액자에 미노베가 그린 가셰를 끼운 사람은 이안이었다.

그럴 때의 그는 사람을 마주할 때와 전혀 다른 얼굴을 했다. 꼼꼼하게 작업을 하는 기술자의 얼굴을 하고 있었다. 혹은 총명한 소년의 얼굴. 어느 쪽이든 불순물은 없었다. 시로타가 이 어딘가 수상한 이야기에 자신의 운명을 걸어 보자고 결심한 이유도 그의 이 마물 같은 솔직함 때문이었으리라.

가셰는 고흐가 가셰 박사 본인에게 선물했을 당시에는 액자에 들어 있지 않았다. 후에 금색의 호사스러운 액자에 끼웠지만 거기에 대해 이안은 기분이 좋을 때 이렇게 말한 적이 있다.

"어울리지 않아요. 서양인이 어설프게 기모노를 입고 있는 것 같아."

하지만 가셰와 어울리는 소박한 나무 액자에 넣었다간 그림은 순식간에 늙어 버릴 게 분명했다.

이안은 그러한 가셰의 특징적인 액자와 똑같아 보이는 다른 액자를 준비하고 있었다. 똑같아 보인다는 말은 칙칙하게 바랜 색깔이나 그을음까지 루비 단상에 올라 있던 때의 액자와 닮아 있다는 의미였다. 거기에 미노베가 18세기의 캔버스 위에 그린 가셰를 붙인 18세기의 캔버스 틀을 끼워 넣었다.

훌륭한 가세가 완성되었다. 4월 3일. 결행일 5일 전의 일이었다.

창고에서 들고 나온 진짜 가셰가 일본에 있었던 시간은 가지고 나왔던 8일 오전 2시부터 루비 인상파 부장 벤 어윈이 비행기에 들고 탄 다음 날인 9일 10시까지, 32시간 동안이었다. 미노베가 자신이 그린 가셰를 폐공장에 가지고 왔을 때가 9일 새벽. 그 전 날인 8일 저녁에 시로타와 미노베는 미노베가 그린 가셰를 앞에 두고 맥주를 마셨다.

그때 미노베는 벤 어윈에게 건네기 전까지 짧은 시간이나마 고흐가 그린 진짜 가셰를 감상하고 있었다. 지난 반년간 사투를 벌였던 그 환상 속의 「가셰 박사의 초상」이었다.

특별히 할 말도 없어서, 한 시간 정도는 말없이 있었다.

어두워져서 불을 켤까 생각했으나 희미한 어둠 속에서 보니 미노베가 그린 가셰가 무척 좋아 보였기 때문에 한동안 그대로 있었다. 미노베가 켜지 않을까 생각했으나 그도 역시 불을 켜지 않았다.

"이 그림, 가셰로 보입니까?"

미노베가 물었다.

"모르겠습니다."

시로타가 대답했다.

그러고 나서 시로타는 웃었다.

"자포자기한 느낌이란 말을 들었네요."

"저는 집념이란 말을 듣고 싶었는데요."

"하지만 확실히 자포자기예요."

차츰 미노베의 가셰가 어둠에 잠겼다.

"이거 루비에서 팔면 얼마가 나올 것 같으십니까?"

미노베의 질문은 굉장히 절실하게 들렸다.

"미술부 직원 중 누군가가 바보라서 진짜 고흐 작품이라고 생각하면 100억이겠죠. 하지만 고흐의 그림이 아니라는 게 들키면 2만 엔입니다."

"바보가 아니면 진품이라고 생각 안 할까요?"

시로타는 잠시 사이를 두고 말했다.

"워싱턴의 내셔널 갤러리에 말이죠, 고흐의 자화상이 있는데 가짜예요. 물론 증거는 없습니다. 하지만 보면 알죠. 그 안에는 '고흐 씨'가 없어요. 미술계가 그렇게 소란을 피워 대는 그 빈센트 반 고흐가 아니라는 말이죠. 예를 들어 어떤 사람과 매번 길에서 마주친다고 쳐요. 그렇게 만나서 인사하고 돌아섰는데 옆에서 누가 '저 사람 누구야?'라고 물으면 '아아, 저기 건너편에 사는 고흐 씨야.' 뭐 이런 식으로 대답하겠죠. 하지만 그럴 때 그 사람은 고흐라는 사람의 일상이나 성격이나 그 전까지의 인생까지 다 알고 있는 것이 아니라, 그저 매일 정해진 시간에 그 길에서 마주치는 고흐밖에 몰라요. 하지만 그 사람은 틀림없이 고흐라는 사람을 알고 있고 뒷모습일지라도 '아, 고흐 씨다.'라고 알아볼 수 있죠. 구도가 어떻다느니 붓놀림이 어떻다든지 하는 게 아니에요. 고흐의 그림에는 '야, 고흐 씨. 오랜만입니다.' 하고 인사라도 나누고 싶어질 만큼 확실하게 그가 존재해요. 내셔널 갤러리의 고흐 자화상에는 그러한 고흐 씨는 없어요. 당신의 이 그림을 이렇게 보고 있으면 말이지, 있는 것 같은 기분은 들어요. 하지만 진짜 고흐의 그림을 봐 버리면 이 그림엔 확실하게 고흐가 없다는 사실을 알 수 있죠."

시로타는 말을 끊고는 잠시 맥주를 마셨다.

"그림 안에 아무도 없는 그림은 많이 있습니다."

시로타가 덧붙였다.

미노베는 고개를 숙였다.

그러고 나서 얼굴을 든 뒤 자신이 그린 가셰를 보았다.

"히노 화랑의 히노는 이게 가짜라는 것을 알까요?"

가셰는 신묘한 얼굴로 그들 앞에 있었다. 마치 두 사람의 이야기에 귀를 기울이고 있는 것 같아서 이상했다.

미노베의 가셰는 컴퓨터로 정확하게 분석했기 때문에 원화와 같은 구도를 갖고 있었다. 색상은 분석한 사진마다 조금씩 달랐다. 원화와 완전히 똑같은 색을 컴퓨터로 재현하는 것은 불가능했지만 사진과 동일한 색이라면 추출해 낼 수 있었다. 즉 팸플릿에 나와 있는 가셰의 색상은 재현 가능했다. 다만 붓놀림까지는 재현할 수 없었다. 바꿔 말하자면 히노가 미노베의 붓놀림을 고흐의 것이라고 오인하느냐 마느냐가 관건인 셈이었다. 그림을 보고 이안은 자포자기한 느낌이 좋다고 총평했다.

고흐의 붓끝에는 열의가 있었지만 미노베의 붓에는 저주와 같은 분노가 있었다. 초조함, 혹은 증오와 같은 감정이었다.

"이렇게 보니 고흐는 확실히 개성 있는 화가였구나 싶네요. 분명 당신의 그림 쪽이 더 질척질척한 감정에 조종되고 있을 텐데 원화보다 고상해요. 그리고 정돈되어 있어서 전체적으로 완성도가 좋아요. 위조품은 때때로 원화보다 사랑받는다고 합니다. 가시가 사라지고 좋은 부분만 과장되니까요. 그러한 의미에서는 당신의 가세는 성공입니다."

"평범하다는 의미입니까?"

"맘대로 생각하세요. 적어도 당신은 자신의 그림을 그린 것이 아니니까 당신다움이 없는 게 당연하죠. 저는 그저 본 대로 말한 것뿐입니다."

해가 지고 가세는 완전히 어둠에 잠겼다. 미노베가 말했다.

"이번 일은 당신이 나에게 먼저 말을 꺼냈죠. 나는 히노 도모노리가 미워서 받아 들였어요. 내가 그 남자에게 원한을 품고 있다는 사실은 조사해 보고 알았겠죠. 나는 모두에게, 그래 봤자 몇 명 안 되는 친구들뿐이었습니다만, 내가 얼마나 원통한 일을 당했는지 열을 올려가며 털어놨었으니까요. 하지만 우치야마 씨, 당신은 어째서 이 계획에 참여했나요?"

어두워졌기 때문에 두 사람은 서로의 표정을 볼 수 없었다. 가세만이 근심스러운 얼굴로 귀를 기울이고 있었다.

우치야마라고 불린 시로타는 따지는 기색도 없이 조금 웃었다.

"우리들은 법을 어기는 사람은 나쁜 사람이라고 생각해 왔습니다. 저는 법을 위반했으니 나쁜 사람입니다. 붙잡히면 형을 살게 되겠죠. 하지만 그 이안이라는 사람은 나쁜 짓을 하면서도 어쩐지 그런 자각이 없어요. 제가 이 일을 부탁했을 때 그는 이런 말을 말했습니다. 범죄는 하고 싶다고 말하는 것과 정말로 실행에 옮기는 것 사이에 아주 큰 차이가 있다고요. 그 각오는 있냐고 묻더군요. 미노베 씨도 들으셨죠. 하지만 정작 그 말을 하는 그에게는 전혀 자각이 없었어요. 그러한 악인을 무어라 부르면 좋을까요. 범죄를 사심 없이 저지른다는 게 저로서는 이해가 되질 않아요. 하지만 제가 이렇게 후련하게 저질러 버린 건 그래서였겠죠."

미노베는 대답을 거절당한 것처럼 기묘하게 잠자코 있었다. 시로타는 말을 계속했다.

"확실히 이안이 하는 말에는 도리가 있습니다. 가셰가 시장에 나오지 않으니까 이러한 수단을 취할 수밖에 없다는 그 논리 말입니다. 그는 정규 루트를 통해 구입하려고 13년간 끈질기게 기다리고 노력했어요. 그 사람은 그저 그 그림이 갖고 싶은 겁니다."

그가 정당하게 사려고 노력한 것은 사실이었다.

노스윅은 단순한 '돈이 남아도는 수집가'가 아니었다. 항상 유연하게 사태에 대응하였고 쉽게 큰돈을 굴리면서도 돈에 집착하지는 않았다. 장사라는 건 그러한 사람을 중심으로 움직이는 법이었다. 그런 그가 모든 방법을 동원하여 그림의 행방을 찾고 교섭 상대를 찾아다녔다. 일을 맡길 때마다 억 단위의 수수료가 들어갔다. 그리고 무엇보다도 그와 같이 일했다는 실적 자체가 귀중했다. 화상들은 그의 신뢰를 얻기 위해서는 노력을 아끼지 않았으리라. 그럼에도 결국 가셰는 모습을 드러내지 않았다

미노베의 불안은 알고 있었다. 만약 히노가 이 가셰를 위조품이라고 말하면 6개월 걸린 이 계획은 물거품이 될 터였다. 이안은 그 유창한 일본어로 "저런." 하고 위로의 말을 건네고는 런던에 돌아가 버리리라. 어차피 진짜 가셰는 이미 확보되어 있었다.

"그건 그렇고 우치야마 씨, 잘도 그 정도의 정보를 익히고 계셨네요. 도저히 섬유 회사에서 근무했던 사람처럼 보이지 않아요. 마치 가셰 전문가 같아요."

시로타는 희미하게 끄덕였다.

"노스윅 씨에게 들은 이야기를 그대로 말 한 것뿐이에요. 그는 미술품에 대한 것이라면 무엇이든 잘 알고 있어요. 다른 미술상들도 그렇게 도청이나, 아무런 흔적도 남기지 않고 다른 사람 집에 출입할 수 있는 기술을 가진 사람들과 친하게 지내는지 어떤지는 잘 모릅니다만 미술품의 모든 역사를 컴퓨터처럼 통째로 외우고 있는 사람인 것만은 확실합니다."

미노베는 조심스럽게 물었다.

"저로서는 당신이 단순히 자기가 일하던 모리토크 섬유라는 회사가 도산에 몰렸다는 그 이유만으로 이렇게까지 할 수 있다는 점이 어쩐지 잘 이해가 안 됩니다. 실패하면 당신 인생은 파멸이에요. 저는 그 히노라는 남자에게 복수만 할 수 있다면 파멸도 마다하지 않을 겁니다. 하지만 당신에게는 무슨 이득이 있는 거죠? 이케타니를 찍소리도 못하게 만든다 한들 모리토크 섬유가 다시 살아나는 것도 아니죠. 우치야마 씨가 지금 이름으로 쓰고 있는 '시로타(城田)'라는 이름은 '조터'에서 따와 붙였다고 기쿠치 씨에게서 들었습니다(일본어에서 城는 시로 혹은 조라고 읽는다—옮긴이). 조터는 지금 이케타니가 손을 대고 있는 회사죠. 지금의 당신에게는 관련이 없어요. 대체 왜인가요?"

시로타는 "네, 그렇군요."라고 중얼거렸다.

"모리토크는 커다란 선박이 가라앉을 때처럼 안에 여러 가지를 잔뜩 담고서, 게다가 근처에 있는 것들까지 소용돌이에 끌어들이면서 침몰했어요. 제가 조터에서 이름을 따온 이유는 이런 일에 참가하는 제가 대체 누구인지 저조차도 알 수 없었기 때문이리라 생각합니다."

“계속 이상하다고 생각했습니다만, 우치야마 씨는 왜 이케타니와 교섭할 때 뒤에 숨어 있어야 했던 겁니까?”

미노베가 물었다. 시로타는 “이케타니가 제 얼굴을 알고 있기 때문이죠.”라는 말을 삼켰다.

“기합을 넣읍시다, 미노베 씨. 여기까지 왔으니까요. 저희들은 선택한 거예요. 적어도 저는 선택했어요. 지금 누구보다 난처해하고 있을 사람은 이 가셰가 아닐까요? 이런 나로 정말 그렇게 큰돈을 벌 수 있는 건가, 라고 말이죠. 나는…….”

시로타는 가셰를 바라보았다.

100년 후의 사람들이 봤을 때 망령이 당장이라도 벌떡 일어날 것 같다고 느낄 만한 초상화를 그리고 싶다고 했던 고흐. 거짓이든 진짜든 그림물감과 캔버스의 세계에 자신의 시간과 마음을 전부 소비했던 남자.

그 정도의 완성도는 아니었지만 미노베가 그린 ‘고흐 작 가셰’는 지금 이 자리에 분명히 유령처럼 존재하고 있었다.

시로타는 중얼거렸다.

“……성가신데, 라고 말이에요.”

그림은 모두 늘어놓았다. 그 안에 미노베의 가셰가 있었다.

시로타는 시계를 보았다.

“이제 곧 이리로 올 겁니다. 오우라 씨의 맨션으로 돌아가 있으세요. 그리고 제 지시를 기다리시고요. 멋대로 나다니면 안 됩니다. 그리고 배분에 대해서 말입니다만, 지금 결정해 두죠. 판매액의 절반을 당신들 두 사람이 나눠 가지세요. 남은 반은 제가 받겠습니다."

아카네는 멍하니 있었다.

"왜 가장 위험을 무릅쓴 우리들이 4분의 1인 거야."

딱 사기를 당했던 그때와 마찬가지로 슬프고 분한 표정이었다. 아카네는 이어서 뭐라고 말하려고 했으나 시로타는 가로막았다.

"당신들이 손에 쥐게 될 돈은 당신들이 필요했던 그 돈의 몇 배나 되는 금액입니다. 누구 덕분이라고 생각하십니까. 저는 당신들이 없어도 이대로 계획을 진행시킬 수밖에 없어요. 예, 합니다. 가능해요. 하지만 당신들 두 사람은 어떻습니까. 제가 없었다면 이렇게 많은 그림을 들고 움직이지도 못했을 겁니다. 이해해 주세요. 주도권은 제가 쥐고 있어요. 제가 여기서 내팽개치면 당신들한테는 1엔도 떨어지지 않을 겁니다."

시로타는 덧붙였다.

"자기들이 직접 팔아 치우겠다든가 그런 무모한 생각은 하지 마십시오. 이 화상이 사지 않는 그림은 그냥 방치할 겁니다."

"아무래도 모르겠는데 방치란 게 무슨 말이죠?"

"경찰이 찾아내 주기를 기다린다는 겁니다."

그리고 소스케를 바라보았다.

"버블 시기의 자금에는 많든 적든 폭력단이 얽혀 있습니다. 저희들은 그 불량 채권을 훔친 겁니다. 멋대로 처분할 거라면 경찰에게 잡히는 편이 차라리 안전해요."

그러고 나서 아카네와 소스케를 되돌려 보냈다.

모든 것은 계획대로였다.

현재 시각 1시 30분. 앞으로 30분 뒤에 막이 열리리라.

대단원을 향해, 일단은 보잘것없는 서막부터.

소스케는 폐공장을 나올 때 광장 저 끝에 고급차가 서 있는 것을 보았다.

진한 청록색 차로, 표면은 잘 손질된 수정처럼 빛나고 있었다. 뒤쪽 좌석에는 남자 하나가 편안한 자세로 우아하게 앉아 있었다. 선글라스를 쓰고 있었고 보기에 상당히 잘 만들어진 정장 옷을 입고 있었다.

그때 소스케가 운전석을 본 이유는 순간적으로 운전기사를 연상했기 때문이었다. 영국의 귀족이 거느리고 있을 법한 하얀 장갑을 낀 전속 운전기사를 말이다.

운전석에 앉아 있는 남자는 하얀 장갑은 끼고 있지 않았다.

거기에 앉아 있는 사람은 다부지고 덩치가 큰 외국인이었다.

5장

폐공장에 그림이 걸려 있었다.

창백한 얼굴을 한 여자가 한쪽 구석에서 웃고 있었다.

크레용으로 칠한 것처럼 두껍게 발린 하얀색 위에 솔로 페인트를 칠해 놓은 것 같은 산만한 배경. 신사숙녀만이 모여 있을 터인데 어쩐지 난잡한 분위기의 술집.

그 옆에 있는 풍경화는 프랑스의 다리였는데 꼭 또래보다는 그림을 좀 그릴 줄 아는 열두 살짜리 아이가 어디 대회에 제출해 입선한 작품 정도로 보였다. 수면은 수초가 자란 것처럼 녹색이었고 하늘은 흐렸고 무겁게 축 늘어진 구름은 하얀색. 'Marquet 1906'이라는 사인이 있었다.

정밀한 필치로 수많은 양의 뒷모습을 정성 들여 그린 오랜 옛날의 아름다운 그림, 사진으로밖에 보이지 않는 외딴 섬의 그림,

그 옆에는 젊은 귀족 여자가 핑크색 드레스 자락을 바람에 펄럭이며 그네를 타고 있었다. 아래에서 그 모습을 엿보는 젊은 귀족은 즐거워 보였다. 여자는 그네 위에서 그 젊은 남자를 보고, 젊은 남자는 아래에서 여자의 스커트 안쪽만을 보고 있었다. 그 옆에 있는 그림은 이 자리에 있는 것이 무언가 착오가 아닌가 싶을 정도였다. 화면이 전부 농담조차 전혀 없는 파란색 하나로만 칠해져 있었기 때문이었다.

극단적으로 발이 작은 비너스들.

누가 봐도 뚱뚱한 나체의 여자.

언짢아 보이는 표정의 아기.

많은 화가가 나체의 여인을 둘러싸고 그림을 그리고 있는 광경.

발밑은 맨 흙바닥이었다. 아래에서 습기가 전해져 올라왔다.

한동안 이케타니와 히노는 단 둘이서 그림을 둘러싸고 앉아 있었다.

"2000억 엔어치예요."

그 말을 한 사람은 정체를 알 수 없는 남자였다.

일본인은 아니었다. 일본인으로 보이지 않기 때문이 아니라, 일본인 중에는 없는 타입이었기 때문이었다.

이케타니는 아시아나 이탈리아의 마피아와 접촉한 적이 있었다. 일본의 야쿠자도 그쪽 영화 속에서는 '쿨'하게 연출되었다. 마찬가지로 아시아나 이탈리아의 마피아는 영화에 나오는 것처럼 멋있지 않았다. 힘만 믿고 얼빠진 녀석들에 걸핏하면 화를 냈다. 품위도 없고 온후한 성격도 아니었다. 결국 야쿠자는 만국 공통인 셈이었다.

눈앞에 서 있는 남자는 달랐다.

남자에게서는 몸에 밴 돈의 냄새가 났다. 그것은 피 냄새였고 아마도 '상류층'의 냄새였다.

사람을 사람으로 생각하지 않는다.

도둑고양이 한 마리를 구하기 위해서 사람 2000명쯤 아무렇지 않게 죽이는 그런 류의 자선 활동이 가능한 계급 말이다.

그의 회색 눈동자가 이케타니를 보았다. 공격 대상으로 포착된 기분이 들었다.

"이 컬렉션에 관계가 있는 분을 우선적으로 초대했습니다. 우리들도 국외로 반출하는 위험을 줄이고 싶은 겁니다."

낯선 화상은 부드러운 일본어로 말했다.

"전부 해서 200억 엔에 어떠십니까?"

이케타니는 그 남자를 보았다.

"아무리 그림의 시세가 내려갔다고 해도, 구입가치고는 싼 가격입니다."

이케타니는 그림들이 거의 기억이 나지 않았다. 일어서서 손가락으로 가리켜 가며 숫자를 세기 시작했다. 그리고 130점째의 낡은 철제 받침대 앞에 멈추어 섰다.

「가셰 박사의 초상」이었다.

그 그림은 옥션 하우스의 열기를 떠올리게 했다. 전광판에서 금액이 빙글빙글 돌아가고 경매장에 모인 사람들이 한숨을 내쉬었던, 그때 그 소용돌이치던 열기였다.

"살 사람이라면 찾아와 드리겠습니다. 컬렉션이라는 것은 한데 모였을 때야말로 가치가 있는 겁니다. 여러분들이 너무나도 일관

성 없이 샀기 때문에 컬렉터는 그 빠진 구멍을 메우지 못하고 곤란해하고 있었어요. 그들은 출처는 묻지 않습니다. 물론 소개할 때는 2할의 수수료를 받을 겁니다만."

남자는 즐거워 보였다.

이케타니는 관록을 드러내며 무언가 딱 잘라 말하고 싶었다. 예를 들면 지금 마침 수중에 가진 게 별로 없다거나 하는 식으로 말이다. 하지만 정작 튀어나온 건 원망 가득한 목소리였다.

"그런 돈은, 무리야."

푸른 눈의 화상은 그 말을 듣자 딱하다는 얼굴을 했다. 작게 숨을 몰아 쉰 뒤, 비스듬히 눈을 내리깔았다. 곱게 자란 소녀 같은 표정이었다.

"그럼 할 수 없습니다. 없었던 일로 합시다."

이케타니는 학력이 높거나 곱게 자란 사람이 싫었다. 녀석들은 언제나 동족인지 아닌지 킁킁거리며 냄새를 맡고는 동족이면 미소를 짓고, 그 외에는 간신히 인간의 말을 할 줄 알게 된 원숭이라도 보듯이 쳐다보곤 했다.

그 시선은 이케타니를 끓어오르게 만들었다.

"저 그림에 2000억의 가치는 없어. 시장 가격의 두 배에서 열 배에 판매됐던 거야. 뒷거래라면 200억이 타당해."

남자가 시선을 올렸다. 인형처럼 눈동자를 단호하게 크게 뜨고는 이상하다는 듯이 말했다.

"그래서 그렇게 말씀드리고 있지 않습니까?"

"그래서는 우선적으로 대우해 주는 게 아니잖아."

"그럼 얼마라면 살 수 있으십니까?"

지금 움직일 수 있는 돈은 고작 수억이었다. 아니, 그마저도 현실적으로 조달하기 어려웠다. 이제 시대는 변했다. 그가 그렇게 생각했을 때 화상이 말했다.

"그럼 돌아가 주시겠습니까."

너무나도 시원스런 말투였다. 그렇게 알았으니 쓸데없이 시간 낭비할 생각은 없다는 듯이.

원숭이.

이케타니는 또, 열이 오르는 걸 느꼈다.

"어찌할 생각인가."

"구입을 원하시는 분은 많이 있습니다."

"도난품을 말인가."

"당신도 자금이 있다면 샀을 거잖아요?"

"지금 그런 돈을 준비할 수 있는 인간이 있다고 생각하나?"

남자는 킥 하고 웃었다.

"그건 당신과 관계없는 일입니다."

살 사람은 있다. 200억 엔 정도의 자금을 뒷돈으로 움직일 수 있는 인간은 항상 일정 수 있는 법이었다. 전매하면 200억을 400억으로 만들 수 있었다. 리스크는 없었다. 하이리턴만이 약속되어 있었다.

이케타니는 먼 옛날의 기억을 떠올렸다. 처음으로 긴자의 토지에 투기를 했다. 유라쿠초 역 근처에 있는 길고 좁은 옥외 주차장이었다. 175억 엔에 산 땅을 1년 뒤에 270억 엔을 받고 팔았다. 그저 기다리기만 했을 뿐인데 100억 엔이 알아서 굴러들어 온 셈이었다.

돈을 움직이는 사람이 있다. 그리고 돈에 연이 없는 자가 있다. 한번 썰물을 타 버리면 두 번 다시 돈이 있는 곳으로 되돌아올 수 없었다. 그저 끝없이 멀어질 뿐이었다. 하지만 이 남자는…….

눈앞의 남자에게서 이케타니가 오랫동안 맡아 본 적 없는 돈의 냄새가 났다.

위험한 도박의 냄새…… 그리고 그는 룰렛의 운을 확실하게 자기 쪽으로 끌어당길 수 있는 미약을 몸에 지니고 있었다.

그때였다. 이케타니는 히노가 이전부터 말했던 이야기를 떠올렸다. 스위스의 은행가가 「가셰 박사의 초상」을 탐내고 있다는 이야기였다.

아뇨, 대리인이었습니다만. 어지간히 탐내는 모양이에요.

히노는 뚱뚱한 작은 손을 바꿔 쥐며 분명히 그렇게 말했었다.

그 사실이 떠오르자 그는 떨쳐 일어났다. 잊고 있던 흥분이 되살아났다. 그것은 13년 전, 런던 루비에서 가셰를 낙찰 받았을 때의 기억이었다.

신사숙녀가 모여든 그곳에서 자신이 그 가셰를 샀다. 거기에는 돈이 휴지 조각마냥 소용돌이치고 있었다.

눈에 거슬려서 어쩔 수가 없어, 누가 이것 좀 치워 주지 않겠는가.

그들은 여자한테 가방을 사 주듯이 그림을 샀다. 거기에 있는 사람들은 땀을 뻘뻘 흘리며 돈을 벌지 않았다. Be cool. 돈 쪼가리를 소용돌이치게 해 놓고 윙크하듯이 그렇게 귓가에 속삭이고는 그 열기를 즐겼다.

살포시 웃음을 짓던 그들.

모네가 있었다. 샤갈, 모딜리아니, 피카소가 지금 이 낡은 공장 안에서 이케타니에게 다시 한 번 그날의 기억을 떠올리게 했다.

이케타니는 가셰를 돌아보았다.

"저건 진품인가."

히노는 창백한 얼굴을 하고 있었다.

"저 가셰가 진품인지 묻고 있잖아."

히노는 그림을 손에 들었다. 그림을 훑어보고는 안주머니에서 렌즈를 꺼냈다. 그리고 숨을 멈추고 가셰의 뺨 언저리를 살펴보았다.

그 표정은 조금씩 험악해졌다.

히노는 그림을 뒤집어 보았다.

캔버스 틀의 일부를 가만히 바라보더니 이윽고 고개를 들었다.

그리고 캔버스 틀을 이케타니에게 보였다.

캔버스 뒷면에는 번호가 찍혀 있었다.

G 7068

"루비의 인식 번호입니다. 저희가 런던에서 낙찰 받았을 때 그 겁니다."

……루비. 런던.

사교계의 그 화려한 소리들이 귓가에 들려오는 것 같았다. 이케타니는 「가셰 박사의 초상」을 손가락으로 가리켰다.

"저걸 사고 싶어."

히노가 속삭였다.

"그만두세요, 이케타니 씨. 나쁜 말은 하지 않겠습니다."

그러나 그때, 푸른 눈의 화상이 난처해하는 것이었다.

그는 영어로 무언가 혼잣말을 했다. 그러고 나서 천천히 다시 바꿔 말했다.

"이건 안 됩니다. 선약이 있어서요."

선약이라는 의미가 이케타니는 이해가 되지 않았다. 도난품을 처분하는 데에 선약이라는 말이 있는가. 봉투에 돈을 넣어 가지고 온 사람이 소유자인 법이었다. 이케타니는 불끈 화가 났다.

"이건 도난품이라고."

"물론입니다. 상대편도 알고 계십니다. 하지만 말씀드린 것처럼 이러한 그림은 위험을 무릅쓰고도 갖고 싶어 하는 사람이 있는 겁니다. 세간에 행방불명된 미술품이 얼마나 많은지 아십니까? 다시 팔 생각만 없으면 문제는 없습니다."

그는 조금도 머뭇거림이 없었다. 그 젠체하는 얼굴을 보고 있으니 점점 더 몸이 뜨거워졌다.

갖고 싶었다. 이 미약 냄새를 풍기는 남자가 하는 장사에 껴서 그가 빨아 먹고 있는 단맛을 자신도 맛보고 싶었다.

"그 남자보다 많이 내도록 하지."

"1200만 달러예요. 일본 엔으로 치면 10억 엔이 되나요."

이케타니는 놀랐다.

스위스 은행가가 불렀던 값은 40억 엔이었다.

전매하면 40억 엔에 팔린다는 이야기니, 그렇다면 30억 엔의 이익이 나온다는 뜻이었다.

이케타니의 얼굴에 순식간에 미소가 번졌다.

"그걸 사지."

남자는 곤란한 듯한 얼굴은 했으나 선선히 어깨를 움츠려 보였다.

"할 수 없네요. 그럼 팔도록 하죠. 현금을 내일 2시까지 준비해서 혼자 와 주십시오. 물건은 대리인에게는 넘기지 않습니다."

이케타니는 꿀꺽 숨을 삼켰다.

그제서야 내일 2시까지 10억 엔어치의 현금을 준비해야 한다는 사실에 생각이 미쳤기 때문이었다.

지불 시간을 좀 늦춰 달라고 말하면 그는 또 선선히 대답하리라. "그럼 할 수 없네요, 이 이야기는 없었던 걸로 하죠."라고 말이다.

이케타니는 고개를 끄덕였다.

이케타니가 자유롭게 쓸 수 있는 가장 큰 자금은 조터 코퍼레이션의 주식이었다. 7억 엔 상당을 이케타니 개인이 쥐고 있었다. 조터 코퍼레이션은 원래 시로타 농기구 주식회사라는 견실한 농기구 메이커였다. 세간에 회사 이름을 영어로 바꾸는 것이 유행이었을 때, 뒤처지지 않도록 생각해 낸 이름이 '조터'였다. 왠지 성실함이 느껴지는 이름이지 않은가. 조터의 임원들은 회사의 경영권을 되찾고 본래의 농기구 회사로 돌아가기 위해 이케타니가 쥐고 있는 주식을 도로 사려고 기를 쓰고 있었다. 이대로는 '모리토크'와 같은 운명을 걷게 되리라는 사실을 잘 알고 있었기 때문이었다.

이케타니는 돌아가는 차 안에서 조터의 변호사에게 전화를 했다.

"당신네 회사의 주식을 전부 팔아도 괜찮아. 다만, 10억 엔 현금으로. 내일 2시까지 필요해. 안 되면 안 판다고 전해."

"내일요?"

변호사가 되물었다.

"그래. 내일까지가 아니면 앞으로 영영 손에서 놓지 않을 거야. 절대로."

변호사는 경직된 목소리로 대답했다.

“2시간만 기다려 주십시오. 바로 임원에게 연락하겠습니다.”

운전기사는 상대편이 보내 온 사람이었다. 히노는 운전기사를 신경 쓰듯이 작은 목소리로 속삭였다.

“괜찮으십니까. 조터를 손에서 놓아도.”

“네녀석은 멍청이냐. 나중에 얼마든지 도로 살 수 있어.”

……더 큰 회사도.

이케타니는 마치 마물이라도 보고 있는 것처럼 눈을 번뜩이며 허공을 응시했다.

히노는 그 옆에서 자신은 그만두라고 말했다, 그것만은 기억해 두라고 말하고 있었다. 이케타니는 듣고 있지 않았다.

“저는 동석 안 할 겁니다. 내일은 예정이 있어요. 저는 이런 일에는 연루되고 싶지 않아요.”

이케타니는 그 말도 듣고 있지 않았다.

그는 행운을 잡았다. 신께서 되찾으러 오시기 전에 품에 잘 넣어 둬야 했다. 그것이 성공하는 자의 철칙이었다.

두 시간 후 조터의 변호사는 이케타니가 가진 주식을 모두 판다면 현금을 준비해 보겠다고 말을 해 왔다. 그들이 얼마나 무리하고 있는지 눈에 보이는 것 같았다. 이케타니는 제의를 승낙했다. 그 뒤 전체 주식 매입을 전제로 해도 현금은 5억 엔밖에 준비할 수 없다고 말해 왔다. 이케타니는 몹시 안달이 났다. 그러나 대를 위한 소의 희생은 어쩔 수가 없었다.

어떻게든 남은 5억 엔을 만들어야 했다.

저녁 6시, 이케타니는 후나키에게 전화를 했다. 그라면 회화 구입비라고 말하면 어떻게든 변통해 주리라고 생각했다. 처음부터 후나키에게 연락하지 않았던 이유는 그에게 이 거래에 대해 알리고 싶지 않았기 때문이었다.

자세한 사정은 이야기하지 않았다. 그저 돈이 될 만한 이야기가 있다고만 말했다. 리스크가 없는 돈벌이라고. 후나키는 흥미를 보이지 않았다. 5억이란 말을 듣자 "미안하지만 형식적이라도 좋으니까 담보를 내주게."라고 말했다.

"괜찮겠나. 현금은 어떻게든 준비하지. 하지만 나도 내가 갖고 있는 게 아니라, 부탁하러 가야 하네. 담보가 없으면 빌릴 수가 없으니까."

"조터의 어음이면 되겠나?"

"어음이면 내일 10시 전까지 갖고 오게."

그러고 나서 후나키는 낮고 느린 목소리로 덧붙여 말했다.

"그건 그렇고 어음 할인으로 결제해서 5억 엔을 만들려면 액면 10억은 필요해."

이케타니는 전화를 끊고 그 손으로 조터 코퍼레이션의 사장, 이쓰미 다미오에게 전화를 걸었다.

"이 눈으로 봤어. 진짜 고흐야. 팔아넘길 곳도 정해져 있어. 이 10억이 40억이 될 거야."

그리고 속삭였다.

"이쓰미 씨, 이걸로 그 4억도 갚을 수 있다고."

이쓰미가 이케타니에게 약점을 잡힌 원흉이 된 바로 그 4억 엔의 빚이었다. 이쓰미도 4억 엔어치의 조터 주식을 가지고 있었다. 임원들은 그 사실을 모르기 때문에 이케타니의 몫만 도로 사들이면 회사를 되찾을 수 있다고 생각하고 있었다.

'배신자는 나쁘게 생긴 녀석들만 있는 게 아니라는 사실을 배워라.'

"10억 엔의 어음을 발행해 주게. 내일 아침 사장실에 가지러 갈 테니."

다음 날 아침 8시, 이쓰미는 충혈된 눈을 하고 사장실에서 기다리고 있었다. 그리고 어음이 든 봉투를 내밀었다. 기분 탓인지 손이 떨리고 있었다.

"이게 은행으로 넘어가면 조터는 사실상 도산해. 알고 있겠지."

"도산하면 당신 주식도 휴지 조각이 될 거야."

이케타니는 봉투를 안쪽 주머니에 쑤셔 넣었다. 2시까지 여섯 시간밖에 남지 않았다.

후나키가 이케타니를 데리고 간 곳은 어느 금융 회사의 사장 앞이었다. 사장은 후나키에게는 인사를 했으나 이케타니에게는 하지 않았다.

"댁에게는 이 후나키 씨 얼굴을 봐서 빌려 드리는 겁니다."

그렇게 말하고는 열흘 이내에 변제하지 못할 경우 어음을 결제로 돌릴 것이라고 말했다.

그는 거기서 5억 엔어치의 현금을 받았다. 그러고 나서 자신의 사무소에서 변호사의 입회 아래 조터의 임원에게 가진 주식의 전부를 건네고 5억의 현금을 받았다.

11시 30분. 지폐 다발을 터질 듯이 가득 담은 슈트케이스 두 개가 이케타니의 차 트렁크에 실려 있었다.

같은 날 오전 9시.

아카네를 데리고 소스케는 맨션에 있었다.

무언가가 석연치 않았다. 무엇이 석연치 않은지는 알 수 없었다. 알고 있는 건 그저 곧 돈이 들어올 거라는 사실뿐이었다. 그것도 심지어 상상할 수 없을 만큼 큰 액수였다. 그리고 그것이 바로 지금까지 줄곧 생각하고 바라 왔던 일이었으니 그게 이루어진다면 이제는 무엇을 생각해야 좋을지 몰랐다.

아카네와 소스케가 대기하고 있는 맨션에 시로타의 전화가 걸려 온 것은 어제 오후 4시의 일이었다.

"2시에 한 점을 거래할 예정입니다."

팔린 거냐고 소스케는 물었다. 그러자 시로타는 말했다.

"예. 10억 엔 현금입니다."

그때 처음으로 시로타가 "지금 제시한 걸로도, 여러분 손에 들어갈 돈은 여러분이 필요했던 금액의 몇 배나 될 겁니다."라고 했던 의미를 이해했다.

"그 그림이 곤란하게도, 가셰라고 하더군요."

스위스는 어떻게 되는 것이냐고 아카네가 물어보라고 해서 소스케는 물어보았다. 시로타는 "글쎄요, 어떻게 되는 걸까요."라며 요령부득의 대답만 했다. 아카네가 누가 사는 것이냐고 물어보라고 했기에 그것도 물어보았다. 그 질문에도 시로타는 상당히 분명하지 않게 답변을 했다.

"잘 모르겠습니다. 화상의 말로는 13년 전에 가셰를 낙찰 받았던 사람이라는 것 같습니다만."

10억의 돈. 그 절반이면 5억. 아카네와 나누면 2억 5000만 엔.

소스케는 꿈꾸는 듯한 기분으로 하룻밤을 꼴딱 지새웠다. 여러 사람이 꿈에 등장해서 떠들썩했다.

잘 손질된 수정처럼 빛나는, 무척 예쁜 모스그린 색 고급차 운전석에 하얀 장갑을 낀 운전기사가 앉아 있었는데 그 사람은 야부키였다. 야부키는 돈이란 건 있는 곳이 따로 있다고 말하며 꽃 피우는 할아버지(흥부놀부와 비슷한 일본 전래 동화로 재물을 얻는 대신 나무에 재를 뿌려 꽃을 피우는 이야기가 나온다—옮긴이)의 재처럼 돈을 마구 뿌렸다. 재처럼 흩뿌려진 지폐는 벚꽃잎처럼 하늘하늘 흩날렸다. 뒷좌석에서는 죽은 큰아버지가 그 모습을 보고 소스케를 향해 쾌활하게 웃어 보였고 시로타는 무표정한 얼굴로 앞 유리를 닦고 있었다. 눈앞에는 참치 대뱃살과 성게가 산처럼 쌓여 있었다.

흰 쌀밥을 먹으렴.

썩어도 쌀밥은 탈나지 않는다.

그런 목소리가 나는데도 야부키는 썩어 날 정도로 많다고 말했고 참치 대뱃살과 성게는 아무리 먹어도 줄어들지 않았다.

차 옆에는 차와 똑같은 높이의 금전운을 불러오는 마리아 여신상이 있었다.

아카네는 아카네대로 꿈을 꾸고 있었다.

아카네가 보고 있는 것은 참새의 꿈이었다.

혀를 잘린 참새(은혜 갚은 까치와 비슷한 일본 전래 동화—옮긴이)가 아카네를 숲 속으로 이끌었다. '국도 20호선'이라고 적힌 길을 내려가 어디서 본 것 같은 공장 앞에서 참새는 멈추더니 "감사 인사를 올립니다."라고 말하고는 갈색 기름종이에 싸인 꾸러미 두 개를 아카네 앞에 내려놓았다. 아카네는 둘 중 어느 것을 고를까 고민했으나 참새는 어느 한쪽을 고르라고 재촉하지 않았다. "감사의 선물이에요. 어서 받으세요. 제 답례입니다."라고 반복할 뿐이었다. 참새는 어느 사이엔가 도미오가 되어 "제 답례입니다. 어서 받으세요."라고 말하는 것이었다. 그사이 오른쪽 꾸러미가 지폐다발로 변했다. 집어 들고 보니 그것은 독촉장 다발이었다…….

그리하여 두 사람 다 멍하니 아침을 맞이했다.

먹을 만한 게 없었다. 냉장고 안의 음식들은 오래되어 먹을 수 없었다. 인스턴트 라면은 어젯밤에 먹은 게 마지막 한 봉지였다. 밥솥 안의 밥은 언제 지은 것인지 기억나지 않았다.

최근 신문 지면에서 이따금 '아사'라는 단어를 본 적이 있는데 이대로 밖에 나가지 않으면 그렇게 되리라는 것을 막연히 느낄 수 있었다. 은둔형 외톨이 녀석들은 집 안에 먹을 수 있는 음식이 사라지는 공포를 상상한 적이 없는 것일까.

편의점은 맨션 아래에 있었다. 장을 보러 가기 위해 두 사람이 문을 열었을 때였다.

문 앞에 두 남자가 서 있는 것이 보였다. 머리가 벗어진 오십 언저리의 남자와 젊고 키가 큰 남자였다.

두 사람도 문이 열려서 놀라고 있었다.

대머리 남자는 순간 허를 찔린 듯한 얼굴을 했으나, 소스케를 보자 순식간에 회심의 미소가 번졌다.

아차 싶었다. 소스케는 손잡이를 당겼다. 그러나 문을 닫지 못하고 튕겨 나갔다. 젊은 남자가 구두 끝을 문틈에 끼우고 있었다.

대머리 남자는 주머니에서 수첩을 꺼내어 그 틈새로 소스케에게 제시했다.

'경찰청'이라고 적혀 있었다.

"오우라 소스케 씨죠. 여쭤 볼 게 있습니다. 같이 가 주시겠습니까?"

그리고 틈새로 안을 엿보았다.

"그쪽 부인 분도 말입니다."

머리가 벗어진 수사관의 발치 틈새로 도로가 보였다. 거기에는 몸을 숨기듯이 경찰차가 서 있었다.

확보, 확보. 9시 20분, 두 사람, 신병 확보…… 문 너머에서 누군가가 흥분한 듯이 연호하고 있었다. 삐 삐 하는 잡음 같은 무선 소리, 거기에 응답하는 조사관의 목소리.

"알겠습니다."

소스케는 망연히 그 목소리를 들었다.

"경시청 앞에 매스컴이 모여 있다. 성가신 일이 일어나지 않도록 '32'로 연행하라는 지시다. 전방 확인 완료."

문이 닫히고 입고 있던 점퍼를 머리부터 푹 덮어 쓰게 했다.

차가 급회전하는 바람에 몸이 크게 흔들렸다.

"후카가와의 렌탈 창고에 침입하여 2000억 엔 상당의 미술품을 훔쳤지? 전부 이야기해 줬으면 한다. 미타니 유헤이는 공범인가? 트럭은 어디서 손에 넣었지? 폭약은 어떻게 제작했나. 왜 카드키를 손에 넣어 둘 정도로 꼼꼼하게 준비해 놓고 감시 카메라는 돌아가도록 내버려 두었지? 내부 구조는 누구에게 들었나. 뭣

보다 그림은 어디에 치웠지?"

문에 발을 끼워 닫지 못하게 막았던 조사관이 옆에서 안달 내듯이 소스케의 얼굴을 들여다보았다.

"발뺌할 수 있다고 생각하지 마. 당신네 두 사람의 얼굴은 비디오에 확실하게 찍혀 있어."

소스케는 일단 모른다고 시치미를 뗐다. 그러자 조사관은 소스케와 아카네가 범행 때 입은 복장을 알아맞혔다. 폭발 때 귀를 막고 주저앉았던 것도.

"모르는 체해서 끝날 문제가 아니라는 것은 알고 있겠지?"

소스케는 할 말을 잃었다. 떠오르는 것은 그 코브라뿐이었다. 자신을 들여다보는 듯했던 외눈. 그 눈알 속에 찍히고 있었다고 한다면 발뺌은 소용없었다.

"창고 안에 있었던 것은 인정합니다. 컨테이너를 가지고 나온 것도 인정합니다. 하지만 그 뒤의 일은 모릅니다. 전부 시로타라는 남자가 한 짓입니다."

"시로타?"

"그 렌탈 창고 회사에 근무하고 있었던 남자입니다. 트럭도 카드도 전부 그 사람이 준비했어요."

젊은 조사관이 대머리 조사관과 눈짓을 주고받은 뒤 밖으로 나갔다.

"훔쳐 낼 준비는 전부 시로타라는 남자가 했습니다. 훔친 그림은……."

떠들어 대면서 소스케는 여전히 도망칠 궁리를 하고 있었다. 아카네는 어디까지 털어놓을까. 아니면 그녀는 전부 모른다고 끝까지 우겨 댈 것인가.

아니. 아카네는 생각하리라. 여기서 그림에 대해 모른다고 하고 시로타를 감쌀 의리는 없었다. 그는 오늘 2시에 거래를 한다 했다. 그리고 돈을 손에 넣으리라. 하지만 우리들은 그 카메라가 돌아가고 있었던 이상, 절대로 해방될 수 없었다.

시로타 혼자 차지하게 될 게 뻔했다.

아카네는 분명 그렇게 생각하리라.

"그림은 산 속에 있는 공장 터로 가지고 갔습니다. 가는 길은 알지만 장소가 어딘지는 모릅니다."

출구는 거기였는데.

바로 코앞까지 와 있었는데.

느닷없이 어머니의 얼굴이 떠올랐다. 긴자의 호텔 찻집 구석에서 언제나 말없이 봉투를 건네시던 의연한, 그러면서도 어딘가 슬퍼 보였던, 어머니.

쌀은 썩어도 그렇게 해가 되지는 않는다고 하더구나.

눈물이 솟아올랐다.

그러나 고개를 들자 조사관은 미심쩍다는 표정으로 그를 바라보고 있었다.

"정말이에요."

소스케는 조금 초조해졌다.

"시로타라는 남자가, 자기가 일하는 창고에 고가에 팔 수 있는 그림이 있다고 말했어요. 그걸 훔치면 돈이 된다고요."

"어디서 알게 되었지?"

"후데사카 아카네가 운영하는 스낵바의 손님이었어요."

"애초에 후데사카 아카네와 당신의 관계는?"

거기서 소스케는 미공개 주식 사기에 관련된 이야기부터 그 증권 회사에 쳐들어갔다가 우연히 아카네와 거기 손님이었던 시로타를 만나기까지 경위를 상세하게 설명했다.

"그래서, 그 남자한테 강도짓을 제안받았다는 말인가."

"그렇습니다."

조사관이 수상쩍다는 듯이 소스케를 보고 있었다.

"그러니까 저희들은 그때 1000만 엔의 돈이 필요했던 겁니다."

"그 야부키라는 남자의 풀네임은?"

조사관이 펜을 들었다.

"모릅니다."

소스케가 대답했다.

"일을 의뢰해 왔잖아? 그때의 이름이라도 좋아."

아무런 서류도 만들지 않았다. 그렇게 말했을 때 조사관의 손이 멈췄다.

"열세 배로 뻥튀기할 수 있다는 미공개 주식 이야기를 듣고 그 남자의 이름도 확실하게 모르면서, 시키는 대로 계좌에 1000만 엔을 입금했다는 건가. 그런 피해자가 세 명 있어서 세 명 분인 3000만 엔이 필요했으나 훔쳐 내고 보니 2000억 엔어치의 미술품이었다. 그리고 지금은 그 미술품도 어디에 있는지 모른다는 이야기네."

그 말 그대로였다. 한 점도 거짓은 없었다.

"2000억 엔어치만큼은 필요 없었습니다. 하지만 어느 것이 우리가 찾는 그림인지 모르니까 일단 전부 훔칠 수밖에 없다고 그랬어요."

아까 방을 나갔던 젊은 조사관이 돌아와서는 대머리 조사관에게 무언가 귓속말을 하면서 무슨 대장(臺帳) 같은 것을 보여 주었다. 조사관은 주의 깊게 듣고 있었으나 응 하고 끄덕이고는 젊은 조사관을 물러나게 했다. 그리고 소스케에게 다시 물었다.

"누구에게 들었지?"

"시로타입니다."

젊은 조사관이 큰 한숨을 쉬었다.

"미타니 유헤이라는 남자와는 무슨 관계야?"

"들어 본 적도 없습니다."

조사관이 진절머리 난다는 듯한 표정을 지었다. 소스케는 위기감을 느꼈다.

"정말입니다. 저희 셋은 사기를 당했습니다. 저는 그것을 어머니께 알리고 싶지 않았고요, 그래서 저희는 시로타가 관리하는 창고 안에 있는 그림을 훔치기로 한 겁니다. 고흐의 가셰를 사고 싶어 하는 화상이 있다고 들었어요."

아카네도 별실에서 같은 말을 떠들고 있으리라.

"후데사카 아카네와는 그때까지 면식도 없었습니다. 제이비제이라는 페이퍼 컴퍼니의 사무소에서 마주쳤죠. 30일에 처음 알게 된 사이예요. 방범 비디오는 돌아가고 있지 않다고 들었어요. 저희들도 폭파하리라곤 생각하지 못했습니다. 시키는 대로."

그렇게 말하고 소스케는 주머니에서 시로타에게 받은 휴대전화를 꺼냈다.

"이 휴대전화로 지시받은 대로 움직였을 뿐입니다."

그렇게 노란색 휴대전화를 책상 위에 올려놓았다.

이것으로 2억 5000만 엔은 완전히 사라졌다.

나이 든 조사관은 소스케의 설명을 말 한마디 없이 잠자코 듣고 있었다.

소스케가 책상 위에 올려놓은 휴대전화를 바라보며 그의 앞에 고쳐 앉더니 한숨을 쉬었다.

"이것저것 얘기했지만, 이봐."

그리고 찬찬히 말했다.

"그 렌탈 창고 회사에 시로타라는 사원은 없어."

소스케는 조사관의 얼굴을 구멍이 뚫어져라 쳐다보았다. 정수리가 벗어진 남자였다.

"우리들은 사건 발생 이후, 쭉 조사하고 있었으니까. 내부 관계자가 관련되어 있으리라는 것은 알고 있어. 그래서 요 48시간 동안 사원 명부는 그야말로 외워 버릴 만큼 보고 또 봤어. 지금 부하 경관한테도 확인하게 시켰어. 시로타라는 사원은, 없어."

"은행에서 파견된 사람입니다. 담보 관리로. 그래서 창고 내부 사정은 전부 다 안다고……."

조사관은 고개를 흔들었다.

"엘리베이터를 열 때 쓴 카드는 여행 가 있었던 관계자 거야. 경보 장치와 그 외 전부 통상대로 작동되고 있었어. 가공의 주모자를 꾸며 내려 해도 그렇게는 안 돼."

소스케는 조사관이 하는 말을 알아들을 수 없었다.

"……훔치고 나서, 그 화상이 제안한 거야. 그 그림을 전부 사고 싶다고."

책상을 끼고 아카네와 대면하고 있는 사람은 젊은 조사관이었다. 머리가 벗어진 남자는 그저 난감하다는 표정으로 듣고 있을 뿐이었다.

"그래서 안푸쿠 도미오라는 남자의 이름을 꺼낸 거겠지. 미공개 주식에 속아서 신원도 모르는 상대에게 가게를 담보로 잡아 500만 엔을 건넨 거라고. 그다음에 시로타라는 남자가 등장한 거야. 당신들은 범죄가 발각되었을 때를 대비해 급하게 말을 맞췄어. 그 결과가 시로타라는 남자지."

젊은 조사관은 아카네를 있는 힘껏 눈을 부릅뜨고 노려보았다. 대머리 조사관이 말했다.

"당신들은 창고에 그림이 있다는 이야기를 누군가에게서 듣고 알았다. 아마 가게에 온 손님이나 그런 사람이었겠지. 창고의 엘리베이터 카드키를 훔쳐서 창고에 들어갔다. 들어간 것까진 좋았으나 나올 수 없게 되었지. 그래서 강행 돌파를 했다. 알겠나? 시로타라는 남자는 그 창고에도, 은행에도 근무하고 있지 않아. 몇 번을 말해도 마찬가지야."

그리고 진절머리 난 듯이 목소리를 높였다.

"애초에 요즘 세상에 그만큼의 그림을 팔아 치울 수 있는 화상이 어디 있겠나. 이야기를 꾸며 내는 것도 적당히 해."

아카네는 어찌 된 사정인지 알 수 없었다. 무언가 말해야 했다. 하지만 머릿속이 새하얘서 아무것도 떠오르지 않았다. 파트라슈가 번뜩 떠올라 아카네는 무심코 '스위스'라는 말을 내뱉었다.

"처음에는 스위스의 은행가였는데 그게 말이죠, 다른 남자가 산다고 말했어요. 고호를 탐내고 있다고 들었는걸요. 고호가 그린 무슨 흐리멍덩한 남자 그림 조그만 게 10억 엔이라고."

그때부터 우르르 생각이 났다.

"시로타는 오늘 그 그림을 남자에게…… 13년 전에 그 그림을 낙찰 받은 남자에게 팔고 현금을 가지고 올 거예요. 정말이에요. 지어낸 얘기가 아니에요."

문이 열렸다. 들어온 조사관이 대머리 조사관을 쿡쿡 찔렀다. 그는 자꾸만 뭐라고 귓속말을 했다. 후데사카 아카네가 26일에 가게를 담보로 마루니시 금융에서 500만 엔을 빌렸다는 말은 사실인 것 같습니다……. 그렇게 들렸다. 그러고 난 뒤 무언가를 보여 주었다.

대머리 조사관은 넘겨받은 것을 유심히 보더니 이윽고 으음 하고 한 마디 신음 소리를 냈다. 그러고는 중얼거렸다.

"그럼 사기를 당한 건 진짜로군."

조사관은 아카네 앞에 자신이 보고 있던 종이를 올려놓았다.

제이비제이 증권 주식회사의 팸플릿이었다. 아카네가 손에 쥐고 꾸깃꾸깃 구겼던 것과 똑같은 종이였다.

마침 거기에 있던 네 명의 조사관들은 당황하여 얼굴을 마주보고 있었다.

"사기를 당했다는 게 사실이라면."

한 명이 중얼거리자, 다른 한 명이 근심스러운 목소리로 뒷말을 이었다.

"확실히, 초보 둘이서 할 수 있는 일이 아니야."

"하지만 그 회사에 그런 남자는 없었어요."

"그 남자의 신원만 알 수 있다면……."

그때였다. 그때까지 잠자코 있던 머리가 벗어진 조사관이, 불쑥 고개를 들었다.

"오늘 그 시로타라는 남자가 그림을 누군가에게 팔고 현금을 가지고 오기로 했다고 지금 말했었지?"

아카네는 고개를 끄덕였다.

"2시."

조사관들은 일제히 시계를 보았다, 시간은 11시 30분이었다. 시계를 바라보고 젊은 조사관이 주눅 든 목소리로 중얼거렸다.

"잘되면 일망타진이에요."

다른 조사관이 이어서 말했다.

"만에 하나, 두 사람이 하는 말이 사실이라면 거래가 끝나고 그림을 다른 장소로 옮기겠죠. 시로타라는 남자도 사라집니다. 그러고 나면 이 두 사람도 그림이 있는 장소를 알 수 없게 될 겁니다. 그렇게 되면 완전히 단서를 잃어버리게 됩니다."

어떻게 할까요. 주변에서 다그치자 대머리 조사관은 결단을 내렸다.

노란색 휴대전화는 코드로 기계에 연결시켰다. 거기에서 다시 나온 코드 끝에는 이어폰이 붙어 있어서 조사관들은 그걸 각자의 귀에 꽂았다. 그 앞에 소스케와 아카네를 나란히 앉혀 놓았다.

두 사람 앞에 노란색 휴대전화가 놓였다.

"뭐라고요?"

시로타는 소스케에게 소리를 질렀다. 조사관들에게 둘러싸여, 소스케는 "그러니까."라고 말하며 노란색 휴대전화를 귀에 더 가까이 붙였다.

"동석시켜 주세요. 저희들에게도 그 정도의 권리는 있잖아요."

그리고 조사관들을 슬쩍 보았다.

조사관들이 그걸로 됐다는 듯이 끄덕였다.

"말했지요. 굉장히 조심스러운 거래라고 말이에요."

"그래도요."

"이유가 뭐죠?"

"그림을 가지고 달아날 리는 없겠지만 돈은 갖고 달아날 수 있으니까요."

시로타가 잠시 입을 다물었다.

"우리들은 갖고 달아날 수 있을 만한 정도의 푼돈을 벌려는 게 아닙니다. 이게 얼마나 큰 거래인지 알고 있는 겁니까?"

"왠지 실컷 이용만 당하는 기분이 들어 견딜 수가 없어요."

조사관들은 이어폰을 귀에 넣고 긴장한 얼굴로 고개를 숙이고 있었다. 잠시 침묵이 흘렀다. 시로타의 결연한 목소리가 들렸다.

"알겠습니다. 그렇게까지 말한다면 생각해 보겠습니다. 이제 와서 내부 분열은 싫으니까요."

전화를 끊자 술렁이는 소리가 일었고 대머리 조사관이 고양된 얼굴로 끄덕였다.

아카네는 시키는 대로 자신의 승용차 키를 건넸다.

거래 현장으로 우리들을 유도할 것. 거래가 성립될 때까지 시로타라고 이름을 댄 남자가 말하는 대로 해 둘 것. 우리들이 지원을 데리고 현장을 덮칠 때까지 시로타라는 남자에게서 떨어지지 말 것. 그 남자에게 관해 신원 조회가 가능한 증거가 있으면 지금 여기서 전부 제출할 것.

마지막으로 대머리 조사관이 온화한 얼굴로 말했다.

"말해 두지만, 아무쪼록 경찰을 농락할 생각은 하지 않는 게 좋아. 우리 경찰은 정의의 편, 뭐니 뭐니 해도 전국망이니까."

방을 나올 때에는 다시 파카를 뒤집어쓰게 했다. 조사관 두 명이 옆에 따라 붙었고 뒷문 계단에서 출구 바로 앞에 대놓은 차에 탔다. 얼마 동안 달리자 길 위에 주차된 아카네의 차가 있었다. 아카네는 차에 타고 있던 조사관한테서 키를 넘겨받았고 두 사람은 아카네의 차에 올라탔다.

아카네가 차를 출발시켰다.

조사관 두 사람이 탄 차가 신중하게 그 뒤를 쫓았다.

그 무렵 미타니 유헤이는 미크로네시아 제도 야프 섬 호텔에서 일본의 사법 관계자 네 명에게 둘러싸였다.

그는 무슨 일이 일어났는지 몰랐다.

그 네 사람에게 둘러싸여 비행기를 타고, 두 번 갈아탄 뒤 하네다 공항에 도착하자 거기에는 형사 세 명과 경관 다섯 명이 미타니의 도착을 기다리고 있었다. 그렇게 총 여덟 명을 이끌고 자택 맨션에 돌아왔다. 남자들은 그에게 방 안을 보여 달라고 요구했다. 미타니 유헤이는 시키는 대로 방 열쇠를 돌려 문을 열었다.

방은 나왔을 때 그대로였다.

방에 올라가도 괜찮으냐고 형사가 물어보자 들어오라고 대답했다. 형사들은 그쯤부터 살짝 당황하고 있었다. 회사의 신분증이나 반출 금지품은 어디 있냐고 물어봤기 때문에 반출 금지 물건은 회사에 있고 자기 보관증은 저기라고 미타니는 텔레비전 아래의 서랍을 가리켰다.

"창고 내 엘리베이터 카드키도 말입니까?"

"네. 항상 중요한 물건은 거기에 넣어 두는 걸로 정해져 있어요. 무심코 버리거나 잃어버리거나 하면 큰일 나거든요."

그러고 나서 오해를 부르지 않도록 신중하게(무엇을 어떻게 오해받게 될지는 전혀 알 수 없었으나 들개 무리에게 둘러싸였을 때 굉장히 신중하게 움직여야 하듯이 유혜이는 굉장히 신중하게 움직였다.) 서랍을 열었다. 거기에는 놓고 갔던 물건이 놓고 갔을 때 그대로 놓여 있었다.

맨 위에 툭 던져 둔 세 장의 카드.

그들은 하얀 장갑을 낀 손으로 카드를 들었다. 그리고 뒤집었다. 카드는 각각 인식 번호가 표기되어 있었다. A-665, A-666, A-667.

형사는 기뻐하는 것도 아니고 낙담하는 것도 아니고 무언가 마술이라도 보는 표정으로 그 번호를 보고 있었다.

"무슨 일이 있는 겁니까?"

미타니는 물어보았다.

"이 번호의 카드가 당신이 없는 동안에 사용되었어요."

미타니는 실은 그때 그 세 장의 카드만이 외출할 때와 달리 미묘하게 위치가 바뀐 것 같단 생각을 하고 있었다. 나갈 때만 해도 세 장을 가지런히 포개 놓았던 것 같은 기분이 들었다.

하지만 이내 착각이거니 생각했다.

실제로 카드는 이렇게 여기에 있었으니까.

소스케와 아카네가 동석하고 싶다는 취지의 요구를 해 왔다고 시로타가 전했을 때, 이안 노스윅은 그림이 전시된 폐공장에서 녹슬고 낡은 의자에 앉아 열심히 전시실의 겨냥도를 들여다보고 있었다.

"굉장해요. 몇 번을 봐도 대단한 전시실이야."

입이 마르도록 칭찬을 하면서 말이다.

"지금부터라도 계획을 변경하는 것은 불가능할까요."

이미 그림들을 폐공장 밖으로 반출하기 시작한 터라 전시되어 있는 그림은 절반 정도로 줄어 있었다.

"그 두 사람을 거래 현장에 부르면 두 사람한테 당신이나 기쿠치 군의 얼굴을 보이게 될 겁니다."

시로타는 말했다.

이안은 "흐흠." 하더니 약간 간지럽다는 듯이 웃었다.

"보는 것과 본 것의 의미를 이해하는 것은 별개입니다. 그 두 사람이 무얼 알겠습니까. 어차피 사람은 머리 뚜껑을 열고 자기가 체험한 그 기억을 타인에게 보여 주고 그럴 수가 없습니다. 그리고 전후의 맥락을 모르면 말이란 건 기능하지 않는 법입니다."

이안의 눈이 웃고 있었다.

"당신은 그 두 사람을 마지막까지 철저하게 이용하는 것에 죄악감을 느끼는 거겠죠. 하지만 그런 생각을 하고 있다간 이케타니라는 남자에게 복수할 수 없어요. 그리고 무엇보다 당신의 또 다른 소망은 이루어지지 않을 겁니다."

그리고 조금 몸을 앞으로 내밀었다.

"그런 간단한 각오로 이 계획에 참가한 겁니까?"

그러더니 천천히 원래 자세로 돌아가 등을 기댔다. 결코 거만

하지 않았다. 잔물결 하나 일지 않는 호수의 수면처럼 조용한 몸놀림이었다.

"모든 것을 끝내 버려도 괜찮아요. 제 계획에는 다소 지장이 있습니다만, 별 큰일은 아닙니다. 당신의 파트너들과 협의하시겠습니까?"

"아니요."

시로타는 고개를 들었다.

"마지막까지 완수하고 싶습니다."

날씨가 맑은 날에는 푸른빛을 띠었다. 습기가 많은 여기 폐공장 안에서는 회색빛이 감돌았다. 그의 눈동자는 고양이의 눈과 닮아 있었다.

"괜찮아요. 장치는 다 되어 있습니다. 그들도 방아쇠를 당기는 것 정도는 할 수 있겠죠. 문제없을 겁니다."

잿빛 눈동자를 한 신사는 말했다.

폐공장 밖에서 소스케와 아카네가 기다리고 있었다.

시로타는 시계를 보았다.

1시 30분이었다.

"화상이 데리고 있는 보디가드는 진짜 총을 가지고 있습니다. 하지만 그는 화상을 지키기 위해 고용된 겁니다. 우리들에게 무슨 일이 일어나도 구해 주지는 않을 겁니다."

시로타는 먼저 그렇게 말했다.

"그러니까."

그는 그렇게 말하고는 권총 같은 모양을 한 물건을 두 개 꺼냈다.

"이걸 주머니에 넣어 두세요."

"진짜입니까?"

"운동회에서 쓰는 권총입니다. 화약이 들어 있습니다. 방아쇠를 당기면 탕 하는 소리가 납니다. 아무것도 갖고 있지 않으면 여차할 때에 위험할지도 모른다고 생각해서 제가 쓰려고 사 두었던 거예요."

이 남자는 렌탈 창고 회사의 사원도 아니고 은행 직원도 아니었다. 소스케는 그 펜슬빌딩 5층에서 핏기 없는 얼굴로 자신을 보던 시로타의 모습을 떠올렸다.

이 이상 기분 나쁜 일이 있을까.

"그러니까 저는 보이지 않는 곳에 있겠습니다. 그래서 혹시 위험한 일이 발생했을 때를 대비해 암호를 알려 드리겠습니다. 그 단어를 화상이 말하면 이상 사태가 일어났다는 의미입니다. 예를 들면 상대편이 가지고 온 돈이 위조지폐라든지, 우리들에게 위해를 가하려고 한다든지 말입니다. 그가 그 말을 하면 각자 신변의 안전을 도모해야 합니다. 도망치세요. 이 권총은……."

시로타는 권총을 바라보았다.

"쏘아 봤자 화약 냄새가 날 뿐이니까요."

그러고 나서 시로타는 그 권총 하나를 소스케에게 주었다.

그런 다음에 암호는 '본 보야지(Von voyage)'라고 말했다.

"화상은 일본인이 아닙니다. 그가 프랑스어를 말하는 것을 들어도 이케타니…… 맞다, 교섭 상대는 이케타니라고 합니다. 그 이케타니는 이상하다고 생각하지 않고 흘려들을 겁니다."

시로타는 그렇게 말하면서 좀처럼 소스케의 손을 놓아주려 하지 않았다.

“저는, 이번 일이 무사히 끝나고 서로 두 번 다시 얼굴을 보지 않았으면 합니다. 그러니 수순을 다시 한 번 말씀드리겠습니다.”

시로타는 간신히 소스케에게서 손을 떼고 이번에는 아카네의 눈을 바라보며, 권총 모양을 한 물건을 손에 쥐어 주었다.

“그가 암호를 말하면 교섭은 결렬된 겁니다. 뭐였죠, 아카네 씨?”

꼭 먼 곳으로 여행을 떠나는 아이를 염려하는 목사 같았다.

“본 보야지.”

“맞습니다. 그가 프랑스어로 ‘좋은 여행을.’이라고 말하면 결렬입니다. 그렇게 되면 주머니에서 이 권총을 꺼내어 방아쇠를 당기세요. 당신들이 동석하고 싶다면 그렇게 하라고 그는 말했습니다. 하지만 당신들 두 사람의 신변의 안전까지는 생각하지 않아요. 당신들은 도망칠 시간을 스스로 만들어야 합니다. 굉장히 위험한 거래입니다. 양쪽 모두 착실한 인간들이 아니라는 사실을 잊지 마세요. 무언가 할 수 있는 건 아닙니다만, 저는 안에서 대기하고 있을 겁니다. 암호가 들리면 방아쇠를 당기고, 도망치세요. 지금으로선 여러분이 할 일은 그것뿐입니다.”

그렇게 말하고는 시로타는 아카네와 소스케에게 작은 열쇠를 건네고 얼굴을 약간 가까이 댔다.

“지하철 니시신주쿠 역 B3 출구에 있는 코인로커의 열쇠입니다. 실은 그 그림 중에서 두 점을 슬쩍 따로 빼놨습니다. 그게 이 안에 들어 있으니 실패했을 때에는 어떻게든 그 그림을 돈으로 바꾸세요. 저로서도 이 외에 달리 어쩔 수가 없습니다.”

만약 이 코인로커 속의 물건을 받게 된다면 그때에는 가져간

다음, 받았다는 신호로 이 스티커를 붙여 두라면서 스마일 모양 스티커를 한 장 주었다.

15분 뒤에 공장 안에 들어가라는 말을 남기고 시로타는 먼저 들어갔다.

두 사람은 공터에 남겨졌다.

건너편 나무들 사이에서 대머리 조사관이 손을 들었다. 손끝 너머로 초여름의 푸른빛이 반짝이고 있었다. 소스케는 손을 들어 응답했다.

“지금이라면 도망칠 수 있어.”

아카네도 같이 손을 흔들면서 소스케에게 말했다.

“도망쳐 봤자 소용없어요. 우리들은 신원이 발각되었으니까. 평생 완전히 도망치는 것은 불가능해요. 그건 아카네 씨가 가장 잘 알고 있지 않습니까. 그것도 경찰만이 아니죠. 해외 마피아가 얽혀 있다고 신문에서 떠들고 있어요. 도망치면, 대체 누굴 적으로 돌리게 될지 전혀 알 수가 없어요.”

버블. 폭력단. 본보기. 불량 채권. 그리고 2000억 엔어치의 그림.

“경찰에게 잡히는 편이 차라리 안전해요.”

두 사람은 주머니 위로 권총 모양을 확인했다. 소스케는 주머니 속에서 오랫동안 잊고 있던 자기 휴대전화의 감촉을 느꼈다. 그것과는 별개로 작고 볼록하게 튀어나온 부분이 있어서 아아, 그리스 여신상이라는 사실을 기억해 냈다.

지금 생각해 보면 이 금전운의 여신은 대체 무엇을 가져온 걸까.

두 사람은 창고에 발을 들여놓았다.

시로타가 화상이라고 부른 그 남자는 정확히 2시에 모습을 드러냈다. 그리고 시로타가 말한 대로 일본인이 아니었다. 40대 중반 정도일까. 반듯한 이목구비를 갖고 있었다.

그가 데리고 있는 보디가드는 한 명이었다. 알맞은 몸집에 키는 보통이었다. 검은 양복을 입고 선글라스를 쓰고 있었다.

그는 마치 그곳에 소스케와 아카네 같은 사람은 존재하지 않는다는 듯이 전혀 두 사람에게 신경을 쓰지 않았다. 그 후 곧바로 와르르 하는 무거운 소리가 공장 안에 울려 퍼지기 시작했다.

봤더니 공장의 셔터가 조금 열려 있었고 거기에서 셔터를 잡은 손이 삐죽 나와 있었다.

그 손이 온 힘을 다해 셔터를 올리고 있었다.

이윽고 틈새에서 차 타이어가 보였다. 그러고 나서 차 전체가 보였다.

셔터를 올린 남자는 신사복을 입은 몸집이 큰 남자였다. 검은 머리카락에 헤어제품을 반질반질 빛나게 바르고 뒷머리를 바싹 빗어 붙였다.

남자는 셔터를 자신의 키만큼 들어 올리고는 차로 돌아갔다. 운전석에 다시 앉아서는 천천히 차를 전진시켰다. 그렇게 공장 안으로 차를 타고 들어왔다.

화상은 걱정스럽다는 듯이 그 모습을 보고 있었다.

남자는 차에서 내려서는 화상의 시선 따위 전혀 신경 쓰지 않고 아카네와 소스케를 보지도 않고 숙달된 일이라도 하는 것처럼 차의 뒤로 돌아 가서 트렁크를 열었다.

초대형 트렁크 두 개가 들어 있었다. 해외여행을 갈 때나 쓰는 대형 트렁크였다. 남자는 그중 하나에 손을 얹더니 힘을 주고 끌어냈다.

화상 앞에는 낡은 철제 테이블 두 개가 나란히 놓여 있었다. 남자는 들어 올린 트렁크를 그 철제 테이블 위에 놓았다.

트렁크에 테이블 면이 닿아 탕 하는 소리가 났다.

남자는 다시 차를 향해 돌아서서 머리를 트렁크 안에 처박고는 다시 한 번 트렁크를 꺼냈다. 힘을 주고 들어 올려서는 첫 번째 트렁크 옆에 놓았다.

다시 탕 하는 소리가 나고 옆 트렁크가 살짝 튀어 올랐다.

트렁크 두 개를 나란히 놓았다. 각각 세로 70센티미터, 가로 120센티미터, 폭은 한쪽 면이 족히 20센티미터는 되는 되었다.

그리고 이케타니는 고개를 들고 그제서야 화상의 얼굴을 본 뒤 트렁크 뚜껑에 손을 댔다. 하나, 둘 하고 숫자를 세고 열었다.

트렁크에는 봉해 놓은 만 엔 지폐가 빼곡히 차 있었다. 하나는 마치 목욕탕의 타일처럼 꽉 들어맞게 늘어놓고 그걸 30센티미터 두께만큼 쌓았다. 다른 하나는 늘어놓은 위에다가 다시 꽉꽉 채우고 쌓아 올려놓아서 만 엔 지폐 다발이 당장이라도 흘러내릴 듯이 들어 있었다.

"10억이다. 여기서 세어 보겠는가?"

화상은 대답하려 하지 않았다. 손도 대지 않았다. 납득한 것 같지도 않았고 압도된 모습도 아니었다. 그는 테이블과 거리를 두고 있었다. 그리고 테이블 위에 조용히 가셰를 놓았다.

밀봉한 만 엔 지폐를 가득 담은 두툼한 트렁크 두 개와 「가셰 박사의 초상」이 나란히 놓였다.

고통을 띤 남자의 얼굴.

이케타니는 그 그림을 손에 들었다.

그리고 그림을 뒤집었다.

G 7068. 그 낙인을 보자 황홀에 빠진 것처럼 만족스러운 얼굴을 했다.

화상은 그 모습을 보고 미소를 지었다. 몹시 만족스러운 듯이. 아니, 즐거운 듯이.

"본 보야지."

아카네와 소스케는 서로 마주보았다.

거래가 결렬되었을 때의 암호는 본 보야지입니다. 그렇게 말하면 그 권총을 꺼내어 방아쇠를 당기세요.

아무것도 생각하지 않았다. 무엇을 생각해야 좋을지 알 수 없었기 때문이었다. 두 사람은 주머니에서 권총을 꺼내었다. 그것을 본 이케타니의 얼굴에서 순식간에 핏기가 가셨다.

시로타가 뒤에서 뛰어나온 것은 그때였다.

이케타니는 시로타의 얼굴을 보자 두 사람의 권총을 봤을 때보다 훨씬 놀란 얼굴을 했다. 입을 연 것 같은 기분이 들었다. 시로타를 향해 무엇인가를 말하려고 했던 것처럼 보이기도 했다. 아카네가 방아쇠를 당겼다.

탕 하는 소리가 났다. 총구에서 연기가 나고 화약 냄새가 났다.

거기에 잇따라 소스케가 방아쇠를 당겼다. 마찬가지로 탕 하는 소리가 났다. 그때였다. 마치 총알에 맞기라도 한 것처럼 시로타의 양복 가슴께가 작게 터졌다.

그 자리에서 피가 솟아났다. 그리고 시로타가 쓰러졌다.

천천히, 천천히.

상처에서 튄 피가 공중으로 퍼지면서 잔상이 남아 그 모습은 마치 하늘에 떠 있는 붉은 수은 방울 같았다. 그 속에서 시로타가 땅에 쓰러지고 있었다.

눈을 크게 뜬 채.

가세에 빨간 핏방울이 튀었다.

권총 끝에서는 화약 냄새가 계속 나고 있었다.

그 순간, 커다란 소리가 들렸다.

고막을 찢을 것 같은 커다란 소리였다.

몇 대나 되는 경찰차가 일제히 사이렌을 울리기 시작한 것이었다.

눈앞에는 시로타가 피를 흘리며 쓰러져 있었다.

책상 위에 가세가 있었고 그리고 트렁크에 가득 담긴 10억 엔 어치의 돈이 있었다. 그리고 벽에는 무수히 많은 그림들이 있었다. 카라바조, 모네, 피에르 보나르, 살바도르 달리, 오귀스트 르누아르, 에드바르 뭉크, 조르주 브라크, 카미유 피사로, 클림트, 밀레의 그림들이었고 그 밖에도 코로가 있었고 고갱이 있었고 파블로 피카소…….

사이렌 소리에 섞여 남자들의 목소리가 들렸다. 낮게 열린 입구에서 제복을 입은 경관이 외치고 있었다. 움직이지 말라든가, 거기까지다, 라든가.

시로타의 상처 부위가 부풀어 있었다.

아카네는 화상이 데리고 있던 보디가드를 보았다. 그러나 그는 권총 따위 가지고 있지 않았다.

아카네가 쳐다보자 보디가드 남자는 웃는 것처럼 입가를 일그러뜨리고 커다란 선글라스를 살짝 올려 썼다. 안면이 있는 동료에게 인사하듯이.

저 남자…….

"거기까지다. 무기를 버리고 멈춰."

목구멍을 찢는 듯한 커다란 소리가 울리고 이케타니는 튕겨 나가듯이 차를 향해 발길을 돌렸다. 이케타니가 올라 탄 차 문이 닫히는 소리가 크게 울린 것은 그 바로 다음이었다.

이케타니의 벤츠는 액셀을 밟고 맹렬한 속도로 출구를 향해 후진하기 시작했다. 아카네는 퍼뜩 정신을 차리고 창고 안을 향해 달려 나갔다.

밖에서는 사이렌 소리에 섞여 함성이 들려왔다. 물러서라든가, 위험하다든가 하는 말이었다. 그런 와중에 벤츠가 타이어 소리를 내고 구불구불 연기를 피우면서 맹렬하게 뒤로 전진했다.

브레이크 소리. 그리고 타이어가 삐걱거리는 소리.

소스케는 아카네의 뒤를 쫓아 쏜살같이 뛰어 나갔다.

폐공장 뒤에는 도착했을 당시에는 없었던 대형 트럭이 주차되어 있었다. 트럭의 운전석에 남자가 보였다. 소스케는 그 남자를 넋을 잃고 바라보았다. 아카네는 자신의 경차에 미끄러져 들어감과 동시에 시동을 걸었다. 소스케가 허둥거리며 차에 뛰어올라 타자 조수석 문이 닫히는 것을 기다릴 새도 없이 차를 출발시켰다.

"저기. 아까 그거, 총 쏜 거 우리들인가?"

"바보 아니야? 그거 틀림없는 운동회용이야, 봐봐! 하지만 쏜 건 당신이랑 나뿐이라고! 여기까지 와서, 달리기용 권총을 쏘았다고 말해 봤자 통할 것 같아? 이젠 도망치는 수밖에 없어!"

아카네는 "젠장." 하고 외쳤다.

앞에서 벤츠가 방향을 바꾸고 속도를 올렸다.

아카네의 차는 그 뒤를 맹렬한 기세로 이리저리 비틀비틀 달리면서 국도를 탔다. 대머리 조사관은 아카네의 차가 벤츠와 반대 방향으로 사라져 가는 것을 기가 막힌 표정으로 보고 있었다.

흙먼지가 사그러들 때까지.

창고의 셔터는 이케타니의 차가 달려 나갔을 때 그대로, 반쯤 열려 있었다. 조사관은 창고를 바라보고 다가가서 허리를 굽히고는 셔터 안을 향해 말했다.

"컷! 끝났습니다."

거기에 있던 세 경찰관이 짝짝 박수를 쳤다.

시로타가 피 웅덩이 속에서 눈을 떴다.

"우치야마 씨. 괜찮으신가요?"

푸른 눈의 신사는 말했다.

"뇌진탕 일으키는 줄 알았어요."

우치야마라고 불린 시로타가 대답했다.

신사는 가엾다는 듯이 고개를 끄덕이고는 시로타에게 손을 내밀었다. 시로타는 피 웅덩이 속에서 일어섰다.

기다렸다는 듯이 뒷문에서 창고 안으로 백인 남성 세 명이 들어왔다. 노스윅은 약간 신경질적인 표정으로 그들을 향해 "이 소리 좀 멈춰 주시겠습니까?"라고 말했다. 한 명이 부랴부랴 안으로 돌아갔다. 그리고 경찰차 사이렌 소리가 멈췄다.

대머리 조사관은 만족한 표정으로 들여다보았다.

"저런 거 뭐라고 하죠? 도주라고 하나요. 저, 차에 들이받히는 줄 알았어요."

그리고는 안에 있는 그림을 보고 마치 나쁜 것이라도 본 것처럼 허둥거리며 고개를 돌렸다. 그리고 밖에서 커다란 목소리로 말했다.

"그럼, 기쿠치 씨. 임무는 종료된 걸로 하고 철수합니다."

이에 보디가드 남자가 큰 소리로 대답했다.

"수고하셨습니다!"

신사는 말했다.

"기쿠치 씨. 비디오카메라는 돌아가고 있었지요?"

보디가드는 씩 웃으며 대답했다.

"철제 받침대를 향해 확실하게 고정해 두었으니까 빗나가지 않았을 겁니다."

그리고 피투성이인 시로타를 보고는 우습다는 듯이 웃었다.

그가 웃는 것을 보고 시로타는 그제서야 새삼스레 자신을 돌아보았다.

"정말 피 같네요."

"요즘은 소품도 진화하고 있으니까요."

그림의 절반가량은 이미 밖으로 나르고 있었다. 세 남자는 남아 있던 절반을 척척 밖으로 나르기 시작했다. 시로타는 붉은색을 몸에 뒤집어쓰고는 신경질적으로 말참견을 하였으나 세 남자들은 대부분 한 귀로 듣고 흘려 버렸다. 기쿠치가 신사에게 우치야마는 뭐라고 말하고 있느냐고 물었다.

"그는 조심스럽게 다뤄 달라고 말하고 있는 거예요. 인류의 자산이라고."

그리고 신사는 혼잣말을 했다.

"전부 다 그렇지는 않다고 생각하지만요."

철제 받침대 맞은편 높은 곳에서 비디오 데크를 내렸다. 안에서는 음향 기기를 가지고 나왔다. 모든 배선이 정리되고 지면에 스며든 붉은 액체도 지워졌다.

소임을 다한 미노베의 가셰.

"기념으로 놔둘까요?"

이안이 시로타에게 물었다.

"계획대로 처분합니다."

시로타가 대답했다.

마지막으로 트렁크 뚜껑을 닫았다. 탕 하는 커다란 소리가 났다.

134점의 그림과 미노베가 그린 「가셰 박사의 초상」과 함께, 두 개의 트렁크도 역시 창고에서 들고 나왔다.

밖에는 대형 트럭이 기다리고 있었다.

운전석에는 미노베가 앉아 있었다.

소스케는 아카네와 비즈니스 호텔에 몸을 숨겼다.

그 대머리 조사관에게서 연락이 오면 어떻게 해야 할지, 아카네는 소스케에게 재차 묻고 있었다. 그녀는 클럽 화련의 오너와 접촉하는 것도 두려웠다. 시로타라고 이름을 댄 남자의 죽음도 자신들에게 혐의가 씌워지는 걸까?

창문에 커튼을 치고 방에서 한 발자국도 나가지 않았다. 컵라면을 먹고 텔레비전으로 계속 뉴스를 보았다.

그러나 어디에도 10억 엔을 두고 달아났다는 뉴스는 나오지 않았다. 폐공장에서 다량의 그림이 발견되었다는 뉴스도, 예컨대 지바 현 끄트머리에 있는 산 속에서 사살된 사체가 발견되었다는 식의 사건도 나오지 않았다.

아카네의 휴대전화에는 단 한 번, 미미한테서 전화가 왔을 뿐이었다. "사장님, 가게 오늘도 쉬나요?" 하고.

아카네가 뭐라고 대답했는지는 모른다.

화련에서도 연락은 없었다.

조사관에게서도 전화는 걸려 오지 않았다.

덧붙여 말하자면 에비스 금융의 빚 독촉 전화도 뚝 끊겼다.

"그 트럭의 운전석에 야부키가 있었던 것 같은 기분이 들어요."

소스케가 그렇게 말했을 때 아카네는 눈 하나 깜빡이지도 않고 그를 바라보았다.

"나, 그 보디가드가 도미오로 보였어."

선글라스를 올려 썼던 그 남자가 도미오였던 것 같은 기분이 들었다.

아카네와 소스케는 한동안 얼굴을 마주보고 있었다.

"확실히, 엘리베이터의 카드키라면 비교적 간단하게 손에 넣을 수 있어요. 하지만 중요한 창고 미술실의 키와 비밀번호가 되면 이야기는 달라지죠. 시로타라는 남자는 처음부터 문을 열 수 있는 방법을 몰랐어요. 때문에 문은 폭파시켰죠. 그렇다는 것은 그 대머리 조사관이 말한 것처럼 그 남자는 렌탈 창고에서 일하고 있는 게 아니었다는 얘기입니다. 보안 시스템도 맘대로 하지 못했죠."

소스케는 아카네를 바라보고 조심스럽게 이야기했다. 그 모습은 마치 자기 자신에게 이야기하고 있는 것 같았다.

"떠올려 봐요, 아카네 씨. 모자, 쓸데없이 무거웠어요. 마이크가 달려 있어서 그렇다고 생각했었죠. 하지만 그 모자에는 카메라도 달려 있던 게 아닐까요? 그래서 시로타는 우리들의 행동을 마치 그 자리에서 보고 있는 것처럼 잘 알고 있었던 거예요."

그리고 아카네를 바라보았다.

"우리들은 처음부터 보안이 제대로 작동하고 있는 장소에서 강도짓을 하도록 계획되어 있었던 거예요."

아카네는 멍하니 소스케와 마주 보았다.

"하지만 시로타라는 남자가 이 모든 일을 지시했다는 사실을 증명하는 건 우리들에겐 불가능한 일이에요. 그 녀석의 존재를 나타낼 수 있는 것은 이미 우리들의 수중에는 남아 있지 않아요. 휴대전화도 그 경찰 놈들에게 건넸어요. 그때부터 아무런 연락도 해 오지 않는 그 경찰들에게."

"……뭘 말하고 싶은 거야."

아카네는 말투는 강했지만 사실은 울고 싶은 기분인 게 분명했다.

"그 경관은 가짜가 아니었나 싶어요. 우리들에게서 노란색 휴대전화를 빼앗고 우리들을 그 장소로 보내기 위한."

아카네는 정말로 울 것 같은 얼굴을 하고 있었다.

"야부키든, 도미오든, 왜 그 제이비제이 증권의 팸플릿을 놓고 간 것일까 하는 거죠. 사기당했다는 것을 안 다음에 봤더니 그것밖엔 단서가 없었어요. 그래서 우리들은 거기로 갔죠. 거기에 시로타가 기다리고 있었고요. 아카네 씨, 떠올려 봐요. 시로타라는 남자, 언제부터 가게에 나타나기 시작했는지 말이에요…… 반년 정도 되지 않았어요?"

아카네는 천천히 고개를 끄덕였다.

"야부키가 사무실에 나타난 것도 딱 그 무렵부터예요."

"도미오가 처음 우리 가게에 온 것도."

아카네는 소스케를 바라보았다.

"실은 그 무렵이야."

소스케는 수긍했다. 그리고 말을 이었다.

"우리들이 취조를 받은 그 경찰서 말인데요, 우리들은 옷을 푹 뒤집어쓰고 취조실까지 들어갔죠. 경시청에 보도진이 몰려들었다는 이야기가 들리고, 이제부터 어떻게 되는 걸까 머리가 새하얘졌어요. 방을 나와 긴 계단을 내려갈 때에도 인적이 없는 좁은 복도였지만 우리들은 머리부터 옷을 뒤집어쓰고 있었고, 경찰서의 비상용 통로이겠거니 했죠. 밖에 대기하고 있던 차도, 위장 순찰차라고 믿고 의심하지 않았어요. 하지만 저 이제 와서 생각해 보니."

소스케는 아카네의 얼굴을 슬픈 듯이 바라보았다.

"그 취조실 말이에요. 우리들이 팸플릿을 손에 쥐고 모였던, 펜슬빌딩의 어떤 방과 닮아 있지 않나요?"

가만히 소스케의 얼굴을 바라보던 아카네의 얼굴이 순간 확 하고 상기되었다.

지금도 생각이 났다. 그렇게 간단하게 상장이 되냐고 물었었다. 그때 야부키는 대답했다.

프로니까요.

그 천진난만하게 우쭐대던 모습.

"미공개 주식은 우리들을 이 사건의 실행범으로 만들기 위한 장치였어요. 그 팸플릿은 우리들에게 보내는 초대장이었던 거예요."

어디부터인지, 상대가 몇 명인지 조차 알 수 없었다.

"이 계획에서 확실하게 진짜였던 것은 그 135장의 그림뿐이었어요."

경관은 진짜였을지도 모르고, 진짜가 아니었을지도 몰랐다. 하지만 그런 건 이제 어찌되든 좋았다. 야부키가 트럭의 운전석에 앉아 있는 것을 본 그 순간부터, 소스케는 사건의 본질이 보이는 것 같았다.

무엇이 진실인지 알 수 없었지만 이제 결코 이 사건에 얽혀서는 안 된다는 사실만은 분명히 알 수 있었다.

그리고 아마 자신들은 이걸로 해방되었다는 사실도.

저는 이번 일이 무사히 끝나면 서로 두 번 다시 얼굴 볼 일 없었으면 합니다.

소스케는 아카네를 데리고 전차를 탔다. 주머니 속에는 시로타에게서 받은 코인로커의 열쇠와 스티커가 들어 있었다.

니시신주쿠에 내려 시로타가 말한 코인로커를 찾았다. 두 사람은 시로타가 말했던 대로 그 로커를 열었다.

안에는 종이봉투가 두 개 들어 있었다.

묵직하니 무거웠다.

두 사람은 화장실로 자리를 옮겨 각각 남자 화장실과 여자 화장실로 나뉘어 들어갔다.

종이봉투 안에는 100만 엔짜리 지폐가 서른 장, 꽉 차게 들어 있었다.

현금 3000만 엔이었다.

5분 뒤 출구로 나왔을 때, 소스케는 핏기가 가신 얼굴을 하고 있었고, 아카네는 붉게 상기된 얼굴을 하고 있었다. 둘 다 아무런 말 하지 않았으나, 얼굴을 보니 딱히 말할 것도 없었다.

두 사람은 코인로커로 돌아가 주머니에서 스티커를 꺼냈다.

싱글벙글 웃는 동그란 노란색 스티커를 안쪽 구석에 조심스럽게 붙였다.

전차 안에서 두 사람은 각자의 봉투 안에 종이가 들어 있는 것을 발견했다. 같은 종이로, 안에는 똑같은 짧은 글이 한 줄 적혀 있었다.

'돈으로 바꾸라고 말씀드렸지만, 익숙지 않은 일일 테니 현금으로 놔둡니다.'

그리고 추신으로 다음과 같이 덧붙였다.

'모쪼록 전차 안에서 잃어버리지 않도록 조심하세요. 시로타.'

소스케의 휴대전화 끝에 그 은제 여신상이 대롱거리고 있었다.

그 무렵, 텔레비전 방송국에 DVD 하나가 도착했다. 그 안에는 10억 엔을 테이블 위에 놓고 「가셰 박사의 초상」을 손에 드는 이케타니의 모습이 찍혀 있었다.

6장

4월 10일, 《워싱턴 포스트》는 사설을 실었다.

모두가 당연한 듯이 주인이 누구인지, 그림이 어디에 있는지를 몰랐고 그걸 이상하다고 여기는 사람도 없었으며 아무도 이에 대해 문제의식을 갖지 않았다. 그렇게 사람들에게 버림받았던 그림들.

그림들은 어둠의 사회에서 다른 어둠의 사회로 흘러가 버렸고 앞으로 50년은 모습을 드러내지 않으리라.

어느 날 누군가가 뉴욕의 지하철 터널 안에서 수많은 그림을 발견하는 일이 발생할지도 모른다. 그것은 뉴욕이 아니라 아일랜드의 시골 마을이 될지도 모른다. 지하철 터널이 아니라 낡은 창고일 수도 있으며 바티칸의 지하 묘지가 될 수도 있다. 아마도 일본 내에서는 아니리라. 그때 만약 모든 그림이 빠짐없이 모여 있는 모습을 볼 수 있다면 기적적인 행운으로 여겨야 한다. 우리들은 그 장소에서 모습을 감춘 방대한 양의 그림을 되찾기 위해 몇 년이든 헤매게 되리라.

우치야마 노부오, 즉 시로타는 기쿠치 겐타로와 미노베 겐에게 그 기사를 읽어 주었다.

기쿠치는 안푸쿠 도미오라고 이름을 대고 후데사카 아카네를 낚았다. 기쿠치의 본업은 배우였다. '화련'은 8년 전 가게를 닫으면서 당시 아직 일하고 있던 호스티스들에게서는 빌려 준 돈을 거둬 갔지만 도망간 여자 같은 건 생각도 하고 있지 않았다. 에비스 금융에 이르면 금융 회사 그 자체가 가공이었고 오우라 소스케는 에비스 금융에서 200만 엔의 빚 같은 걸 진 적이 없었다.

미노베의 표정이 조금 어두워졌다.

"오우라 씨가 붙잡히는 일은 없겠죠?"

미노베는 야부키라고 이름을 대고 오우라 소스케를 끌어들였다. 그가 바로 히노 화랑의 히노에게 그림을 가지고 갔었던 옛날의 '젊은 그림쟁이'였다. 시로타가 그에게 이 계획을 제안했고 그는 히노에게 앙갚음을 하겠다는 일념 하나로 참가했다.

시로타는 미노베의 불안에 대답했다.

"이건 대형 사건입니다. 위신을 걸고서라도 해결해야 하는 일이죠. 우리들이 보도국에 보낸 DVD 덕분에 경찰 측은 이케타니에게서 해결의 실마리를 잡은 셈이죠. 조사 범위를 이케타니 주변으로 좁히고 뭐든 찾아내려고 열을 올리고 있어요. 물론 창고 관계자들은 다들 머리 꼭대기부터 발끝까지 조사를 받겠지만 어디를 찔러도 혹은 어디까지 손을 뻗어도 조사가 그 두 방향으로 나아가는 한, 오우라 소스케와 후데사카 아카네는 드러나지 않습니다. 이케타니는 털면 먼지가 너무 많이 나는 남자이다 보니 의혹을 걷어 내는 건 힘든 작업일 겁니다. 초기 조사에 착오가 있었다고 깨닫는 건 한참 뒤의 일일 겁니다. 그때 가서 남아 있는 유일한 유류품인 그 방범 테이프를 찾아봤자 두 명의 남녀, 후데사카 아카네와 오우라 소스케는 모자를 푹 눌러 쓰고 얼굴을 가리고 있어 턱 아래만 찍혀 있죠. 영상만으로는 인물을 찾아낼 수 없습니다. 두 사람은 범죄 이력도 없고 접점도 없죠. 아카네에게 빚이 있다는 사실을 아는 사람은 적고, 본가에서 항상 지원을 받고 있었던 태평한 성격의 오우라 소스케는 범죄에 엮일 환경이 아닙니다. 경찰의 수사가 그 두 사람에게 다다를 가능성은 없다고 말해도 되겠죠."

기획한 사람과 이득을 얻는 사람과 실행하는 사람 사이에 접점이 없어야 했다. 그런 상황을 만들어 달라는 게 이안 노스윅이 요구한 조건이었다. 그에 따라 엄정한 심사를 거쳐 후데사카 아카네와 오우라 소스케가 실행자로 선출되었다.

후데사카 아카네를 실행범으로 선출하게 된 건 기쿠치가 옛날 화련의 관계자에게서 1000만 엔의 빚을 진 채 도망친 전직 호스티스가 도쿄에서 가게를 하고 있다는 이야기를 들었던 게 발단이었다. 3년 전에 지인에게 보증인이 되어 달라고 전화를 걸었다고 했다. 기쿠치는 도미오라는 이름으로 아카네의 품속에 파고들어갔다. 그녀는 잠꼬대로 1000만 엔이니 연체금이니 떠들곤 했고 그러다 가위에 눌려 벌떡 일어나곤 했다. 가위에 눌렸을 때 흔들어 깨워 무슨 꿈을 꿨냐고 물어보면 그녀는 몽롱한 상태로 "연체금을 갚으라는 전화가……."라고 말했다. 그녀가 지금까지도 빚 독촉을 무서워하고 있다는 사실을 알았기 때문에 멤버와 상담하여 실행범 중 한 명으로 선정했다.

네 명의 '경찰 팀'을 준비한 사람도 기쿠치였다.

"제 친구로 네 명 모두 배우입니다. 세끼 밥보다 연극 나부랭이가 좋다는 녀석들인데 이젠 완전히 마니아 수준이죠. 그 꼴로 속도위반 단속 같은 걸 하고는 '오늘만 눈감아 주도록 하지.'라고 말하며 장난을 치곤 하니까 어쩔 도리가 없어요. 그 친구들이 쓰는 경찰차는 경찰관도 가짜인 걸 알아보지 못할 정도의 물건입니다. 여기서만 하는 얘기지만, 정말로 진짜인 게 아닐까 하고 저는 의심하고 있지만 말이죠. 그 녀석들이 입고 있었던 경관 제복은 진짜거든요. 아무것도 묻지 말고 도와 달라고 말했더니 재밌어하면서 협력해 줬죠. 배우 녀석들이란 어딘가 무법자인 체하는 면이 있거든요. 궁극의 나르시시즘이라고 할까요. 돈만 내면 야반도주든 데모든, 살인이나 누군가에게 해를 가하는 일만 아니라면 무엇이든 도와줍니다. 이번에는 좋아하는 경찰 연기를 실컷 한 데다가 한 사람당 100만 엔씩 줬기 때문에 그야말로 입이 헤벌쭉 해진 것 같더군요."

기쿠치는 대본을 건네고 취지를 설명했다. 배우들은 전체 내용을 모르는 채 시키는 대로만 연기하는 데에는 익숙했다. 제복을 입었다 벗었다 하면서 마치 1인 2역을 할 때처럼 무대 뒤에서 재빨리 옷을 갈아입고는 몇 명분의 경찰관과 조사관 역할을 연기해 냈지만 그들은 무슨 사정인지 몰랐고 알려고도 하지 않았다.

시로타는 고개를 끄덕였다.

"양심적인 사람들이었습니다. 리더한테는 이 외에도 다른 일을 두 건 정도 부탁했습니다만 이미 이렇게 많이 받았으니 괜찮다며 그 이상의 돈은 받지 않았습니다. 그가 서비스로 해 준 일 덕분에 우리들의 족적은 완전하게 지워졌을 겁니다. 이케타니가 제 얼굴을 봤다는 사실이 약간 불안하긴 합니다만 이케타니의 머릿속에서 저는 그 순간 죽었으니까요. 그리고 그가 그 폐공장에서 사람이 죽었다는 이야기를 반복하는 한, 아무도 상대해 주지 않을 겁니다. 그 남자가 어떤 빤히 들여다보이는 거짓말이라도 끝까지 우겨 댈 만한 인간이라는 사실은 그 남자를 아는 사람이라면 다들 알고 있는 거고 아무도 진심으로 귀 기울이지 않을 겁니다. 자업자득이죠."

그 말에 기쿠치도 수긍했다.

"그 남자는 진심으로 우치야마 씨가 죽었다고 믿고 있어요. 그도 그럴 게 얼마나 대단한 기세로 달아났습니까. 하면 할 수 있겠지만 그래도 그렇게 잽싸게 도망치는 모습에 다들 감탄했다니까요."

오우라 소스케는 시로타가 알고 지내는 미술상에게서 들은 이야기가 계기였다.

못난 아들을 위해 남편에게는 비밀로 하고 선조 대대로 내려오는 물건들을 꺼내와 돈으로 바꿔 가는 노부인이 있었다. 그렇게 남편 몰래 창고의 물건들을 쌈짓돈으로 바꾸어 쓴 지 어느덧 2년이 되어 간다는 이야기였다. 부인은 "한번 호된 꼴을 당해 봐야 정신을 차릴 텐데요."라고 말하며 몹시 난처해하고 있었다.

전에 그 부인이 가져왔던 한 일본화의 이력에서 오우라 신조라는 인물이 드러났다. 시골에 꽤 많은 재산을 가지고 있는 군마 현의 지주였다. 조사해 보니 장남인 소스케는 소비자 금융에 끊임없이 소액의 빚을 지고 있었다. 과연 그 남자를 속여서 일을 시켜 보니 호된 꼴을 당해야 정신을 차리겠다 싶었다. 사람 하나 살리는 셈 치고 낚아서 멤버로 삼았다.

낚는다고 해도 미노베는 기쿠치만큼 요령이 좋지는 못했다.

"저 사실은 술 못 마십니다. 그렇게 젊은 여자애들한테 둘러싸여 본 적도 없었고요. 아주 취한 것처럼 마셔야 되는데…… 긴장해서 땀투성이였어요."

행동거지와 돈 좀 쓴 겉모습으로 그럭저럭 극복해 냈다. 오우라 소스케에게서 돈이 준비되었다는 말을 들었을 때 그는 승리의 포즈까지 취해 가며 기뻐했다.

미노베의 진짜 역할은 「가셰 박사의 초상」을 그려 내는 것이었다.

이 계획에서 양보할 수 없었던 부분은 가셰를 확실하게 노스윅의 손에 넘긴다는 것이었고 가셰는 훔친 다음 날에 런던으로 보내기로 결정되어 있었다. 때문에 이 계획에는 이케타니를 속이기 위한 또 한 장의 가셰가 필요했고 바꿔 말하면 열쇠는 미노베가 쥐고 있었던 셈이었다. 미노베 겐은 반년간 가루이자와의 별장에 틀어박혀 가셰와 사투를 벌였다.

주범, 이안 노스윅은 세 명의 '동료'를 데리고 와 있었다. 창고 돌파 때 쓴 트럭이나 제복, 폭탄부터 시작해 창고의 겨냥도와 여러 가지 경보 장치, 그림 강탈에 관한 모든 것은 그의 동료 세 사람이 조달해 왔다. 그들은 자신들의 밴을 갖고 있었다. 창고 돌파 때 우치야마는 그 밴 안에서 두 사람의 모자에 붙여 둔 카메라가 보내 오는 영상을 모니터로 보면서 지시를 내렸다. 창고 관계자인 젊은이의 방에서 세 장의 카드를 훔쳐 내 온 것도 마찬가지로 그들이었다. 그 카드가 손에 들어오지 않으면 창고 습격도 할 수 없기 때문이었다. 때문에 반년 전, 미타니 유헤이가 그날에 해외여행에 간다는 정보를 입수했을 때 범행일은 그의 출발 다음 날인 4월 8일 새벽으로 결정되었다. 모든 계획은 거기서부터 거슬러 계산하여 실행했다. 시로타가 후데사카 아카네와 오우라 소스케에게 그림 강탈 이야기를 꺼낸 날이 미타니 유헤이가 미크로네시아로 날아가기 사흘 전이었다.

"본인은 모르는 일입니다만, 미타니 유헤이가 이번 건에서 차지하는 위치는 꽤 큽니다. 회사의 홍보란에 소개가 실린 그때부터 미타니 유헤이는 카드 제공자로 결정되었고 계획의 토대를 맡고 있었던 셈입니다. 그래도 안됐지만 할당은 없습니다. 카드는 사용한 뒤 신속하게 원래 위치로 돌려놓았습니다."

기쿠치가 크게 끄덕였다. 생각해보면 기쿠치는 우치야마, 즉 시로타나 미노베를 알기 전부터 미타니 유헤이를 알고 있었다. 그쪽은 모르지만 기쿠치에게는 그가 가장 첫 번째 '동지'인 셈이었다. 노스윅이 미타니 유헤이에게 피해가 가지 않도록 세심한 주의를 기울였다는 사실을 잘 알고 있었다.

스낵 '아카네'와 후데사카 아카네의 자택 아파트에 각각 도청기 세 대와 카메라 한 대를 설치한 것도 모두 이안 노스윅 씨의 관할이었다.

그들이 일본에 가지고 온 밴은 보도국의 중계차 같은 장비로, 세 외국인은 예컨대 탐정이라기보다 프리랜서 기자나 첩보국 관계자로 보였다. 온화했지만 자신들에 대한 사항은 일절 말하지 않았다. 시로타는 영어를 할 줄 알았기 때문에 대부분 그들과 행동을 같이 했으나 그들에 대해서 알고 있는 사실은 퍼스트 네임 정도였다. 일은 신중하고 세심하였고 누가 봐도 프로였다. 이케타니를 사람들 앞으로 끌어낸 '장치'도 솜씨 좋은 그들이 있었기에 가능한 일이었다.

이케타니는 신문, 텔레비전 등 온갖 미디어에 쫓기는 유명인이 되어 있었다.

그들이 촬영하여 텔레비전 방송국에 보낸 DVD에는 계산된 영상이 의도한 대로 찍혀 있었다.

철제 책상 위에 슈트케이스 두 개가 탕 하는 소리와 함께 놓였다. 그러고 나서 남자가 그 가방을 열었다.

안에는 만 엔짜리 지폐가 가득 들어 있었다.

만 엔짜리 지폐가 빵빵해진 진공 청소기의 먼지 주머니처럼 터질 듯이 꽉 차게 들어 있었다. 그리고 남자의 앞에 한 장의 그림이 놓였다.

미덥지 않게 생긴 초로의 남자가 낡아 빠진 베레모 같은 것을 쓰고 졸린 듯한 얼굴을 한 채 초점 없는 눈으로 앞을 보고 있었다. 마치 무언가에 넌덜머리가 난 듯한 남자의 그림. 고흐의 「가셰 박사의 초상」이었다.

영상에는 그림을 집어 드는 남자의 얼굴이 또렷하게 찍혀 있었다.

보도국 관계자는 보자마자 그 남자의 얼굴이 낯이 익다는 사실을 알아차렸다. 누구인지 기억해 내는 데에는 시간이 필요했으나 이윽고 누군가가 무릎을 쳤다. 모리토크 섬유공업을 미끼로 삼아서 입건을 면제받은 땅 투기꾼, 이케타니가 틀림없다고 말이다.

그때부터는 해외 주간지까지 앞다투어 이케타니의 그 반들반들 빛나는 올백 머리 사진을 실었다.

일본 마피아가 한 짓치고는 군더더기가 없었다. 그러나 이 영상이 있는 이상, 이케타니가 강도단에게 돈을 지불하려고 한 것은 사실이며 그렇다면 실행범은 이미 살아 있지 않을 터. 결국 그만이 유괴된 그림의 행방을 알고 있을 것이다.

그리하여 이케타니는 쫓기고 있었다.

진흙탕 속에 가라앉은 그물을 끌어 당겨 올렸더니 그물에 쓰레기도 같이 달라붙어 올라왔다. 지금까지 간과되었던 그의 과거, 흐지부지되었던 그가 관련된 사실들. 이미 결판이 난 사건. 실제로는 그와 전혀 관련이 없지만 그래도 억지로라도 연관을 지어 보면 재미있을 법한 미해결 수수께끼까지. 모두 이케타니라는 그물에 얽힌, 돈이 되는 쓰레기들이었다.

이안은 자기가 데려온 세 사람에 대해 "전부 비즈니스 관계일 뿐입니다."라고 말했다. 그러나 그들과 이안 사이에는 환상의 호흡이라 부를 만한 일체감이 있었기 때문에 평소에도 그러한 '비즈니스'를 자주 같이 하고 있으리라 짐작할 수 있었다.

가세를 가지고 돌아간 루비의 젊은 인상파 부장, 벤 어윈은 전혀 달랐다. 침착함을 잃고 할당받은 직무를 다하는 데에 열심이었다. 이래서는 세관에서 걸리지 않을까 걱정될 정도였다. 그래도 그 역시 과감하게 임무를 완수했다.

신사 이안은 루비나 소더비를 비롯한 고미술상 업계에 매우 큰 이익을 가져다주는 중요한 고객이었다. 그런 그의 요구를 부족함 없이 만족시키는 것이 그 당시 어윈의 가장 중요한 직무였기 때문에 어쩔 수가 없었다. 그림웨이드는 회색 눈동자를 냉철하게 빛내며 "기억해 두게. 자네와 노스웍 씨 중 고르라고 한다면 나는 분명히 노스웍 씨를 선택할 거네."라고 말했으니까.

이안 노스웍 씨의 최종 목적은 '가셰를 정식 루트를 통해 사는 것'이었다. 그의 말을 빌리자면 비합법적인 방법으로 손에 넣어봤자 아무런 의미도 없었다. 가셰를 소유하는 데 한 점의 거리낌도 없는 게 중요했다. 그 말을 들었을 때 시로타는 어이가 없었다. 이 사건은 어찌해도 전 세계에 큰 센세이션을 일으키지 않고 넘어갈 수 없기 때문이었다.

가셰 이외의 그림을 돌려준다 한들 가셰가 없으면 조사가 시작되리라. 국내의 경찰만 움직이는 게 아니라 전 세계의 수집가, 화상들이 독자적으로 그림의 소재를 찾아내려고 할 게 분명했다. 뭐니 뭐니 해도 100억 엔을 넘는 장사였다. 미술계도 한동안 이 뉴스를 떠들어 댈 게 뻔했다. 화제가 지속될수록 미술 저널리스트는 돈벌이가 될 테니까. 그뿐만 아니었다. 전 세계 인상파 회화의 절반을 도둑맞은 셈이었다. 각국의 첩보 기관도 경위에 주목하리라. 이러한 소동 속에서 도난당한 가셰를 어떻게 정당하게 소유할 수가 있다는 말인가.

저쪽 사람들이 생각하는 일은 상상도 할 수 없다고 시로타는 생각했다. 하지만 그가 그렇게 하겠다고 말했으니 그렇게 하리라.

여하튼 이 장장 6개월에 걸친 계획은 오늘 무사히 우리들의 손을 떠났다.

"수고하셨습니다."

시로타가 다시 한 번 말했다.

"수확은 10억 엔. 우리들의 몫은 약속대로 1인당 5000만 엔입니다. 이걸로 우리는 해산합니다. 따라서 마지막으로 이 프로젝트를 총괄하며 끝내고 싶습니다."

그렇게 말하고는 시로타는 혹시라도 실수로 증거라도 남으면 곤란하니까 구두로 보고하겠다고 말문을 연 뒤 메모를 펼쳤다.

"경관 전용 팀은 네 명을 이틀간 고용하여 합계 8인분으로 400만. 미노베군이 사용한 그림 도구, 가루이자와의 별장 대여비가 약 400만 엔. 도청비 등은 기자재와 대여료를 포함하여 노스윅 씨의 관할이 되기 때문에 이쪽 경비에는 포함되지 않습니다만, 숙박 등 경비와 휘발유 값 등 실비는 별도 요금입니다. 6개월간 400만 엔 정도 됩니다. 이쪽에 명세가 있지만 제가 스낵 아카네에서 쓴 음식비 등이나 '도미오'가 아카네 씨에게 쓴 음식비 겸 교제비 도합 120만 엔, 오우라 소스케의 사무소에 발주하기 위한 가짜 잡지의 제작비와 오우라 소스케에게 지불한 인쇄비, 미노베군의 고급 정장 등 도합 300만. 여기에 고급 초밥 50인분 값도 들어 있습니다. 창고 파괴를 위한 폭탄은 그다지 돈이 들지 않았습니다. 방 안에 있는 그림에 피해가 가지 않도록 문만 파괴했습니다만, 노스윅 씨는 그 계산을 독자적인 루트로 리비아의 공학 연구소의 연구원에게 의뢰했습니다. 연구원에게 지불할 보수는 미국 달러로 1만 달러, 일본 엔으로는 대략 120만 엔입니다. 비용

대비 효과는 더없이 크다고 할 수 있겠죠."

두 사람은 납득하며 이야기를 들었고 마지막 대목에서는 나란히 크게 고개를 끄덕였다.

시로타는 말을 이었다.

"그 외 회화전의 광고비가 전국 발행되는 조간에 3회, 석간에 1회분으로 550만, 전시장 계약금 10일간 30만, 거기에 가셰를 런던으로 보내는 항공 수송료나 트럭의 개조비, 그 외 모든 경비가 120만, 이안 씨의 호텔 숙박비가 2000만 엔."

기쿠치의 얼굴이 순간 붉게 달아올랐다.

"이안은 먹고 마시는 데 2000만 엔이나 쓴 겁니까?"

시로타가 정정했다.

"먹고 마신 비용이나 택시비, 승용차 전세 사용료는 그 사람이 자비로 부담했습니다. 청구한 건 숙박비뿐입니다."

그리고 덧붙여 말했다.

"항상 톱클래스 호텔의 스위트룸에 묵었으니까요."

그리고 고개를 들었다.

"이상, 4440만 엔이 경비로 쓰였습니다."

기쿠치는 작게 휘파람을 불었다. 미노베는 얼굴을 붉히고는 기가 막힌 듯이 고개를 흔들었다.

"덧붙여……."

시로타가 말했다.

"오우라 소스케, 후데사카 아카네 둘에게 3000만 엔을 주었습니다. 앞서 오우라 소스케에게는 1000만 엔, 후데사카 아카네에게서는 500만 엔을 받았기 때문에 두 사람의 노동에 대한 보수는 각각 2000만 엔과 2500만이 됩니다. 차액이 500만 엔 있습니다만, 돈을 줄 때 금액은 동일하게 맞추는 편이 좋을 것 같아서요."

……후데사카 아카네는 화련의 오너를 찾는 데에 고생했다. 겨우 찾아내어 3860만 엔을 2000만 엔으로 깎아 줄 수 없냐고 말을 꺼내자 무슨 이야기냐고 되물어 왔다. 8년 전에 빌리고 그대로 도망치느라 안 갚은 1000만 엔 이야기라고 하자, 그런 옛날 빚을 자기가 먼저 갚으러 오다니 의리가 있다며 감탄했다. 열흘 이내로 갚지 않으면 외국에 팔아 치워 버리겠다고 말씀하시지 않았냐고 하자 상대방은 이상하다는 표정을 지었다.

"그런데 열흘 만에 어떻게 이런 돈을 만든 거야?"

오우라 소스케는 3000만 엔을 들고 본가를 찾았다. 동생과 부모님을 앞에 두고 고개를 숙이고 "오랫동안 폐 많이 끼쳤습니다." 하고 인사를 한 뒤 어머니에게 1000만 엔, 아버지에게는 2000만 엔의 돈을 건넸다. 어머니인 사다코가 기뻐하며 "이건 그 은으로 만든 신령님이 가져다 준 돈이야. 빌려 주신 분에게 돌려 드릴 테니 신령님을 주렴."이라고 말하기에 소스케는 휴대전화에서 그것을 빼어 돌려줬다.

"그건 그렇고……."

세 사람은 이상하다는 표정을 지었다.

"어떻게 이런 큰돈을 번거니?"

후데사카 아카네와 오우라 소스케는 둘 다 새빨개진 채 말문이 막혀 머뭇거리다가 대답했다.

"아, 네, 실은 좀 괜찮은 주식이 있어서……."

시로타는 말했다.

"10억 엔에서 경비와 후데사카 아카네, 오우라 소스케에게 준 보수, 우리들의 몫인 2억을 떼고 7억 1060만 엔이 이안 노스윅 씨의 몫입니다."

그렇게 말하고는 시로타는 가방을 세 개를 두 사람 앞에 놓았다. 그리고 안을 열어 보여 주었다. 안에는 현금이 가득 차 있었다.

"약속한 5000만 엔입니다. 그림과 도박과 생물은 현금이 원칙입니다. 하나씩 갖고 돌아가십시오."

그때 미노베 겐은 이상하다는 듯이 고개를 들었다.

"왜 2억입니까? 5000만씩이면 1억 5000만 엔 아닌가요?"

시로타는 그 말을 기다리고 있었던 것 같았다.

"그래. 세 명이라면 1억 5000만 엔."

그리고 미노베를 잠깐 쳐다보았다.

"우리 팀은 실은 네 명이었습니다."

미노베는 이상하다는 듯한 표정으로 그 말을 들었다.

"미노베 군은 본인이 어떤 경위로 이 계획에 참가하게 되었는지 기억하고 계시죠. 제가 미노베 군에게 연락을 드렸습니다. 미노베 군은 썩어 빠진 미술계에 분개하고 있었고 저는 이케타니라는 남자한테 한 방 먹이고 싶다고 해서 우리들은 의기투합했습니다. 위조품을 그릴 사람이 필요하다고 했더니 협력을 자청해 주었죠. 그럼 저는 왜 당신에게 연락을 했을까요. 불만을 가지고 있고 마음속에 분노의 응어리가 남아 있던 미노베 겐이라는 사람의 존재를 제가 어떻게 알았을까요. 아니, 애초에 제가 왜 이 계획에 참가하게 되었을까요……."

시로타는 미노베를 바라보았다.

"당신은 말했었죠. 일개 섬유 회사의 사원이었던 남자가 왜 이미 도산한 회사에 의리를 지킨답시고 복수하려고 생각했는지 모르겠다고 말입니다. 저는 대답할 수 없었습니다. 시로타라는 이름을 썼던 이유는 확실히, 모리토크의 전철을 밟게 될 게 뻔한데도 아무도 도와주지 않고 손 놓고 있는 조터라는 회사의 대변인이고자 했기 때문입니다. 저에겐 그것 말고는 여기에 참가할 명목이 없었어요."

"……우치야마 씨는 이케타니가 도산시킨 모리토크 섬유의 사원이었던 게 아닙니까?"

미노베는 멍하니 시로타를, 아니 시로타라는 이름을 썼던 우치야마라는 남자를 바라보았다.

"미노베 군. 생각해 보세요. 이케타니가 만약 가셰를 산다고 말을 꺼내지 않으면 이 일은 끝입니다. 하지만 그가 10억 엔을 주고 그림을 사리라고 어떻게 장담할 수 있을까요? 확실히 이케타니는 13년 전에 가셰를 낙찰 받긴 했습니다만 그렇다고 해서 그가 이번에도 그걸 사리라는 확증은 없습니다. 사지 않을지도 모르죠. 그 정도 확률에 이만큼 면밀한 계획을 세우고 5000만 엔이나 투자해서 준비할 거라고 생각하십니까?"

그리고 천천히 말했다.

"문제는 두 가지 있었습니다. 하나는 10억 엔짜리 그림을 사려면 이케타니는 분명 진위 여부를 가려낼 프로를 데리고 올 거라는 사실이었습니다. 가셰는 가짜입니다. 이케타니가 가셰를 사도록 만들기 위해서는 가짜 가셰를 진짜라고 판정할 사람이 반드시 필요했습니다. 이케타니에게 그림 얘기를 꺼내면 그는 분명 히노를 데리고 올 겁니다. 그렇다는 것은 히노가 당신이 그린 가짜 가셰를 진짜라고 말해야 한다는 게 됩니다. 그러나 히노 화랑의 히노 도모노리 씨는 13년 전에 진짜 가셰를 본 적이 있죠. 그것이 얼마나 큰 위력이 있는 것인지…… 진품을 봤다는 사실이 물건을 볼 때 얼마나 확신을 주는지. 그의 눈을 속이는 게 어려웠다고 생각하지 않으시나요? 그리고 당신의 그림을 히노 씨가 간파한다면 이 건은 없던 일이 돼요."

그리고 미노베를 계속 쳐다보았다.

"또 한 가지는 이케타니가 가셰를 사겠다고 마음먹게 해야 했습니다. 이케타니는 조터의 주식을 전부 팔아 치웠습니다. 그것도 70퍼센트의 가격으로요. 그리고 조터의 사장에게 10억짜리 어음을 쓰게 했어요. 왜 이케타니가 그 정도로 안달이 나서 10억 엔을 준비하고 가셰를 사려고 했을까요. 가셰라면 확실하게 40억 엔에 팔릴 거라고 생각했기 때문입니다. 왜 그렇게 생각했을까요? 아니, 누구라면 그가 그렇게 믿도록 만들 수 있을까요?"

'누구라면 그게 가능했을까.'

"애초에 13년 전에 한 번 봤을 뿐인 루비의 인식 번호를 히노 도모노리 씨가 여태껏 기억할 것 같습니까?"

그리고 시로타는 미노베를 바라보았다.

"가셰를 40억 엔에 사고 싶어 한다는 스위스인 같은 건 애초부터 없었습니다."

미노베는 멍하니 시로타를 쳐다보았다.

시로타는 조용히 말했다.

"노스윅 씨는 가셰를 찾고 있었습니다. 가셰의 소식을 알기 위해 가장 먼저 찾아간 곳이 바로 히노 화랑이었습니다. 열 달 전의 일입니다. 그때 이 계획이 탄생했죠. 이 계획을 세운 사람은 노스윅 씨와 히노 씨였습니다."

"거짓말이야."

미노베는 중얼거렸다.

"저는 모리토크의 사원이 아닙니다. 니시마루 백화점의 미술부 직원이었죠. 모리토크를 도산으로 몰아넣었을 때, 이케타니가 대량으로 그림을 사들인 바로 그 백화점입니다."

미노베가 흠칫 놀랐다.

"신문 기사로도 나왔으니 알고 계시겠지요. 그 뒤 책임자 한 사람이 자살하면서 흐지부지되었던 그 사건입니다. 이케타니가 회사를 미끼로 삼았고 히노가 그걸로 장사를 했습니다. 그게 가능하도록 가격표를 위조한 사람이 바로 저였습니다. 히노와 저와 상사인 아리타 세 사람이서 이케타니를 보조했던 거죠. 저와 히노 씨는 벌써 17년이나 알고 지낸 사이였습니다."

"큐레이터……."

시로타는 끄덕였다.

"저희들은 한심한 일본 큐레이터였습니다. 이케타니는 가격표를 위조하라고 말했습니다. 제 상사는 이케타니라는 중요한 고객을 잃지 않고 싶어서 시키는 대로 하라고 저에게 말했습니다. 히노 씨는 당시 보다 못해 제 상사에게 말했습니다. 그런 일은 그만두라고 말이죠. 가격표를 고쳐 써서는 안 됩니다. 이케타니를 이용하는 것은 좋아요. 하지만 이케타니에게 이용당해선 안 됩니다. 그렇게 타일렀던 겁니다. 저에게 가격표를 위조하라고 지시를 내렸던 아리타는 죽었습니다. 사람들은 입막음당한 게 아니냐고 했지만 저는 자살이라고 생각합니다."

미노베가 밉살스럽다는 듯이 시로타를 노려보았다.

"당신은 불만에 휩싸여서 아마도 그 불만의 원인을 착각하고 있습니다. 저 자신이 그랬기 때문에 압니다. 아리타가 죽고 저는 모든 책임을 떠맡게 되었습니다. 백화점에서 해고당하고 사회에서 버림받았죠. 이케타니가 미웠어요. 왜 그 정도로 강렬하게 이케타니를 미워했는가 생각해 보면 제 마음속에서 묻어 두고 싶은 사실이 있었기 때문입니다. 그 당시 제 역할은 회사의 지시에 따르는 것이었고 저희들에게 그림을 보호할 임무가 있다고는 생각해 본 적이 없었습니다. 아리타도 저도 잘못을 지적받고 나서야 겨우 자신들의 사회적인 역할이 무엇인지 깨달았던 겁니다. 인정하고 싶지 않아서, 자기가 저지른 죄에서 벗어나기 위해 제 안에서 자꾸 변명거리를 찾아내려고 했어요. 점점 더 깊숙한 곳으로 도망쳤죠. 구원받을 길이 없는 현실 도피였습니다. 미노베 군은 사실은, 자신에게 재능이 없다고 생각하고 싶지 않으니까 히노 씨를 미워하는 겁니다. 다른 사람 탓으로 해 두는 게 마음이 편하기 때문이죠. 그래서 당신은 그 이후 붓을 들지 않고 있는 거예요."

미노베는 시로타를 노려보고 있었다.

"당신은 히노 씨가 원망스럽겠죠. 미술계가 원망스러울 거예요. 성공한 사람이 미울 거예요. 그 부조리함이 밉죠."

"그 남자가 이런 일에 가담할 이유가 없어요."

"그거라면 이안 노스윅 씨야말로 이케타니를 낚을 이유는 없었습니다. 그에게 7억의 돈은 범죄를 저지를 정도로 매력적인 돈이 아닙니다."

미노베는 말문이 막혔다. 시로타는 천천히 이야기를 계속했다.

"히노 씨는 어중간한 재능에 인생을 헛되게 낭비하는 인간을 많이 봐 왔습니다. 당신이 처음 자신의 화랑에 왔을 때 이 청년도 그렇게 되리라고 생각했죠. 이 앞에 열려 있는 세계가 어떤 곳인지 모르리라고 생각한 거예요. 하지만 그래도 히노 씨는 당신의 그림을 교환회에서 유통시키려고 노력하고 있었습니다. 도쿠라 히데미치는 그걸 탐탁지 않게 여겼죠. 그의 스승인 데라오 로진에게서도 압력이 들어왔습니다. 도쿠라가 당신의 그림을 사 가서는 자기 아틀리에에서 당신의 그림을 베끼고 있는 모습을 보았을 때 히노 역시 할 말을 잃었습니다. 그건 히노 씨가 꾸민 일이 아닙니다. 당신에게 닥친 재난이었던 겁니다."

시로타를 올려다보는 미노베의 얼굴은 이제는 비참함까지 띠고 있었다.

"그림을 훔쳐 내는 것뿐이라면 노스윅 씨 한사람만으로 충분했어요. 애초에 그는 그럴 생각이었습니다. 기쿠치 군은 신주쿠의 술집에서 일하다가 권유받았다고 하더군요. '역할 하나만 맡아 주시지 않겠습니까?' 이것이 그가 했던 말이라더군요. '위험한 일은 아닙니다. 다만 결코 발설하지 말 것. 정확하게 미끼를 던져 적당한 오리를 낚는 것. 그것이 당신의 역할입니다.'라고요. 기쿠치 군은 재밌겠다고 생각했다고 합니다. 연극을 하기 위해서는 돈이 듭니다. 그래서 두말없이 승낙했다고 해요. 기쿠치 군을 점찍은 걸 보면 노스윅 씨는 사람 보는 눈이 있다고 할 수 있겠죠. 사실은 그림을 훔쳐낸 다음 가세만 가지고 돌아가고 끝낼 작정이었습니다. 남은 그림은 트럭 안에 남겨 두고 말이죠. 그런 그에게 이번 일을 부탁한 사람이 히노 씨였던 겁니다."

시로타는 미노베가 귀를 틀어막지 않도록 조심스럽게 이야기를 계속했다.

이 일이 시작된 발단에 대해서.

작년 6월의 일이었다.

거슬러 올라가 1990년. 이안 노스윅은 빈센트 반 고흐의 「가셰 박사의 초상」을 놓고 일본인 화상 히노와 낙찰 경쟁을 벌였으나 지고 말았다.

그는 뼛속부터 신사였으나 법률의 보호를 받고 싶어 하는 종류의 인간은 아니었다. 좋아서 미술품을 수집하고 있었지만 때로는 그것을 비즈니스로 활용할 때도 있었다. 좀 더 다른, 좀 더 돈이 되는 비즈니스도 하고 있었다. 아름답고 까다로운 것을 좋아하는 그가 유일하게 두려워하는 사람이 그가 반한 한 여자라는 사실은 유명한 이야기였다. 바로 그 그녀가 갖고 싶어 했던 그림을 손에 넣지 못했다는 사실이 그를 지금까지도 괴롭히고 있었다.

"가셰도 낙찰 받지 못한 주제에."

그녀는 작은 목소리로 한 마디, 그렇게 속삭이는 것만으로도 어떤 상황에서든, 아무리 승산이 없는 단말마의 전투라도 절대적으로 승리를 거머쥘 수가 있었다. 논리 같은 건 소용없었다. 그녀는 이안이 반격할 말을 잃은 모습을 지켜보고는 만족한 표정으로 마치 시합 종료를 선언하듯이 돌아서곤 했다. 나중에 몇 만 가지의 말을 퍼부으며 반격을 해 본들 그녀의 입가에서 의기양양한 미소가 사라지는 일은 없었다. 가셰도 낙찰 받지 못한 주제에……. 그 한마디로 그의 모든 말이 패배자의 허세 취급을 받았다. 대체 언제까지 그녀가 그런 횡포를 부리게 놔둬야 하는가. 이제는 그녀의 최종 병기가 된 그 말을, 어떻게 하면 그녀에게서 빼앗을 수 있을까.

그러기 위해서는 가셰를 손에 넣는 수밖에 없었다.

그녀에게 당당하게 말하리라.

"가셰는 손에 넣었잖아."

그녀는 화가 치미는 얼굴로 입을 다물겠지. 그렇게 해서 승리를 얻어 봤자 삼일천하에 그치리라는 사실은 알고 있었지만.

그러한 까닭으로 그는 모든 수단, 방책을 동원하여 가셰를 구입하고자 했지만 실패했고 그 싸움은 13년에 이르렀다.

옛날에 가셰를 손에 넣지 못해서 심통이 났던 사람은 그녀였다. 그리고 이제는 그녀보다도 노스웍이 더 가셰를 갖고 싶어 했다. 손에 넣지 못했기 때문에 어떻게든 손에 넣고 싶어진 것이었다. 물론 그녀의 공격으로부터 자신을 지킬 수 있는 유일한 수단이기도 했으나 사실 그렇게 비아냥거리면서 그의 반응을 즐기는 놀이에 그녀는 완전히 질려 있었으니까.

때문에 이렇다 할 이유도 없이 그저 손에 반드시 넣겠다는 결심만이 바위처럼 굳어져 절대적인 것이 되어 버린 셈이었다.

마침내 이안 노스웍은 어느 수단을 사용해 가셰를 손에 넣기로 결심했다. 그리고 먼저 그 행방을 확인하기 위해 찾아간 곳이 히노 화랑이었다.

노스웍은 히노 화랑을 방문해 가셰의 행방을 물었다. 히노는 가셰의 현 소재지를 가르쳐 주고는 "가지고 나오시려는 겁니까?"

라고 물었다.

노스윅 씨는 '역시나 당황했다'. 어떻게 알았을까. 하지만 히노는 그를 경계하는 것 같지 않았다. 다음에 또 들러 달라는 말을 들었다. 그 모습이 노스윅의 흥미를 끌어, 히노가 말한 대로 다시 방문을 했다.

히노는 자리를 권한 뒤 가셰에 얽힌 이야기를 시작했다. 이케타니와 '모리토크' 그리고 '조터'. 자신이 관여한 부분에 대해서도 말이다. 확실히 그 이야기는 그에게도 흥미로운 이야기였다. 사라진 가셰 박사에 관련된 처음 듣는 소식이었으니까. 그렇다고 해도 어찌 된 일일까. 마치 자신에게 도움을 청하는 것 같았다. 그는 묘한 기분이 들어 그 뒤로도 몇 번이나 히노 화랑으로 발걸음을 옮겼다.

히노는 근처 찻집에서 커피를 가지고 와서는 이런 저런 이야기를 하기도 하고 그러고 나서 묻지도 않았는데 자살한 니시마루 백화점의 아리타 이야기를 하고는 도마뱀이 꼬리를 잘라 내듯 모든 책임을 뒤집어쓴 우치야마라는 미술부 직원 이야기를 하고 미노베 겐이라는 권력에 의해 짓밟힌 한 젊은 화가의 이야기를 했다. 지금까지 다른 사람에게 말한 적 없을 이야기들을 특별히 가셰와 상관이 없는 이야기까지 포함해, 띄엄띄엄 이야기했다. 그리고 8월, 히노가 그에게 가셰를 가지고 나오실 거라면 하는 김에 부탁드리고 싶은 일이 있다고 말을 꺼냈을 때, 이미 두 사람은 공범이 되어 있었다.

"확실히 노스윅 씨는 듣는 동안 동정해 주었어요. 그래도 그는 망설였어요. '당신들은 범죄라는 것을 이해하고 계신가요?' 거기에 대해 히노 씨는 아마 이해하고 있을 거라고 대답했죠. '아니요. 애매한 범죄가 아닙니다. 물건을 훔친다는 것은 몹시 명확한 범죄입니다. 자신을 속일 수가 없어요.' 히노 씨는 거기에 대해 '각오는 되어 있습니다.'라고 대답했습니다.

'아마 당신 같은 사람이 나타나는 것을 기다리고 있었던 것 같습니다.'라고요.

히노 씨는 거듭 '절대로 폐는 끼치지 않을 겁니다, 우리들에게 기회를 주십시오.'라며 부탁했습니다. 그는 히노에게 그럴 마음만 있다면 이케타니를 낚는 것은 간단하다고 생각했습니다. 자신에게는 간단한 일이, 그들에게는 그 정도로 절실하다는 점에 이끌렸습니다. 생각해 보면 가세 박사를 비롯해 우리들은 모두 그 이케타니라는 남자의 피해자였어요. 우리들이라는 건 저와 히노 씨와 노스윅 씨를 말하는 겁니다. 그때 히노 씨가 미노베 군에 대한 얘길 꺼냈습니다. 히노 씨는 할당은 필요 없다고 했어요. 그 대신에 자신이 팀의 일원이라는 사실을 미노베 군에게 말하지 말아 달라고 했죠. 노스윅 씨는 그렇다면 이 계획은 그만두겠다고 말했습니다. 그분은 이렇게 말했습니다. '산타클로스 흉내는 그만두세요. 현실만이 사람을 어른으로 만드는 겁니다.'라고요."

시로타는 이안과 히노 사이에 오고 간 대화를 지금도 또렷하게 기억하고 있었다.

"젊은 화가가 있어서요. 재능이 넘친다고 할 정도는 아니었지만 화가로 먹고살 만한 정도의 재능과 순수함은 있었습니다.

그 친구는 말이죠."

해가 저무는 히노 화랑에서 히노는 이안에게 말했었다.

"제가 미운 겁니다.

저에게 복수하기 위해서라면 다시 한 번 그림을 그릴 겁니다.

그 길을 동경하는 자에게 있어 도구는 요물입니다. 도구를 손에 쥐는 순간 격렬하게 치밀어 올라 가슴에서 손으로 분출되는 무언가가 있어요. 그리고 한번 그 길이 열리고 나면 자력으로 닫을 수가 없습니다. 미노베 군은 한번 그리기 시작하면 계속해서 그릴 겁니다. 그렇게 계속 그리면서 그림을 다시 그릴 수 있게 될 겁니다. 그때 처음으로 본래의 그로 돌아갈 수가 있을 거예요. 본래의 선량한 청년으로 말이죠."

"그렇군요. 히노 씨가 그렇게까지 말한다면. 다만 말이죠. 그런 가짜 정의도, 가짜 악당 역할도 결국 그 사람을 화나게 만들 뿐입니다. 저는 위악을 싫어합니다. 위선 쪽이 차라리 귀엽죠."

히노는 짧은 손을 등으로 돌려 깍지 끼고 있었다. 몸통 둘레가 커서 손가락과 손가락 끝이 간신히 겹칠 뿐이었다. 토실토실해서 보조개처럼 팬 자국이 있는 작은 손이었다.

히노는 고개를 숙이고, 응 하고 끄덕였다.

그러고 나서 두 번 응, 응 하고 고개를 끄덕였다.

"단지 죄악감을 지우고 싶은 마음에 이러는 것처럼 보일지도 모릅니다."

히노가 말했다.

"그렇게 생각 안 해요. 미노베라는 청년에게 책임을 느끼고 있는 거죠. 저에게는 확실하게 그렇게 보입니다."

이안이 그렇게 대답했다.

그리고 그때 이안은 이런 말을 덧붙였다.

산타클로스 흉내는 그만두세요. 현실만이 사람을 어른으로 만드는 겁니다.

"히노 씨를 용서하라고는 하지 않겠습니다. 나에게 복수하기 위해서라면 다시 한 번 붓을 잡으리라. 그렇게까지 깊이 생각한 히노 씨의 마음을 보아서 한 번 더 다시 살아 주십시오. 세상에 등을 돌리는 건 그만두고 자기 자신에게 책임을 지며 살아가는 겁니다."

미노베가 고개를 숙였다.

"우리들에게는 이 일은 복수가 아닌 속죄였습니다. 히노 씨가 마음으로 정한 목적은 화단에서 살아가는 자로서 화단이 멸시했던 미노베 겐이라는 인간에게 책임을 지는 것이었습니다."

작품을 가지고 갈 때마다 그림을 바라보던 히노의 눈빛을 떠올렸다. "실물을 보고 그리는 편이 좋아요."라고 충고하던 히노를, "그림을 두고 가지 않으시겠습니까."라고 말했던 히노를.

그는 단 한 번도 미노베의 그림을 소홀하게 대한 적은 없었다.

"오우라 소스케를 범인으로 만든 경위, 기억하고 계십니까?"

미노베는 고개를 들었다.

"제가 아는 미술상에게서 들은 이야기였지요. 가게 주인은 아들이 못난 건 다 자신의 탓이라고 여기고 있는 한 부인을 보며 마음 아파하고 있었습니다. 선대의 장남이 난봉꾼 짓을 하다가 의절당한 전례가 있어 부인은 그 생각을 하면서 '그 핏줄이니까요.'라고 포기한 채 아들에게 돈을 가져다주고 있었습니다.

단골 업자는 이렇게 말했다고 합니다. 간다의 고물상에 있었던 족자가 옛날에 우리가 오우라 집안에 팔았던 물건이 맞긴 하지만 우리를 통하지 않고 처분했다는 말은 내부에서 누군가가 멋대로 들고 나와 팔고 있다는 얘기다. 들키면 큰일이 된다. 슬쩍 그쪽 집안에 알려 주고 싶기는 한데, 여기서만 하는 얘기이지만 그 족자 우리 아버지가 오우라의 선대에게 팔았을 때 가격을 한 자릿수 많게 받았다, 라고요. 오우라 집안의 단골 고물상은 5만짜리 물건을 오우라 집안에 50만에 파는 식으로 장사를 하고 있었습니다. 어차피 물건을 처분할 때도 자기 가게에서 다룰 테니까 그때 또 비슷한 가격대로 취급하면 된다는 논리였죠. 때문에 그쪽 집안에 이 사실을 알려서 누가 들고 나와 팔았는가를 따지다 보면 지금까지 자기네가 비싸게 팔았다는 사실을 들키게 될 거고 결국 자기네 가게의 신용 문제로 발전할 여지가 있었습니다. 때문에 입을 다물고 있는 거라고요. 그래서 오우라 집안 창고의 물건들은 보고도 못 본 척 당하며 조용히 반입되고 있었던 겁니다."

미노베는 고개를 끄덕였다.

"저는 미노베 군에게 한 가지 거짓말을 했습니다. 오우라 사다코 부인이 2년간 다니고 있었던 곳은 미술상이 아니라, 화랑입니다."

미노베는 시로타를, 조금 쓸쓸한 미소를 짓고 있는 그 얼굴을 보았다.

"오우라 소스케를 끌어들인 것도 히노 씨예요."

"히노……."

"야부키라는 남자가 1000만 엔을 만들라고 했을 때 오우라 소스케가 울며 매달릴 곳은 정해져 있었습니다. 그리고 아들이 울며 매달리면 어머니가 돈을 만드는 곳도 정해져 있었던 셈이죠. 2년 다닌 사이니까, 두 사람 사이에는 신뢰 관계가 형성되어 있었습니다. 사다코 부인은 히노 씨네를 방문했죠. 히노 씨는 부인이 가지고 온 찻종을 항상 그렇듯 잘 아는 미술상에게 가져가지 않고 직접 1000만 엔을 사다코 부인에게 빌려 주었습니다. '이 1000만 엔은 반드시 돌려주셔야 합니다. 아드님이 말씀하시는 열흘이 지나도 돌려받지 못하면 남편 분께 다 말씀하세요. 이걸로 원조는 마지막으로 하시는 겁니다.' 그렇게 바람을 넣은 겁니다. 오우라 소스케를 궁지에 몰아넣기 위해서였죠."

미노베는 멍하니 있었다.

"히노 씨는 그 모자를 도와주고 싶었어요. 그 사람 자신도 원치 않는 운명에 농락당해 온 사람입니다. 자기의 죄도 알고 있습니다. 마음속에서는 누구보다도 다른 사람의 불행에 아픔을 느껴왔던 겁니다.

아직은 인정하고 싶지 않았다. 그래서 미노베는 순간 말을 삼켰다.

"그렇다면…… 그렇다면 당신은 무엇에 속죄한 것입니까."

"그림입니다."

시로타는 그렇게 말하고는 미노베를 바라보았다.

"제가 가담한 일 때문에 파산한 회사도 아니고 자살한 상사에 대해서도 아닙니다. 저는 그림에게 의리를 지키고 싶은 겁니다."

시로타는 미노베를 향한 시선을 돌리지 않았다.

"그 그림들이 창고에 갇혀서. 아무도 볼 수 없는 곳에 격리되어서. 그런 그림이 있다는 사실조차 사람들이 잊어 갑니다. 아리타가 죽고 12년 흘렀어요. 이케타니에게 그림은 물건입니다. 대부분의 사람들에게 그림은 물건입니다. 원래 저희들 큐레이터는 그림을 사랑하고, 그림의 생존권을 행사하는, 그림의 유일한 군대 같은 존재여야 했을 겁니다. 저는 백화점에 미술부 직원으로 고용되었습니다. 하지만 백화점 점원이 되고 싶었던 게 아니에요. 저는 미술품이, 그림이 좋았습니다. 상사인 아리타도 마찬가지였습니다. 그런 우리들이 솔선하여 그림의 권리를 모독했습니다. 그림은 어차피 천쪼가리와 물감일 뿐이니 거기에 권리 같은 건 없다고 말한다면 부정할 수 없습니다. 하지만 꿈에 나와요. 머리에서 사라지질 않아요. 저는 미노베 군의 절망, 그리고 고통, 그 책임에서 벗어날 수 없는 히노 씨의 기분을 알 수 있습니다. 저는 그림에 대한 자신의 의무를 다하고 싶었습니다. 우리들이 이 세계에 입힌 상처를 지우고 싶었습니다. 이케타니에게 개인적인 원한은 있습니다. 하지만 그것만이라면 참가는 하지 않았을 겁니다."

시로타의 눈이 처음으로 강한 의지와 빛으로 번뜩였다.

"저는 그 134점의 그림을 사람들에게 보여 주고 싶은 겁니다."

어느 날 누군가가 뉴욕의 지하철 터널 안에서 수많은 그림을 발견하는 일이 발생할지도 모른다. 그것은 뉴욕이 아니라 아일랜드의 시골 마을이 될지도 모른다. 지하철 터널이 아니라 낡은 창고일 수도 있으며 바티칸의 지하묘지가 될 수도 있다. 아마도 일본 내에서는 아니리라. 그때 만약 모든 그림이 빠짐없이 모여 있는 모습을 볼 수 있다면 기적적인 행운으로 여겨야 한다. 우리들은 그 장소에서 모습을 감춘 방대한 양의 그림을 되찾기 위해 몇 년이든 헤매게 되리라.

시코쿠의 산을 국도를 타고 들어가면 맑은 물이 흐르는 곳이 나왔다. 물이 어찌나 맑은지 유리처럼 투명하게 비쳐 보였다. 양쪽에는 발 디디기가 나쁜 가파른 언덕으로 옛날에는 원숭이만이 뛰어 다녔으리라. 그 위에는 계단식 논이 몇 개나 단을 이루며 펼쳐져 있었고 이윽고 커다란 논 하나로 연결되었다. 구석구석까지 손질이 잘된 논이었다.

가을이 오면 인가는 금박을 입힌 병풍 속에 그려진 것처럼 황금빛 논으로 둘러싸였다.

여름엔 그 황금빛 물결이 전부 밝은색 이끼로 뒤덮인 것 마냥 푸른빛이 되었다.

봄.

골짜기의 논은 짙은 녹색 물결에 둘러싸인 채, 바로 산 가장자리까지 산벚나무 꽃이 피어 있었다.

거기에 울창한 산을 등지고 2층짜리 근대식 건물이 있었다.

그 건물은 미술관이었는데 왜 거기에 미술관을 지었는지 마을 사람들은 자세한 사정은 알지 못했다. 무엇이든 '자연과 예술의 조화'가 모토인 어딘가의 미술대학 교수와 촌장이 아는 사이라 멋진 자연 환경에 매료된 그 교수가 적극 추진해 세웠다는 이야기가 있었지만, 진위 여부는 알 수 없었다. 열심히 모으고 또 모은 교부금의 용도를 고민하던 촌장이 마침 잘됐다 싶어 세운 것뿐 아닌가 생각하고 있었지만, 실제로는 그다지 흥미도 없었다. 영화관이 들어와도 귀찮고 도서관이 생긴다 한들 책을 빌릴 생각도 없었다. 수영장 딸린 건강증진회관을 만든다는 이야기도 있었지만 그런 곳에 틀어박혀 있을 만큼 한가한 늙은이도 없었고 온

천이 제일 감사하겠지만 근처에 온천수가 나오는 곳이 없었다. 산 속 구석진 곳이라 큰 길도 필요 없었으며 가로등은 이미 생활에는 불편함이 없을 만큼 있었다. 은행이나 우체국이 생기면 좋지 않을까 생각하지 않는 것도 아니나, 촌사람들은 다들 분수를 알고 있어서 이렇게 인구가 적은 촌구석에 그런 게 생겨도 마음이 불편할 따름이었다. 이런저런 와중에 어째서인지 훌륭한 미술관이 세워져서 마을 사람들은 그 건물을 볼 때마다 "얼빠진 촌장 같으니."라고 투덜거리곤 했다.

"왜 이런 난리가 됐는지 촌장 그 멍청한 놈이 말이여. 이런 구불구불한 산 속에 누가 오냔 말이다. 참말로 쓰잘데기 없구먼."

"뭐라 하는 사람이 없으니 이렇게 된 거여."

"그래도 그만하면 됐다."

"참말로 그만하면 됐다."

미술관의 장점은 유지비가 들지 않는다는 것이었다. 잠가 놓기만 하면 끝. 상주하는 직원도 필요 없었고, 보수할 일도 없었다. 가끔 빌리고 싶다는 사람이 있으면 하루 얼마씩 해서 빌려 주었다. 물론 미대 교수의 주선으로 세워진 것이기 때문에 설비는 훌륭했다. 천장은 높고 복도는 넓으며 미로처럼 전시 공간이 펼쳐져 있었다. 조명은 공들여 만든 백열등의 간접 조명이었다. 하지만 사람들이 빌리는 곳은 항상 그 옆에 있는 작은 회의실이었다.

교수도 자신이나 지인의 작품을 모은 전람회를 두 번 열었다. 하지만 전시장까지 찾아오는 사람이 아무래도 적었다. 고속도로를 나와서도 차로 산길을 두 시간은 달려야 했고 표지판도 없었다. 전시회까지 찾아오는 사람은 일가친척들뿐이라는 사실을 알고 촌장은 교수에게 유감이라는 뜻의 편지를 보냈다고 촌장회의에서 투덜거리며 보여 주었으나 아마도 거짓이었으리라. 그렇게라도 말하지 않으면 촌장 체면이 서질 않겠거니 생각해서 다들 무리해서 다그치지 말라고 하고 더 이상 추궁하지 않았다.

그 후 한 번은 마을의 부녀회의 주최로 '패치워크 전시회'를 열었다.

'어머니의 날 회화전' 때는 높은 천장, 긴 복도, 방음 장치, 습도 관리가 두루 잘 된 공간에서 우에노에 있는 국립 서양 미술관에서 쓰는 것과 같은 조명을 달아 놓고 아이들이 그린 수채화나 크레용 그림을 전시했다. 아이들은 그 그림을 싫어했고 부모들은 고작 20분 만에 전시장에서 등을 돌리곤 했다.

그 후에도 강행하여 '아버지의 날 회화전', '어린이날 회화전'을 열고 '우리 마을의 역사전'도 한 번 했다.

거기서 소재가 다 떨어졌다.

그러고 나서 '멍청이'라고 불렸던 촌장은 은퇴했고 몇 번인가 감귤을 수확했다. 아침엔 아침 햇살을 쬐고 저녁에는 저녁햇살을 쬐면서. 버블 시대에 교수가 남의 돈으로 지어 놓은 호사스러운 건물은 나이 먹는 것을 잊고 있었다.

전화로 회관의 대여 의뢰를 받은 마을 사무소에서는 임대료를 하루 3만 엔이라고 말했다. 전화를 건 상대방은 열흘간 빌리겠다고 말했다. 열쇠를 빌리러 온 남자는 머리가 벗어진, 사람 좋아 보이는 인물이었다.

4월 11일.

산벚꽃나무가 활짝 피어 있었다.

하늘은 흐릴 듯이 파랗고, 산의 녹음은 반짝이고 해는 아련하게 내리쬐고 논의 수면은 거울처럼 빛났다. 수런수런 바람이 속삭이듯 불고 있었다.

미술관 입구에는 '대회화전'이라고 적힌 깃발 하나가 솟아 있었다.

'세계의 명화를 한자리에 모아, 잊어버린 시절로 당신을 초대합니다.'

그 옆에는 통통한 서양인 여자가 나체로 누워 있는 포스터가 있었다.

뭔 일이다냐, 하며 마을 사람은 비탈길을 걸어 올라갔다.

들여다보니 백열등이 환하게 켜져 있었다.

들어가 보니 안에는 많은 그림이 전시되어 있었다.

"할부지, 이거 공짜일까?"

"접수대에 아무도 없지 않았냐, 공짜겠지."

"이 그림 학교 교과서에 나와."

"그런 거 어디에나 있는 거여."

"그래도 어디에나 있진 않은걸."

"여기에 있으니까 있는 거지."

"할부지, 여기 참고 가격이라고 쓰여 있는 숫자는 뭘까."

"흠. 이건 동그라미 숫자가 틀렸네."

"얼마라고 써 있나?"

"할아버지는 그런 숫자는 읽어 본 적이 없다, 모른다."

할아버지는 "르노이르……라니, 누구여?"라고 물었다가 모른다는 대답을 들었고 손자는 우트릴로는 뭐라고 읽느냐고 물었으나 돌아가서 어멈한테 물어보라는 대답을 들었다.

"밀레, 모디글리아니……."

"학교 교과서에 실려 있다 하지 않았나. 왜 못 읽어."

"학교 교과서엔 르노이르가 아니라 르누아르라고 나와 있었어."

"그렇담 르노이르란 사람이 르누아르란 사람을 흉내 낸 거네. 좋은 몸이구먼."

"할부지, 이건 가로랑 세로가 바뀌어 놓여 있는 거 아녀?"

"그렇담 가로랑 세로를 바꿔 놓으면 뭔지 알겠나."

"모르겠다."

팔랑팔랑 벚꽃잎이 춤을 추었다.

"이런 것, 나도 그리겠다. 할부지."

"그래도 이 옆에 그림은 좋네."

"그런가. 나는 이쪽 그림이 좋은데."

그해 봄, 멍청이의 미술관에는 신문 광고를 한 손에 들고 사람들이 몰려들었다. 그림을 보고 벚꽃을 보고 도시락을 먹고 돌아갔다. 사람 수는 나날이 늘어나 차를 주차할 장소가 없어지자, 좁은 국도에 주차 차량 행렬이 길게 이어졌다. 열흘 뒤, 미술전은 종료했어야 하지만 주최자에게 연락이 되지 않아 폐관할 수 없게 되었다. 난처해진 마을 사무소는 다음 날 마을 파출소에 연락했다.

경찰차 여러 대가 미술관을 에워싼 것은 그날 오후의 일이었다.

봄날의 산촌에 전시된 134점의 그림 속에 가셰는 없었다.

발견된 그림이 13일 전에 후카가와의 창고에서 도난당한 그림이라고 단정하는 것은 어려운 일이었다. 서류에는 그림 수나 작자명이나 금액은 적혀 있었다. 그러나 그중에는 사진이 있는 것도 있었지만 사진이 없는 것도 있었다. 우리 집에 있었던 도토리가 거기에 있는 도토리와 같은 것이라고 주장하고 싶다면, 먼저 우리 집 도토리가 어떤 것이었는가를 먼저 설명해야 하고 도토리라고만 말해서는 누구든 어떤 도토리인지 알 수 없었다. 그뿐인가, 그림을 채권으로 보유하고 있던 은행 측은 발견된 한 점 한 점에 대해 진위 여부부터 감정해야 했다.

21일에 그림이 발견되었을 때, 그 자리에는 전 세계의 기자들이 몰려들었다. 미술 평론가나 기자는 발견된 그림 리스트를 갖고 싶어 했다. 이후 어디에선가 같은 물건이 나왔을 때, 바꿔치기되었을 가능성에 대해 논할 자료로 삼기 위해서였다.

'가련한.'

'불우한.'

'이 얼마나 끔찍한.'

이런 말로 시작하는 기사가 전 세계의 하늘을 전파를 타고 돌아다녔고, 어떤 것은 인터넷상에서 문자가 되었으며 어떤 것은 신문지 위의 문자로 변했다.

그 안에서 거기에 있는 그림이 누구 소유이며 누구 그림이며 진품인가 가품인가 하는 문제들은 굉장히 판단하기 어려웠으나, 거기에 가셰가 없다는 사실만은 무척이나 알아차리기 쉬웠다.

고흐의 「가셰 박사의 초상」만이 그 자리에 없었다.

"이미 판매되었을 가능성이 있을까요?"

"먼저, 도난품인 그림을 구입한다면 죄를 추궁당할 겁니다. 그러나 판매한 쪽에서 도난품이라는 걸 몰랐다면 반환 등의 의무는 지지 않습니다. 되찾고 싶다면 다시 사들인 다음에 훔친 사람에게 변상을 요구해야 합니다. 이번 사건의 경우, 이 정도로 전 세계에서 화제가 된 만큼 도난품이라는 것을 몰랐다고는 할 수 없을 겁니다. 다만 혹여 도난품이라 할지라도 2년이 경과하면 변상할 의무는 소멸됩니다. 그러나 변상을 받아 낼 권리는 없어진다 할지라도 소유의 정당성은 주장할 수 있습니다."

"그렇다면 만약 해외로 반출되어 2년 경과하게 된다 해도 찾아내는 대로 일본 정부는 그 정당한 권리를 주장하는 것은 가능하다는 말씀이시군요."

"그렇습니다. 그와 같이 '권리는 소급한다'. 이게 정말로 성가십니다."

미술 평론가는 곤란한 표정을 지어 보였다.

"그 말씀은?"

아나운서는 대본의 다음 페이지로 넘어갔다.

"소급한다면 정당한 권리는 어디에 있는가 하는 문제가 되는 겁니다."

"그렇다면요?"

아나운서는 해설 위원의 등을 떠밀었다. 눈에 띄길 좋아하는 해설 위원이라면 더 신나서 얘기했겠지만. 보통은 긴장해서 머리가 멍해지는 법이었다.

"고흐의 「가셰 박사의 초상」이라는 작품은 일본에 오기 전에는 반세기 이상, 크라마르스키라는 일가가 소유하고 있었으며 메트로폴리탄 미술관이 빌려 와 전시하고 있었습니다. 그러나 이에 대해서 원래 크라마르스키 일족의 소유가 아니라, 크라마르스키 가문은 맡아서 보관하고 있었을 뿐이라는 주장이 있습니다. 「가셰 박사의 초상」은 제1차 세계 대전 당시 독일의 프랑크푸르트 시립 미술관에 있었습니다. 그것을 나치 독일이 '퇴폐 예술'이란 명목으로 압수했던 겁니다만, 그때 헤르만 괴링이 이 그림을 포함한 세 작품을 부당하게 유출하여 자신의 화상을 통해 케니히스라는 독일인 은행가에게 팔았던 겁니다. 그런데 케니히스도 당시의 인플레이션이니 대공황이니 하는 상황 때문에 돈이 없었습니다. 그는 친구인 독일계 유대인이며 은행가이기도 한 크라마르스키에게 돈을 빌렸죠. 그리고 케니히스는 유대인 박해를 두려워하여 미국으로 도망치려 하는 크라마르스키에게 「가셰 박사의 초상」을 주고 그렇게 크라마르스키 일족 전체가 미국으로 건너가게 됩니다만, 그때 금전 수수가 있었다, 혹은 빌린 돈 대신 그림을 건넨 것인가, 그저 그림의 안전을 위해 '맡긴' 것뿐인가 하는 문제들에 대해 양측의 주장이 완전히 다릅니다. 지크프리트 크라마르스키의 부인, 로라 크라마르스키가 사망하고 나자 당시의 사정을 아는 자는 아무도 남아 있지 않게 되었습니다. 그리고 케니히스 일족의 손자에 해당하는 사람이 반환을 요구한 겁니다. 좀 더 거슬러 올라가 보면 압수 전, 독일의 프랑크푸르트 시립 미술관에 있었을 때 이 「가셰 박사의 초상」은 기증품으로 전시되었고 시의 자금으로 사들인 물건은 아니었기에 정부에 의한 압수는 부당하며, 당연히 프랑크푸르트로 돌아가야 한다는 주장도 있습니다. 기증된 경위에는 미술관의 설립자, 요한 프리드리히 슈테델이라는 인물이 미술관을 창립할 때의 뜻과, 당시 독일이 놓인 국제 상황 등이 복잡하게 얽힌 사정이 있습니다. 기증자인 오펜하이머 가는 권리를 주장하고 있지는 않습니다만 1962년, 프랑크푸르트 미술관은 「가셰 박사의 초상」의 소유권을 크라마르스키 가의 것으로 확인하고 있습니다."

아나운서는 잘 알아듣고 '쉽게 말하면'이라는 말로 재빠르게 요점을 정리했다.

"크라마르스키 가문이 경매에 붙였고 크라마르스키 가문이 일본 기업에 팔았고 그에 의해 소유권은 그 일본 기업에게로 넘어갔습니다만, 지금도 가셰는 케니히스 가문의 소유물이라고 이의를 제기하는 사람이 있다는 거네요. 그저 잠시 맡긴 물건을 허가 없이 팔았다고 말이죠."

그렇습니다, 그런 겁니다. 해설 위원은 고개를 크게 끄덕였다.

"전쟁에서 강탈당한 물건이니 반환을 요구한다는 뉴스는 잊을 만하면 나오는 이야기입니다. 일본에서도 예전에 마쓰카타라는 부호가 전쟁 이전에 프랑스에서 산 그림을 프랑스에 놔두고 왔다가 전쟁 후 일부밖에 돌려받지 못했다는 이야기도 있습니다. 법적으로는 있을 수 없는 일입니다만 아무튼 국제법에 걸리는 사항이 되면 성가십니다."

해설 위원의 머릿속이 새하얘진 건 틀림없었다. 논점이 흐려져서 여성 아나운서는 그 이야기를 도중부터 듣고 있지 않았다. 어떻게 해서든 문제점을 명확하게 하여 시청자에게 전달해야 했다. 이대로는 항의 전화가 슬금슬금 걸려 오리라.

가셰를 소유하고 루비를 통해 매각한 크라마르스키 가문에 가셰의 소유권이 없었다 해도 이미 2년은 넘었으니 케니히스 가문이 그림의 반환을 요구하는 것은 불가능해 보였다. 가셰의 소유자 이전 경위에 범죄성이 있었는가, 없었는가 하는 문제는 반환과 분리해서 다뤄야 하리라. 사건은 제2차 세계 대전이 한창이던 때에 일어났으며 나라는 독일과 미국에 걸치고 있고 케니히스 씨는 가셰를 둘러싼 나치 독일의 책략에 의해 사망했다는 설도 있었다. 그러나 당시의 관계자는 이미 모두 사망했고 케니히스 가문의 클레임에 어떤 대응이 가능할지 알 수가 없다. 여기서 '클레임'이란 당분간은 미술 잡지가 곤란해하지 않을 만큼의 스캔들이라는 의미이며 스캔들이라는 것은 생산성도 없고, 근거도 부족한 데다가 사람을 헐뜯기 위한 정보를 말한다.

여성 아나운서는 이 정도의 이야기를 재빠르게 설명했다.

해설 위원은 가까스로 진정되었다.

"특히 나치가 약탈한 미술품에 대해서 이전 주인의 자손이 소송을 거는 일은 구미에서는 드문 일이 아닙니다. 게다가 「가셰 박사의 초상」은 가격이 100억 엔을 넘습니다. 가셰가 발견되면 독일 미술성에서도 무언가 코멘트를 할지도 모르죠. 크라마르스키 가문은 오랫동안 미국의 메트로폴리탄 미술관과 연관되어 있었습니다. 그렇게 되면 이 건은 단순히 케니히스, 크라마르스키 양가의 문제에 그치지 않게 됩니다. 그 그림이 오랫동안 세상에 나올 수 없었던 이유에는 그러한 사정도 있었던 겁니다."

"왜 미술관이 관련되어 있는 겁니까?"

"미술관에서는 현재 전시 작품에 관계된 책이나 엽서, 카탈로그, 복제품 등이 큰 수입입니다. 고흐는 인기가 많아요. 전에는 고흐 및 다른 인기 전람회에서 입장료 이외에 4억 엔 이상의 수익을 올린 적도 있고요. 그때 고흐의 포스터만으로 1억 5000만 엔의 수익을 냈다고 합니다. 전시실 곁다리 수익이 입장료를 크게 웃도는 겁니다."

그림은 더 이상 단순히 정신을 함양하는 감상물이 아니었다.

"고흐는."

해설 위원은 천천히 말을 꺼냈다.

"그림의 최신형인 겁니다. 그것만 어디서 뚝 떨어져 생긴 게 아닙니다. 그들 같은 후기 인상파를 배우는 것은 곧 그러한 흐름의 근원을 향해 사람들의 흥미를 불러일으키는 것이기도 합니다. 신고전주의에서 시작하여 낭만주의, 쿠르베의 사실주의의 끝에는 모네, 드가, 피사로 등의 인상파가 있었습니다. 그리고 고갱, 세잔, 쇠라, 고흐로 대표되는 후기 인상파로 이어집니다. 모더니즘은 처음부터 모더니즘으로 태어난 것이 아니라 과거의 그림의 형식에 얽매인 화가들의 고뇌가 그 고통에서 벗어나기 위한 원동력이 된 결과 태어난 것이며, 즉 그 토양에는 길고 긴 그림의 역사가 있고 이 역사와 분리되어 존재하는 것이 아닙니다. 화가는 천재가 아니라 인간입니다. 과학의 진화에 선구자가 필요하듯이 그림도 또한 느닷없이 탄생하는 일은 없습니다. 우리들이 그림의 손실을 두려워하는 것은 그림을 단순히 감상물로서 사랑하기 때문만이 아니라, 그림이 진화의 물증이기 때문이기도 한 겁니다. 우리들은 고작해야 자신이 살아 있는 80년 남짓한 시간밖에 의식을 갖고 있지 않으니 자신들이 시대의 부산물이라고는 생각하지 않습니다. 그러나 600년의 흐름 속에서 보면 사람들의 마음속에는 분명히 시대가 보입니다. 거장이라 불리는 사람들의 그림이 사람들에게 감명을 주는 것은 사실은 그림의 완성도 때문이 아니라 시대를 그림 속에서 보여 주고 있기 때문인 겁니다. 그림 속에는 언어라는 비문화적인 필터를 거치지 않은, 시대의 어느 순간의 진실이 담겨 있습니다. 화가는 시대를 남기는 일에 생명을 전부 불태우기 때문에 슬픈 겁니다."

그가 이 자리에 불려 나온 이래 가장 큰 공적이 될 만한 말이었다. 그러나 여성 아나운서는 그러한 말이나 논법에 이미 익숙했기 때문에, 대부분 흘려듣고 말았다. 아니, 그림이 감상물이 아니라 역사를 전달하는 화석이라는 논조를 이해할 수 없었던 것일지도 몰랐고, 생방송이었으니 시간이 촉박했을 뿐일지도 몰랐다. 여성 아나운서는 "일본 정부의 대응이 주목됩니다."라고 상투적인 멘트로 마무리하고 다음 뉴스로 넘어갔다.

끝맺음이 좋지 않았던 것은 별개로 하고, 해설 위원이 했던 말은 미술 관계자들의 공통적인 생각이었다. 전반은 현실적인 문제 제기였고 후반은 예술적인 문제 제기였다. 후반의 주장에 매우 감동하면서도 80년의 현세밖에 살지 못하는 자의 특성상 전반의 이야기에 관심이 갔다.

한 장의 명화가 가지는 경제 효과는 헤아릴 수가 없었다. 가셰 한 장을 빼돌렸다고 한다면, 틀림없이 가셰의 가치를 생각한 사람의 짓이며, 즉 가셰는 틀림없이 이후 2년간은 어딘가에 숨어 있으리라고 미술 관계자들은 생각했다.

「가셰, 행방불명」

뉴스는 잇따라 전 세계에 방송되었다. 《뉴욕 타임스》에서는 2면이었지만 《워싱턴 포스트》, 《르몽드》, 《파이낸셜 타임스》는 1면에 실었다.

그 무렵 경찰은 범인의 발자취를 필사적으로 쫓고 있었다.

범인은 미술관을 빌렸다. 신문에도 광고를 총 네 번 냈다. 여길 추적해 보면 반드시 범인에게로 연결되는 단서가 있을 터였다.

니시우와 군 미요시 촌립 미술관은 마을에서 설립한 미술관으로, 마을 사람만 이용이 가능했다. 그러나 마을 사람이 그렇게 자주 미술관을 빌릴 일도 없기 때문에 실제로는 마을 사람이 관련된 행사이기만 하면 빌려 주었다. 어마어마한 숫자로 나타난 조사 관계자들에게 마을 사무소 책임자는 신청서 한 장을 보여 주었다.

"우에노 씨 이외, 어느 연락처도 해당자는 없었습니다."

대회화전의 신청서에는 총 다섯 명이 이름을 올리고 있었다. 네 명까지는 소재지가 도쿄였다. 경시청은 네 사람의 신원을 확인하도록 바로 도쿄에 연락했다. 경시청에서는 전화를 걸어 소재지를 확인했다. 마을 사무소의 직원이 말한 대로 전화번호는 가짜였다. 주소도 가공의 것이었고 찾아봤더니 공원 부지로 나온 것도 하나 있었다.

단 한 사람, 우에노 한페이타라는 마을 사람의 이름이 남았다.

여기에도 장치가 있는 것은 아닐까.

마을 사무소의 직원은 시원스레 말했다.

"그건 우리 전대 촌장이에요. 틀림없어요."

그것은 그 미술관을 세운, 당시 멍청이라고 불렸던 촌장이었다.

조사관들은 그 지방의 경관과 함께 전대 촌장의 집에 갔다.

촌장은 마당의 꽃에 물을 주고 있던 참이었으나, 찾아온 사람 전원을 툇마루로 불러들였다.

"그려. 이름은 빌려 줬다. 여기 미술관이 얼마나 훌륭한지를 잘 알고 있어서 말이지. 도쿄까지 우리 미술관이 소문난 건가, 하고 내가 기뻐서 말이지. 그려, 쓰시라고 이름은 빌려 줬다."

여든을 넘긴 촌장에게 주눅 든 기색은 전혀 없었다. 얼굴을 아는 경관이 촌장의 귓전에서 큰 소리로 말했다.

"그 도쿄 사람 연락처를 알고 싶다고 도쿄에서 찾아왔어요."

"신청서에 쓴 대로여."

다시 큰 소리로 물었다.

"그 주소 말인디 거짓말이었어요."

"음. 그렇다고 들었다. 그래도 나도 그거 말고는 모른다."

경관은 다시 한층 큰 목소리로 물었다.

"어떻게 알게 된 겁니까?"

경시청의 조사관이 마른침을 삼켰다. 촌장은 이상하다는 듯한 표정을 지었다.

"지금 자네들이랑 마찬가지여. 현관에서 왔어. '안녕하십니까.' 하고 인사하면서 현관으로 들어왔다. 미술전 하고 싶은데 빌려 주시겠냐고 말하데."

50세 정도의 심성이 좋아 보이는 남자. 열쇠를 빌리러 온 남자와 마찬가지였다. 그 남자는 그림을 반입한 뒤 한 번도 나타나지 않았다. 거기서 미술관 쪽 범인의 발자취는 끊겼다.

마지막 단서는 신문 광고였다.

대회화전의 광고는 사흘간 총 4회 실렸다. 3월 16일과 3월 29일 조간과 4월 8일 조간과 석간. 신문 용어로는 '3단 8분의 1'짜리 광고였다.

신문사는 대회화전 광고가 정규 광고 대리점으로부터 들어온 것이라고 했다. 광고 대리점에서는 그건 아는 대리점 사장이 맡긴 일이라고 했다.

가 봤더니 그곳은 사장 혼자서 운영하는 작은 대리점이었다. 전봇대에 전단지를 붙이는 것이 주된 업무였다. 3개월 전, 그곳에 한 남자가 찾아왔다.

느닷없이 찾아온 그 손님은 신문 광고를 내고 싶다고 했다.

"실은 저, 내일이라도 시코쿠로 돌아가지 않으면 안 됩니다. 우짜면 좋을까요."

손님은 회화전의 광고 견본을 꺼내어 정사각형 10센티미터 정도면 되니까 이거 그대로 실어 달라고 말했다. 횟수는 4회, 기재 날짜도 정해져 있었다. 4월 8일 석간분에는 '대회화전까지 앞으로 사흘'이라는 말이 첨부되어 있었다. 사장은 대리점에는 1회마다 석간이면 50만 엔, 조간이면 100만 엔 정도 지불해야한다고 말했다. 남자는 생글생글 웃으며 "그래서, 수수료는 어떻게 됩니꺼?"라고 물었다. 사장이 "30만입니다." 하고 떠오른 대로 말했더니 손님은 탁자 위에 150만 엔을 놓고 "요거면 모든 절차를 맡길 수 있을까요." 하고 대꾸했다.

"도쿄에 그렇게 자주는 못 옵니더. 2회째의 게재 요금은, 첫 번째 광고가 게재되고 나서 사흘 이내에 부치겠습니더. 3회째 게재 요금은 2회째가 게재된 사흘 이내에 지불할게요."

사장은 기뻐하며 아는 더 큰 광고 대리점에 100만 엔에 일을 맡겼다.

첫 번째 광고가 실린 후, 다음 게재료인 150만 엔이 계좌로 입금되었다. 50만 엔은 4회분 합친 수수료라고 생각했던 터라 놀랐다. 결국 4회분 전부에 50만 엔의 수수료가 붙어 있었다.

그렇게 말하고, 모든 서류를 경찰에게 제공했다.

"마을 부흥의 일환이라고 말했어요. 도쿄 사람이라도 홋카이도 사람이라도 시코쿠에 올 일도 있겠죠. 오는 김에 들러서 봐 주시면 그보다 기쁜 일은 없을 거라고 했어요. 나이는 50세 이하, 머리가 벗어졌고, 성격 좋아 보이는 사람이었어요."

의뢰인. 우에노 한페이타.

입금은 현금 입금.

089로 시작하는 연락처에 전화를 걸어 보자 어묵 가게로 연결되었다. 그리고 기재된 의뢰인의 주소에 적혀 있던 것은 대회화전이 열렸던, 니시우와 군 미요시 촌립 미술관이었다.

4월 21일. 시코쿠의 미술관 영상이 일본의 모든 채널에서 방송되고 해설 위원이 그림의 가치에 대해 역설하고 모두가 일제히, 가셰가 '숨었다'고 인식한 그날.

런던의 경찰서에 한 통의 전화가 걸려 왔다.

옥션 하우스인 루비의 회화 부장에게서 온 전화였다.

오늘 아침 10시 프런트 데스크에 한 점의 그림이 들어왔다. 담당자가 잠시 안에 들어갔다가 다시 돌아왔을 때, 그림을 가지고 왔던 남자는 이미 모습을 감춘 뒤였다. 받침대 위에는 그림만이 남아 있었다.

"그것이 「가셰 박사의 초상」이라는 빈센트 반 고흐의 그림이었던 겁니다."

전화를 받은 습득물 담당자는 그날 아침 《파이낸셜 타임스》의 기사를 보고 있었다. 거기에는 미국이 소유하고 있던 네덜란드의 화가가 프랑스에서 그린 그림을 영국의 경매상이 일본에 팔고 독일의 미술관이 그 소유권을 주장하고 있으나 결국 아랍 정도가 등장하는 것은 아닐까 하는 얘기가 적혀 있었다.

그는 되물었다.

"가셰…… 고흐의? 그쪽에요?"

런던 경찰은 그날 당장 영국 미술성에 판단을 맡겼다. 영국 미술성은 암스테르담의 고흐 미술관에 의뢰했고, 고흐 미술관은 극비로 감정에 임했다. 그리하여 신중하게 진위 여부를 검토한 뒤, 진품이라고 판정했다. 영국 미술성은 극히 신중히 물건을 운반하도록 런던 경찰에게 충고했다. 영국 미술성은 일본의 경찰청에 문서를 통해 간단히 연락했다. 경찰청에게서 연락을 받은 경시청이 즉시 영국 미술성에 전화로 확인한 결과, 연락 사항이 사실임을 인정하고 그림은 지금 경매 업체인 루비가 보관하고 있다고 알렸다.

후카가와 창고에 그림을 보관하고 있었던 것은 미이케나가토모 은행이었다. 은행은 반환을 요구했다. 그에 대해 루비는 변호사를 통해 이렇게 답변을 보내왔다.

"「가셰 박사의 초상」은 습득물이며 우리들이 반환해야 할 상대는 이 그림을 카운터에 놓고 간 인물이다."

반환을 거절당한 은행은 그 즉시 경찰에게 울며 매달렸다. 은행이 애원하자 조사 당국은 그 「가셰 박사의 초상」은 후카가와의 미이케나가토모 은행이 도둑맞은 물건이라는 사실을 전달했고 루비는 그 의도를 이해했다.

"이것이 당신들 창고에서 도난당한 물건과 동일한 것임이 증명된다면 법에 따라 적절하게 처리하겠습니다."

은행은 그 말이 의미하는 것을 이해하는 데에 시간을 필요로 했다. 창고에는 135점의 그림이 수납되어 있었고 그 전부가 도난당했다. 그중 가셰 이외의 134점은 발견되었지만 가셰만은 그 속에 포함되어 있지 않았다. 그것뿐이었다.

은행은 경찰에게 반환을 요구하도록 요구했다. 그러나 경찰청은 "해당 사건의 범인 체포에 관해서 활동하는 것이며, 도난품의 회수는 그 업무에 해당되지 않는다."라고 말하며 사정 청취를 위해 런던까지 사람을 파견했으나 담당자는 세 시간 동안 사정 청취를 하고 돌아왔을 뿐이었다.

몹시 난감해진 은행은 반환을 요청하기 위해 변호사와 함께 현지로 몰려갔다.

"그 그림이 런던에 있는 이유는 모릅니다. 하지만 그건 2주일 전까지 우리 창고에 있었던 물건입니다."

옥션 하우스 루비 런던의 회화 부장, 아서 그림웨이드는 정중하게 고개를 끄덕이고는 되풀이하여 말했다.

"이것이 당신들 창고에서 도난당한 물건과 동일한 물건이라는 사실이 증명되면 법에 따라 적절하게 처분하겠습니다."

"기록에는 빈센트 반 고흐의 「가셰 박사의 초상」을 담보로 취했다는 사실이 명기되어 있습니다. 그 그림 담보를 창고에 보관했습니다."

"네. 그래서요."

"그 창고 안에 있었던 135점이 도둑맞은 겁니다."

"저희들은 카운터 위에 남자가 놓고 간 그림에 대해 이야기를 하고 있는 겁니다. 당신들이 말하는 135점 중 한 점이 이 그림이라는 근거를 보여 주시겠습니까?"

은행 측은 다음 주, 화상을 데리고 다시 킹 스트리트 12번지를 찾아왔다. 은행이 데리고 온 사람은 창고의 그림들을 점검했던 화상이었다. 그는 1년에 한 번씩 창고에 들어가 그림의 상태를 확인하곤 했다.

"작년 8월에 확인했습니다. 「가셰 박사의 초상」은 그 전년도와 완전히 똑같은 상태였기 때문에 그렇게 기록을 했습니다."

그 화상이 말했다.

"즉 작년 8월에 그 그림은 우리 창고의 D8실에 있었다는 사실을 알 수 있으시리라 생각합니다."

은행 간부가 말했다.

"그림의 상태를 확인하신 거네요."

"네."

"진위 여부가 아니라요."

화상은 순간, 숨이 탁 막혔다.

"네. 상태입니다. 제가 의뢰받은 건 그거라서."

그림웨이드는 깊은 한숨을 쉬었다. 그리고 은행 간부를 향해 말했다.

"그렇다면 이분이 매년 상태 확인을 하고, 적어도 작년 8월에는 창고 D8실 안에 있었다는 그 그림이, 지금 우리 쪽에 있는 빈센트 빌렘 반 고흐의 「가셰 박사의 초상」이라는 증거는 되지 않습니다."

"뭐라고요?"

은행 측은 그다음 주, 다시 그 붉은 깃발 아래에 들어갔다. 이번에는 방대한 양의 서류를 들고 변호사 다섯 명과 함께 갔다.

"1990년에 히노 화랑이 루비에서 낙찰 받은 그림입니다. 그는 모리토크 섬유공업의 대리 자격으로 구입한 것이며, 우리들은 그 그림을 회수했습니다. 그림은 D8실에 들어갔고 그 후 도둑맞았습니다."

그림웨이드는 안타깝다는 듯이 고개를 좌우로 흔들었다.

"딱하지만 그래서는 아무런 증거도 되지 않습니다."

"당신들이 하고 싶은 말은."

은행 간부는 각오를 했다.

"우리들이 담보로 취했던 그림이 진짜 「가셰 박사의 초상」이 아니었다는 뜻입니까?"

그림웨이드는 정중하게 대답했다.

"그림이란 작가의 손을 떠난 순간 보호자가 없는 처지가 됩니다. 도처에 악의가 있는 혹은 없는 모방작이 넘쳐납니다. 유럽에서는 상식입니다. 가령 그림이 어디선가 바꿔치기되어서, 만약 담보가 되기 전에 주인이 잘 만들어진 위조품과 바꾸어 놓았다거나 혹은 그 보관실이란 곳에서 이미 모사품과 바꿔치기되어 있어서 당신이 진품이라고 믿고 있었던 그림이 실은 진품이 아니었다고 해도, 우리들은 놀라지 않을 겁니다. 확실한 사실은 지금 우리는 빈센트 반 고흐의 손에서 탄생한 진짜 「가셰 박사의 초상」을 보관하고 있습니다. 단지 그것뿐입니다. 당신들이 본인들의 창고에 있었던 그림이 틀림없이 고흐의 「가셰 박사의 초상」이었다고 납득할 수 있을 만한 증거가 없는 한, 저희들은 그림을 넘겨 드릴 수가 없습니다. 그것이 반 고흐의 가셰의 편력에 오점을 남길 가능성을 방지할 수 있는 유일한 방법입니다."

루비를 나올 때, 풍채가 좋은 남자가 자신들을 지그시 쳐다보고 있다는 것을 알아차렸다. 은행 간부의 옆을 따르던 통역이 귓속말을 했다.

"《헤럴드 트리뷴》의 미술 기자입니다. 어제도 봤습니다."

"《헤럴드 트리뷴》?"

"프랑스의 영자 신문이에요. 요 며칠 우리들의 움직임에 무언가 냄새를 맡은 것 같아요."

누군가 가셰를 루비에 놓고 갔다는 사실은 아직 어느 보도 기관에도 알리지 않았다. 발각되면 어떤 기사를 써 댈지 짐작도 가지 않았기 때문이었다. 은행 간부의 얼굴에서 핏기가 사라졌다.

"괜찮아요. 여기서는 웬만해서는 정보를 누설하지 않습니다. 그림웨이드가 그럴 마음이 들지 않는 한요."

호텔에서 젊고 수완 좋은 변호사는 판단을 내렸다.

"우리의 주장을 받아들이게 하려면 적어도 「가셰 박사의 초상」을 포함해 채권으로 압수한 다량의 그림을 압수한 경위를 분명하게 할 필요가 있다는 겁니다. 그 가셰에 얼마의 담보 가치를 붙였는지. 그때 어떠한 거래를 했고 그 후의 관리는 어떠했는지. 그렇게 해서 루비뿐만 아니라 전 세계의 미술 관계자를 납득시켜야 합니다. 그것은 동시에 얼마의 돈에 대해 얼마의 담보로 대출을 했고 그 결과 무엇을 채권으로 압수했는가 하는 사실을 전 세계를 상대로 명료하게 밝힌다는 뜻이기도 합니다."

간부의 얼굴이 창백해졌다.

"그렇게 해서 과거의 추태를 드러낸다 한들, 가셰가 돌아온다고는 단정 지을 수 없습니다. 그저 가능성일 뿐입니다. 그림웨이드는 자신들은 그림에 아무런 권한도 없고, 때문에 법률에 의해서만 움직일 뿐이며 그 이상의 판단을 해서 제삼자에게 내주는 것은 불가능하다고 말하고 있는 겁니다."

"그렇다면 우리들은 누구를 상대로 교섭을 하면 좋단 말인가."

"사라진 남자. 가셰를 카운터에 놓고 사라진 남자입니다."

변호사는 이어서 말했다.

"2개월 이내에 남자가 나타난다면 그 남자와 이야기하면 됩니다. 하지만 먼저 틀림없이 남자는 나타나지 않겠죠. 그렇다면 자동적으로 그림의 권리는 습득한 루비에게 넘어갑니다. 그림을 원한다면 루비에게서 살 수밖에 없습니다. 입찰자 중 한 사람으로서 말입니다."

"아무리 그래도."

그런 게 어디 있느냐고 말하고 싶었던 것 같았으나 변호사는 그 모습을 쌀쌀맞게 지켜보았다. 아직도 그런 것조차 모르는 거냐고 묻는 듯한 차가운 시선이었다.

"여기까지 오면 가셰 한 장이 돌아올지 말지가 아닙니다. 우리가 가셰의 반환을 요청하여 그림웨이드와 논의를 할 경우, 보다 큰 문제는 그들이 매스컴에 우리 쪽의 주장을 이야기하리라는 겁니다. 그들은 그 단적이고 가차 없는 말투로 135점의 그림이 어떤 취급을 당해 왔는지를 이야기할 겁니다. 그들의 발언을 막을 권리는 우리에게 없습니다. 우리는 해외에서는 문화 열등국으로 낙인찍히고 국내에서는 망신거리라고 불릴 겁니다."

그렇지 않아도 국내에서는 조터의 이케타니가 10억 엔어치의 돈을 주고받았다고 해서 큰 소동이 일어난 참이었다.

이케타니는 당초, 강도와 관련이 없다고 완강하게 부인했었다.

DVD 영상을 들이밀어도 여전히 관계가 없다고 텔레비전 카메라를 향해 딱 잘라 말하는 무모한 황소고집이었다. 그것은 자신이 아니란 말부터 시작하여 알리바이가 있다든지 그런 그림은 본 적도 없다고 했다. 그러나 DVD가 자발적으로 경시청으로 넘어가 사정을 들으러 오는 사람이 방송국 직원만이 아니게 되자 점점 기세가 꺾였다.

20일, 조터 코퍼레이션의 10억 엔짜리 어음이 부도가 났다는 사실이 발각되었다. 사장인 이쓰미에게 사정을 묻자 5억 엔의 담보로 하기 위해 이케타니에게 건넸다고 진술했다. 같은 날, 조터 코퍼레이션은 자사 주식의 30퍼센트를 도로 사들였다고 발표했다.

그때 조터 코퍼레이션의 간부는 이케타니가 보유하고 있었던 주식 전부를 사들였다고 말했다. 신문사 경제 기자는 기사에서 그 액수가 5억 엔이라는 사실을 밝혔다.

그 철제 테이블 위에 놓인 현금이 10억 엔이라는 것은 DVD 영상에서 거의 확정되어 있었던 사실이었다. 조터 주식을 판 5억 엔과 이쓰미가 발행한 10억 엔짜리 어음을 담보로 빌린 5억 엔, 합계 10억 엔으로 일치했다. 그 10억 엔의 용도에 대해 추궁하자 이케타니의 황소고집은 마침내 무너졌다.

이케타니는 폐공장에는 135점의 그림이 모두 전시되어 있었다고 말했다. 그는 거기서 가세를 사기 위해 돈을 들고 갔을 뿐이라고 반복하여 주장했다.

거기서 남자 하나가 총에 맞았다. 겁이 나서 관계가 없다고 계속 말했던 겁니다.

이케타니는 이 거래를 제안한 화상에 대해서도 '모른다', '경찰이 출동했었다'라는 말만 되풀이했다.

이케타니가 말한 폐공장은 지금은 사용하지 않는 제사(製絲) 공장이었다. 인연이 깊게도 그곳은 옛날에 이케타니가 도산으로 몰아넣은 모리토크 섬유공업 주식회사의 개업 당시 공장 터였다. 땅 위에 녹슨 기계가 방치되어 있었다. 이케타니가 말한 날에 경찰이 출동한 기록은 없었다. 전날, 그림을 보러 간 날 함께 갔었다고 이케타니가 주장한 히노 화랑의 히노 도모노리는 그런 적이 없다고 딱 잘라 부정했다.

조터 코퍼레이션의 사장인 이쓰미는 모회사인 은행에서 해임되었다.

"회사가 드디어 우리 손에 돌아왔다."며 회견을 연 간부는 지친 모습이었으나 몸도 마음도 긴장이 풀린 듯 안도하는 표정을 짓고 있었다.

창고에 침입한 실행범은 아직도 밝혀지지 않았다.

"지금 모리토크의 채권 정리에 관한 말썽을 다시 문제 삼는 것은 은행에 있어서 거의 치명적인 일이 될 겁니다. 134점은 돌아왔습니다. 저는 그것을 기적으로 생각해야 한다고 봅니다."

나는 모른다. 갔더니 그림이 전시되어 있었어. 내가 그림을 처음 본 것은 4월 9일이고, 그때까지 그림 같은 건 생각도 안하고

있었어.

일본에서 이케타니의 초췌한 모습은 머니게임에 빠진 부도덕한 인간의 말로였다.

"옛 허물이 들통 나면."

변호사는 목소리를 낮추어 속삭였다.

"그의 전철을 밟게 될 겁니다."

은행은 가셰를 포기했다.

루비의 그림웨이드는 스캔들에 휘말린 다른 그림들과 마찬가지로 가셰를 더없이 신중하게 다루었다. 2개월간 그들은 가셰를 습득했다는 사실을 매스컴에조차 들키지 않았다. 그동안 런던 미술성과 독일 미술성 사이에서 논의는 몇 번이나 이루어졌으나 그때마다 흡사 위험한 카드에 손을 대려고 할 때처럼 서로 권리를 포기하지는 않았으나 그렇다고 결코 주장하려고도 하지 않았다. 입에는 올리지 않았으나 그들은 가셰의 출현을 '재난'으로 여기고 있었다. 그림웨이드는 적당한 시기를 놓치지 않았다. 그는 평소 자주 드나드는 런던 미술성의 고위 관계자에게 "실례하지만."이라고 운을 떼며 간청을 했다.

"두고 간 거예요. 아무도 가지러 오지 않을 겁니다. 단언할 수 있어요. 그러나 우리 카운터에 놓고 간 이상, 우리 회사로서도 책임이 있습니다. 습득물로 취급하는 것은 유감입니다. 그러나 양국이 각각 책임을 지고 있어요. 그것이 성가신 일인 것이죠."

고위 관계자는 언짢은 얼굴로 으음, 하고 고개를 끄덕였다.

그림웨이드는 지극히 선량한 태도로 이야기를 계속했다.

"그런 성가심이 없는 것이 바로 민간 기업의 강점입니다."

고위 관계자의 시선이 그림웨이드에게 고정되었다.

"뭔가 생각이 있는가."

"쌍방의 체면을 더럽히지 않고 해결할 수 있는 방법이 있습니다. 결코 기책은 아닙니다. 지극히 평범한 방법입니다. 여러분들께서 승낙만 해 주신다면요."

그림웨이드는 제안의 내용을 이야기했다. 그것은 '프랑크푸르트 미술관에 그림을 기증했던 오펜하이머 가문에게 돌려준다.'는 것이었다.

"1911년 당시의 상태로 되돌려 버리는 겁니다. 오펜하이머 씨가 사위를 위해 구입한 상태로요."

그것은 불만을 말하는 인간이 있다면 그 사람이 악인으로 여겨질 정도의 방책이었다. 무엇보다 양쪽 모두 달리 방도가 없었다. 그 까다로운 문제를 양국을 고생시키지 않고 치워 주겠다는 이야기였으니까.

그러나 거기에는 거대한, 거의 근원적이기까지 한 문제가 가로막고 있었다.

고위 관계자는 그 점을 입에 올렸다.

"하지만 아무리 생각해도 그걸 오펜하이머 가문이 받아들일 것 같진 않은데, 아서."

"물론 방법은 준비해 두었습니다. 주드. 제가 맨손으로 왔을 거라 생각하십니까?"

고위 관계자는 잠시 그림웨이드를 바라보았으나 이윽고 얼굴을 가까이 댔다.

"그래서, 나는 뭘 하면 되지?"

"언제나와 마찬가지로요. 다음에 문제가 일어날 때까지 아무것도 안 하고 계셔도 됩니다."

두 사람은 잠시 서로 마주보다가 원래대로 얼굴을 돌렸다.

그림웨이드는 공손하게 인사하고 방에서 물러났고 고위 관리는 즉시 독일 미술성에 전화를 걸었다. 독일 미술성의 담당자는 "그럼 요 며칠간 논의한 것은 없던 일로."라고 속삭이고는 서둘러 자국으로 돌아갔다. 그리고 그림웨이드는 그 임무를 일임받았다.

그리고 6월의 어느 화창한 날.

그림웨이드는 오펜하이머 가문을 방문했다.

소동의 한복판에 있는 「가셰 박사의 초상」을 누군가 회사 프런트 데스크에 놓고 갔다는 이야기를 하고 거기에 덧붙여 양심에 비추어 봤을 때 「가셰 박사의 초상」을 댁에 돌려 드리고 싶다는 말을 꺼내었다.

"유럽이 바라는 것은 단 하나. 독일 나치에 의해 뒤틀린 역사를 원래대로 돌려놓는 것입니다. 그중 하나인 겁니다."

프랑크푸르트에 사는 오펜하이머 가문의 당주, 게오르그 오펜하이머는 보험 회사에서 근무하고 있었다. 그는 갑자기 가셰를 받아 달라고 하자 기가 죽었다.

"확실히 조부께서 「가셰 박사의 초상」을 사시긴 했습니다만 그건 프랑크푸르트 미술관에 증여했습니다. 1938년에 프랑크푸르트 미술관은 압수된 「가셰 박사의 초상」의 대금으로 15만 라이히스마르크를 제국 원수 괴링에게서 받았고, 이 건의 법적인 문제는 해결되어 끝났을 터입니다."

그는 움츠러들면서도 조심스레 그렇게 말했다.

"자신의 권리를 주장하지 않는 당신의 자세에는 진심으로 경의를 표합니다. 조모님에게서 반환 요청이 있었을 때 무엇을 제쳐 두고라도 프랑크푸르트 미술관은 그 그림을 오펜하이머 가문에 돌려주는 것이 도리였습니다. 조부님께서는 슈바르첸스키 씨의 요청을 받고 그림을 기증하셨습니다. 그것은 금전을 동반하지 않은, 반영구적인 대여였다고 생각합니다."

오펜하이머 가문에는 물론 그런 비싼 그림을 유지 보관할 준비가 없었다. 고가인 미술품을 가지려면 얼마나 많은 경비가 드는지 보험 회사에서 일하고 있는 그는 잘 알고 있었다. 받아들이면 그 입수 경위를 둘러싸고 세계의 미술 잡지 기자들이 따라다니리라는 것도. 가능하다면 프랑크푸르트 미술관에 돌려주고 싶지만 이렇게까지 큰 소동이 된 물건을 프랑크푸르트 미술관 역시 받아들일 것 같지 않았다.

그렇다고 해서 경매를 붙여 팔 수도 없었다. 얼마나 비밀리에 거래를 한다 한들 뉴스는 눈 깜작할 사이에 전 세계에 퍼지리라. 그렇게 되면 조부이신 빅토르 오펜하이머와 숙모의 남편인 슈바르첸스키의 얼굴에 먹칠을 하는 셈이었다.

무엇보다 가셰의 반환을 요구하고 있는 케니히스가 그 화살을 자기 쪽으로 돌리리라는 사실이 생각하기만 해도 무서웠다. 케니히스 가문은 지금도 독일의 유복한 명문가였다. 일개 샐러리맨인 자신에게, 이제 와서 어쩌라는 것일까…….

그림웨이드는 엄숙하게 이야기를 꺼냈다.

"저희가 참견할 일이 아닌 줄은 알고 있습니다만."

게오르그 오펜하이머는 무심코 고개를 들었다. 거기에는 그림웨이드의 온화한 얼굴이 있었다.

"저희들은 팔고 싶어 하는 분들께 의뢰를 받아 사고 싶어 하는 분들에게 상품을 중개하는 일을 생업으로 삼고 있습니다. 살 사람에게 공평하게 기회를 주고 파는 사람에게는 가장 이익이 되도록 처리하는 것도 물론 중요합니다만, 작품에는 각각 사정이라는 것이 있습니다. 그 사정을 무시하면 작품 자체에 흠집이 가기도 합니다. 그러한 경우 저희들은 작품을 보호하기 위해 경매라는 형태를 통하지 않고 일부러 중개를 하는 특례를 두기도 합니다. 이것은 사는 사람을 위해서도 파는 사람을 위해서도 아닌 작품을 위한 일이지요."

사실대로 말하자면 그림웨이드는 사는 사람을 위해서 일하는 것도 파는 사람을 위해 일하는 것도 아니었다. 언제나 자사에 들어오는 수수료를 위해, 자신의 업적을 위해 일해 왔다. 그러나 그러한 사실은 굳이 말할 필요가 없었다. 어차피 누구나 그렇지 않은가.

게오르그 오펜하이머의 지친 눈동자가 매달리듯이 반짝였다. 도망칠 구멍을 찾았을 때 토끼의 눈에 맺히는 반짝임과 열기였다.

그림웨이드는 게오르그 오펜하이머에게 그 구멍이 있는 장소를 정중하게 알려 주었다.

"실은 「가셰 박사의 초상」을 무조건 사고 싶다는 분이 계십니다. 일본에서 사 갔을 때 입찰에서 졌던 분이시죠. 대단히 집착하고 계십니다. 그분에게 팔릴 경우, 필시 앞으로 10년은 시장에 나올 일이 없을 겁니다. 작품으로서도 매우 안전합니다. 프랑크푸르트 미술관의 입장에서 봐도 장차 교섭하는 데에 불편함 없는 상대라고 봅니다. 물론 경매에 내놓는 데 비하면 저가로 거래될 겁니다만, 그림의 정당한 계승자에 대한 저희들의 경의라고 받아 주신다면 다행이겠습니다."

그리고 아주 조금 목소리를 낮추었다.

"저희들은 신용 빼면 시체입니다. 이 경우 신용이라는 것은 입이 무겁다는 말이죠."

그러고 나서 생긋 미소를 짓는 것이었다.

거래는 4000만 달러에 성립되었다. 파는 사람은 게오르그 오펜하이머이며 사는 사람은 이안 노스윅. 중개는 세계 최대의 경매 회사, 루비이며 규정에 따라 루비는 그중 10퍼센트를 게오르그 오펜하이머에게서 받았다.

오우라 소스케의 어머니, 사다코는 그날 오랜만에 긴자로 발걸음을 향했다. 2년간 다녀서 익숙해진 화랑의 주인은 사다코를 안으로 들이고 커피를 가져다주었다.

사다코는 1000만 엔이 든 봉투를 화랑 주인에게 내밀었다. 화랑 주인은 싱긋 웃고는 안에서 세심하게 포장된 상자를 가지고 왔다.

오동나무 상자에서 나온 찻종은 땅모양을 덧붙인 훌륭한 비단 주머니에 싸여 있었다. 직경 20센티미터, 높이는 10센티미터보다 조금 아래였다. 순백색이었으나 전체에 곰팡이가 핀 것처럼 작은 점선이 무수하게 많이 박혀 있었다. 그릇의 아가리는 되감아 만든 것처럼 단단하게 테두리를 둘러놓았고 그 부분은 그을린 것처럼 거의 금색을 띠고 있었다. 세토 지방 도자기 방식으로 구운 흰 찻잔으로 엔슈식 차도 종가, 고보리 엔슈의 작품이었다. 200년 정도 전에 만들어진 작품으로 쇼와 9년까지는 옛 화족, 하치스카 가문의 창고에 있었던 물건이었다.

"말씀대로 훌륭한 찻잔이었습니다. 그럼 돌려 드리겠습니다."

"이것도 모두 사장님께서 빌려 주신 그 신령님 덕분입니다."

그렇게 말하고는 사다코는 아들에게 되돌려 받은 은으로 된 신령님을 테이블 위에 놓았다.

"아들이 갑자기 1000만 엔을 빌려 달라고 해서요. 어찌할 바를 몰랐지 뭡니까. 그랬는데 사장님께서 두말없이 승낙해 주시고 '알겠습니다. 제가 이걸로 1000만 엔을 빌려 드리겠습니다.'라고 말씀하셨을 때는 정말로 구원받은 기분이었어요. 그때 사장님께서 이 돈은 반드시 돌려 달라고 하신 말씀에 정신이 들었습니다. 덕분에 아들이 사업에서는 확실하게 손을 떼고 본가로 돌아와 주었습니다. 정말로 좋은 신령님이었어요."

사다코는 가게 주인이 이 은으로 된 신령님을 빌려 주었을 때의 일을 기억하고 있었다. 아무것도 모르는 아이를 사업에 뛰어들게 했다. 원인을 밝히자면 부모의 책임이기도 하다고 한탄했다. 가게 주인은 일어서서 안에서 자신의 휴대전화를 가지고 나왔다. 거기에는 핸드폰 줄이 두 개 달려 있었는데 하나는 반짝반짝 빛나는 붉은색 돌. 나머지 하나가 바로 이 엄지손가락 크기의 은세공 인형이었다. 가게 주인은 은세공으로 만든 인형을 휴대전화에서 빼서 이렇게 말했다.

이것은 그리스의 신령님입니다. 갖고 있으면 재수가 좋아요. 괜찮습니다. 이것이 아드님을 지켜 드릴 겁니다.

안에 도청기가 들어 있어 휴대전화 끝에서 소스케의 대화를 녹음해 시로타 일행에게 전송하고 있었다는 사실 같은 건 사다코는 알 리도 없었다. 만약 소스케가 겁을 집어먹고 진짜 경찰에게 뛰어들면 단숨에 철수할 계획이었다. 은세공을 한 신령님은 그룹 네 명의 보안망. 부적이었던 셈이다.

사다코는 가게 앞에 서서 2년 동안 눈에 익은 히노 화랑 간판을 향해 깊숙이 고개를 숙였다.

* * *

이안의 맨션 방 중 하나에서 마티스와 칸딘스키가 사라졌다.

마티스와 칸딘스키는 불만스럽게 생각하고 있으리라.

하지만 이 세상에 여자의 욕망을 충족시키는 것 이상으로 중요한 일이 있을까.

바람과 구름과 태양 중 누가 가장 강한지를 생각하는 것과 마찬가지이다.

이안의 그녀는 침실에 새롭게 걸린 작은 그림을 눈치 채지 못했다.

"벽을 봐."

기다리다 못해 주의를 재촉하자 그녀는 가셰를 보고…… 유령이라도 본 것처럼 멍하니 바라보고는, 이안을 돌아보았다.

"이거 어떻게 된 거야?"

'어머! 고흐의 「가셰 박사의 초상」이잖아?' 하고 들고 있던 컵이라도 떨어뜨릴 정도로 감격하기를 기대하고 있었던 것은 아니었지만.

이제는 '이거'로 전락해 버린 가셰 씨.

그래도 개의치 않았다.

"가셰를 손에 넣었어."

이안은 득의양양해서는 입수한 경위를 이야기했다. 그는 그녀와 보내는 이런 시간들을 가장 좋아했다. 그리고 그런 때의 그녀의 놀라워하는 반응도.

그녀는 가셰 씨를 때때로 올려다보고는 이안의 이야기를 다 듣고 난 뒤 딱 한마디, "수고했어."라고 말했다.

그것이야말로 13년간의 싸움의 종지부를 찍는 순간이었다.

그러고 나서 그녀는 고급 백화점의 종이봉투에서 천으로 만든 가방을 꺼내고는 침대 위에 내던졌다. 그리고 이안을 호전적으로 쏘아 보았다.

예쁜 눈썹이 한쪽만 홱 하고 올라갔다.

"봐봐. 이 가방. 100달러 50센트야. 어떻게 생각해?"

"비싼 것 같은데."

"맞아. 그냥 천 가방이 왜 100달러나 하는 거야?"

그렇게 말하고는 스타킹을 벗어 쓰레기통에 던져 넣고 옆으로 미끄러지듯 들어갔다.

이안은 기분 좋게 웃었다.

그렇고 말고. 사방 1미터면 꿰맬 수 있는 천 가방에 100달러는 너무 비쌌다. 어제 저녁 식사 때 마시다 남은 와인이 2000달러짜리든 그 식사를 만들기 위해 불러 모은 셰프에게 지불한 대금이 3000달러든 지금 그녀가 쓰레기통에 버린 스타킹이 100달러짜리든 그런 건 문제가 아니었다. 나쁜 건 이안의 그녀의 눈길이 닿는 곳에 100달러 50센트짜리 천 가방을 장식해 둔 녀석이었다.

그렇게 생각하지 않는가, 가셰 박사.

"있잖아, 체중은 200그램 줄었는데 체지방이 0.2퍼센트 늘었어. 왜 그런 것 같아?"

"글쎄, 왜 그럴까? 나이가 들면 그런 일도 일어나는 거겠지?"

그녀는 살짝 토라졌다.

이안은 약간 자세를 바로잡았고.

그녀는 가셰를 올려다보았다.

그러고 나서 다시 이야기를 꺼냈다.

"요 전에 구두를 사러 갔더니 말이야, 까르띠에에서 반지 새로운 모델이 나왔더라고. 그래서 조금 딴 길로 샜더니 그만 나도 모르게 갖고 싶지도 않았던 구두를 사 버린 거야. 원래는 오픈토 구두를 사고 싶었는데 말이야."

"오픈토가 뭐야?"

"발톱 끝이 나오는 구두."

"그런 거 많이 갖고 있잖아."

"갖고 싶은 건 가지고 있는 거랑 다른 거야."

"그럼 다시 사면 되잖아."

이안이 그렇게 말하자 그녀는 자세를 바꾸어 죽부인을 껴안듯이 이안의 가슴에 손을 뻗었다.

꿈틀거리며 안정감 있는 자리를 찾고 나서야 겨우 어깨에 코끝을 갖다 대었다.

그녀의 속눈썹이 어깻죽지를 간질였고, 머리 향기가 풍겼다.

그리고 한숨 같은 목소리.

"재미없는 사람이네."

그렇게 그는 그날 밤, 더할 나위 없이 만족하며 잠에 들었다.

2010년 2월 현재.

미노베는 파리에서 그림 공부를 하고 있다.

시로타인 우치야마 노부오는 루비에서 회화 부문 담당자로 일하고 있다.

기쿠치는 신주쿠의 극장에서 동료들과 연극의 막을 열었다.

히노는 긴자에서 화랑의 셔터를 올렸다.

오우라 소스케는 한층 커진 동생의 병원에서 사무장으로서 주위의 신뢰를 얻었으며, 후데사카 아카네는 스낵 아카네의 입간판을 밖에 내놓았다.

가세 박사는 지금도 노스웍씨의 침실에 걸려 있다.

〈끝〉

옮긴이 | 엄정윤

한국외국어대학교에서 일본어를 전공했다. 문화 영역 전반에 관심이 많으며, 프리랜서로 통번역 일을 하고 있다.

대회화전

1판 1쇄 찍음 2013년 8월 23일
1판 1쇄 펴냄 2013년 8월 30일

지은이 | 모치즈키 료코
옮긴이 | 엄정윤
발행인 | 김세희
편집인 | 김준혁
책임편집 | 장은진
펴낸곳 | 황금가지

출판등록 | 2009. 10. 8 (제2009-000273호)
주소 | 135-887 서울 강남구 신사동 506 강남출판문화센터 5층
전화 | **영업부** 515-2000 **편집부** 3446-8774 **팩시밀리** 515-2007
홈페이지 | www.goldenbough.co.kr

ISBN 978-89-6017-731-4 03830

㈜민음인은 민음사 출판 그룹의 자회사입니다.
황금가지는 ㈜민음인의 픽션 전문 출간 브랜드입니다.

추리 · 호러 · 스릴러
밀리언셀러 클럽

1 **리타 헤이워드와 쇼생크 탈출** 사계 봄 · 여름 | 스티븐 킹
2 **스탠 바이 미** 사계 가을 · 겨울 | 스티븐 킹
3 **살인자들의 섬** | 데니스 루헤인
4 **전쟁 전 한 잔** | 데니스 루헤인
5 **쇠못 살인자** | 로베르트 반 훌릭
6 **경찰 혐오자** | 에드 맥베인
7·8 **고스트 스토리 (상) (하)** | 피터 스트라우브
10 **어둠이여, 내 손을 잡아라** | 데니스 루헤인
11·12 **미스틱 리버 (상) (하)** | 데니스 루헤인
13 **800만 가지 죽는 방법** | 로렌스 블록
14 **신성한 관계** | 데니스 루헤인
15·16 **아메리칸 사이코 (상) (하)** | 브렛 이스턴 엘리스
17 **벤슨 살인사건** | S. S. 반다인
18 **나는 전설이다** | 리처드 매드슨
19·20·21 **세계 서스펜스 걸작선 1 · 2 · 3** | 제프리 디버 외
22 로마의 명탐정 팔코 1 **실버피그** | 린지 데이비스
25 **쇠종 살인자** | 로베르트 반 훌릭
26·27 **나이트 워치 (상) (하)** | 세르게이 루키야넨코
29 **13 계단** | 다카노 가즈아키
30 마이크 해머 시리즈 1 **내가 심판한다** | 미키 스 레인
31 마이크 해머 시리즈 2 **내총이 빠르다** | 미키 스 레인
32 마이크 해머 시리즈 3 **복수는 나의 것** | 미키 스 레인
33·34 **애완동물 공동묘지 (상) (하)** | 스티븐 킹
35 **아이거 빙벽** | 트레바니언
36 뱀파이어 헌터 애니타 블레이크 1 **달콤한 죄악** | 로렐 K. 해밀턴
37 뱀파이어 헌터 애니타 블레이크 2 **웃는 시체** | 로렐 K. 해밀턴
38 뱀파이어 헌터 애니타 블레이크 3 **저주받은 자들의 서커스** | 로렐 K. 해밀턴
39·40·41 **제 1의 대죄 1 · 2 · 3** | 로렌스 샌더스
42·43 스티븐 킹 단편집 **스켈레톤 크루 (상) (하)** | 스티븐 킹
44 **아임 소리 마마** | 기리노 나쓰오
45 **링** | 스즈키 고지
46·47 **가라, 아이야, 가라 1 · 2** | 데니스 루헤인
48 **비를 바라는 기도** | 데니스 루헤인
49 **두번째 기회** | 제임스 패터슨
50 **톰 고든을 사랑한 소녀** | 스티븐 킹
51·52 **셀 1 · 2** | 스티븐 킹
53·54 **블랙 달리아 1 · 2** | 제임스 엘로이
55·56 **데이 워치 (상) (하)** | 세르게이 루키야넨코
57 **로즈메리의 아기** | 아이라 레빈
58 데릭 스트레인지 시리즈 1 **살인자에게 정의는 없다** | 조지 펠레카노스
59 데릭 스트레인지 시리즈 2 **지옥에서 온 심판자** | 조지 펠레카노스
60·61 **무죄추정 1 · 2** | 스콧 터로
62 **암보스 문도스** | 기리노 나쓰오
63 **잔학기** | 기리노 나쓰오
64·65 **아웃 1 · 2** | 기리노 나쓰오
66 **그레이브 디거** | 다카노 가즈아키
67·68 **리시 이야기 1 · 2** | 스티븐 킹
69 **코로나도** | 데니스 루헤인
70·71·74·75·77·78 **스탠드 1 · 2 · 3 · 4 · 5 · 6** | 스티븐 킹
72 **머더리스 브루클린** | 조나단 레덤
73 **로즈메리의 아들** | 아이라 레빈
76 **줄어드는 남자** | 리처드 매드슨
79 **러시아 추리작가 10인 단편선** | 엘레나 아르세네바 외
80 **블러드 더 라스트 뱀파이어** | 오시이 마모루
83 **18초** | 조지 D. 슈먼
84 **세계대전Z** | 맥스 브룩스
85 **문라이트 마일** | 데니스 루헤인
86·87 **듀마 키 1 · 2** | 스티븐 킹
88·89 **얼터드 카본 1 · 2** | 리처드 모건
92·93 **더스크 워치 1 · 2** | 세르게이 루키야넨코
94·95·96 **21세기 서스펜스 컬렉션 1 · 2 · 3** | 에드 맥베인 엮음
97 **무덤으로 향하다** | 로렌스 블록
98 **천사의 나이프** | 야쿠마루 가쿠
99 **6시간 후 너는 죽는다** | 다카노 가즈아키
100·101 스티븐 킹 단편집 **모든 일은 결국 벌어진다 (상) (하)** | 스티븐 킹
102 **엑사바이트** | 하토리 마스미
103 **내 안의 살인마** | 짐 톰슨
104 **반환** | 리 밴슨
105 **하루하루가 세상의 종말** | J. L. 본
106 **부드러운 볼** | 기리노 나쓰오
107 **메타볼라** | 기리노 나쓰오
108 **황금 살인자** | 로베르트 반 훌릭
109 **호수 살인자** | 로베르트 반 훌릭
110 **칼날은 스스로를 상처 입힌다** | 마커스 세이키
111·112·113 **언더 더 돔 1 · 2 · 3** | 스티븐 킹
114 **폭파범** | 리사 마르클룬드
115 **비트 더 리퍼** | 조시 베이젤
116·117 **스튜디오 69 (상) (하)** | 리사 마르클룬드
118 **하루하루가 세상의 종말 2** | J. L. 본
119 **도쿄섬** | 기리노 나쓰오
120 **지하에 부는 서늘한 바람** | 돈 윈슬로
121 **이노센트** | 스콧 터로
122·123 **최면전문의 (상) (하)** | 라슈 케플라르
124·125 **개의 힘 1 · 2** | 돈 윈슬로
126 **해가 저문 이후** | 스티븐 킹
127 **아버지들의 죄** | 로렌스 블록
128·129 **존은 끝에 가서 죽는다 1 · 2** | 데이비드 웡
130·131 **이지 머니 1 · 2** | 옌스 라피두스
132 **종말일기Z** | 마넬 로우레이로
133 **대회화전** | 모치즈키 료코

한국편

1 **몸** | 김종일
2·3·4 **팔란티어 1 · 2 · 3** | 김민영 (옥스타칼니스의 아이들 개정판)
5 **이프** | 이종호
8·10·12·14·16 **한국 공포 문학 단편선** | 이종호 외
9 **B컷** | 최혁곤
11·13·18·22 **한국 추리 스릴러 단편선** | 최혁곤 외
15 **섬 그리고 좀비** | 백상준 외 4인
17 **무녀굴** | 신진오
19 **모녀귀** | 이종호
20 **사건번호 113** | 류성희
21 **옥상으로 가는 길, 좀비를 만나다** | 황태환 외
23 **10개월, 종말이 오다** | 최경빈 외
24 **B파일** | 최혁곤
25 **좀비 그리고 생존자들의 섬** | 백상준